suhrkamp taschenb

Im Ersten Weltkrieg zerschlägt eine feindliche Kugel zuerst den Stahlhelm und dann den Schädel des ältesten Sohnes vom Seewirt. Also muss sein jüngerer Bruder Pankraz das väterliche Erbe antreten. Der überlebt zwar den zweiten großen Krieg, wäre aber trotzdem lieber Künstler als Bauer und Gastwirt geworden. Da braucht es schon einen Jahrhundertsturm, der droht, Haus und Hof in den See zu blasen, damit aus Pankraz doch noch ein brauchbarer Unternehmer und Familienvater wird.

Josef Bierbichler wurde 1948 am Starnberger See geboren. Seit Anfang der siebziger Jahre ist er als Theaterschauspieler auf allen großen Bühnen in Deutschland, Österreich und der Schweiz präsent. Für den Film arbeitete er mit Regisseuren wie Werner Herzog (*Herz aus Glas*), Herbert Achternbusch (*Servus Bayern, Heilt Hitler!*), Tom Tykwer (*Die tödliche Maria*) und Michael Haneke (*Das weiße Band*) zusammen. Er lebt am Starnberger See.

Josef Bierbichler

MITTELREICH

Roman

Suhrkamp

Umschlagfoto: Markus Tedeskino

Erste Auflage 2013
suhrkamp taschenbuch 4408

Druck: CPI – Ebner & Spiegel, Ulm
Umschlag: Göllner, Michels
Printed in Germany
ISBN 978-3-518-46408-3

MITTELREICH

Nu lass du den doch auch mal ran, murmelt der alte Mann und schlägt mit seiner Linken nach dem flatterhaften Vogel. Is nich alles für dich! Hier kriegt jeder was ab, nich nur von die Großen. Auf dem Rücken seiner rechten Hand wippt fett ein Spatz und sticht mit seinem Schnabel nach dem Krümel Brot in seiner linken. Von seinen Knien aus streckt sich ein anderer und hüpft und flattert wild nach oben. Auf seiner Schulter sitzt ein dritter da, wie unbeteiligt oder satt. Auch auf der krummen Fassung von dem alten Drahtkorb voller ausgetriebener Kartoffeln trippeln welche, und um die Schüssel mit den schon gezupften picken sie und flattern. Von Zeit zu Zeit segeln andere vom Dach herunter, um gleich furchtsam wieder abzudrehen. In drückender Hitze steht die Luft unbeweglich in der Auffahrt zwischen dem Haupthaus und den Nebengebäuden.

Verfluchter Krüppel, schimpft der Mann. Ein Spatz hat sich im Sturzflug von der Regenrinne aus auf seine linke Hand geworfen und fliegt nun mit dem Krümel Brot in seinem Schnabel wieder weg. Verfluchter Krüppel! – und es klingt anerkennend. Ein Schatten jagt zwischen den seitlich stehenden Mülltonnen heraus und landet wie ein Wurfgeschoss auf dem Schoß des alten Mannes. Und wie nach einem Windstoß im Herbst das dürre Laub, so wirbelt jetzt das Spatzenvolk davon. Der Schatten ist Mandi, der Kater. Der Mann seufzt müde und fängt an, ihm mit der einen Hand den Kopf zu kraulen. Mit der anderen krault er ihm den Nacken. No! Nu sind se alle weg!, sagt er, und es ist ein Einvernehmen zwischen Mann und Tier, als sprächen beide …, und dann liegt der gerade noch wild durchflatterte Hofschacht zwischen Straße und Hinterhof wieder in stiller vorläufiger Ruhe.

Der Kater flegelt sich schnurrend mit geschlossenen Augen auf Viktors Schoß. Die Krallen der Vorderpfoten vergraben und öffnen sich rhythmisch im Gewebe der fettigen Cordhose. Über den Körper des Katers hinweg hat Viktor seine Arbeit wieder aufgenommen und zupft den Kartoffeln die Triebe aus. Unterm Schild der alten Wehrmachtsmütze glänzt der Schweiß auf seiner Stirn. In der Dachrinne dösen die verjagten Spatzen hinter halb geschlossenen Augenlidern vor sich hin. Die Auffahrt herunter tanzt ein junges Huhn in einem Mückenschwarm. Die feuchte heiße Luft scheint fast zu schmatzen. Sonst ist es still. Der heiße Juninachmittag verdaut den kühlen Morgen.

Viktor hebt den Kopf leicht an und dreht ihn ein wenig nach rechts – dann lauscht er. Unterm Dachgiebel der Remise hört er es leise kratzen und scharren, rutschen und schaben, dazwischen unterdrücktes Kichern und verhaltenes Flüstern von Kinderstimmen. Dann wieder Stille. Im großen Haus rauscht eine Toilettenspülung, und zischelnd füllt sich der Spülkasten. Auch danach ist es still.

Hitze. Stille. Schweiß.

Wie aus dem Nichts durchschlägt ein Kampfflugzeug den Schall, den Himmel, die Luft und den Mittag, die Ohren, das Gemüt, die Geduld und die Liebe, die Hoffnung, die Zukunft, alles ..., und verschwindet wieder mit einem minutenlang verebbenden, nicht mehr enden wollenden Maschinendonnergrollen am Himmel.

Der Kater ist mit einem Satz von Viktors Schoß herunter direkt gegen den Drahtkorb geprallt und duckt sich nun mit weit aufgerissenen Augen unter die Remisenbank. Ins Laub der umstehenden Holundersträucher haben sich die Spatzen geflüchtet und flattern und stürzen im dichten Blattwerk hilflos durcheinander. Ein orientierungslos gewordener Eichelhäher, der sich im Sturzflug auf die Stahlbetondecke der

Jauchegrube geworfen hat, bleibt tot in einem kleinen Blutfleck liegen.

Es ist Ende Juni 1984. Der kalte Krieg scheint sich erwärmen zu wollen für einen heißen. Die Weltfriedensplaner rüsten für ein Nachrüsten. Industrie und amtierende Politik durchleben fette Jahre.

Unterm Dachgiebel der Remise hält der Schreck den Atem gepresst in den jungen Lungen gefangen. Am Himmel verliert sich nach und nach der tödliche Lärm. Mit einem kurz herausgestoßenen: Ohh! Das war ein Düsenjäger! Wahnsinn! nehmen auch wieder das Atmen und die Lebenserkundungen im Kinderversteck ihren Fortgang, als wäre nichts gewesen. Nichts.

Unten auf der Straße fahren ein paar Radler vorbei, junge Leute mit Badesachen auf den Gepäckträgern. Jetzt kommen sie wieder, die Titten, murmelt Viktor, und mit ihnen die Gefühle. Eine Grimasse verzieht sein Gesicht. Ich hätte müssen für meine sexuellen Bedürfnisse vorsorgen, nicht für die Rente. Geld hab ich genug. Aber fürs Sexuelle gibt's keine gesellschaftliche Solidarität. Man denkt nich an so was, solang da sind noch keine Probleme. Und niemand hat es einem beigebracht.

So dachte Viktor.

Er öffnet leise die angelehnte Tür zur Remise. Drinnen horcht er. Keuchendes Schnaufen ist von oben zu hören, hin und wieder ein Stöhnen. Sonst ist es ruhig. Aus dem herumliegenden Gerümpel von Kutschen und Holzfässern und Holzachsen mit Holzrädern und gebogenen Kufen von Langholzschlitten zieht er unter einer alten Heuhäckselmaschine eine zwei Meter lange Holzleiter heraus. Ich hätte das früher vorbereiten müssen, jetzt ist es zu spät, murmelt er und richtet die Leiter in einer Ecke des Schuppens auf, wo oben zwei lose nebeneinanderliegende Bretter, die mit anderen zusammen die Decke des Raumes bilden, ein wenig übereinandergeschoben sind und einen Spalt freigeben, so dass leicht ein Kopf hindurchgeschoben werden kann. Nur gut, dass ich mir nix mach aus Kindern, sonst möchte ich da womöglich noch kommen in eine Bredouille.

Dann steigt er Sprosse für Sprosse bedächtig hinauf.

In der Dorfkapelle beginnen die Glocken das Mittagsgeläute. Verfluchte Nonnen!, entfährt es Viktor, und durch das Loch im Bretterboden sieht er gerade noch drei Buben ihre Hosen hochziehen und geduckt unterm Dachgiebel über seinen Kopf hinweg davonlaufen. Laut scheppern die sich durchbiegenden und wieder aufschlagenden Bretter. Wie die große Trommel am Kriegerjahrtag, denkt er, und auch danach ist es wieder still.

Warum ist es immer wieder so still?

Die Glocken haben aufgehört zu läuten, von den Buben ist nichts mehr zu hören, Viktor steht immer noch unter die Holzdecke gebückt auf der Leiter. Immer so still!

Er ist 82 und sieht und hört noch alles. Zum Lesen benutzt er seit 20 Jahren eine Brille, und immer noch dieselbe, und sonst hat er keine Gebrechen. Warum ist es nur so still? Wenn wenigstens der Flieger noch mal käme. Plötzlich hat er Höhenangst. Komm nur, kleines Mäuschen, lass dich nicht so gehen, blubbert es in seinem Hirn, so dass er sich ein bisschen schämt. Er steigt die Leiter wieder hinunter, ertastet sich die Sprossen und verlässt den Schuppen.

Wie er durch das Haupthaus geht – eigentlich schlurft er ja, wie er so durchs Haupthaus geht – ist es da alles andere als still. Da ist eine Geschäftigkeit, ein lautes Reden und ein Werkeln wie in jeder anderen Saisonwirtschaft, wenn an heißen Tagen, kurz bevor die Gäste kommen, die letzten Vorbereitungen getroffen werden. Viktor durchquert die Küche und geht durch den Hausgang weiter und vorbei an der Schänke einer hoch aufgedrehten Gastwirtschaft. Und da ist nichts von einer Stille oder Ruhe, nichts von dem für ihn so Eigentümlichen und doch eigentlich Normalen, das ihn vorher so in Angst versetzt zu haben schien. Er tritt durch die Haustür hinaus auf die seeseitige Aufgangsveranda und sieht, dass der Dampfer schon angelegt hat. Fest krampfen seine Hände sich um das Geländer, lang starrt er auf das Schiff, das keine fünfzig Schritt vom Ufer weg am großen Steg verankert liegt, fast unwirklich in seiner Größe, bedrohlich nah, auf bewegtem Grund das Gegenbild der Gastwirtschaft, vor deren Eingangstüre er auf festem Boden steht – und dann entfährt es ihm ein zweites Mal: Verfluchte Nonnen!

Diesmal kommt es aus der Tiefe, es ist nicht mehr nur spontan und nur Reflex, kommt nicht mehr nur aus dem Gefühl, es kommt jetzt aus dem Boden, kommt durchs Grundwasser, kommt hervor aus alter Zeit: Verfluchte Nonnen!, dass es nur so brodelt.

Es ist mehr als nur Verwünschung. Es ist eine Lossagung von allem: Vom Pünktlichkeitsgebot, vom aufgezwungenen nachbarschaftlichen Zusammengehörigkeitsgefühl, von dorfgesellschaftlichen Tabus, von den Fesseln des Anstandes, der Höflichkeit und der Rücksichtnahme. Es ist das Ende der Konvention.

Semi tritt aus dem Haus und stellt sich neben Viktor.

Hast du das Schiff versäumt?

No! Was versäumt, antwortet er, nix hab ich versäumt. Die Nonnen haben nicht geläutet. Er ist erregt und spricht jetzt Schlesisch, die Sprache der Landschaft, aus der er einst kam.

Doch, die haben geläutet, widerspricht Semi, ich hab es doch gehört.

Nu ja, natürlich, geleitet ham se schon. Drum haste was

gehört. Aber sie haben nicht pünktlich geleitet. Nicht um zwelfe, dass ich mich könnte drauf verlassen. Um zwelfe ist Mittag, nich um halb eins.

Semi schaut ihn nicht mal an.

Du musst ihnen die Leviten lesen, sagt er, und geht wieder hinein.

Trotz der Hektik, die mittlerweile vor dem Haus und auf der Straße eingesetzt hat, hört Viktor die Stille. Autos fahren dröhnend vor und suchen einen Parkplatz; Radfahrer klingeln sich schreiend den Weg frei; quietschende Kinder laufen zum Wasser; Bekannte begrüßen sich scheppernd und laut; der Dampfer brüllt mit bleiernem Trompetenstoß seine bevorstehende Abfahrt herbei, ohne Viktors Stegwartdienste in Anspruch genommen zu haben. Der hört alles aus der Ferne und ganz unnatürlich, wie durch Watte. Sein Bauch furzt, seine Haut juckt, sein ganzer Körper ist ihm unbequem. Aus der Haut kann er nicht heraus, also geht er.

Er schaut niemand an, als er geht, er grüßt nicht, er geht an allen vorbei, bis er sie hinter sich hat.

Semi schaut ihm hinterher. Er kennt Viktor von Geburt an. Viktor saß am selben Tisch wie er und aß die gleichen Speisen, er betete dasselbe Tischgebet, er setzte sich aufs selbe Klo und langweilte sich in derselben Kirche, er feierte Weihnachten unter demselben Christbaum. Viktor ist zwar weder Onkel noch Tante, weder Vetter noch Cousine, er ist nicht verwandt und nicht verschwägert. Absolut nicht. Aber er ist Teil der großen Seewirtsfamilie. Das Einzige, was ihm verwehrt bleibt, ist der Einblick in die Finanzen und, wenn es so weit sein wird, der Platz im Familiengrab. Semi kennt ihn also gut. Deshalb fällt ihm auf, dass Viktor heute anders ist.

Viktor ist im rückwärtigen Hausgang angelangt und schaut in den viereckigen Spiegel über dem Ausguss vor seinem

Zimmer. Die silberne Folie unterm Glas ist von den Rändern her zerschlissen, so dass nur in der Mitte noch ein kleines rundes Loch frei ist, in dem er sein Gesicht gerade noch zur Hälfte spiegeln kann. Was er sieht, befördert seine Sorge: Das Gesicht ist rot über der Stirn, die nach hinten gekämmten grauen Haare sind aufgebraucht, die Augen sind fremd! Er schaut in fremde Augen. Fremde Augen schauen ihn an. Er setzt seine Brille auf, und der Eindruck wird stärker: Er hat Angst vor seinen Augen. Er hört nichts mehr. Er sieht nur noch seine fremde Angst.

Was ist das?, fragt sich Semi, der Viktor bis zum Hausgangeck gefolgt ist und ihn von da aus ungesehen überprüft. Wie kann es sein, dass so ein Teichmolch seine Spuren zieht, ohne eine Spur zu hinterlassen? Es wird Zeit, sich zu erinnern!

~

Im letzten Quartal des vorletzten Jahrhunderts waren die kriegerischen Kräfte des Landes erlahmt und hatten sich zurückgezogen, um sich zu erholen und zu sammeln für neue, viel mächtigere und zerstörerischere Vorhaben in der Zukunft. Das Land konzentrierte sich wieder auf sich selbst und seine inneren Widersprüche. Aus alten Manufakturen waren neue Fabriken herausgewachsen und hatten den einen Arbeit und den anderen immer mehr Wohlstand und Macht gebracht. Neue Berufe wurden gebraucht, um Wohlstand und Macht zu verwalten im Auftrag derer, die darüber verfügten. Und so war eine neue Mittelschicht herangewachsen, die für ihre strikte Loyalität gegenüber ihren Brotherren und eine klare und strenge Abgrenzung gegenüber den immer zahlreicher benötigten Arbeitskräften in den Industriezentren gut entlohnt wurde. Handlanger und Equilibristen der neuen, ganz besonderen Art wurden das, im Dienste eines neuen

Reichtums, der sich, grenzenlos im Sinn des Wortes, zu entwickeln trachtete und dementsprechend einen Weg in grenzenlose Welten suchte. In diesem Reichtum war der neue Mittelstand aus Beamtenschaft und Akademikern gediehen, und es hatten sich Bedürfnisse herausgebildet, die in früheren Zeiten nur dem Adel und seiner Entourage vorbehalten waren. Freizeit wurde ein neues Wort und bekam Flügel. Wochenendvilla, Sommerurlaub, Baden, Rudern, Dampfschifffahren wurden Füllwörter, die sich zu Bedürfnissen auswuchsen in großstädtischen Etagenwohnungen, um nach und nach in die Tat umgesetzt zu werden. Dieser Mittelstand im Dienste des expandierenden Kapitals, das von immer neueren technischen Errungenschaften in einen stetig wachsenden Produktionsrausch versetzt wurde, war auch zur Quelle eines neuen Reichtums in kleinen Seegemeinden geworden. Die bis dahin brachliegende und als feindlich angesehene Naturlandschaft südlich der Großstadt bis hin zu den Alpen war von diesem neuen Mittelstand entdeckt und erobert worden. Das Land hatte auf nicht gekannte Art zu blühen begonnen. Der Boden rund um die Ausflugs- und Urlaubsorte gab nun mehr her als nur Brot und Milch, der See mehr als nur Fisch. Bares Geld kam jetzt auf die Tische der noch nur vereinzelt an den Seeuferrand hingebauten Häuser in den kleinen Bauern- und Fischerdörfern, und nur Dienstbereitschaft, sonst nichts, wurde verlangt dafür. Kleine, landwirtschaftlich nur schwer zu bearbeitende Hanggrundstücke waren für beinahe unverschämt anmutend viel Geld an vermögende Herrschaften aus der Stadt verkauft worden, und bald ragten Erkertürmchen und steil aufragende Dachgiebel neu gebauter Villen aus den dicht stehenden Laubwäldern nördlich des Mühlbachs und beherbergten ein neues Käuferpotential für die einheimischen land- und seewirtschaftlichen Produkte. Mit dem baren Geld waren die alten, oft schon baufälligen

Wohn- und Stallgebäude erneuert worden, und ein bis zwei Fremdenzimmer wurden erstmalig in die meist leer stehenden Speicherräume gezwängt: oben, unters Dach, nach Westen hin, mit Blick hinaus auf den See und über diesen hinweg ins Gebirge hinein. Und gleichzeitig mit dem neu errichteten Anlegesteg direkt vorm Haus war auf das eh schon bedeutend und protzig dastehende Seewirtshaus in voller Länge und Breite noch ein ganzes Stockwerk aufgezogen worden: Ein gelbes Bauernrenaissanceschlösschen war entstanden, direkt am Seeufer, weithin leuchtend sein Beschaut-Werden fordernd und zur Einkehr ladend, ein gastronomischer Fehdehandschuh, eine wirtschaftliche Provokation, in deren Folge alle bestehenden Verhältnisse *verdampften.* Es gab keinen Zweifel mehr: Zur Jahrhundertwende war der Reichtum eingekehrt ins kleine Dorf und lag gut verankert am Seeuferrand und im Selbstbewusstsein seiner Bewohner.

Mit den Gästen kam ein wenig Weltblick. Sie kamen in den kleinwinkligen Häusern so nahe heran, dass man ihnen nicht mehr auskommen konnte. Man machte ihnen Platz, wo es ging. Wo es nicht ging, saß man mit ihnen zusammen und hörte zu. Und langsam sickerte die Welt hinein, wo vorher Dunst und Erde war. Unter neuen Hierarchien fand man zu neuem Auskommen. Man diente gerne und passte sich den fremden Gepflogenheiten an, den Gepflogenheiten der Gäste, der Herrschaften. Und die dankten es mit der Weitergabe ihrer Kenntnisse und Anschauungen. Bald kamen immer dieselben. Dünkel bildete sich. Man war was Besseres. Das Leben wurde sicherer. Aber die Verunsicherung wuchs.

Nur das Wetter blieb.

Der Süden begann, sich mit dem Norden zu versöhnen. Der Preuße als Schimpfwort verschwand aus dem Sprachgebrauch und wurde höchstens im Herbst und Winter aus der Versenkung geholt, wenn man unter sich war und lustige

Geschichten erzählte. Die Landeshauptstadt, der Norden bis dahin schlechthin, wurde Durchgangsstation für Reisende, die noch von viel weiter her kamen und ihre Ferien am See und in den Bergen verbringen wollten. Aus großer Entfernung, bis dahin als unüberwindlich geltend, kamen sie nun und bildeten jeweils für die Sommermonate das Sein. Der Schrei verebbte, den das Dorf noch hatte, der Schrei der Freiheit und Unabhängigkeit im Kargen. Reichtum, bis dahin, war nur an Arbeit.

Trotzdem: In Milch und Honig gedieh eine Unzufriedenheit, die nur schwer zu fassen war. Nicht wenige waren davon befallen wie von einer Krankheit des Gemüts. Die kurzen Tage im Jahr vergingen freudloser als ehedem. Die langen Abende wurden länger und immer länger. Gewiss: Man saß zusammen wie immer. Aber die Freude des langen Feierabends, das Beisammensitzen und Reden wärmten nicht mehr so wie früher. Man trug einen dunklen Überdruss mit sich herum, der sich gegeneinander und gegen einen selbst richtete. Es fehlte was, was nicht benennbar war. Man wartete auf etwas, wusste aber nicht auf was. Alles war leer und langweilig. Alles war so langweilig, langweilig. Man wartete, irgendwie. Auf den Sommer. Auf die Leute. Seit man sie kannte, wartete man. Das Warten hatte mit den Leuten begonnen. Man genügte sich nicht mehr. Ohne die fremden Leute, die den Sommer füllten, war man sich selbst ganz fremd geworden für den Winter. Es war eine große Unzufriedenheit. Wahrlich. Wenn nur etwas geschähe!

~

Am Nachmittag des 15. August 1914 war von den Allgäuer Alpen her eine Gewitterfront heraufgestiegen, die sich bis zum Abend aber wieder verzogen hatte, ohne sich zu entladen. Der See lag ruhig da wie ein Spiegel. Beinahe widerstandslos glitten die Boote auf dem Wasser dahin. Ein Marienlied nach dem anderen wurde gesungen und dazwischen das Ave-Maria gebetet. Und wenn das Repertoire verbraucht war, wurde von vorne angefangen.

Den andern ein wenig voraus pflügte mit kräftigen Ruderschlägen der starke Dinewitzer das größte der Boote, das Postboot, durchs ruhige Wasser. Er war das Rudern gewohnt. Dreimal die Woche mindestens ruderte er zwischen Seedorf und Klosterried auf der anderen Seite des Sees hin und her, bei jedem Wetter, und brachte die Post vom Klosterrieder Bahnhof in die südlich gelegenen Ostufergemeinden herüber. Aber nicht Briefe oder Pakete beschwerten sein Boot so sehr, dass der Schiffsrand manchmal einzutauchen drohte, so nahe, wie er oft der Wasseroberfläche kam, sondern es waren 30 und 50 Liter Bierfässer für den Seewirt und andere Wirtshäuser oder anderes sperriges Frachtgut für einen Villenbesitzer, das mit der Bahn drüben angeliefert worden war, um nun herüben an den Empfänger ausgeliefert zu werden, und das der Dinewitzer quasi nebenher transportierte – denn Seedorf hatte keine Zuganbindung. Und wenn er sich gerade aufmachen und leer hinüberrudern wollte, ans andere Ufer, um sein Transportgut in Empfang zu nehmen, dann konnte es vorkommen, dass ihn der eine oder andere Kirchgruber Bauer, der seinen 20 Zentner Stier an den Münchner Schlachthof losgeschlagen hatte, weil er da ein paar Pfennig mehr dafür bekam als beim Metzger in Seetal, dass der ihn zurückhielt und mit dem Versprechen einer fleischhaltigen Brotzeit und einer Maß Bier zu überreden suchte, das Stück Vieh mitzunehmen, denn weit sei es ja wirklich nicht bis nach Klosterried hinüber und er selber, der Bauer, habe gerade sehr dahinter her zu sein, dass das Heu eingefahren werde, solang das Wetter noch halte. Sonst würde er ja selber den alten Max nach Seestadt hinuntergetrieben und ihn dort in den Viehwaggon gestellt haben. Es sei also nur ausnahmsweise, ein kleiner Gefallen, weil man sich kennt.

Ja, ja, pflegte der Dinewitzer zu antworten, ich kenn euch, um dann wortlos den nervös tänzelnden Stier beim Nasenring zu nehmen und ihn von der Seestraße weg hinunter zum Ufer zu führen. Dort band er ihn an einem Stegpfosten fest und brachte den Kahn seitwärts daneben. Aus der Bootshütte vom Seewirt, wo er für solche Fälle vorausschauend schon einen kleinen Vorrat angelegt hatte, holte er einen Kübel voll Gerstenschrot und stellte den in die Mitte des Kahns, wo der Stier sich sofort gierig über das Kraftfutter hermachte und um sich herum nichts mehr wahrnahm. Dann fesselte der Dinewitzer mit ein paar Kälberstricken dem Stier zuerst die vorderen und danach die hinteren Haxen jeweils nur so nahe aneinander, dass der, durchs Fressen abgelenkt, es noch nicht als Störung wahrnehmen konnte. Zuletzt verknotete er das eine Ende eines Zugseils mit der Fesselung der Hinterbeine und führte den langen Seilrest durch den Kälberstrick an den Vorderbeinen – und ohne Vorwarnung, mitten in die ruhigen Bewegungen der Vorbereitung hinein, duckte er sich mit einem Mal unter den schweren Leib des Bullen und wuchtete ihn mit der rechten Schulter ins leere Boot, auf dessen Boden der Stier mit dem Rücken zu liegen kam, so dass dem überheblich daneben stehenden Bauern der nackte Schreck ins blöd schauende Gesicht fuhr. Und noch ehe das Tier sich besonnen hatte und ihm die ersten Verteidigungsreflexe kamen, hatte der Postbote das lange Zugseil schon so kräftig angezogen und verknotet, dass die gefesselten Vorderhaxen des Stiers nun auch noch an die gefesselten Hinterhaxen gefesselt waren. Jetzt erst fiel dem Bauern der Unterkiefer herunter, bis ihm der Mund weit offen stand, so schnell war alles gegangen. Der Stier zuckte und ruckte während der ganzen halbstündigen Überfahrt. Aber er konnte nicht mehr aufstehen. Des Postboten Stricke hatten ihn seiner letzten Freiheit beraubt: der Bewegungsfreiheit.

Ahoi, Dinewitzer! Dich hätt ich gerne noch kennengelernt. Andere eher lieber nicht.

Und während er jetzt in den Sonnenuntergang hinein und dem lauter und lauter werdenden Glockengeläute der Klosterrieder Marienkirche entgegen seinen Kahn hinüberruderte nach Klosterried zur Lichterprozession, der Dinewitzer, darin die vier Kirchgruber Gemeinderäte mit dem Bürgermeister Müller, die kein eigenes Boot besaßen, weil sie da droben in Kirchgrub gar keines brauchten, so weit weg vom See, wie sie da oben wohnten, da beugte sich mit einem Mal der Bürgermeister Müller, der vorn allein im Bug des Bootes saß, über den ihm zugekehrten Rücken des rudernden Dinewitzer, brachte seinen Mund ganz nah an dessen Ohr heran und sagte, halblaut und für die andern unhörbar, die von Gesang und Ruderplätschern, Sonnenuntergang und Kirchenglockenläuten bis ins Hirn hinein beseelt und taub für alles andre waren – ich schaue lieber gar nicht hin, auf den Klosterrieder Kirchturm, sonst greif ich nur danach, so nah wie der zum Greifen scheint, sagte der im zweiten Boot ganz vorne stehende Pfarrer in sein lautes Vorbeten hinein und schloss die Augen … –, sagte also der Bürgermeister zum Dinewitzer: Mobilmachung is! Schon seit vierzehn Tagen. Du kennst dich rundherum gut aus. Kommst morgen in die Kanzlei und sagst mir alle Namen von die Jungen bis fünfundzwanzig, die du weißt. Gell!

Schon recht, sagte der Dinewitzer mechanisch und ruderte weiter. Und allmählich ordneten sich ihm die Gedanken und schwellten sein Hirn. Sein Gesicht begann zu leuchten: Mobilmachung is! Endlich!

Überall im Land schwollen die Köpfe zu ungesunder Größe, und es leuchteten die Gesichter in einem irrlichternden Wahn. Wie eine Befreiung kam es ihnen vor, eine Erleichterung: Es passiert endlich was!

Knappe acht wog der jüngere Sohn des Seewirts an Jahren, als sein älterer Bruder von des Kaisers Befehl und unter dem Jubelgeschrei des Vaterlandes ins Feld eskortiert wurde. Noch stand das Grummet saftig auf den Wiesen, und der Schnitt würde frühestens in vier Wochen erfolgen. Auf den Hanglagen weideten jetzt tagsüber die Kühe, gehütet vom jüngeren Sohn, so dass die zwei Altknechte den Stall ganz gut allein versorgen konnten. Er fehlte noch nicht so richtig, der Bruder und Hoferbe, noch nicht, und auch die Einberufung des Jungknechts war gerade noch zu verkraften. Aber lange durfte es nicht dauern, das Zurechtstutzen des arroganten Franzosen, und die Zivilisierung des grobknochigen Russen, und die Bestrafung des hinterhältigen Serben, der den Kronprinzen auf dem Gewissen hatte. Lang nicht, nicht länger als die versprochenen sechs Wochen. Dann konnte man das alles gut verkraften. Die Schwestern hatten gerade Große Ferien vom Internat, und die dauerten genau sechs Wochen. Die konnten gut helfen, wenn Not am Mann war. So gesehen war das ganze Unternehmen Krieg doch klug berechnet von des Kaisers Generälen. So gesehen schon. Aber würde sich das Schicksal auch so fügen, wie es im Kopf und auf Papier vorausberechnet war? Aufgedreht und voller Emotionen quoll das Lied des Vaterlandes aus den Verlautbarungen und Zeitungen der Zeit. Wir sehn uns in sechs Wochen wieder!, haben sie sich zugerufen, als sie im Haufen davongegangen waren, vom Kirchgruber Brunnen aus, wo sie sich gesammelt hatten, die Achtzehn- bis Fünfundzwanzigjährigen, um gemeinsam nach der Kreisstadt zu marschieren, zur Eisenbahn, die sie an ihre Ausbildungsstätten bringen würde, wer weiß wohin, die Kriegslehrlinge, die keine Angst im Herzen trugen, sondern nur den frohen Sinn, die Hirnlähmung nämlich, die eingesetzt hatte, als man ihnen sagte, dass sie endlich einmal von zu Hause weg an einen anderen, ganz unbekannten Ort der Welt getragen würden von ihres Kaisers kühner Weitsicht. Spätestens auf Kirchweih sind wir wieder da! Ja, da ist es schon zu spät, riefen die Zurückgebliebenen ihnen nach, da ist die Ernte schon herin. Ihr Faulenzer! Tät euch so passen!

Faulenzen!, dachte der jüngere Sohn des Seewirts, der auf der Kante zur steil abfallenden Böschung saß, die Kühe im Augenwinkel, die er hütete, und den See in seinem Blick, der an diesem Tag weit über die Allgäuer Alpen hinausreichte, bis wer weiß wohin: Vielleicht ist der Bruder jetzt schon auf der anderen Seite der Berge. Und ich tu faulenzen!

Wie er dem großen Bruder nachgeschaut hatte, der vorausgegangen war in der ersten Reihe der abziehenden Rekruten und am lautesten gesungen hatte von dem schönen Westerwald! Eukalyptusbonbon. Er hatte den Geschmack im Kopf und ersehnte ihn sich in den Mund. Wie ihn die Wehmut gepackt hatte, als er zurückbleiben musste, an der Hand der Mutter, mit der zusammen er den Bruder nach Kirchgrub begleitet hatte, und wie ein Hassgefühl auf sie ihm durch die Brust zog, für einen kurzen Augenblick, weil sie ihn so eisern festhielt, wo er doch alleine das Daheimbleiben-Müssen bewältigt hätte. Wie ihr Griff immer fester wurde, dass er sich gar nicht erinnern konnte, dass sie ihn irgendwann ein anderes Mal je so hart festgehalten hätte und ihn gar nicht mehr loslassen wollte, bis sie daheim waren. Wie ein kleines Kind! Ungerecht ist es, dass die andern alle älter sind und alles dürfen, und müssen nicht mehr fragen! Wenn es sowieso nicht mehr als nur sechs Wochen dauert, hätte er doch gut die

Ferien hindurch dem Bruder seine Sachen tragen und beim Schießen helfen können in der Zeit. Den ganzen Sommer über wohnten Kinder hier im Haus, die von zu Hause weggefahren waren und hier die Ferien verbrachten. Und er musste jedes Jahr das ganze Jahr zu Hause bleiben, durfte nie weg und hätte jetzt doch endlich einmal, wo es die Gelegenheit gerade gab – wann kommt die wieder? – Ferien machen können, Ferien im Krieg. Statt daheim bleiben und faulenzen. Die Daheimbleiber sind die Faulenzer. Drückeberger sind sie!

Könnte die Mare ihn verstehen, die jetzt mit weit ausholenden Schritten unter dem langen Leinenrock den Kalvarienbergweg heraufkommt, Freude verstrahlend mit jeder Bewegung und Glück, das pure Glück des Seins, in der einen Hand im Korb sein Mittagessen und den Krug mit kühlem, klarem Brunnenwasser, vermischt mit Apfelsaft, in ihrer anderen? Schlagartig merkt er jetzt einen brennenden Durst unterm Gaumen und im Rachen. Trotzdem tut er so, als würde er sie gar nicht sehen. Denn seine Gedanken sind ja düster, und das sollen die anderen ruhig wissen, auch wenn die anderen jetzt nur die Mare ist. Sie würde es daheim schon weitersagen. Bestimmt.

Jetzt geh weiter, iss was!, fordert sie ihn auf, als er immer noch so tut, als sähe er den Krug und das gefüllte Glas nicht und den Teller mit dem gelblich braunen Kaiserschmarrn mit fein geriebenem Puderzucker drüber, die sie auf einem weißen Tuch vor ihn hin ins Gras gestellt hat. Ich mag nicht, bockt er, und sie streicht ihm übers Haar: Heut hab ich aber noch mehr Puderzucker draufgestreut als letztes Mal. – Das letzte Mal ist lange her. – Er weiß schon gar nicht mehr: wie lang? Und wer weiß, wann das nächste Mal sein wird.

Wir werden mehr tun müssen und weniger haben, wenn der Krieg nicht bald aufhört, hat der Vater kürzlich beim

Mittagessen gesagt, nachdem sie das letzte Grummet am Vormittag zum Trocknen ausgebreitet hatten, um es am Nachmittag einzufahren – mehr nicht als diesen einen Satz. Bevor er diesen Satz sprach, hatte er sich mit einem ganz ernsten und besonders strengen Gesicht Raum geschafft, als ob er eine lange Rede beginnen würde. Doch er sprach nur diesen einen Satz. Dann aß er schweigend sein Mittagessen auf, schob den leeren Teller weg und sagte in die Stille hinein, die derweil am Tisch herrschte: Ich war am Vormittag auf der Bank und habe kein Geld mehr gekriegt. Das hat was zu bedeuten! – Sagte es, als ob er beim Essen nur eine Redepause machen wollte.

Es war jetzt schon Mitte September, und die versprochenen sechs Wochen Krieg waren um, aber weder der älteste Sohn noch der Knecht waren bisher heimgekommen. Vor einer Woche waren zwei Pferde requiriert worden. Es standen jetzt nur noch zwei Pferde für die vielfältigen Arbeiten zur Verfügung – und auf der Bank gab es kein Geld mehr. Das hat was zu bedeuten! Dieser Satz blieb allen im Gedächtnis hängen, als sie vom Essen aufstanden, um wieder an die Arbeit zu gehen: Das hat was zu bedeuten.

Als die Knechte und Mägde gegangen waren, forderte der Seewirt mit einer Handbewegung die Frau und die drei Töchter zum Bleiben auf. Du gehst deine Hausaufgaben machen, sagte er zum Pankraz, und der begriff, dass jetzt was Geheimes zur Sprache kommen würde, und blieb deswegen vor der Tür stehen zum Horchen. – Unser Schlafzimmer ist ab heute abgesperrt. Den Schlüssel hab ich. Die Einnahmen bleiben jetzt im Haus. Wir können sonst nicht mehr wirtschaften. Und ich möchte, dass das unter uns bleibt. Das geht die Angestellten nichts an, dass Geld im Haus ist und wo. Haben wir uns verstanden?, fragte er streng, und alle nickten stumm. Und auch der Pankraz muss es nicht wissen. Der ist noch zu jung dafür. Der versteht das noch nicht. Der redet sonst nur rum.

Die Schwestern sind dann am Nachmittag mit dem Fahrrad nach Seetal zur herrschaftlichen Villa des pensionierten Rittmeisters Graf Schrank-Rettich gefahren. Die älteste Tochter des Grafen hatte drei Wochen nach Kriegsausbruch allen besseren Häusern ein Rundschreiben zukommen lassen, in dem sie die heranwachsenden höheren Töchter aufforderte, dem Vaterland »mit Verve« auch die weibliche Arbeitskraft zu Verfügung zu stellen und den Ruhm des kommenden Sieges nicht alleine den Männern zu überlassen. Sie stellte ihren Salon zur Verfügung, damit dort in gemeinsamer Arbeit und bei vaterländischen Gesängen für die Lazarette Bettzeug zusammengeschneidert werde. Auch Sanitätskurse wurden im Salon abgehalten, und nach und nach wechselten die Gesänge der höheren Jungfrauen von Dur nach Moll.

Iss jetzt, sagt die Mare drängender, ich muss wieder heim, die Arbeit wartet nicht. Blöder Spruch, denkt der Pankraz und sagt: Aber nur wenn du wegschaust, bis ich fertig bin. Gut, sagt sie und dreht das freundliche Gesicht weg, ich schau auf den Klosterrieder Kirchturm hinüber und zähl bis hundert, dann musst du fertig sein, ja!? Ja, sagt er, und sie sagt, vergiss aber das Beten nicht, und fängt dann, nachdem er kurz vor sich hin gemurmelt hat, zu zählen an. Und bald ist sein Teller leer, schon bei 70, und er schaut ihr strahlend zu, wie sie die letzten 30 weiterzählt, ohne herzuschauen. Am Ende packt sie alles wieder in den Korb, streicht ihm noch mal übers Haar und läuft den Feldweg wieder hinunter zum Haus, barfuß, wie sie gekommen ist.

Den Krug hat sie stehenlassen.

Der Bub steht auf und läuft einer Kuh nach, die auf das Nachbargrundstück hinübergrast, und treibt sie zurück in die Herde. Dann geht er wieder an seinen Platz und packt seine Schulsachen aus. Er ist jetzt bereit zum Lernen.

~

Der Seewirts Toni ist im Lazarett z'Minga drin. Kopfschuss!

Ja hat er den Helm nicht aufgehabt?

Schon. Trotzdem.

Ja Herrschaftszeiten. Gibt's jetzt so was auch!

Er ist hautig beieinander, hat der Pfarrer gesagt. Nicht mehr ganz da, und macht dabei mit der einen Hand eine kreisende Bewegung vor seinem Kopf, der Dinewitzer.

Aha!

Was ist Minga, Vater?, fragt die kleine Theres den Lot und dreht dem Dinewitzer den Rücken hin. Gönnt ihm keinen Blick. Die Stadt, antwortet der Eichenkamerbauer seiner Tochter und fragt den Dinewitzer: Und wie geht's jetzt weiter bei denen? – Wie es ausschaut, wird er es dem Jungen übergeben müssen, der Seewirt. Oder? Ja ja, sagt der Lot zum Dinewitzer und dann zum Mädchen, das immer noch steif dasteht: Was hast du denn? Nichts, sagt sie. Aber das stimmt nicht. Sie ist aufgewühlt und tief verunsichert. Der Dinewitzer hat sie im Vorbeigehen gegrüßt: Grüß dich Gott Kleine mit dem großen Kopf, hat er gesagt und ist dann einfach weiter hineingegangen in die Küche zum Vater mit seiner Neuigkeit. Sie ist die Treppe hinaufgerannt, in die Kammer, und hat sofort in den Spiegel geschaut. Tränen sind ihr in die Augen geschossen, weil er tatsächlich groß aussah der Kopf, jetzt, mit der Dinewitzerei in ihm drin, die jetzt das Sehen bestimmt bei ihr für den Moment, weil sie zu klein ist noch zum Verstehen der Bosheiten der Alten. Der Vater redet weiter mit dem energiegeladenen Dinewitzer über das angeschossene Hirn des Seewirtsohnes: Da muss der Schuss ja glatt den Helm durchschlagen ham. Und: Schau mal zur Mutter hinein, ob sie was braucht!, schickt er das zurückgekommene Mädchen gleich wieder weg und hört dann wieder auf sein Gegenüber. Der hat noch einen Haufen Neuigkeiten zu berichten. Alle aus dem Krieg. Eine Unzahl Toter und Schwerverwundeter zählt er dem Lot auf, lauter nahe und ferne Bekannte von hüben und drüber des Flusses. Armamputierte, Beinlose, Gesichtsverstümmelte, alles. Von einem, der vollkommen unversehrt an Kopf und Körper sei, aber weder Arm noch Bein mehr dran hat, hat der Dinewitzer gehört. Aber er kenne ihn nicht persönlich.

Gott sei Dank, sagt der Lot. Sei froh!

Nicht einmal mehr selber umbringen kann der sich, sagt der Dinewitzer.

Manchmal fragt der Bauer nach, wenn ihm ein Name nicht gleich geläufig ist. Oft kennt man die Leute nur vom Hörensagen. Aber es sind beinahe nur Bauernsöhne, von denen der Postbote berichtet, und die sind ihm automatisch näher als die anderen, dem Lot, die Anteilnahme ist unmittelbarer. Es könnte einen auch selbst getroffen haben. Man kennt die Schwierigkeiten, die entstehen, wenn eine familiäre Arbeitskraft für immer ausfällt, und das Leid, das daraus wächst.

Das Mädchen ist leise in die gute Stube hineingetreten, wo die Mutter mit hohem Fieber auf dem Kanapee liegt, das die große Schwester ihr zum Bett hergerichtet hat. Zwei Tage vorher war die Mutter im Stall unvorsichtig auf eine umgefallene Mistgabel getreten, und die spitzen Zinken hatten ihr eine Krampfader aufgerissen. Das Blut ist herausgeschossen wie eine Fontäne, hat die ältere Schwester dem Doktor berichtet, den der Vater gleich selber in der Kreisstadt mit der Pferdechaise abgeholt hatte, das Stallpflaster hat ausgeschaut wie nach dem Kalben. Als der Doktor wieder weg war, hat die

Mutter dem Vater große Vorwürfe gemacht, dass er wegen einer solchen Kleinigkeit gleich den Doktor hat kommen lassen. So was käme doch bei der Arbeit immer wieder mal vor. Noch dazu jetzt, wo es mit dem Geld so knapp bestellt sei wie schon lang nicht mehr, könne man sich das am allerwenigsten erlauben. Den Verband hätt mir auch die Maria anlegen können, sagte die Mutter, Verbandszeug wäre genug da. Am andern Morgen ist ihr beim Melken auf einmal schlecht geworden, und sie hat sich auf das Fensterbrett aufstützen müssen. Die ganze Milch hat sie ausgeschüttet, die schon im Kübel war, mit einer fahrigen Bewegung. Schweißperlen standen auf ihrer Stirn, als sie langsam zusammensackte unterm Fensterbrett, die Wand herunter. Komisch geschaut hat sie, ganz stier. So wie jetzt, als die Theres sie fragt, ob sie wirklich einen zu großen Kopf habe. Aber die Mutter antwortet nicht. Sie schaut gradaus und rührt sich überhaupt nicht mehr, obwohl sie aufrecht da sitzt, drin im Bett, auf dem Sofa, an die zwei großen Kopfkissen hingelehnt.

Willst noch eine Spritze, Mutter?, fragt die Theres sie, soll ich dem Vater sagen, er soll den Doktor noch mal holen? Weil die Mutter weiter so stier schaut, rennt das Kind nach draußen in die Küche. Aber die ist menschenleer. Der Vater und der Dinewitzer sind schon weg. Das Mädchen rennt über den Hof und sucht, wen, ist ihr gleich. Aber jemand, der das Schuldgefühl ihr nehmen könnte, soll es sein. Der Blick der Mutter ist jetzt drin in ihr und sticht. Eine Blutvergiftung könnte es sein, hatte der Doktor Pachie gesagt, wie er das zweite Mal da war, um ihr die Spritze reinzustechen. Danach wurde der Mutter ihr Blick wieder normal. Sie wünscht sich, dass ihr der Doktor noch mal eine Spritze geben möge, der Mutter, die Theres, weil sie jetzt regelrecht Angst spürt vor diesem Blick. Dass der Doktor den Blick wegspritzt, wünscht sie sich. Vater!, schreit sie, Vater! Dann kommt wenigstens die

Susi, die zweite Schwester, aus der Scheune, heustaubschwarz verschmiert im Gesicht überm Schweiß, und schimpft, weil sie so laut schreit. Die Rita schläft doch noch! Du weckst sie ja auf mit dem Geschrei. – Die Mutter schaut wieder so, sagt die Theres, und ihr ist ein wenig leichter geworden innerlich, wie die Schwester aufgetaucht ist. Obwohl sie sie geschimpft hat.

Sie sind zuerst zu zweit in die Stube hineingegangen und haben dann nach dem Vater gesucht und allmählich alle anderen Geschwister zusammengeholt. Auch die drei kleinen. Und auch den Doktor noch mal aus der Kreisstadt. Aber die Mutter war dann doch tot. Einen Wundstarrkrampf hat sie gehabt, haben sie gesagt, und an dem ist sie gestorben. Und drum habe sie auch so stier geschaut. Die Theres kann sich jetzt unter einem Wutstarrkrampf was vorstellen, weil sie ja jetzt ein Bild davon hat.

Der Lot hat mit dem Doktor Pachie nie mehr ein Wort geredet danach und seine sieben Kinder ganz alleine großgezogen, ohne jede Hilfe. Fast fünf war auch die Theres damals erst.

~

Es war leicht dahergeredet, wenn später gesagt wurde, schon gleich nach seiner Entlassung aus dem Lazarett hätte man es merken können, dass aus dem Anton vom Seewirt nichts mehr wird, weil der Kopfschuss nämlich den Verstand getroffen hatte. Gab es nicht bei beinah jedem, der einigermaßen unbeschadet aus dem Krieg wieder heimgekommen war, irgendeine Seltsamkeit von dieser Art, von der vorher nichts bekannt und nichts zu sehen war? Sogar bei denen, die vollkommen unversehrt zurückgekommen waren?

Nein nein: Einen Schuss hatte jeder abgekriegt von denen, die an der Front waren. Einen ein jeder! Wenn er auch nicht unbedingt aus Blei war. Jedoch irgendetwas aus dem Lot geraten war bei den meisten, irgendeinen Hau hatten sie alle. Aber es ist schon wahr: Beim Anton fiel einiges mehr auf, nicht nur sein finster fanatischer Blick, der den Menschen einen Schauer über den Rücken jagte und von dem früher nicht mal ein Schimmer zu sehen war. Mit diesem Blick hielt er seine Reden, wenn er die Leute von der Bürgerwehr in den großen Saal zum Holzwirt nach Kirchgrub zu einer Versammlung einbestellte oder auf die Eggn hinaufkommandierte, über dem Kalvarienberg droben, zu einer Übung, die Bürgerwehrler, deren Gründungsmitglied und Hauptmann er war. Mit diesem Blick marschierte er bei der Prozession an Fronleichnam oder beim Kriegerjahrtag vor den anderen her und fuchtelte mit einem funkelnden Bajonett herum, einem blank polierten, dass manche lachen mussten, ängstlich, hinter dem Rücken von anderen, und heimlich, dass niemand es sah, so komisch wirkte das und so verrückt, so schauerlich. Komisch, weil immer dieses finster fanatisch todernste Gesicht zu sehen war hinter dem blitzenden Bajonett; verrückt, weil alle wussten von dem Kopfschuss durch den Helm hindurch. Aber selbst wenn es regnete oder bewölkt war oder die Fronleichnamssonne schien, selbst wenn es kältestarrend fror, sah, wer sehen konnte, einen tödlich ernst gewordnen Witz, direkten Wegs, mit stieren Augen, der Monstranz voraus, Gebete murmelnd, geradeaus zur nächsten Wallstadt schreiten: die Bürgerwehr. Die Gläubigen samt Glauben hinter sich: die Dorfgemeinden. Weil der Bürger nichts auf die Bürgerwehren kommen ließ, die gleich nach Kriegsende gegründet worden waren, weil man ja nicht wissen konnte, wie lange der rote Spuk in der Hauptstadt drin noch dauern würde, ob er sich nicht sogar noch ausbreiten könnte aufs Land heraus, deshalb lachte man nicht öffentlich über den Seewirts Toni, sondern nur im Geheimen, mit ungutem

Gefühl. Denn wenn sich das Kommunistische tatsächlich durchsetzen würde, wären ja alle Besitztümer bedroht, nicht nur die von den ganz Reichen, sondern auch die bäuerlichen. Denn Besitzer waren sie auch, die Bauern, wenn auch keine vermögenden. Reich waren sie alle nicht, höchstens vielleicht der Seewirt, und der stellte ja auch den Hauptmann der Bürgerwehr. Aber den Neid der besitzlosen Arbeiter kannten sie alle vom Stammtisch her. Wenn die zu mehreren nach ein paar halben Bier ins Reden kamen und laut redend das Unbehauene dachten und ihr neidisches Unbehagen zeigten, dann horchten die Bauern ganz unauffällig hin und fürchteten sich vor der ungezügelten Aufsässigkeit. Zumindest damals, wo alles, seit der Krieg zu Ende war, eine beängstigend undurchschaubare Entwicklung nahm. Selbst der Lot in Eichenkam, obwohl der alles andere als ein Schwarzseher war, redete nicht schlecht über den Anton oder lachte gar über ihn. Selbst er, der nach dem Tod seiner Frau, im Schmerz und in der Erregung an einem Sonntag nach der Kirche, vor den um den Maibaum versammelten Männern den Doktor Pachie aus der Kreisstadt einen hirnvernagelten militärnarrischen patriotenidiotischen Kurpfuscher genannt hatte, der seine, des Lots, Frau auf dem Gewissen habe, und der dafür vom Landrat eine Verwarnung wegen unpatriotischen Redens aufgebrummt bekam, der Lot, weil ihn der Metz, ein Kleinbauer aus Steinöd, hingehängt und der Bürgermeister sich geweigert hatte, die Verwarnung auszusprechen aus Pietät gegenüber dem Lot, wie er sagte, so kurz nach dem Tod von dessen Frau ... Selbst der Lot! Als ob sie als Mittel im Kampf gegen den Wahnsinn, der ihnen aus der Hauptstadt drohte, wie sie alle meinten, ganz auf den nächstliegenden, den dorfeigenen Wahnsinn setzten – so ließen sie den Seewirtssohn und seine Bürgerwehr gewähren. Und mit leuchtenden Augen sahen seine zwei Schwestern zu ihrem entschlossenen Bruder Anton hinauf und öffneten unter seinem hypnotisierenden Blick ihre Herzen der kommenden Zeit.

~

Beim Lotbauern in Eichenkam war die Katastrophe ausgeblieben. Der frühe und völlig unerwartete Tod der Bäuerin hatte in der Familie zuerst einen Schock ausgelöst. Die drei älteren Schwestern kümmerten sich anfangs vor allem um den Lot, der in den ersten Tagen nach der Beerdigung in Apathie zu versinken drohte. Er wirkte nach außen hin gleichgültig, tat seine Arbeit wie immer, aber auffällig mechanisch. Wenn ihm ein Fehler unterlief, ein viel geübter Handgriff misslang, auf eine Art, wie es im Arbeitsalltag immer wieder vorkommt und von ihm üblicherweise mit einem unterdrückten, weil gottesfürchtig gedachten Fluch quittiert wurde, so schien ihn das neuerdings nicht im Geringsten zu berühren. Sein bewegungslos wirkendes Gesicht, mit dem er jedes Fragen, jedes gute Zureden, jede Überraschung und jeden Ärger über sich ergehen ließ, verzog sich dann zu einer abfälligen Grimasse, einem Grinsen nahe, aber nie eines werdend, und es fehlten zum körperlichen und mimischen Ausdruck nur noch die dazugehörigen Worte: Was hat das alles noch für einen Sinn? Er befand sich auf dem Weg in einen tief empfundenen Nihilismus, der für ihn als Bauern und gläubigen Christen nicht begehbar war und deshalb unweigerlich in den baldigen körperlichen und seelischen Verfall führen musste. Unerfahren, wie sie in solchen Dingen waren, erkannten die älteren Schwestern trotzdem diesen bedrohlichen Umstand im Verhalten ihres Vaters und taten instinktiv das Nützliche: Sie ersetzten auf geschickte Art die tote Mutter, indem sie ohne Anweisung die gesamte anfallende Arbeit erledigten und gleichzeitig wie selbstverständlich die Versorgung der vier jüngeren Geschwister übernahmen. Und immer wieder, aber nie zu oft, fragten sie den Vater um Rat. So erinnerten sie ihn unauffällig an seine Unabkömmlichkeit und weckten in ihm gleichzeitig wieder die Instinkte für sein Verantwortungsgefühl gegenüber den Kindern und dem Leben schlechthin. Das Einzige, was wie eine unübersehbare Narbe überblieb, war eine deutlich gesteigerte Frömmigkeit beim Alten.

Ein Jahr nach dem Tod der Mutter hatten die kleineren Kinder sie schon beinahe vergessen. Die älteren Schwestern waren unter dem aufgezwungenen Verantwortungsgefühl früh zu jungen Frauen gereift, und der Lot behandelte sie dementsprechend: Er sprach zu ihnen wie zu Partnerinnen, nicht wie ein Patriarch zu seinen Kindern. Das hatten die Kleinen mitbekommen und lebten in der um die Mutter reduzierten Familie mit ihren älteren Schwestern zusammen wie mit mehreren Müttern. Eine beinah matriarchalische Struktur hatte sich aus dem Unglück herausgebildet und prägte nun auch den Vater und den einzigen Sohn unter den Kindern.

Im Haus des Schwarz, das der Seewirt schon im Jahr 1911 gekauft hatte, um noch mehr Platz für die immer zahlreicher aus der Stadt herausdrängenden Sommerfrischler zu schaffen und auch, weil es billig hergegangen war, hatte sich nach dem Ersten Weltkrieg die ehemalige Kammersängerin Krauss einquartiert. Sie zehrte von einer ansehnlichen Pension und gab zusätzlich noch monatlich vier- bis fünfmal Gesangsunterricht für Studenten des hauptstädtischen Konservatoriums. Die fuhren mit dem Zug bis Seestadt und dann weiter mit dem Dampfschiff nach Seedorf. Dort landeten sie nahezu direkt vor dem Haus der Kammersängerin, denn der Anlegesteg vor dem Seewirtshaus war keine hundert Meter vom Schwarzenhaus entfernt.

So einen Ausflug nahmen mancher Student und manche Studentin wegen der schönen Landschaft, durch die ihre Reise sie führte, gerne in Kauf, selbst wenn an ihrem Ziel ganz seltsam gesungen werden musste. Wer da auf der Uferstraße spazieren ging, konnte das Mimimimi und das Nononono hören, wechselnd mit einem Lalalala, alles immer wieder von vorne und die Tonleiter hinauf und danach wieder hinunter, oder das Operta operta operta, dem ein mümele memele momele mumele folgte, um dann in die Zwielaute maimele moimele maumele hineinzutaumelen. Mh. Manch einer blieb stehen und hörte mit offenem Mund zu. Und dafür zahlen die der alten Kraxen auch noch ein Geld, sagte der Eierwastlbauer von Kirchgrub, der einmal Zeuge einer Unterrichtsstunde geworden war, als er seinen schlachtreifen Stier nach Seedorf hinunterführte, um ihn dem Dinewitzer zu übergeben, dass der ihn mit seinem Kahn nach Klosterried hinüberrudere, zur Bahnstation – dafür schmeißen die ihr Geld hinaus!? Er war fassungslos, denn er hatte gehört, dass die Stunde bei der Kammersängerin acht Reichsmark kostete. Dafür musste er zwei Wochen lang seine Kühe melken.

Beim Seewirt, wie in Seedorf allgemein, wo wegen der gebildeten Gäste schon so eine Art Kultur ins Dorf und in die Häuser eingezogen war (wovon in der nur zwei Kilometer entfernten, aber gut versteckten und windgeschützten Senkgrube Kirchgrub noch nicht mal im Entferntesten die Rede sein konnte), hörte man das gestopselte Singen in der Wohnung der Kammersängerin mit ganz anderen Ohren: mit einer stummen Andacht. Die Krauss hatte den jungen Seewirt ein paar Mal im Kirchenchor singen hören und ihm angeboten, seine Stimme auf eine mögliche Begabung hin testen zu wollen, wenn er das wünsche. Noch sind Sie ein Batzist, hatte sie ihm nach einem österlichen Hochamt zugeraunt, aber vielleicht kann man ja einen Bassisten aus Ihnen machen. Kommen Sie doch mal vorbei. Sie haben's ja nicht weit.

Der Sohn des Seewirts war ein unbefangener junger Mann und im Umgang mit den Städtern, die jeden Sommer das Haus bis unters Dach hinauf füllten, schon ziemlich geübt. Die Anwesenheit dieser Leute, die ein ganz anderes Lebensgefühl mitbrachten und verbreiteten als jenes, das im hiesigen dörflichen enthalten war, wenn sie für drei oder vier Monate auftauchten, einen ungeheuren Wind machten, ein Tempo und eine Schnelligkeit hinlegten beim Reden und Entscheiden, so dass man gar nicht so schnell zuhören konnte wie sie redeten, und die dann wieder verschwanden für das ganze restliche Jahr, das sich immer länger hinzog und immer dunkler zu werden drohte, je mehr er heranwuchs und mit diesem Rhythmus vertraut wurde, und das ihn gerade deshalb den Sommer als den einzigen Lichtblick im Jahr erscheinen ließ, als ob nur in ihm Auftrieb wäre und Leben und nur Dumpfheit, Gräue, Regen und Schlamm in den anderen Jahrszeiten – diese Vereinnahmung durch die Fremden erlebte er jedes Mal wieder wie einen Rausch.

Er war den ganzen Sommer über aufgedreht wie ein junger Hengst. Die Arbeit erledigte er, ohne die geringste Anstrengung zu spüren. Er schlief nur halb so viel wie in der übrigen Zeit des Jahres und war trotzdem immer hellwach. Seine Wachheit und Unbefangenheit machten ihn zum bevorzugten Ansprechpartner bei den Gästen, wenn sie eine Auskunft wollten oder wenn sie einer praktischen Hilfe bedurften. Nach und nach entwickelte er das Gefühl, mehr zu sein, als es ihm die eigene Existenz in diesem Dorf und in diesem Haus einüben wollte. Wenn diese gebildeten und weltgewandten Leute so auffällig seine Nähe und das Gespräch mit ihm suchten, musste etwas sein an ihm, das er selbst noch nicht so richtig kannte, etwas, das noch aufzudecken war.

Als er daheim von dem Angebot der Kammersängerin erzählte, entrang das seinem Vater nur ein abschätziges: So? Na ja! Und nach einer Pause sagte er: Wenn dir keine Flausen wachsen deswegen! Von mir aus, geh hin. Die Frau Kammersängerin zahlt eine gute Miete. Aber sofort ist Schluss, wenn die Arbeit darunter leidet. Verstanden?

Bei seinen Schwestern hingegen entfachte die Nachricht vom Interesse der Kammersängerin an der Stimme ihres Bruders eine Wirkung wie! ... wie? ... wie ein Windstoß in einem frisch angezündeten dürren Reisighaufen vielleicht. Beide waren in einem Klosterinternat erzogen worden und hatten da die Mittlere Reife erworben. Eine Schulbildung, die in ihrer bäuerlichen Umgebung ganz und gar unüblich war und als völlig überkandidelt galt und den Verdacht nährte, dass der Seewirt seine Töchter zu was Besserem herausputzen wolle. – Was haben die? Eine Mittlere Reife!, lästerte der Holzwirt von Kirchgrub beim Frühschoppen nach dem sonntäglichen Hochamt von hinter der Schänke heraus zum Stammtisch hinüber, die heiratet trotzdem keiner, glaubts mir's, kugelrund die eine und zaundürr die andere. Die eine kugelt dir immer raus aus dem Bett, und die andere kriegst du gar nicht hinein, so katholisch wie die ist! – Wieder waren es die kultur- und bildungsarmen Kirchgruber, die sich das Maul zerrissen. – Mir wär eine Vollreife auch lieber, sagte der Bachhuber und senkte das Niveau gleich noch ein wenig. Lügenbeutel, schimpfte ihn der alte Fesen, am allermeisten täte dir doch eine Frühreife taugen, ha? Und haute mit einem brüllenden Lacher seine Faust auf den Tisch, dass das lacke Bier in den Maßkrügen noch einmal aufschäumte.

Die dabeisitzenden Seedorfer schwiegen lieber. Der eine oder andere ertappte sich sogar dabei, wie er überlegte, ob seine Tochter nicht vielleicht auch das Zeug für eine höhere Schule hätte. Alle hatten sie schon Kontakt gehabt mit den

Fremden und deren Eigenarten. Fast alle vermieteten eine Kammer oder sogar das Wohnzimmer und verdrückten sich und machten sich klein in der Küche, um die Stadterer nicht zu stören – den ganzen Sommer über. Leicht angekränkelt waren sie alle schon ein bisschen, da unten in Seedorf, von dieser Kultur. Man sah es schon daran, wie herbstkatzenhaft sie dasaßen, wie ausgedünnt, am Stammtisch beim Holzwirt, mitten unter den rotgesichtigen und feisten Kirchgrubern, die keine Komplexe kannten, die noch Herr ihrer Arbeit waren und ihrer selbst, die nichts verunsichern konnte oder gar beleidigen, nicht einmal das Schweigen der Seedorfer. Die heiratet nicht trotzdem keiner, dozierte der Attenbauer, sondern die heiratet deswegen keiner, verstehst! So eine weiß doch immer alles besser. Da hättest ja du überhaupt nix mehr zum Melden … Im eigenen Haus!

Von diesem Gerede erfuhren die Seewirtstöchter natürlich nichts. Es hätte sie nur gekränkt. Sie erinnerten sich, als ihr Bruder mit seiner Nachricht hereinplatzte, an die schöne Zeit im Internat bei den Poinger Benediktiner-Schwestern, wo fast jeden Tag musiziert wurde, weil viele höhere Töchter das Institut besuchten und jedes dieser Mädchen mindestens ein Instrument konnte, nämlich die Blockflöte, manche aber sogar die Geige oder das Klavier. Und jene, die aus Familien kamen, die erst vor kurzem in den Wohlstand aufgestiegen und noch nicht im Knigge geschult waren und deshalb die Tischmanieren noch nicht gänzlich und ein Instrument schon überhaupt noch nicht beherrschten, die durften das Manko mit ihrer Stimme ausgleichen. Und da waren die Töchter des Seewirts nicht die Unbegabtesten. Die eine, die dickere, die Hertha, die hatte einen tiefen Alt, und die andere, die magere, die Philomena, hatte einen hohen Sopran. Und damit sangen sie sich im Schulchor in die jeweiligen Solopartien hinein, und später, als sie wieder daheim waren und nicht wussten, was anfangen mit der erworbenen Bildung, wenn nicht gerade zufällig mal ein Engländer oder ein Franzose vorbeikam, dem man mit der erlernten Fremdsprache helfen konnte, sangen sie im Kirchenchor, ebenfalls Solo. Und das klang so schön und lieblich, so schön von fern und nah ..., vor allem von nah, in den eigenen Ohren. Und heimliche Sehnsüchte wuchsen – und das Wissen um ihre Unerfüllbarkeit. Und dahinein platzte der Bruder mit dem Angebot der Kammersängerin – und riss nieder die Resignation und fachte eine Hoffnung an. Zweimal waren die drei Geschwister schon von Sommergästen in die Oper eingeladen worden. Dieses Erlebnis hatten sie so behutsam und diebstahlsicher eingespeichert in ihre Erinnerung wie eine magere Getreideernte in den Getreidekasten. Sie bestürmten den Bruder, er möge diese Gelegenheit doch bitte ja nicht fahrenlassen!! ... und vielleicht könnte sich ja daraus auch für die Schwestern eine Gelegenheit ergeben. Was für eine Gelegenheit?, fragte der Bruder. Na ja, sagten sie, der Kammersängerin auch unsere Stimmen vorzuführen. – Wie Kinder den Christbaum, so umstanden die beiden älteren Schwestern ihren jüngeren Bruder. Und wie von älteren Schwestern der jüngere Bruder, so wurde er an normalen Tagen von ihnen geschurigelt.

Eines Tages im Herbst, als das Haus wieder leer war und der graue November wie das Totenland auf ihn wirkte und sich eine graue Öde in seiner Brust ausbreitete und graue Gedanken durch seinen Kopf krochen, klopfte er bei der ehemaligen Kammersängerin an. Ah, da sind Sie ja doch noch, ruft sie, als sie die Tür öffnet, und ich habe schon gedacht, ich hätte Sie beleidigt an Ostern, als ich Sie einen Batzisten genannt habe. Aber so schnell lässt sich so ein kräftiger Bursche wie Sie einer sind nicht unterkriegen, was? – Und schließt damit die Tür hinter ihm wieder zu. – Ich hab Ihnen im Sommer ein paar Mal von der Bank oben am Kalvarienberg aus zugeguckt, wie Sie mit nacktem Oberkörper diese schweren Heuhaufen auf den Wagen gestemmt haben. Donnerwetter! So eine Kraft wie Sie haben! Sie haben ja wunderbare Muskeln! Da knickt man natürlich nicht so schnell ein. Kommen Sie! Setzen Sie sich da auf den Stuhl. Ich mach uns erst mal einen kräftigen Kaffee. Bier haben Sie ja zu Hause genug. Brav setzt er sich auf den angebotenen Stuhl, der Pankraz, und wartet neugierig drauf, wie's jetzt weitergehen wird. Nach ein paar Minuten kommt die Kammersängerin zurück. Ein Tablett trägt sie in den Händen, die Kaffeeutensilien drauf, samt einem Sandkuchen. Dann trinken sie den Kaffee und essen Kuchen, und er schaut auf ihre vollen und schön geschwungenen Lippen, während sie redet, und sieht dabei aber auch die Falten, die sich überall schon gleichmäßig auf der Gesichtshaut verteilt haben, lauter kleine Falten in großen Mengen, und die machen das Gesicht halt schon ein wenig alt, denkt er. Und so wie im Gesicht wird's dann wohl überall ausschauen!, denkt er. Und die Kammersängerin erzählt ihm von ihrer Karriere und vom Glanz, der um sie herum war. Große Städtenamen nennt sie: Paris und Mailand, London, und sogar New York kommt vor. Und bald hat der Pankraz die Gedanken an ihren faltigen Körper vergessen und stellt sich jetzt die Welt vor, die sie in ihm wachruft mit ihrer Beschreibung von der eignen, glanzvollen Vergangenheit und von der Begabung, die vielleicht in ihm schlummert und auf die sie jetzt zu reden kommt. – Und deshalb sind Sie ja da, sagt die Krauss, und nicht, weil Sie ein Mann sind und ich eine Frau bin. Denn dafür stehen wir leider altersmäßig ein wenig zu weit voneinander entfernt. Also lassen Sie uns singen, sagt sie, und im Gesang das Begehren, das unmögliche, vergessen.

Dem Pankraz steht das Blut bis unter die Haarwurzeln, wie er sie so reden hört. Und er ist froh, wie sie ans Klavier geht und es öffnet und der Moment da ist, vor dem er sich zuvor noch am meisten gefürchtet hat: das Vorsingen-Müssen. Die Kammersängerin sieht, dass seine Hände schön geformt sind, wie er sie jetzt auf die Abdeckung des Klaviers legt. Das hat er einmal beim Kammersänger Rhode gesehen, als der in der Kreisstadt im Pfarrsaal ein Konzert gegeben hat, mit deutschem Liedgut aus der Romantik. Der hatte zuerst auch beide Hände aufs Klavier gelegt und dann, als er anfing zu singen, eine Hand gelöst und sie sich in die Seite gestemmt. Die andere ließ er auf dem Klavier liegen. Das sah ziemlich gut aus, hatte der Pankraz noch in Erinnerung, als er sich in Gedanken vorbereitet hat auf dieses Vorsingen, und wie er sich hinstellen würde. – Sie sind mir ja das reinste Rätsel, sagt die Kammersängerin, da machen Sie die schwerste Arbeit, die man sich überhaupt vorstellen kann, und dann haben Sie so wunderschöne Hände. Zeigen Sie mal her! Und nimmt die eine von seinen Händen in die ihre und hält sie fest und schaut sie an. So schaut der Metzger das Kalb an, das er holen kommt zum Schlachten, denkt er, schaut so, um den Preis abzuschätzen. So sauunwohl gefühlt hat er sich schon lang nicht mehr. Eigentlich noch nie. Denn jetzt dreht sie seine Hand in ihrer auch noch hin und her und hebt sie an – um das Gewicht zu fühlen – lehrt sie ihn. Schwer wie die Pranke eines Löwen, urteilt sie und schaut ihn so leicht schräg von unten an, die Krauss, und schaut dabei so leicht aus, diese Pranke, wie die Zügel haltende Hand des Wagenlenkers in Delphi. Sagt die Krauss. Der Pankraz versteht nur Bahnhof. Wenn er den Schwindel, der jetzt in ihm aufkommt, jetzt, in dem Moment, wenn er den nicht gleich in den Griff kriegt, dann fällt er ihr genau in die Arme, denkt er. Verflucht noch mal! Diesen Schwindel hat er sonst nur, wenn er am Abend ein bisschen mehr getrunken hat und nachts aufwacht, vom Harndrang, und schnell hochkommt vom Bett und sich in den Ausguss vor der Tür im Hausgang draußen entleert. Da ist er auch schon einmal ohnmächtig zusammengefallen dabei. Aber im Moment des Aufpralls auf dem Fichtenholzboden ist er wieder aufgewacht. Da hat er mit seinem Bruder noch ein Schlafzimmer geteilt, damals, so dass der aufgewacht war vom dumpfen Schlag, den der Aufprall verursacht hat, und, als er ihn so hilflos auf dem Boden hocken sah, nur sagte: In dieser Haltung schiffen im abendländischen Kulturkreis eigentlich nur die Frauen. Auch der Bruder hatte die Mittelschule besucht und wusste immer mal wieder ein paar gebildete Überflüssigkeiten hochtrabend loszuwerden. Kultur! Immer schon kam er sich ganz unfertig vor in solchen Momenten, der Pankraz. Und ging dann ungerührt wieder ins Bett, der Bruder. Damals.

So hilflos steht er jetzt vor der Kammersängerin, wie er damals vor seinem Bruder auf dem Boden gehockt war, denkt er, wie ein Depp. Leicht nach vorn gebeugt, die eine Hand nach unten hängend, die andere in den beiden Händen der Kammersängerin, und mit stierem Blick dem Schwindel wehrend. – Ja schaun Sie mich nicht so an! Sie sind wirklich ein sehr schöner Mann! Und damit lässt sie ihn los und lässt sich nieder auf dem Klavierhocker. Denn von einem normalen Hinsetzen kann keine Rede sein, wie sie sich da das lange Kleid unterschiebt, während sie den Hintern zwei-, dreimal über den Klavierstuhl kreisen lässt, bevor sie mit einem leichten Seufzer ihren Knien nachgibt und dann doch ziemlich ordinär hinunterplumpst, die letzten zehn Zentimeter bis zum Hocker, mit ihrer Gesäßhaftigkeit. Da aber ist dem Pankraz schon alles vergangen, was ganz am Anfang noch Ansporn zu sein versprach.

Sie hat ihn dann mit großen Hoffnungen entlassen. Mit seiner Stimme sei sehr wohl was zu machen, aber das habe sie ja schon an Ostern in der Kirche erkannt. Es hänge jetzt alles davon ab, ob er das überhaupt wolle und ob er überhaupt könne. Denn was anderes können Sie dann nicht mehr machen, hat sie gesagt. Wenn Sie Sänger werden wollen, dann erfordert das nicht nur den ganzen Mann, sondern auch Ihre ganze Zeit. Das müssen Sie unbedingt wissen, bevor Sie sich entscheiden. Und gerade billig wird es auch nicht werden. Obwohl man in Ihrem Fall vielleicht an ein Stipendium herankommen könnte. Möglicherweise an ein privates. Denn für Talente vom Land gibt es im Kulturbetrieb immer eine erhöhte Aufmerksamkeit. Aber das lassen Sie uns durchsprechen, wenn Sie sich wirklich entschieden haben. Können Sie denn aus Ihrer Landwirtschaft und dem Gasthaus einfach so weg?

Da hat der junge Seewirt erst mal herumgedruckst. Der Satz von seinem Vater ist ihm durch den Kopf gegangen, dass er sich keine Flausen wachsen lassen soll und die Arbeit auf dem Hof auf keinen Fall darunter leiden dürfe. – Ich werde das mit meinen Eltern besprechen, hat er in gedrechseltem Hochdeutsch geantwortet. Aber eigentlich müsste das schon möglich sein. Für das Anwesen ist ja mein Bruder zuständig. Der ist der Hoferbe. Dann muss ich sowieso was anderes suchen.

Sein Bruder! Ja! Der hatte zwar damals schon seinen Kopfschuss weg, aber eingestanden hatte man es sich noch immer nicht so richtig, in der Familie des Seewirts zumindest noch nicht. Deshalb war er immer noch der Hoferbe. Und deshalb konnte der Pankraz immer noch von einer Karriere als Sänger träumen.

Der Vater hat ihm den Unterricht bei der Krauss nach langem Hin und Her dann doch genehmigt. Viel Geld hat sie nicht verlangt dafür, hat aber regelmäßig frische Lebensmittel aus der Landwirtschaft zusätzlich noch bekommen und an Weihnachten einen lebendfrischen Karpfen. Auch den Schwestern hat sie einige Gesangsstunden gegeben, besser gesagt: Sie hat ihnen ein paar technische Tricks verraten, damit die hohe Fistelstimme der Philomena nicht mehr ganz so fistelig und der Alt der Hertha weniger baritonal, dafür etwas fraulicher daherkamen. Dem Kirchenchor hat das insgesamt zu einem runderen Klang verholfen, und, als die Geisteskrankheit beim älteren Bruder dann endgültig ausgebrochen war, zu einem guten Chorleiter, den der Pankraz abgab, nachdem sich seine Träume zerschlagen hatten.

~

Theresa war inzwischen fünfzehn Jahre alt geworden und arbeitete bereits so zuverlässig wie ihre noch auf dem Hof lebenden älteren Schwestern. Die Maria, die älteste, hatte ein paar Jahre zuvor einen Bauern aus dem Nachbardorf geheiratet. Sie war zwar bei der Hochzeit erst achtzehn gewesen und hätte sich ein paar ungebundene Jahre noch gerne gegönnt, aber die Auswahl an Männern war immer noch gering. Noch wirkte die Dezimierung nach, mit der der Krieg das Gleichgewicht zwischen Männern und Frauen durcheinandergebracht hatte. Es war nicht sicher, später eine gute Partie zu machen. Der Mann war Erbe eines großen Hofes, und vielleicht liebte sie ihn sogar. Was soll's? Jedenfalls war der Heiratsmarkt auf dem Lothof in Eichenkam eröffnet. Das Haus war in den kommenden Jahren stark frequentiert. An den Wochenenden kamen die Brautwerber teilweise aus entlegenen Gegenden mit ihren Pferdechaisen daher und wurden auf dem Hofgelände bewirtet. Die Töchter hatten ihre bäuerliche Schüchternheit abgelegt, als sie begriffen hatten, wie begehrt sie waren, und behielten davon nur noch einen schicklichen Rest als Dekoration. Mittendrin stand der Alte und ließ sich aus den fernen Ortschaften das Neueste berichten. Auch aus den umliegenden Dörfern kamen die einschlägig Absichtsvollen und lernten so ihre Kollegen aus den fremden Gemeinden kennen. Neue Freundschaften wurden geschlossen, und neue Antipathien entwickelten sich, von Männerstolz entfachte Konkurrenz drohte manchmal ebenso auszubrechen, wie sie der alte Lot regelmäßig im Keim zu ersticken wusste, und so kam es, dass seine sechs Töchter im Lauf der Jahre alle unter die Haube kamen und dass durch den Rummel, der auf dem Lothof eine Zeit lang herrschte, höchst seltene Kontakte über die bis dahin geltenden, natürlichen Reisebegrenzungen durch den See im Westen und den großen Fluss im Osten hinaus entstanden und die einheimischen Jungbauern ebenfalls zu ausgedehnten Reisen auf der Suche nach einer Braut aufgestachelt wurden. Ja, ja. Und dadurch kam auch das jahrhundertealte Problem der bäuerlichen Inzucht nach und nach zum Erliegen.

Wann der junge Seewirt, bei dessen älterem Bruder sich die Symptome einer Krankheit des Geistes immer mehr zeigten, zum ersten Mal zwecks Brautschau in Eichenkam auftauchte, ist nicht überliefert, aber es wird wohl so zu Beginn der Dreißigerjahre gewesen sein, als das Land sich vom Krieg wieder gut erholt hatte, in sich zwar zerstritten war, aber schwarze und noch schwärzere Wolken am Horizont noch nicht gedeutet werden konnten. Zumindest nicht von den Augen und den Instinkten der in politischen Dingen meist unbeholfenen Landbevölkerung. Es war also kein Zufall, dass gerade bei den Bauern, als sie das Lied von Blut und Boden anstimmten, die schwarzbraunen Haselnussliedsänger einen weit geöffneten Hörkanal fanden.

Beim Seewirt hatte sich mittlerweile auf den immer mehr verwaisenden Platz des ältesten Sohnes die älteste Tochter Philomena gedrängt. Mit Erfolg. Und so geschah es, dass der christlich fundierte patriarchale Geist, der dieses Haus beseelte, statt einer möglichen Mäßigung eine Verschärfung erfuhr.

~

Anfang 1933 war Philomena, älteste Tochter des Seewirts in Seedorf und Leiterin einer Filiale der Reichspost, die in einem kleinen Nebengebäude des Seewirtshauses noch in monarchischer Zeit eingerichtet worden war, um die 40 Jahre alt und ihre und die Weimarer Zeit zu Ende.

Diese Feststellung muss gewagt werden, denn wenn es stimmt, dass unser zentraler und alle anderen dominierender Lebenstrieb, aus dem ein möglicher Lebenssinn sich vielleicht erst ergibt, der ist, das eigene Leben zu schützen und die Art zu erhalten, dann war jener Lebenstrieb, der die Art erhalten macht, bei Philomena ins Klimakterium übergegangen, ohne dass sie ihn mit Sinn gefüllt hatte. Es ist daher anzunehmen, dass der Wechsel von ihr statt als Einbruch als Aufbruch, statt eines Klimakteriums als Klimax empfunden wurde, herbeigesehnt als neuer Sinn gegenüber dem unerfüllt gebliebenen alten. Philomena stand tief in ihrer Zeit, und die Zeit stand nahe bei ihren Menschen. Als dem Schoß der Zeit der neue Sinn entsprang, war das Kindbett schon bereitet, es musste nur noch das Kopfkissen aufgeschüttelt werden.

Philomena, der als Postangestellte im Laufe der Jahre von der Allgemeinheit der Spitzname Brieftaube zugefügt worden war, brachte an der Eingangstür zum Seewirtshaus ein Schild an, auf dem zu lesen stand: Wir sind ein christliches Haus. Juden sind hier unerwünscht. Am zwiefachen Fahnenträger, der an die Poststation hingeschraubt war und an dem seit dem Kriegsende neben der Fahne der Reichspost auch der Reichsadler wehte, wehte jetzt an Stelle des Adlers die Hakenkreuzfahne. Aber der Adler war nicht davongeflogen. Er hatte sich nur in die Herzen eingenistet.

Noch wurde der politische Wechsel im Seewirtshaus sowohl in den öffentlichen als auch in den Privaträumen heftig diskutiert. Aber auch hier, wie überall, senkte sich die von einem urtiefen Gerechtigkeitssinn genährte und nach Satisfaktion lechzende Erinnerung an den letzten Krieg wie ein angeborener Reflex über den Zweifel und warf seine schwarzen Schatten über ihn, bis er vollständig verschwunden war. Als er nach zwölf Jahren wieder geweckt wurde, war er eine Tautologie geworden: Fürderhin zweifelte der Zweifel an sich selber.

Die Zeit wurde jetzt wirklich besser. Die Massenarbeitslosigkeit, die auf allem gelastet hatte, nicht nur auf den Arbeitslosen, sondern auf der ganzen Wirtschaft und deshalb auch auf der Gast- und auf der Landwirtschaft, verschwand nach und nach. Immer mehr Leute, auch die einfacheren, konnten sich Ausflüge an den See leisten, und die landwirtschaftlichen Produkte erzielten wieder so stabile Preise, dass endlich eine Mähmaschine gekauft wurde. Die Brieftaube hatte sich am Anfang heftig dagegen gesträubt. Da würden ja die Pferde noch mehr geschunden werden, hatte sie gesagt, wir haben doch genug Knechte, die alle gut mit der Sense umgehen können. Was sollen denn die dann machen?

Sie war Tierliebhaberin und Mitglied in Tier- und Vogelschutzverein. Täglich ging sie in den Stall und gab den Pferden eine Scheibe Brot zu naschen oder ein Stück Würfelzucker. Den Zucker musste sie den Pferden heimlich geben, wenn es niemand sah. Ihr Vater, der Seewirt, war trotz ihres Aufstiegs im Familienverbund immer noch der unumschränkte Herr im Haus und hatte das Den-Pferden-Zucker-

Geben, das gerade bei den Kindern und den Sommergästen sehr beliebt war, streng verboten, weil davon die Pferde angeblich erblinden konnten. Und für die Brieftaube waren neben dem Herrn Pfarrer und dem Herrn Lehrer ihr Vater und der Herrgott die einzigen Autoritäten, die sie über sich duldete. Auch dem neuen Staat, geradeso wie dem vorangegangenen, stand sie keineswegs devot gegenüber. Beide betrachtete sie als Exekutoren des Kaiserreichs und damit der Monarchie, der immer noch ihre ganze Sympathie galt. Sie befand sich nur in einigen Punkten – womöglich sogar nur in einem – in Einklang mit dem neuen Staat: in der Abneigung gegen die Juden, die den Herrgott ans Kreuz geschlagen hatten. Und nur ihre Tierliebe trieb sie manchmal in die Sünde des Ungehorsams gegenüber dem leiblichen Vater.

An der neuen Mähmaschine war alles aus Eisen: von den beiden großen Rädern bis zur Deichsel. Und sogar der Fahrersitz war eine Schüssel aus purem Flacheisen, von Löchern durchsiebt, durch die das Regenwasser ablaufen konnte. So ein Gerät hatte man noch nicht gesehen: so ganz aus Eisen, ohne anderes Material! – das war neu.

Da muss ein Tank die Patentante abgegeben haben, sagte der Elf, der im Weltkrieg bis nach Cambrai in Frankreich gekommen und da Zeuge einer der ersten großen Panzerschlachten der Geschichte geworden war. Die Panzer oder Tanks, wie sie damals hießen, waren nämlich auch aus purem Eisen, wusste er.

Der junge Seewirt, der im letzten Herbst seinen 27. Geburtstag mit einem Besuch der Oper *Tristan und Isolde* in der Hauptstadt gefeiert hatte und dem, anfangs ganz gegen seinen Willen, wegen des hirnkranken Bruders die Last des künftigen Hoferben aufgezwungen worden war, der spannte jetzt den Wallach und die Stute vor die neue Mähmaschine, setzte sich auf den durchschossnen Schalensitz und kutschierte das Gefährt in den Obstgarten hinauf, wo das erste Gras schon bis über die Knöchel reichte: Es war Anfang Mai 1934, und alles, das ganze Land, stand im Saft. Er klappte den ein Meter zwanzig langen Mähbalken herunter, legte, so wie es ihm der Landmaschinenhändler Finsterle aus der Kreisstadt gezeigt hatte, bei dem er die neue Maschine mit dem großen Tafelwagen schon am frühen Vormittag abgeholt hatte, den Hebel für das große Zahnrad um, das die gleichmäßige Rollbewegung des rechten Rades über eine Kurbelwelle auf das lange Messer mit seinen fünfzehn Klingen übertrug, das nun zwischen den gefährlich spitzen Eisenzinken mit ratterndem Geräusch hin- und hergerissen wurde, sobald das Gefährt in Bewegung geriet. Zwei Spuren mähte er durch den blühenden Obstgarten, eine hinauf und eine herunter, und wie hingerichtet lag das Gras am Boden. Einer der Knechte holte einen Rechen und rechte ein paar Quadratmeter frei – und jetzt sahen alle, wie sauber der Schnitt erfolgt war. So kriegst du es mit einer Sense niemals hin, in so ein Gleichmaß!, rief der Alte Sepp, der beste Sensenmäher unter allen Knechten, der damals noch gar nicht so alt war, höchstens etwas über 50, und das Rattern des Messers im Balken zwischen den eisernen Zinken klang wie ein böser Abgesang auf das Zeitalter der Sense: Die Zukunft gehörte der Maschine – da gab es nun keinen Zweifel mehr.

An Lichtmess im folgenden Jahr 35 wurden zwei Knechte ausgestellt. Sie waren überflüssig geworden. Und nur zum Durchfüttern, so sagte der alte Seewirt, behält man höchstens ein Ross, aber auch nur, wenn es ein langes und fleißiges Arbeitsleben hinter sich hat. Die beiden ausgestellten Knechte waren erst im letzten Jahr eingestanden, weil der neu eingesetzte Bürgermeister dem Seewirt nahegelegt hatte, die neuen Regierungsrichtlinien, wonach jeder größere Bauer noch mindestens eine Arbeitskraft einstellen solle, um die Produktion zu steigern und die Arbeitslosigkeit senken zu helfen, tunlichst nicht zu missachten. Die beiden gekündigten Knechte mussten nicht darben und fanden sofort wieder eine Anstellung beim Autobahnbau. Trotzdem brannten im Herbst 35 Stall und Scheune beim Seewirt. Dass es Brandstiftung war, stand nach den polizeilichen Untersuchungen amtlich fest. Wer der oder die Brandstifter waren, das wurde jedoch nie herausgefunden. Aber noch Jahre danach, wenn man ihn in einer entsprechenden Stimmungslage antraf, sagte der alte Seewirt zerknirscht: Ich hätte die beiden nicht sofort ausstellen dürfen. Damals noch nicht. Herrgott noch mal! Das hätte ich nicht tun dürfen. Das war ein Fehler.

Und trotzdem hatte mit dem Brand auch ihm die neue Zeit das Neue mitgebracht: eine neue Scheune! Durch und durch maschinengerecht, brauchbar bis weit über des alten Seewirts eigenes Menschenleben und sogar auch noch über die neue Zeit hinaus, als diese schon wieder zur alten geworden, zumindest so benannt worden war.

~

Am Ende des Sommers, genau gesagt: zum Herbstbeginn und mit dem Einbruch der Nacht, setzten die Brandstifter ihr Werk wirkungsmächtig in Szene. Die gesamte Ernte war eingefahren, Heu und Getreide stapelten sich bis unters Dach, Scheune und Stall brannten nach kurzer Zeit lichterloh. Taghell war alles erleuchtet, und doppelt so hoch wie im Obstgarten droben der alte Birnbaum hinaufragt, loderten die Flammen in den Himmel. Die Sitzbank aus gebeiztem Kirschbaumholz, die erst zwei Jahre zuvor rund um ihn herum gezimmert worden war, war übersät mit Brandflecken von den herumfliegenden Funken. Das berichtete am nächsten Tag die 50-jährige Marie, die später die Alte Mare genannt wurde, den von überall her angereisten Verwandten.

Noch während die Männer der Feuerwehren – von denen die am weitesten herbeigeeilte kreisstädtische Feuerwehr als Erste am Brandort eingetroffen war, während die aus der unmittelbaren Nachbarschaft kommenden Kirchgruber als Letzte auftauchten –, noch während die alle ihre Schläuche zum See hinunter ausrollten, um aus ihm das Löschwasser zu ziehen, hatte die Brieftaube vom Posttelefon aus in den verschiedenen Poststützpunkten der näheren und weiteren Umgebung angerufen und gebeten, die furchtbare Nachricht doch bitte umgehend an die verschiedenen Verwandten und wichtigsten Bekannten zu übermitteln. Der Elf, der den übernächsten Hof nach Norden hin bewirtschaftete, hatte das fackelnde unruhige Licht, wie er sich ausdrückte, als Erster gesehen, weil er zum Wasserlassen noch einmal vors Haus gegangen war, bevor er sich schlafen legen wollte, und auf der Stelle den richtigen Schluss gezogen: Beim Seewirt brennt's! So laut kam der Schrei heraus aus seinem Mund, dass ihn sein Nachbar, der Reitz, der gerade den Dreiliter-Tonkrug auf dem Küchentisch abstellte, den er doch im Moment noch, wie er später fassungslos berichtete, beim Nachbarn, dem Seewirt, aus dem hölzernen Bierfass habe nachfüllen lassen, dass der den Feuermelderschrei des Elf bis in seine Küche hinein hörte. Wie der Wirt mir den Krug auffüllt, in dem Moment müssen die droben in der Tenne die Zündhölzer angerissen haben, erzählte er in den folgenden Tagen immer wieder jedem, der es hören wollte, anders kann ich mir das überhaupt nicht erklären. Daraufhin seien beide, er und der Elf, auf der Stelle losgestürmt und brüllend zum Haus des Seewirts gerannt. Es brennt! Es brennt! Der Seewirt brennt!, schrien sie in einem fort und machten so den Wirt und seine gesamte Entourage erst auf die Katastrophe aufmerksam.

Sonst wär womöglich noch eines von denen verbrennt! Die haben ja überhaupt nix gemerkt, bevor mir nicht da waren, belobigten sie sich selbst und gegenseitig für ihre Tat. Mit großer Übersicht habe daraufhin der Seewirt die Kommandogewalt an sich gerissen und die eigenen Leute und alle herbeigeeilten Nachbarn so umsichtig dirigiert, dass das gesamte Vieh ohne einen einzigen Verlust gerettet werden konnte, war zwei Tage später im *Seestädter Seekurier* zu lesen. Selbst die neue Mähmaschine konnte in Sicherheit gebracht werden und beide Erntewagen, die glücklicherweise noch nah am Scheunentor standen, weil eine letzte Grummetmahd noch nicht eingefahren war. Nur die große Dreschmaschine, die in der Scheune ganz hinten abgestellt war, weil sie erst im Winter wieder gebraucht wurde, war am Ende zu einem schwarzen, stacheligen Klumpen zusammengeschmolzen. Eine interessante Form, bemerkte der Maler und Stahlbildhauer Lassberg, der sich vor ein paar Jahren am Kalvarienbergweg ein Haus hatte hinbauen lassen, noch einmal, bevor er den Brandort wieder verließ, nachdem er zuvor den niedergeschlagen vor dem Inferno stehenden Seewirt gebeten hatte, einen Inspektionsgang durch die Ruine machen zu dürfen. Man ist ja schließlich Künstler, hatte er gesagt, und neugierig auf alles, was Formen bildet. Und das kann sehr wohl auch durch eine Zerstörung bewirkt werden. Die Natur ist eine ruhelose Täterin, im Guten wie im Bösen, und ich meine das selbstverständlich nicht moralisch, Moral ist für den Künstler keine Kategorie. Sie, die Natur, hat alle Formen immer schon zurechtgelegt, die danach von unserer Fantasie erst entdeckt werden müssen. So ist das, Herr Birnberger, und deshalb kommt die Kunst ohne die Natur nicht aus. Leider. Und auch jeder Katastrophe liegt eine Tat der Natur zugrunde, sogar bei einer Brandstiftung. Daran sollten wir immer denken, bevor wir uns von solchen Ereignissen in eine

Verzweiflung hineinmanövrieren lassen. Nehmen Sie's also nicht zu tragisch. – Da hatte sich der Seewirt aber schon ganz nah vor ihm aufgebaut und ihn drohend angeschaut und gesagt: In so einem Moment reden Sie mir von der Kunst! Gut, dann red ich auch davon: Kunst mir nicht 50 000 Reichsmark leihen, Herr Lassberg? Dann könnt ich nämlich das Ganze wieder aufbauen. Und zwar ganz untragisch. Wenn aber nicht: Kunst mich dann vielleicht am Arsch lecken, Herr Lassberg? Weil ich muss jetzt wieder an die Arbeit. Hier hat's nämlich grad brennt.

Ein klein wenig eingeschüchtert, weniger von der Forderung des Seewirts, die er nicht ernst nahm, dafür mehr von dessen bedrohlicher Haltung, mit der sich der vor ihn hingestellt hatte, verzog sich der Lassberg wieder. Auch das ist eine Untat der Natur, murmelte er beim Weggehen, dass sie immer wieder solche Grobiane hervorbringt! Na ja. Dann werd ich ihn mir eben zurechtschweißen, diesen groben Klotz, um ihr stümperhaftes Werk zu vollenden, das Werk der Natuur! Ha! Das wird eine vorzügliche Skulptur! Dann hob er den Kopf ein wenig und näselte mehrmals in die Luft: Natuuur! ... Natuuuur! ... allein der Wortklang tut schon weh! Damit erreichte er den Feldweg, der zu seinem Haus und in Richtung künstlerische Arbeit führte und zu einem Ende seiner introvertierten Aggression.

Die Kosten des Wiederaufbaus hat, nachdem alle anfänglichen Verdachtsmomente gegen den Seewirt und seine Familie ausgeräumt waren, ohne Anstand die Brandversicherung übernommen. Das Vieh wurde bis zum Frühjahr auf die verschiedensten Bauernhöfe der näheren und auch der weiteren Umgebung verteilt. Zwei Kalbinnen verschlug es sogar nach Haspelberg. Alle Tiere wurden von dem Bauern versorgt, bei dem sie jeweils untergebracht waren. Handelte es sich um

Kühe, durften die Bauern die Milch behalten. Für das restliche, vor dem Schlachten unproduktive Vieh musste der Seewirt später mit Heu oder Fleisch gering entschädigen. Im Frühsommer kamen die Tiere wieder auf ihre angestammten Weiden und im darauf folgenden Herbst schon in den neu aufgebauten Stall des Seewirtshauses. Über das Arbeitsbeschaffungsprogramm der Regierung wurden so viele Arbeitskräfte abgestellt, dass der Wiederaufbau des riesigen Gebäudes im späten Frühjahr bereits abgeschlossen war, so dass im Juni, der Jahreszeit gemäß, das erste Heu schon in die neue Scheune eingefahren werden konnte. Als dann im Herbst das Vieh in den neuen Stall einzog, bekamen alle Kühe auch neue Namen: Die hießen dann Attenbauerin, Liegenkammerin, Schechin, Oberseedorferin und so weiter, jede trug den Namen des Anwesens, in dem sie untergebracht gewesen war.

Jahre später, als der Krieg angezettelt war und nach und nach von nahezu jedem Hof die jungen und bald auch die nicht mehr so jungen Männer wegrekrutiert und die frei gewordenen Arbeitsplätze auf den Bauernhöfen mit den kriegsgefangenen Zwangsarbeitern aufgefüllt worden waren, begann das Konkubinat zwischen den ausländischen Kriegsgefangenen und den Kühen der deutschen Bauern. Später hieß es, wegen der Unmittelbarkeit, mit der dies einsetzte, wäre eine Früherkennung gänzlich unmöglich gewesen. Diese Fraternisation der deutschen Kühe mit den – vor allem französischen, später dann auch russischen – Kriegsgefangenen hatte ihren Ursprung nicht, wie in den ersten Nachkriegsjahren noch allgemein vermutet wurde, in der vermeintlich angeborenen Zügellosigkeit des französischen Soldaten und der angezüchteten, daher widernatürlichen Sittenstrenge der deutschen Kuh, die diesen unnatürlichen Zwang in dem Moment abwarf, als ihr, in Person der französischen Kriegsgefangenen, sozusagen das eigene Arterhaltungsbegehren unmittelbar gegenübertrat und bei ihr die natürliche und angeborene Verhaltensweise wieder erwachte. Nein! Diese Parteinahme hatte ihren Ursprung ganz einfach darin, dass die ausgehungerten Franzosen und Russen, sobald sie unbeobachtet waren, sich aus den Eutern der deutschen Kühe das Recht sogen, das jeder Körper verlangt, wenn er viele Kohlehydrate verbraucht, weil er in eine Zwangsarbeit geraten ist. Dass die deutschen Kühe sich dem nicht widersetzten, sondern, im Gegenteil, stillhielten, kann einer moralischen Sichtweise nicht unterworfen werden. Das wurde im Laufe der Zeit Erkenntnis und allgemeiner Sprachgebrauch. Der Nachkriegsumgang der deutschen Bauern mit ihren Kühen jedenfalls war nicht beeinflusst von diesen Ereignissen auf den deutschen Bauernhöfen während der Kriegsjahre.

~

Im zweiten Kriegsjahr, kurz vor dem Überfall auf Sowjetrussland, wurde der jetzt gar nicht mehr so junge Seewirt im Alter von nun fast schon 35 Jahren einberufen und bald darauf zuerst nach Russland und danach nach Frankreich abkommandiert – zur selben Zeit übrigens, als im entfernten Kattowitz der bereits 39-jährige Viktor Hanusch ebenfalls als Spätberufener im besetzten Polen kriegsverpflichtet wurde. Bei seinem Abschied auf dem Lothof in Eichenkam versprach der junge Seewirt der dortigen Theresa, sie nach dem Krieg, sollte er denn gesund heimkehren, zu heiraten.

Ein ähnliches Versprechen gab ein halbes Jahr später der junge französische Kriegsgefangene Jean Curtin, der schon seit einem Dreivierteljahr beim Seewirt Zwangsarbeit leistete, an einem späten Abend der Schechin, als er noch einmal mit Kerzenlicht in den Stall ging, um sich heimlich von ihr zu verabschieden. Er wollte am nächsten Tag die Flucht nach Frankreich wagen, und außer der Schechin war nichts im ganzen Haus, das ihm den Abschied erschwert hätte. Die Brieftaube hatte zwar bei jeder Gelegenheit, die sich ergab, seine Nähe gesucht, und die Hertha stand ihr in nichts nach, und sie hatten auch, sehr heimliche zwar, aber deswegen nicht weniger intensive Gespräche geführt über Gott und die Welt, vor allem aber über Gott, denn auch Jean war nicht weniger katholisch, als er Franzose war, aber es hatte sich in diesen zehn Monaten nie mehr ergeben, als Arbeit und Kriegsverordnung zuließen: Die Bauern und ihre Familien waren unter Strafandrohung verpflichtet, den Kriegsgefangenen von Sonnenaufgang bis Sonnenuntergang ohne Unterbrechung Arbeit zuzuweisen und jegliche Art von Erleichterung oder gar Kollaboration zu unterlassen. Naheliegenderweise war der Kontakt zu den Kühen für die Franzosen die unauffälligste Annäherung an ein Lebewesen aus Fleisch und Blut, die möglich war. Und so wollte Jean auf jeden Fall nach dem Krieg, den er für die Deutschen verloren gab, da war er sich sicher, zurückkehren und die Schechin als Beute mit heim nach Frankreich nehmen.

Jean hatte sich mit einem anderen Franzosen, mit Luis Clermont, der bei einem Bauern im Nachbarort Zwangsarbeit leistete, verabredet, und beide zusammen hatten den Zeitpunkt und die Route der geplanten Flucht genau festgelegt. Sie hatten gehört, dass die Deutschen den Großteil ihres Heeres Richtung Osten verlegt hatten und in Frankreich vor allem ältere und spät einberufene Soldaten die Besatzungstruppe bildeten. Nahezu sträflich unterbesetzt waren zu diesem Zeitpunkt, als sich alles nach Osten hin und auf den Überfall auf Sowjetrussland konzentrierte, die Bataillone, die zum Heimatschutz abkommandiert waren. Deshalb rechneten die beiden Franzosen mit einem ungehinderten Durchkommen nach Frankreich, wenn sie den Weg über die österreichischen und Schweizer Alpen nehmen würden, tagsüber irgendwo im Verborgenen schliefen und nachts unterwegs wären. Dabei gingen sie, es war bereits Herbst und die Nächte schon wieder länger, von einer Fluchtzeit von zirka zehn Tagen bis zur Schweizer Grenze aus. Sie hatten am fünften Tag ihrer Flucht den Ort Reutte in Tirol erreicht, als sie von einer Patrouille aufgegriffen und festgenommen wurden. Zur selben Zeit nämlich war, wovon sie nichts wussten, einem französischen General die Flucht aus der Gefangenschaft gelungen, und das deutsche Militär setzte alles daran, diesen hohen Offizier wieder einzufangen. Deshalb wurden genau zu diesem Zeitpunkt alle möglichen Fluchtlinien, die nach Frankreich führten, besonders gründlich überwacht. Dieser Umstand geriet den beiden zum Verhängnis. Der General wurde bis Kriegsende nicht gefunden. Clermont kam in ein Kriegsgefangenenlager und musste in der Rüstungsproduktion arbeiten. Curtin, ein Intellektueller mit politischen Ambitionen, wurde zuerst in die Ukraine verschleppt, wo er, ständig vom Tod bedroht, Frontbefestigungen bauen musste, und kam später in ein Arbeitslager in der Tschechoslowakei. Als die Rote Armee immer weiter nach Westen vorgedrungen war, gelang ihm kurz vor Kriegsende in den Wirren des Rückzugs der Deutschen abermals die Flucht. Versteckt, irgendwo im Bayrischen Wald, nahm er nach der Befreiung von den Nazis seinen Heimweg wieder über Seedorf. Er bekam umsonst ein Gästezimmer beim Seewirt und führte die durch seine Flucht unterbrochenen intensiven Gespräche mit der Brieftaube fort, bevor er, mit Beginn des Sommers, heimkehrte in seinen Heimatort nahe Lyon. Dort wurde er bald darauf Bürgermeister und später Senator in Paris. Die Schechin ließ er mit einem Augenzwinkern im Stall des Seewirts zurück.

Das ist die kleine Geschichte eines französischen Weltkriegssoldaten.

Warum weiß ich nicht, was zur gleichen Zeit der deutsche Wehrmachtssoldat in Russland und Frankreich tat, der mein Vater war?, fragt sich Semi. Patriotischer Stolz des einen über den Sieg und persönliche Scham des anderen über die Niederlage im Jahrhundertgemetzel können die alleinigen Gründe nicht gewesen sein. Es muss noch einen gegeben haben: Die andere Scham, die allgemeine, die von den Siegern verordnete. Und die mischte sich mit der persönlichen Scham über die willig ausgeführten eigenen Taten zu einer eigenartigen Stimmungslage, die sich als Schweigen über die ausgehenden Vierzigerjahre legte und mit gesenktem Kopf und einem Zischeln durch zusammengebissene Zähne durch die Fünfziger schleppte. Und was an sich selbst nicht hinterfragt wird, kann an anderen nicht wahrgenommen werden. Das weiß ich von mir selbst. – Das kann ich ihm doch dann nicht übelnehmen. – Nein. Ich hätte es ihm ansatzlos um die Ohren hauen müssen!

Und ich?

Semi steht vor seinem verwaisten Elternhaus und starrt die Hauswand an.

Deshalb sollen alle verbluten, die einen Schlussstrich ziehen wollen. Sie sollen verbluten an ihrem eigenen deutschen Blut. – Und nicht Mitleid mit den Entrechteten und Geplagten in Geschichte und Gegenwart leitet ihn, eher schon Achtung vor den Ermordeten, vor allem aber Hass. Hass auf die, die das Unrecht und die Plagen in die Welt bringen, weiterhin und immer wieder und ganz bewusst, weil sie ihre Herrschaft darauf bauen und ihre Privilegien daraus ziehen.

Mit hochrotem Kopf steht Semi vor der Wand. Er ist dem

Moment ausgesetzt und sein Gerechtigkeitsempfinden dem Weltenlauf. Diesem liefert er sich täglich ans Messer.

~

Im Januar 1945 erreichte ein amtliches Schreiben die Familie des Seewirts: Der Sohn, Soldat der deutschen Wehrmacht, sei im besetzten Frankreich im heroischen Verteidigungskampf gegen den anrückenden alliierten Feind von einer Granate getroffen worden und liege nun in einem Lazarett im Elsass. Adresse könne keine übermittelt werden, um dem Feind kein Ziel für einen feigen Angriff auf wehrlose, im heldenhaften Kampf fürs Vaterland verwundete deutsche Soldaten zu geben. Der verletzte Kriegsheld sei aber in besten Händen und werde entsprechend gut versorgt.

Die Nachricht löste im Haus des Seewirts einen Schock aus. Am Weihnachtstag 43, ein Jahr zuvor, war der alte Seewirt gestorben, und alles war noch auf Trauer ausgerichtet. An allen Türen des Gasthauses, den inneren wie den äußeren, waren selbst im zweiten Jahr danach immer noch mit Reisnägeln kleine schwarze Schleifen neben der Dreikönigtags-Beschriftung 19 + K + M + B + 43 angeheftet, und auf dem großen Büfett im kleinen Gastzimmer, das an den langen Winterabenden Wohnzimmer der Familie war, stand ein großes, schwarz umflortes Hochzeitsfoto des Seewirtehepaars – obwohl die Seewirtin selbst noch am Leben war. Sie war schwer depressiv und hielt sich die meiste Zeit des Tages in ihrem großen Eheschlafzimmer im ersten Stock auf. Die Vorhänge waren auch tagsüber zugezogen und verdunkelten den Raum in eine Grabesschwärze.

Das Regiment im Haus führte um diese Zeit unangefochten die Brieftaube, assistiert von ihrer Schwester, der Hertha. Den Stall versorgte der nun bereits fast 65-jährige Alte Sepp und hatte für diesen Bereich, von dem sie nichts verstand, das volle Vertrauen der Brieftaube. Für die Arbeit im Wald und auf dem Feld war man auf die Mithilfe anderer angewiesen. Denn seit 1944 in Frankreich die Invasion der Alliierten geglückt war, waren die französischen Gefangenen abgezogen worden, um Kollaboration im Hinterland zu vermeiden. Man hatte zwar vom Gauleiter einen Tipp bekommen, dass man im KZ Dachau einen russischen Gefangenen für die Feldarbeit anfordern könne, aber davon sah man lieber ab, das schien allen doch zu riskant und zu heikel. Im Haus war schon seit den Zwanzigerjahren der ukrainische Fürst und Maler Habib Mossul einquartiert. Ihm und seiner schönen Frau Sheila war bei deren Ankunft das noch bis in die Achtzigerjahre hinein so genannte Mossulzimmer im zweiten Stock überlassen worden. Mit diesen Dauergästen hatte man nicht nur die besten Erfahrungen gemacht, sondern sie wurden wegen ihrer Eleganz und geheimnisvollen Fremdheit geradezu verehrt. Eben von den beiden bekam man auch die furchterregenden Berichte über das grausame Wüten der Bolschewisten in Russland sozusagen aus erster Hand geliefert, und schon aus diesem Grund, und nicht zuletzt auch aus Pietät gegenüber diesen Gästen, die 1917 aus Russland fliehen und all ihren Besitz zurücklassen mussten wegen Leuten wie jenen, die nun von der Gauleitung als Hilfskräfte angeboten wurden, lehnte man den Vorschlag rundweg ab. Man griff lieber für die Heuernte auf einquartierte Hausbewohner und Schulkinder aus Seedorf und den Nachbarorten zurück, Kinder von Nichtbauern, die im Sommer bei schönem Wetter vom fanatisch regimetreuen Lehrer Wegerich extra schulfrei bekamen, um den Lebensmittelnachschub an die Front sichern zu helfen. Angeleitet von dem alten Taglöhner Bräu konnten sie die leichteren Arbeiten auf dem Feld, wie Heuwenden, Anstreuen und Nachrechen, durchaus erledigen. Mit diesem seltsamen Provisorium aus Weiberherrschaft, Gast- und Kinderarbeit, jedoch ohne die ausbleibenden weiblichen Sommergäste, die in den ersten Kriegsjahren noch singend und Kränze windend mithalfen, nun aber in den Lazaretten im Land und außer Landes in den noch besetzten Ländern ihren Dienst tun mussten, kam man beim Seewirt die letzten beiden Kriegsjahre ganz gut über die Runden. Aber allmählich, so war die sich langsam und immer mehr verbreitende Gefühlslage, wäre es an der Zeit, dass wieder Normalität einkehrte im Land. Man ahnte, dass der Krieg nicht mehr zu lange dauern würde, aber man sprach nicht darüber. Stumm, und deshalb immer anhaltender, wurde das Ende herbeigesehnt. Lautlos, wie Nebelschwaden, hing eine Aufsässigkeit in der Luft und giftete unhörbar gegen die Durchhalteparolen der Endsiegbeschwörer. Zuerst aufkeimend wie ein Gerücht, zuletzt herangewachsen zum Kuckucksei nistete im letzten Kriegsjahr in den Köpfen der ländlichen Zivilbevölkerung die Gewissheit, dass zwar der Hitler nicht das große Übel sei, aber umso mehr »die Hitler«. Man wollte endlich das Machtwort hören aus der Reichskanzlei, das die Kriegseinflüsterer wegfegen und dem Krieg ein Ende setzen würde. Man wollte die eigenen Kinder und Geschwister, die Nachbarn und Verwandten wieder zurückhaben, weil man sie liebte, noch mehr aber, weil man sie dringend zum Arbeiten brauchte.

Schon im vergangenen Sommer waren die Sommergäste ausgeblieben; sie wurden durch Einquartierte verdrängt. Im letzten April begann in unregelmäßigen Abständen die Bombardierung der Hauptstadt, die sich dann schließlich im Juni und Juli zum Dauerbombardement auswuchs. Die Hauptstadt war daraufhin in kürzester Zeit zu einer Ruinenstadt geworden, und die schrecklichsten Nachrichten vom Elend der Bewohner drangen hinaus aufs Land. Und mit den Nachrichten kamen die Ausgebombten auf der Suche nach einer Bleibe.

Ein Erstes, das kam, war eine völlig ausgemergelte, mit Räude behaftete Straßenkreuzung zwischen einem Schäfer- und einem Wolfshund. Es wurde in kurzer Zeit von der Brieftaube aufgepäppelt und heimisch gemacht und erhielt den Namen Lux. Sobald ein Gewitter aufzog und der erste Donner zu hören war, verzog es sich in das Zimmer der Alten Mare und blieb dort, laut vor sich hin jaulend, bis das Gewitter verzogen war. Daraus wurde zügig seine Biografie abgeleitet, nämlich, dass es sich beim Lux um einen ausgebombten Hund handeln müsse.

Dem Lux folgten zahllose andere, ähnlich ausgemergelte Gestalten auf der Suche nach einer Bleibe: Der Maler und Schriftsteller Heidelberger, der Cellist und Dirigent Leo Probst, der Geiger Zigismund Bondy, die Kammersängerin Schweins, die Schauspielerinnen B. und D. Wieselfink, aber auch gewöhnlichere Menschen, wie etwa der Immobilienmakler März mit Familie, das ostpreußische Kinderfräulein von Zwittau, die Ingenieure Wieland und Freud – sie alle drängelten als Erste aus der ausgelöschten Stadt hinaus aufs Land und dort zu dem Kleinod am See, das alle schon von glücklicheren Zeiten her kannten, um vor den anderen, den Tausenden, da zu sein, die noch zu erwarten waren. Denn nicht nur die Hauptstadt war unbewohnbar geworden, auch aus den Ostgebieten, so die Wochenschauen, seien Millionen Menschen im Anmarsch, auf der Flucht vor und vertrieben von den bolschewistischen Barbaren. In jedem der wenigen Häuser am See, wo sonst in den Sommermonaten die Gäste untergebracht waren, waren nun Ausgebombte eingezogen und blieben – und nicht mehr nur den Sommer über. Die einen mehrten den Reichtum des Ortes dadurch, dass sie für ihren Verbleib zahlten, die anderen minderten ihn wieder, indem sie auf Pump lebten, weil ihnen nichts mehr geblieben war als das nackte Leben. Ihnen wurde höflich nahegelegt, als Ausgleich für kostenlose Unterkunft und Verpflegung, trotz aller zu erwartenden Ungeschicklichkeit im Umgang mit den ungewohnten landwirtschaftlichen Geräten, doch gelegentlich Hand anzulegen bei den vielfältigen Arbeiten, die anfielen. Es würde einen guten Eindruck bei denen hinterlassen, die gezwungen seien, zu zahlen, weil sie noch über Vermögen verfügten.

So drängelte sich in dem kleinen Ort am See ein zu dauerhaftem Verbleib wild entschlossenes buntes Volk und fühlte sich nach ein paar Tagen schon heimischer als alle Einheimischen zusammen, drängelte sich bis unter die Dachziegel hinauf, und sogar die abgelebte, lang schon leer stehende Schlafkammer im Fremdenstall, die noch bis in die Zwanzigerjahre hinein den Postkutschern als einfache Unterkunft für jeweils eine Nacht gedient hatte, damit sie am nächsten Tag ausgeruht und mit ausgeruhten Pferden die Fahrt von der Landesgrenze in die Hauptstadt fortsetzen konnten, wurde durch einen Ausgebombten wieder belebt. Neue Öfen wurden aufgestellt, alte wieder instand gesetzt, denn bisher waren die Gästezimmer des Hauses nur im Sommer belegt und Heizkörper nur in zwei oder drei Zimmern für besondere, auch im Sommer frierende Gäste vorhanden – oder aber für jene vornehmen Nachzügler aus den gehobenen hauptstädtischen Vierteln, die ein paar Sonnentage am See ohne jeden Trubel erst im Herbst genießen wollten. Wo ein Kamin war, brannte nun ein Ofen, und die paar Bewohner des Hauses, in deren Zimmern es keine Heizmöglichkeit gab, hielten sich tagsüber und am Abend in der beheizten Gaststube auf. Es ging im Haus also drunter und drüber im wahrsten Sinn des Wortes, und dahinein platzte die Nachricht von der Verwundung des künftigen Hausherrn.

Man wusste nichts! Nichts über die Art der Verwundung, nichts über deren Ausmaß! Das trieb die Fantasien der besorgten Angehörigen bis ins schlimmste Abseits. Fast jedes zweite Haus im Dorf hatte nach über fünf Jahren Krieg mindestens einen Toten zu beklagen, und es gab niemand, der nicht schon wenigstens einmal irgendwo auf der Straße oder in der Kirche einen Invaliden aus dem letzten Krieg gesehen hätte. Man konnte sich zur Genüge das Äußerste ausmalen, und keine 40 Kilometer entfernt, im Irrenhaus der Hauptstadt, vegetierte der andere, schon vom vorausgegangenen Krieg versehrte, erstgeborene Sohn des Hauses in geistiger Zerstückelung vor sich hin.

Am härtesten traf die unvollständige und deshalb so unheilvolle Nachricht die Alte Mare. Sobald sie ihre Arbeit getan und ihr Abendessen aufgegessen hatte, verschwand sie in ihre Kammer, vor der schon der Lux auf sie wartete. Dort schlürfte sie in vielen kleinen Zügen einen lauwarmen Kaffee aus einer irdenen Schale, die sie in ihrer rechten Hand hielt, und durch ihre Linke schob sie, Fürbitte um Fürbitte, mit dem Daumen über den Zeigefinger hinweg eine Perle nach der andern eines abgegriffenen Rosenkranzes aus Perlmutt. Leise murmelnd beteten ihre Lippen, und aufmerksam hörte der Hund ihr zu. Zwischendurch unterbrach sie das Beten und erzählte laut vom Panki. Alle Bilder von seinem Aufwachsen und Erwachsenwerden, die ihr durch den Kopf gingen, teilte sie dem Hund mit. Das fiel ihr leichter, als mit Selbstgesprächen gegen die Ungewissheit anzureden. Sie sprach in ihrem alten Dialekt, und die Worte gruben sich von selbst aus der Tiefe ihres Ursprungs heraus. Vorsichtig und ängstlich wägend lösten sie sich von den schmerzlichen Gefühlen und ertasteten auf den Lippen der Mare den Weg in ihre Ausdrücklichkeit, bis sie Form geworden waren, um nun Schönheit und bereitgehaltenen Trost in den Erinnerungen der alten Frau allumfassend zur Sprache zu bringen. Mit gespitzten Ohren, wie ein aufmerksamer Zuhörer, schaute der kluge Lux mit dem einen, ihr zugekehrten Auge zu ihr in den hohen Lehnsessel hinauf, ohne zu blinzeln – denn er verstand alles, was die Mare ihm sagte. So sehr fand sie sich in ihrem Erzählen aufgehoben, dass sie bald einschlief und erst als der gusseiserne Ofen ausgekühlt war und sie zu frieren anfing, aufwachte und in ihr Bett ging. Still lag der Hund die ganze Nacht daneben in seinem Gestank und Wohlgefühl.

Den folgenden Tag, wie alle anderen auch, begann sie um fünf Uhr früh mit einem Gebet, in das sie von nun an den jungen Seewirt noch inniger einschloss als sonst, und ging dann, wie unter eine schwere Last gebeugt, in den Stall an ihre Arbeit. So zog es sich wochenlang hin.

Der Brieftaube legten Angst und Sorge um den Bruder ganz andere, eher organisatorische Bürden auf. Am Abend des Tages noch, an dem die Nachricht eingetroffen war, ließ sie vom Pfarrer einen Bittgottesdienst in der kleinen Kirche am See ausrichten, zu dem sie, von Haus zu Haus gehend, mit dem ihr eigenen herrischen Gestus alle Dorfbewohner zu kommen bat. Wie schon in jener bereits wieder zehn Jahre zurückliegenden Brandnacht informierte sie über das Posttelefon andere Poststationen, die die Nachricht an alle Verwandten und Bekannten außer Orts weitergaben, so dass am Abend mehrere Einspännerpferde samt Gig an die Kirche angebunden und einige Fahrräder an sie hingelehnt standen, Transportmittel der von auswärts Gekommenen.

Ob denn der Seewirtssohn etwas Besonderes und eine Granatsplitterwunde schon der Tod sei, murrten einige – allen voran der alte Fischer Schiern –, ein Rosenkranz am Abend sei doch normalerweise einem schon Toten vorbehalten. Trotzdem war die Kirche gut besucht. Der Cellist Probst spielte die Orgel und sang die Choräle, begleitet nur von der Hertha und der Brieftaube – Bassbariton, Alt und Sopran, und es gelang ihnen, mit den Fürbitten eine Aura der Innigkeit in den Kirchenraum zu verströmen, die schließlich, zumindest zum Teil, auch die anderen Besucher ergriff. Der Alten Mare standen spiegelnde Tränen in den Augen, und der Alte Sepp sah starr vor sich hin; der grimmige Schiern dachte aufgewühlt an den eigenen, noch im Feld stehenden Sohn; und die vollzählig erschienene Schar der Ausgebombten aus der Hauptstadt versteckte ihr geringschätziges Lächeln über den dünnen Gesang auf der Empore droben hinter zu Masken erstarrten, frommen Mienen.

Die Tage vergingen, die Tatsache des Rückzugs der heimischen Soldaten von allen Fronten wurde regierungsamtlich umfassend geleugnet in immer durchschaubareren Propagandagewittern, die über die Volksempfänger auf die Menschen niedergingen, und nach und nach sank deren Kriegsmoral immer tiefer, bis hinab zu einer aufkeimenden Ahnung von der Sinnlosigkeit und dem möglichen Unrecht des Krieges: Vielleicht war doch alles ein Fehler? Vielleicht hätte man weniger auf die Fanatiker hören sollen!

Als die Nachricht kam, dass ein feindliches militärisches Vorauskommando von Seestadt her auf das Dorf vorrückte, holte die Brieftaube ein weißes Laken aus dem großen Wäscheschrank, band es fest an einen Besenstil und machte sich auf den Weg Richtung Seefeld. Mit weit ausgestreckten Armen trug sie die selbstgemachte Parlamentärsfahne vor sich her, während sie laut ein Vaterunser nach dem anderen betete und ihr Herz von der Brust aus immer tiefer hinunter bis nah an den Rocksaum heranrutschte. Direkt über ihrem Kopf flatterte laut das leinene Betttuch im warmen Föhnwind, der an diesem Apriltag den tagelangen Nieselregen weggeblasen hatte, als sei es ein gutes Omen, und das flatternde

Schnalzen der Parlamentärsfahne fand bald den Gleichklang mit ihrem flatternden Herzen. So schritt sie dahin und dachte auf einmal an die heilige Jungfrau von Orleans. Sollte sie doch zu Höherem berufen sein und der Moment jetzt gekommen, sich vor den Augen des Dorfes auf die Waagschale einer Ortsheiligen zu stellen, wenn nicht gar auf den Opfertisch einer Landeserretterin zu werfen? Mit diesen Gedanken an ein vielleicht vorbestimmtes Märtyrertum stiegen Tränen der Rührung in ihr auf und trübten ihre Augen, alles lag verschwommen vor ihr, und ihr war, als bewege sie sich durch tiefes Wasser auf ein überirdisches Ziel zu. Mit jedem Schritt schob sie sich weiter, so wie man sich im Sommer beim Baden, wenn man die tiefen Stellen des Sees schon schwimmend hinter sich gebracht hat, wieder Richtung Ufer schiebt, nicht mehr schwimmend, aber kraftvoll und federnd schreitend, mit hochgehobenen, leicht angewinkelten Armen, Schritt für Schritt, die Taube ... – und stand plötzlich vor einer grünlich verdreckten Uniform. Zwei müde Augen starrten sie an, und um diese Augen herum war alles schwarz: Ein vollkommen schwarzes Gesicht! So etwas hatte sie noch nicht gesehen! Beschwörend, als sei es ein großes Kreuz, hielt sie den Besenstil mit dem Leintuch krampfhaft vor die Erscheinung, und die Angst zog durch ihren ganzen Körper, und immer nachgiebiger wurden ihre Knie.

What's the matter?, sagte eine tiefe Bassstimme, die aus diesem dicken, fetten, schwarzen Gesicht kam, und immer noch müder schauten die Augen über der Stimme. Und als sie diese Stimme hörte, so nah an ihren Ohren, wurde das schwarze Gesicht vor ihren Augen noch schwärzer und schwärzer, und aus der Schwärze kam eine Nacht, und die Nacht wurde zu einem schwarzen, tiefen Loch, und das Loch drohte, sie hinunterzuziehen in die Tiefe ...

Doch kurz vor der Ohnmacht sah die Brieftaube von tief

unten aus dem Loch das Gesicht der Schwester Oberin vom Kloster Poing heraufschauen, deren immer müde Augen und ihr ausgesprochen dickes und fettes Gesicht und das Schwarze darin, diesen breiten flaumigen Bart, direkt unter der Nase, wie ein Streifen Dreck, oberhalb der Lippen, und ihre Bassstimme, so tief, dass alle immer glaubten, sie sei ein Mann.

Angst hatte die älteste Tochter des Seewirts jetzt keine mehr, als sie die Oberin erkannte. Irgendwie lag eine Gutmütigkeit in dem Fett und dem Gesicht der Schwester Oberin, so wie jetzt eigentlich auch. Jetzt war es nur etwas fremd. Und auch die Oberin sagte gern, wenn sie das Klassenzimmer betrat: What's the matter? Und dann rannten alle auf ihre Plätze und packten die Vokabelhefte aus, denn die Schwester Oberin war zugleich die Englischlehrerin in der Klosterschule. Daran dachte die Brieftaube jetzt – nein! Sie sah es! Vor sich. Und auf einmal kam ihr Mut zurück, und aus der Tiefe des Vergessens stiegen die gelernten Vokabeln herauf, und sie hörte sich selbst in dieser fremden Sprache sprechen: Sie hatte sich in diesem Moment einer weit zurückliegenden Erinnerung bemächtigt, *wie sie im Augenblick einer Gefahr aufblitzt*. Und jetzt redete sie und redete, als hätte sie genau für diesen Zweck, dem sie gerade diente, vor 35 Jahren diese Sprache erlernt. Sie bat den schwarzen Sergeant des feindlichen Militärs, in leicht nach vorne gebeugter, um Unterwürfigkeit bemühter Haltung, das kleine Dorf mit seinen einheimischen und einquartierten Bewohnern doch bitte unversehrt zu lassen. Sie könne versichern, dass im Ort kein Amtsträger des alten Regimes mehr versteckt sei, alle seien bereits geflohen, und der Geistliche aus dem Nachbarort Kirchgrub, zuständig auch für die seelsorgerischen Belange in diesem Ort Seedorf, hätte sich bereits bereit erklärt, auf dem Sportplatz am Seefeld einen gemeinsamen Friedensgottesdienst abzuhalten, wenn man das nur wolle. Sie habe gehört, auch auf der anderen Seite des Atlantiks sei die christliche Religion heimisch und nun sei es an der Zeit, nach all dem vorangegangenen Unheil, sich solcher Gemeinsamkeiten wieder zu entsinnen und das Vergangene ruhen zu lassen. That's a good idea, sagte der Sergeant und öffnete sein Hemd über der Brust – und zum Vorschein kam ein kleines, silbernes Kreuz mit einem noch kleineren, noch silberneren Christus drauf, alles aus Aluminium und alles auf einer mächtigen Brust, die der Brieftaube noch schwärzer vorkam als das schwarze Gesicht. Und gerade deshalb, wegen dieses kohlebergschwarzen Untergrunds, leuchtete darauf das silberne Kreuz besonders glänzend, und ein Schauer der Ehrfurcht durchfuhr die Brieftaube: So wie ich jetzt müssen die Indianer Südamerikas vor den Spaniern gestanden haben, als diese zum ersten Mal ihr Land betraten, dachte sie.

Der Brieftaube aber konnte der Spuk nur kurz was anhaben, nur solange die Angst noch übermächtig war. Bald darauf kehrte ihre urtriebhafte Ablehnung der fremden Kultur wieder. Bei vielen anderen dagegen blieb dieser erste Eindruck für immer hängen und prägte ihr ganzes Leben.

~

Als der junge Seewirt aus der Bewusstlosigkeit erwachte, hatte er das Gedächtnis verloren. Jedenfalls gibt es von ihm keinen Bericht über die Wochen und Monate davor. Er sagte, die seien aus seiner Erinnerung verschwunden und er wünsche nicht länger danach gefragt zu werden. Ende.

Es gab Leute, denen erschien diese Auskunft doppeldeutig, und sie machten sich ihren eigenen Reim darauf. Die meisten aber gaben sich damit zufrieden, weil viele von denen, die irgendwann wieder nach Hause kamen, ähnlich forsch auf einem Gedächtnisverlust bestanden. Sie hätten so viele Entbehrungen hinter sich gebracht und so viele Ängste durchlebt, dass es kein Wunder, sondern normal sei, wenn man sich an die Dinge nicht mehr erinnere, sagten viele von ihnen. Und bald fragte auch niemand mehr danach. Alle waren mit dem Wiederaufbau beschäftigt, und was gewesen war, konnte sich ein jedes selber ausmalen, wenn es nur wollte. Man brauchte nur in die ausdruckslosen Gesichter der Heimkehrer zu schauen oder ihr oft seltsames Gebaren in den ersten Monaten nach ihrer Rückkehr zu beobachten, dann wusste man schon Bescheid und wollte nicht mehr wissen. Wer weiß, ob es nicht belastend für die Zuhörer gewesen wäre, wenn sie es plötzlich mit Geschichten aus den Kriegsgebieten zu tun bekommen hätten? Was die Propaganda von dort berichtet hatte, wird wohl so wahr nicht gewesen sein. Natürlich nicht. Bestimmt sind da auch Dinge passiert, die man lieber nicht so genau wissen will, dachten viele, und deshalb hatte die Fragerei auch bald ein Ende. Man schaute lieber optimistisch in die Zukunft.

Nur die Heimkehrer behielten ihre unbeweglichen Gesichter. Eine Zukunft schien sie in den ersten Monaten und Jahren nicht recht zu interessieren. Einige sonderten sich ab. Andere gingen zwar in die Wirtshäuser, saßen da aber nur mit ihresgleichen zusammen, mit anderen Heimkehrern. Und sie steckten meistens die Köpfe zusammen und redeten leise miteinander, so leise, dass die an den Nachbartischen, die Älteren, nichts zu hören kriegten. – Die haben wahrscheinlich alle einen Schuss, so wie die da rumhocken und aus ihrer Wäsche schauen, sagte einer am Nebentisch, sind die vielleicht was Besseres, nur weil sie im Krieg waren? Ach lass die doch, sagte dann ein anderer, sonst kommen die glatt noch her. Das brauch ich aber nicht mehr. So bin ich nach dem ersten Krieg auch rumgehockt. Ich kenne das. Die sind halt schlecht drauf, weil sie den Krieg verloren haben. Aber so viel Schwermut verdirbt einem ja die Freude am Bier. Also lass sie in Ruhe!

Man war ganz froh, dass sie sich separierten, und ließ sie gerne allein.

Als der junge Seewirt erwachte, hing er im Beiwagen eines Kradmelders – hing, denn von Sitzen konnte die Rede nicht sein –, hing in sich zusammengesunken und mit dem Gesicht an eine kleine, verdreckte Windschutzscheibe gelehnt. Er schaukelte nach allen Seiten, schlug einmal vorne an, dann wieder hinten, je nachdem, welches der drei Räder gerade über einen Stein oder in ein Schlagloch fuhr, und spürte derart heftig einen dumpfen Schmerz im linken Oberschenkel, dass er gar nicht mitbekam, wie blutig sein Gesicht schon aufgeschlagen war vom ständigen Aufprallen auf die Windschutzscheibe. Der Soldat, der das Krad fuhr, reichte ihm ein verschmiertes Taschentuch in den Beiwagen und schrie gegen den Motorlärm an: Tu das mal weg! Du schaust ja aus wie der Jesus vom Isenheimer Altar! Er hatte am Arm die Binde der Sanitäter, und jetzt sah der Pankraz auch das Rote Kreuz auf dem Verdeck des Beiwagens.

Was ist denn passiert?, schrie er zu dem Sanitäter hinüber, wohin fahren wir eigentlich?

Wohin schon?, rief der, ins Lazarett! Oder willst du lieber heim zur Mama? Schau dir deinen Haxen doch mal an! Und das tat der Pankraz dann auch – und sah zum ersten Mal einen von seinen eigenen Oberschenkelknochen pur. Das brachte ihm eine neue Ohnmacht ein, die dann zu seinem Glück auch hielt, bis sie das Lazarett in Colmar erreicht hatten. Dort erwachte er wieder, und weil er jetzt wusste, was ihm weh tat, spürte er den Schmerz so ungeheuer, dass er brüllte, wie er sich selber noch nie hat brüllen hören. Schnell jagte man ihm eine Morphiumspritze ins Muskelfleisch über der abgebundenen Stelle des Oberschenkels nah am Unterleib, und bald war wieder Ruhe.

Er lag da und sah starr nach oben zur Decke und sah die Risse in ihr, dachte, dass sie bald niederbrechen werde, und dann fiele der ganze Putz auf ihn herunter, und dass man die doch abstützen müsste, um das zu verhindern. Denn es ginge ja nicht nur um ihn, sondern um ihn herum, im Absturzbereich der rissigen Decke, lägen ja noch mindestens ein Dutzend andere. Und er richtete sich sicherheitshalber ein wenig auf, um zu sehen, wie viele es waren, und sah, dass er sich schwer verschätzt hatte. Denn es waren nicht ein Dutzend, die um ihn herum lagen, sondern mindesten fünfzig, und das in einem Raum, in dem doch ein Dutzend schon zu viele waren. Solche Sachen dachte er, um nicht an sein eigenes Schicksal denken zu müssen, denn das schien ihm unerreichbar, unausweichbar – nein – unertragbar, unsagbar – nein – unsäglich. Jetzt hatte er das Wort gefunden: Unsäglich. Er war irritiert, dass er so viele Anläufe gebraucht hatte, um den Gedanken korrekt zu beenden. Dass das vom Morphium kam, das konnte er nicht wissen. Er hatte bisher keine Erfahrung gemacht mit so was. Er kam vom Land.

Dann kam eine Schwester, ein ehemals ganz feines, sauberes Fräulein, das sah er gleich, aber jetzt war sie mit Blut besudelt, von oben bis unten, wie man so sagt, und nichts Überhebliches war mehr an ihr und in ihrem Gesicht. Auch das sah er gleich, denn der Typus, den sie abgab, den kannte er gut, von daheim, von den Sommergästen, und dieser Typ, blond und volle Lippen und so eine gestelzte Sprache, Hochsprechsprache, die waren in der Regel, also durch die Bank – oder wie sagt man? – durch und durch, Schmarrn, alle miteinander – ja, jetzt stimmt's! – alle miteinander waren die arrogant, die bildeten sich unheimlich viel ein, weil die Väter meistens Doktoren waren oder Geheimräte oder Fabrikbesitzer und Anwälte, und die hatten ihn zwar immer ganz kokett angeschaut, manchmal sogar gierig, aber wenn er dann Anstalten gemacht hatte, dann hatten sie ihn gleich abblitzen lassen. Die kannte er gut. Die hatte er mittlerweile alle so was von gefressen, aber schon so was! Ja. Aber die sah jetzt ganz normal aus und redete auch ganz normal, als sie sagte: Ich bin die Assistentin vom Oberstabsarzt. Ich soll Ihnen sagen, wie es mit Ihnen jetzt weitergeht. Wie Sie sehen, sind Sie nicht der Einzige hier, und Sie sind auch nicht der Erste, der angeliefert wurde. Deshalb müssen Sie sich noch gedulden. Das geht jetzt einfach nicht anders. Es sind noch viel schwerere Verwundungen da, die wir vorziehen müssen. Es wird also noch zwei oder drei Tage dauern, bis wir Ihr Bein amputieren können. Aber bis dahin bekommen Sie genug Morphium, dass Sie die Schmerzen einigermaßen ertragen. Schlafen Sie jetzt ein wenig, wenn's geht. Und damit zog sie wieder ab.

Amputieren!

Hat sie amputieren gesagt?

Die nächsten Tage lag er in einer ziemlich tiefen Depression, die nur vom Morphium gelindert wurde – wenn er denn eines bekam. Denn die Schwester hatte übertrieben, als sie das Wort *genug* gebraucht hatte: Es gab nur einmal am Tag eine Dosis. Und auch die zwei oder drei Tage, die es noch dauern würde bis zur Operation, waren schöngeredet, denn erst nach einer Woche kam der Oberstabsarzt und sagte: Morgen sind dann Sie dran, Herr Birnberger. Dann haben Sie zwar ein Bein weniger, aber es wird Ihnen besser gehen danach, glauben Sie mir, Schmerzen und Morphium fallen dann weg. Sie warten jetzt schon sieben Tage. Sie noch länger warten zu lassen, das wäre kontraproduktiv. Sonst werden Sie uns ja noch ein Morphinist. Oder wollen Sie das? *Ein* Morphinist im Reich reicht doch, oder?

Das hätte ihn auch den Kopf kosten können, den Oberstabsarzt. Denn mit diesem Satz zielte er auf den Reichsmarschall. Aber das wusste der Pankraz natürlich nicht, denn dass der Reichsmarschall ein Morphinist war, das wusste von der Landbevölkerung, salopp gesagt, keine Sau. Und deshalb war er weder wegen einer die Autorität untergrabenden Respektlosigkeit zutiefst erschrocken, noch schlug er sich wegen eines satirischen Bonmots genießerisch mit der Hand auf seinen zerschossenen Schenkel. Er hatte den Satz einfach nicht kapiert.

Die Geschichte seiner sieben Tage im Lazarett in Colmar hat er später erzählt, der junge Seewirt; die Tage vor der geplanten Amputation seines linken Beins. Die Schmerzen, die er ausgestanden hat, und die lange Zeit dieser sieben Tage, die sich hinzogen wie eine halbe Ewigkeit, weil die Schmerzen die Tage so lang machten, bis endlich am Abend das Morphium gesetzt wurde. Aber gerade das alles hat ihm sein Bein erhalten: Die lange Zeit, die er nachdenken konnte, und das wenige Morphium, das ihn seine Gedanken klar denken ließ, statt sie zu vernebeln. Ihm war in diesen sieben Tagen tiefer Niedergeschlagenheit und täglich wiederkehrender, oft unerträglich scheinender Schmerzen klar geworden, dass er leben wollte. Und zwar so, wie er bisher gelebt hatte: mit zwei Beinen. Er war fest entschlossen, die Amputation zu verweigern.

Und das sagte er jetzt dem Oberstabsarzt. Ihre Assistentin hat mir gesagt, dass ich keinen Knochenfraß, oder wie das heißt, habe, nur eine Entzündung im Gewebe. Dass das Bein also wieder gesund werden kann. Ich kann es mir nicht vorstellen, mit nur einem Bein zu leben. Deshalb gehe ich das

Risiko ein, zu sterben, wenn das Bein nicht heilen sollte. Ich bitte Sie, mich nicht zu operieren, aber mich so zu versorgen, dass ich eine Chance habe. – So redete er. Man muss sich das mal vorstellen: so gebildet! Und so hätte er natürlich nie reden können, wenn er nicht im Seewirtshaus aufgewachsen wäre, unter all den gebildeten Sommergästen, die ihn den ganzen Sommer über bildeten, Jahr für Jahr.

Der Oberstabsarzt schaute ihn eine Zeit lang an, anfangs erstaunt, mit einer steilen Falte auf der Stirn. So ein selbstbewusstes Verhalten war er nicht gewohnt, weil es nicht üblich war. Die Soldaten tun alles, was ihnen höhere Dienstgrade befehlen, üblicherweise. Und er ist ein höherer Dienstgrad. Selbstbezogenheit gilt innerhalb der Truppe als Wehrkraftzersetzung. Aber der Krieg geht zu Ende, das weiß er, er braucht sich nur in seinem Lazarett umzuschauen, was da an ausgedientem Fleisch herumliegt! Da müsste man nur einen Vergleich machen, und die Wehrmacht allen Lazaretten im Land und in den noch besetzten Gebieten und den Zuständen, die in ihnen herrschen, subsumieren, dann hätte man sehr schnell einen Begriff von der noch vorhandenen Wehrkraft. Von einer Wehrkraftzersetzung kann da keine Rede mehr sein, schon gar nicht, wenn ein Soldat sein Bein behalten will, selbst wenn er, der Oberstabsarzt, es abnehmen will. Die Wehrkraft seines Landes hatte sich schon von Anfang an selbst zersetzt, dadurch, dass sie eine Wehrkraft nie war, sondern immer nur eine Angriffskraft, dachte der Oberstabsarzt vor sich hin, da bedarf es keiner Aufsässigkeit mehr. Und schließlich hat er sich ja selber gerade zu einem wehrkraftzersetzenden Aperçu hinreißen lassen – er, der Oberstabsarzt höchstpersönlich.

Aperçu!, dachte er und kaute noch einmal herum auf dem Wort – Aperçu! Gebrauchen wir es ruhig, schließlich sind wir ja hier bald in Frankreich.

Der Oberstabsarzt! Ha! Auch schon zersetzt, dachte er, durch und durch.

Gut, wenn Sie das so wollen, dann soll es so sein, sagte er zum Pankraz. Sie müssen nur ein Papier unterschreiben, damit ich von Verantwortung frei bin, wenn Sie doch einen Abgang machen. Ich wünsch Ihnen alles Gute. Er gab dem Pankraz die Hand und verschwand im Gestöhn der herumliegenden Fleischklumpen.

Der Pankraz ist jetzt ziemlich irritiert und allein. Er hat mehr Widerspruch erwartet. Er hat gehofft, der Arzt würde nicht nachgeben und ihn aufklären darüber, dass er ohne Operation auf jeden Fall sterben wird. Denn natürlich will er noch nicht sterben, das hat er nur so gesagt, weil er sein Bein retten will, weil er nämlich gehört hat, dass die in den Lazaretten immer sofort amputieren, auch dann, wenn es nicht unbedingt nötig ist. Denn ein Bein abschneiden macht weniger Umstände, als es gesund zu pflegen. Das hat er öfter gehört, von anderen Soldaten, die mit weniger aufwändigen Wunden ins Lazarett und nach ihrer Genesung wieder zurück an die Front kamen. Jetzt weiß er überhaupt nicht, was los ist. Er soll jetzt selber verantwortlich sein dafür, ob er weiterlebt oder stirbt. Er hat auf einen Amputationsbefehl gehofft, dann hätte er später eine gute Ausrede gehabt, vor sich und vor anderen. Er habe um sein Bein gekämpft, hätte er sagen können, doch habe er sich einem Befehlsnotstand beugen müssen. Aber er wäre auf jeden Fall am Leben geblieben. Jetzt steht er vor seinem selbstverschuldeten Tod.

So überfordert hat er sich bisher nur einmal in seinem Leben gefühlt: Als sein Vater erkannt hatte, dass der ältere Sohn zum Erbe des Anwesens nicht mehr taugte, und sich entschieden hatte, den jüngeren als Erbe einzusetzen. Da hat er den Pankraz ins Klavierzimmer geholt, das gleichzeitig auch das betriebliche Büro war, hat, nachdem der Pankraz eingetreten war, hinter ihm die Tür abgesperrt und gesagt: Du musst jetzt das Ganze weiterführen. Dein Bruder ist geisteskrank, der fällt aus. Ich sage dir aber gleich, entweder du machst es ganz oder gar nicht. Ich meine damit, dass du mit dem Singen aufhören musst. Wenn aber nicht, dann bekommst du vom Erbe gar nichts, nicht einmal ein Bargeld. Ich gebe dir eine Woche Zeit, dir das zu überlegen. Du kannst jetzt wieder gehen.

Und damit hat er die Türe vom Klavierzimmer wieder aufgesperrt.

In der folgenden Woche hat der Pankraz schwer mit sich gerungen. Er wollte unbedingt Sänger werden, aber er hatte Angst davor, nicht mehr abgesichert zu sein. Er hatte nicht die geringste Vorstellung, wie er seinen Lebensunterhalt bestreiten sollte, wenn er nicht mehr zu Hause sein konnte. Er hatte nichts gelernt, außer daheim zu arbeiten. Er fühlte sich völlig überfordert. Drum hat er nach einer Woche seinen Berufswunsch aufgegeben und dem Vater zugesagt, den Hof zu übernehmen: aus reiner Existenzangst.

Gut. Damals ging es um einen Lebenstraum. Aber jetzt geht es ums Leben selbst. Er sitzt da, auf seinem Bett, und hat auf einmal Angst, Todesangst. Er kann nichts machen. Er muss dasitzen und warten, ob er einen Wundbrand kriegt und stirbt oder nicht. Wenn sie unter Beschuss gerieten, hatte er auch Angst. Aber die war lang nicht so schlimm, denn sie hatten gleichzeitig kämpfen und Befehle umsetzen müssen. Die ganze Angst, auch die Todesangst, wurde sofort an den Unteroffizier oder den Kompaniechef delegiert – in Form eines Vertrauens. Und je heftiger die Angriffe und je fürchterlicher die Angst wurden, desto tiefer wurde dieses Vertrauen. Manchmal vertrauten sie sich diesem Vertrauen an, wie Kinder sich der Bettdecke anvertrauen, wenn sie sie über den Kopf ziehen, weil ein Geräusch im dunklen Zimmer zu hören ist. Jetzt aber ist er völlig allein.

Immer wieder, wenn eine der Schwestern in die Nähe kommt, hebt er die Hand, um auf sich aufmerksam zu machen. Als keine auf ihn achtet, beginnt er zu rufen, mehrmals hintereinander. Einer seiner Feldbettnachbarn raunzt ihn an, er solle eine Ruhe geben, die Weiber würden eh nichts von ihm wollen, von keinem hier drin, die seien nur scharf auf Offiziere, weil die ihre Glieder noch alle hätten, und zwar wirklich alle. Der, der das sagt, ist ein Nusser, einer, dem sie den Unterleib mit allem Drum und Dran weggeschossen haben. Endlich kommt eine bei ihm vorbei und fragt, was er will. Ich muss dem Fräulein Assistentin vom Herrn Oberstabsarzt etwas Wichtiges sagen, bitte, es geht um Leben und Tod. Können Sie mir die vorbeischicken? Bitte!

Die Schwester murmelt was und geht wieder. Tatsächlich kommt nach einiger Zeit die Assistentin. Sie ist für den Pankraz hier drin die Vertrauensperson geworden, sie ist jetzt sein Unteroffizier. Ich möchte vielleicht doch lieber operiert werden, sagt er, ich weiß nicht, aber vielleicht doch. Was meinen denn Sie? Die Assistentin ist freundlich, schaut ihn aber ein bisschen genervt an, das schon, und vielleicht sollte er sie nicht mit so was aufhalten. Die hat ja wirklich unheimlich viel zu tun da herinnen. Warum soll sie sich da noch um seinen Fuß kümmern, vielmehr um sein Bein. So heißt es in der Hochsprache. Bei ihm daheim sagen sie zu allem Fuß, nicht nur zum Fuß. Aber oben heißt es Bein. Auch das hat er bei den Sommergästen gelernt. Warum soll die Assistentin sich mit seinem Bein belasten – oder gar mit seinem Leben? Jetzt steigen ihm auch noch die Tränen auf, verflucht noch mal, so sehr hat ihn das Selbstmitleid schon gepackt. Hart kämpft er an dagegen. Ach nein, sagt er, entschuldigen Sie, sagt er, ich wollte Sie nicht aufhalten, ich bin mir nur nicht sicher.

Jetzt geht die Assistentin tatsächlich neben seinem Bett in die Hocke und schaut ihn an, nicht tief, aber sehr fachmännisch, wie er zu sehen glaubt, vielleicht auch nur sachlich. Schon wieder ist er sich unsicher. Das macht aber nichts mehr, denn die Assistentin spricht jetzt: Ich habe Sie vorher sehr bewundert, wie Sie mit dem Oberstabsarzt geredet und sich gegen die Amputation gewehrt haben. Auch den Oberstabsarzt haben Sie beeindruckt. Der hätte Ihnen nicht nachgegeben, wenn nicht eine Chance bestünde, das Bein zu erhalten (erhalten sagt sie, denkt er, nicht behalten. Sie denkt gesamtgesellschaftlich, denkt er, nicht individuell. Sie denkt nicht an mich, wie ich möchte, dass sie denkt, sie denkt nur so, wie sie denkt, dass sie denken muss. Na ja, denkt er, warum nicht?). Drum sollten Sie jetzt auch nicht aufgeben. Sie haben einen Granatsplitter oberhalb der Wunde im Muskelfleisch. Wenn sich da nichts entzündet, dann können Sie das Bein behalten – und den Splitter. Nur wenn eine Infektion auftritt, müssten wir den Splitter entfernen. Und das ginge nur durch eine Amputation. Warten wir also ab, was passiert.

Weil er so verzweifelt ist und ihn das Mitleid mit sich selbst beschämt, schaut er sie nicht an, während sie spricht, er hat den Kopf gesenkt und schaut durch tränentrüben Dunst ins Leere. Umso besser hört und spürt er ihre Worte, die ihm guttun, riecht ihr Fleisch, das atmet wie im Kelch der Wein, und trinkt die Worte wie den Wein und riecht den Fleischgeruch noch mehr und sieht jetzt, da sie aufsteht, sieht, wohin er sah und was ihn aufsaugt schon die ganze Zeit: die tiefe Furche in der Mitte ihres Dekolletés. Noch ein kleiner Augenblick und er hätte einem Drang, sein Gesicht hineinzubetten, nicht mehr widerstanden. Wie sie weggeht, durchschauert ihn der Verlust vertrauter Nähe, als hätte man ihm einen Fuß – halt: ein Bein ausgerissen.

Die Sehnsucht nach der Liebe hockte auf seinem Bett, unerreichbar wie die Gleichheit.

Tatsächlich blieb ihm das Bein erhalten. Drei Wochen später wurde das Lazarett in Colmar geräumt, und er wurde in ein umfunktioniertes Luxushotel am Gebirgsrand verlegt. Da blieb er noch vier Wochen, bis man ihn nach Hause entließ.

Glück gehabt, Soldat! Nicht einmal in eine Gefangenschaft bist du geraten. Nur der Splitter im Oberschenkel rührte sich die ersten Jahre noch bei jedem Wetterwechsel. Aber was macht das schon, wenn man dafür mit zwei Beinen in einem neuen Leben steht, in einer Demokratie.

~

Auf dem Lothof in Eichenkam wog das Schicksal das große Unglück, das es mit dem Tod der Mutter angerichtet hatte, mit einem großen Glück wieder auf. Sieben Kinder hat Lot mit seiner Frau gezeugt, nur eines war ein Sohn. Als die große, alles vernichtende Kriegsmaschine angeworfen wurde, musste auch der einzige Sohn einrücken, um sie am Laufen zu halten. Doch als das Schlachten beendet war, kehrte er unversehrt zurück. Und weil alle anderen seiner Kinder Töchter waren, blieben ihm alle.

So könnte man sagen, dass diese zwölf weltbewegenden Jahre nahezu spurlos am Lothof vorbeigegangen sind, dass nichts passiert ist, was ein Umdenken oder zumindest ein Nachdenken beschworen hätte. – Nichts? Doch, eine Kleinigkeit hat sich am Ende doch noch ereignet.

Bevor nämlich die Arbeits- und Vernichtungslager von den alliierten Verbänden befreit wurden, aber die Elite der Profiteure aus Industrie und Wirtschaft wie auch die Chargen und

Mitläufer ab der zweiten Reihe der Politik schon wieder Tuchfühlung mit den kommenden Siegern aufgenommen hatten, um die eigene Stellung verlustarm in den Nachkrieg zu überführen, hatte die Phalanx der heimischen Mordverbände versucht, ein letztes Mal Profit aus den wenigen noch lebenden Geschundenen zu ziehen. In Todesmärschen wurden die schon fast Entleibten aus den KZ-Lagern heraus in Richtung Gebirge getrieben, wo sie eine Festung errichten sollten, in der sich der elitäre Kern der Nationalen Verbrecher vor den anrückenden Befreiern zu verschanzen gedachte.

In den Gegenden um die Hauptstadt in Richtung Süden wurden die guten und ordentlichen und einheimischen Menschen nachts von schlurfenden und klappernden Geräuschen geweckt. Und als sie die Fenster öffneten, sahen sie ausgemergelte Gestalten in gestreiften Sackleinen und mit Holzpantoffeln an den Füßen durch ihre Dörfer und kleinen Städte stolpern. Fassungslos auf dieses Elend schauend, von dem nichts gewusst oder zumindest nichts geahnt zu haben sie sich immer wieder eingeredet hatten, sahen manche ihren Widerstand gegen das Hinschauen gebrochen und ertappten sich dabei, wie sie den Vorbeiziehenden ein Brot oder eine Tasse Milch reichten. Andere sahen sich im Prinzip des Wegschauens bestätigt und schlossen ihre Fenster wieder, ohne Hilfe gegeben oder wenigstens einmal über die Unerhörtheit dieser eigenen, passiven Teilhabe an diesem einzigartigen und damit doch eigentlich denkwürdigen Verbrechen überhaupt nachgedacht zu haben.

So begann in diesen Tagen zum ersten Mal wieder ein spaltender Keil in diese seit zwölf Jahren fest zusammengefügte Volksmasse zu dringen: der Zweifel. Aber so sehr war er zwölf Jahre lang in Abrede gestellt worden, dass schon bald nach seiner Wiedererweckung Zweifel gegen ihn aufkamen: Ob denn alles, wirklich alles so daneben war, so falsch, so zweifelhaft. Bis heute erwacht dieser Zweifel immer wieder zu neuem Leben. Immer sieht er ein wenig anders aus, aber immer noch meint er das Gleiche: Kein Zweifel, nicht alles war falsch; woanders war es auch nicht viel anders; da gibt's gar keinen Zweifel.

~

Unter den wenigen Häftlingen, denen die Flucht aus einem dieser Todesmärsche gelingt, sind zwei Polen, deren Suche nach Nahrung und einem Versteck sie auf den Lothof verschlägt. Der Bauer und seine drei jüngeren Töchter – die anderen sind schon verheiratet, der Sohn ist aus der Gefangenschaft noch nicht zurück – sitzen mit ihrem polnischen Zwangsarbeiter beim Abendessen in der großflächigen und niedrigen Küche, als sich in einem der kleinen Fenster vor dem Hintergrund der schwarzen Nacht – es ist erst Mitte Februar, und die Tage sind noch kurz – ein Gesicht abzeichnet, das mehr zu einem Totenschädel zu gehören scheint als zu einem lebenden Menschen. Theresa, die seit kurzem 34 ist, sieht das entstellte Gesicht als Erste und fängt vor lauter Weltabgeschiedenheit und Aufgehoben-sein-Wollen sofort und unbeherrscht zu schreien an. Als neben diesem einen noch ein zweiter Totenschädel auftaucht, verstummt sie plötzlich – und beginnt dann zu hyperventilieren. Der Lot springt auf und gibt seinem Arbeitspolen ein Zeichen, mitzukommen. Vor der Küchentür, die direkt hinaus ins Freie führt, geht ein lautes Reden und Palavern los. Drinnen kümmern sich derweil die beiden andern Schwestern, ebenfalls zutiefst verstört, um die nach Luft und Leben und ein ungestörtes In-der-Welt-sein-Wollen ringende Theresa.

Nach kurzer Zeit kommt der Lot zurück und fordert seine Töchter auf, die Reste ihres Abendessens ungeschmälert in ein sauberes, von keinem Fleck entstelltes, gastfreundlich gemeintes Bescheidtuch zu verpacken und den Krug Milch, den frischen, der gerade eben erst gemolken worden war, bereitzustellen. Die beiden noch stabilen Schwestern tun, was ihnen aufgetragen ist.

Währenddessen prallen draußen Worte einer fremden Sprache heftig aufeinander und mischen sich mit Schmerzensschreien, bis die Türe auffliegt und der Zwangsarbeiter in die Küche stürzt, das Gesicht ganz blutverschmiert, und immer wieder schreit: Die mich wollen machen tot! Die mich meinen ich Verrat!

Als der Lot mit den ins Handtuch eingepackten Resten und dem Krug voll Milch nach draußen gehen will, schlurft ein KZler in die Küche rein und schaut sich um.

Wie angewurzelt bleibt er stehen und stiert die Frauen an: Ein zerlumpter, dreckverschmierter, kahlrasierter Knochenmann glotzt aus den hohlen Augenlöchern seines Totenkopfs heraus die drei, in der frühen Blüte ihres Frauenlebens noch unverbrauchte Unschuld atmenden Töchter des Lot wie eine überirdische Verheißung an!

Dann ruft er laut nach draußen.

Kriegt aber keine Antwort.

Stattdessen dringt hysterisches Gegacker von aufgescheuchten Hühnern aus dem Hühnerstall herüber, der nahe bei der Küchentüre an die Scheune grenzt. Da springt die Theres auf und rennt zur Türe, die direkt in den Kuhstall führt. Als der Knochenmann ihr nach will, stürzt sich der Lot auf ihn und reißt ihn nieder. Der Krug zerbricht, der Kruginhalt verspritzt und fließt langsam in die Spalten des gefliesten Küchenbodens. Da windet sich die Schreckgestalt aus der Umklammerung des Lot und kriecht auf allen vieren zu der Stelle, wo der letzte Rest der Milch in den porösen Kalksteinplatten zu versickern droht, und leckt mit ungehemmter

Gier das Weiße auf vom Boden, wie die Katze, immer weiter, auch da, wo nichts mehr ist. Der Lot, gerade noch bereit, sich wieder auf den Mann zu stürzen, steht gebannt und ergötzt sich, ohne Freude und Genuss, doch fassungslos an diesem Bild. Er kann es gar nicht glauben und kriegt und kriegt doch nicht genug davon. Schamlose Neugier und schamvolles Wegsehen-Wollen bekämpfen einander und vermischen sich und machen ihn zu einem Fremden in sich selbst. Er findet sich nur schwer zurecht. Ein Lachen, kindisch und infam, presst und stößt aus ihm heraus, von dem er weiß, wie dumm es ist, er kann es aber nicht verdrücken. Das gibt es nicht, das kann doch gar nicht sein! Was macht, um Himmels willen, der jetzt da?, sagt er immer wieder und lacht und kichert es hinaus. Eine fremde Stimme hört er reden, die ihm furchtbar peinlich ist, von der er weiß, dass sie die seine ist, die er aber so nicht kennt und mag, und trotzdem weiß er nicht, wie er sie sich jetzt abgewöhnen kann.

In die Ecke untern Herrgottswinkel hat sich der Zwangsarbeiter hingekauert, als ob er dort gesichert wär, und leckt das Blut von seinen Lippen. Scheu schauen ihm die beiden Schwestern zu und angeekelt.

Draußen sieht der andere der beiden, von den Folterknechten im KZ zum Totenmann Herabgewürdigten, gerade als er mit der toten Henne aus dem Hühnerkäfig tritt, ein Weiberkleid im angelehnten Scheunentor verschwinden. Dem steigt er nach. Doch im undurchdringlich dunklen Schober stößt er sich an allerlei Gerümpel und Gebälk nach und nach den Kopf zurecht und vergisst sehr schnell das weiße Fleisch der Frau und besinnt sich wieder auf das ungerupfte tote Fleisch in seiner Hand, den andern Hunger, furchtbarer als der eine. Er tappt hinaus ins helle Dunkel und von dort ins helle Licht der Küche, wo sein Leidgenosse immer noch, als gehöre er zu einer anderen Art, den Boden leckt. Doch bald lassen sie sich, willenlos und todesschwach, bewaffnet nur mit ihrem Aussehen und den Knüppeln, die sie sich vorm Haus vom Holzstoß holten, von den beiden Töchtern Lots die Beute aus dem Hühnerstall für das erste Festmahl nach der Hölle zubereiten und trinken, als Aperitif, eine ganze Kanne Milch und fressen nebenher, als Amuse-Gueule, den ganzen Brotlaib auf. Mal geht der eine vor die Tür zum Kotzen, dann wiederum der andere. Wachsam sitzt der Lot am Küchentisch, nervös und ruhig zugleich, denn solange die wie auferweckte Hungertote in der Küche fressen, können sie der durchgegangnen Tochter nichts zuleide tun. Und mehr als zwei, so hofft er, werden es nicht sein. Sobald sich aber etwas ändern würde, wäre er sofort bereit, bis zum eignen Tod zu kämpfen.

Was hat wo so was aus denen da gemacht, fragt er sich. Die gestreifte Kleidung der Vertierten weist der Frage gleich den Weg. Er hat schon von KZs gehört, wo zwar auch ein paar Juden, vor allem aber doch Gesindel und Verbrecher weggesperrt sein sollen. Und Kriegsgefangene. Doch hat ihm der Pole, seiner, weil es ihm verboten war, unter Hinweis auf die Zwangsrückholung in das Totencamp – wovon der Lot jedoch nichts weiß –, nie was erzählt von diesem Grauen, vor dem ihn jetzt, dem Lot, in seiner eignen Küche graut. Was muss einer angerichtet haben, dass so eine Verstümmelung gerechte Strafe ist? Über das Politische in seinem Leben hat er nie lang nachgedacht. Das führt zu nichts, war seine Losung. Seit dem Tod der Frau weiß er, dass das Härteste am Schicksal sehr private Züge hat. Wer den Pferdewagen lenkt, das rührt das Pferd am andern Zügelende wenig, weiß er von den Pferden. Außerhalb der Klappen über ihren Augen scheinen ihnen alle gleich. Manchmal reißt der Zügel eben härter. Und mit dem Staat ist es genauso. Machen kann man sowieso auf Dauer nichts. Nur im Kleinen ist es anders: Wer der Gemeinde vorsteht, das lässt sich vielleicht das eine oder andere Mal bestimmen.

Über den Gedanken vergisst er ein wenig die abwesende Tochter. Die hat sich jetzt in tiefer Dunkelheit, so tief, dass in solche Schwärze sie noch nie gesehen, wie sie später mal erzählen wird, in der Tiefe der Scheune, an ihrem anderen Ende, hinter angelehnten, vom hoch aufgeschichteten Heu zugedeckten Brettern ein Versteck erfühlt, in dem sie, seit mehr als einer Stunde schon – doch das weiß sie nicht, sie denkt, es sind schon Stunden –, nichts mehr hört außer ihren Herzschlag. Sie presst die eine Hand auf ihre Brust, um das dumpfe Hämmern abzudämpfen. Dann denkt sie, auch das Rasen der Gedanken kann man hören, und fühlt mit ihrer anderen Hand, ob es auch zu spüren sei. Sie weiß nicht, was im Hause vor sich geht, nicht, ob noch jemand lebt. Sie ist mit ihrer Fantasie schon so tief vorgedrungen in die Katastrophe, dass ihr kein Ausweg mehr gelingt. Da droht die Luft ihr in den Atemwegen wieder stehenzubleiben, und sie würde in der Enge hier ersticken, das weiß sie. Davon wird ihr schlecht, aus purer Todesangst, und sie erbricht sich auf der Stelle. Das bewahrt sie vor der Atemnot durch übergroße Atemgier und rettet ihr das Leben. So sinkt sie, voller Scham und Ekel, in die Knie und von da aus weiter in die Lache und in den Gestank des von ihr Erbrochenen und spürt die Demütigung durch eigne Kreatürlichkeit wie nie zuvor in ihrem Leben.

Was soll aus ihr werden, wenn sie alle tot sind, denkt sie, was hilft dann noch die eigne Existenz? Mit welchem Recht bleibt sie allein am Leben, und welche Schuld kann größer sein als nachher ihre? Weiterleben wird sie nur mehr mit Gewalt. Gewaltsam leben! Nichts Leichtes wird ihr Leben mehr beschwingen.

Das Letzte, was sie sah, bevor die Dunkelheit sie deckte, war ihr Vater, wie der sich auf das eingedrungene Grauen warf, um ihr das Leben zu erhalten und einen unberührten

Leib. Hat er das seine jetzt schon ausgehaucht? Als sie in die Scheune flüchtete, hatte sie im Schein der Lampe noch ein zweites, noch furchterregenderes Menschentier gesehen, größer noch als schon das eine. Was kann ein Vater mit zwei Schwestern gegen zwei so Ungeheuer tun? Mit dem Polen ist nicht mehr zu rechnen. In dessen Augen hat sie Apathie gesehen, eine abgestorbene Lebendigkeit, die sie sich jetzt wünscht. Verzweifelt. Ein solcher Zustand könnte ihr jetzt helfen.

Stattdessen ist sie aufgewühlt von Aussichtslosigkeit und Schuldgefühl. Sie weiß nicht, dass ihr Jäger längst die Witterung verloren hat und dass sein Körper so verbraucht ist von der Folter, dass sein Gelüst nicht Arterhaltung, sondern pure Selbsterhaltung meint. Sie glaubt ihn immer noch in ihrer Nähe und wagt nicht den geringsten Laut. Angst haust in ihr und saugt und laugt sie aus in tiefer Stille. Stundenlang. Dann Tage. Sie wird sich selber immer fremder, anrüchiger. Durst und Hunger spürt sie nicht. Nur sich selbst als nicht mehr sich. Der eigene Geruch wird unerträglicher im anderen, und sie beginnt den eigenen Geruch zu hassen, den anderen. Dann wird der Hass zur Qual, und sie verzeiht dem anderen, um den Hass so zu ertragen, der trotzdem bleibt. Sie wünschte sich, sie wäre tot, dass alles bliebe wie es ist.

An ihre Mutter denkt sie, die am Wundstarrkrampf gestorben ist, und an die Selbstvorwürfe ihres Vaters, dass der die Einsargung der Mutter nicht gegen Arzt und Leichenfrau verweigert hat. Er wusste, dass sich manche Wundkrampftoten, als sie schon im Sarge lagen, wieder rührten, weil sie doch nur scheintot waren. Was, wenn sie noch nicht tot gewesen war? Diese Frage hat ihn wochenlang getrieben. So wie sie sich jetzt fühlt, muss die Mutter sich erlitten haben, wenn sie noch am Leben war und schon im Grab. Und sie fühlt Gemeinschaft mit der toten Mutter und sich beinahe geborgen. Beinahe.

... weit weg am Horizont treibt eine Schar von Leuten durch die Felder. Voraus schwebt, wie eine Wolke, nah am Boden, in einer stolzen Haltung, die alle zu ihr aufschauen lässt, die Mutter. Den Oberkörper und die vollen Brüste zwingt das Mieder ihrer Tracht in Form und Anstand einer alten Tradition, der sie aber schon entflieht: Der schwere grünrotblaue Samtrock löst sich auf in Rauch und verschwindet rußgeschwärzt im All. Je mehr sie aufsteigt, desto mehr verformen sich Gewand und Mieder und zergehen in gewitterschwarzem Grau. Die Theres spürt die Scham der Nacktheit ihrer Mutter und genießt zugleich zunehmend Leichtigkeit und Schein. Sie hört, wie ihre Mutter sie mit leisen Rufen lockt, mit verschiedenen Stimmen, lauter werdend und näher kommend, während sie sich geisterhaft entblößt ins Nichts, in Himmel, Sphäre, Abglanz. Die Stimme ist ganz nah an ihrem Ohr, bis es des Vaters Stimme ist ... der mit einer Stalllaterne ihr Versteck ausleuchtet und sanft an ihren Schultern rüttelt und sagt: Wach auf!

Erlebnis und Traum werden sie begleiten, ohne dass sie es merkt. Sie wird Traditionen geläutert gegenüberstehen. Im Angstloch, im Hohlraum der Geschichte, der sie entfloh, aber nicht entging, wird Folklore obsolet.

Die KZ-Gefangenen waren wieder verschwunden, noch ehe das Huhn zubereitet war. Ihre ausgehungerten Mägen waren von Milch und Brot bis zum Erbrechen übersättigt, und ihre kranken Gedärme schmerzten furchtbar. Die Angst vor den Bluthunden der Bluthunde trieb sie weiter. Unterm Herrgottswinkel zurück blieb ihr Landsmann, der Zwangsarbeiter, zusammengekauert zum Elendsfleischhäufchen. Der alte

Lot und seine drei Töchter knieten daneben nieder und beteten das Vaterunser.

~

Ins Haus des Schwarz, das der Seewirt zu Beginn des zweiten Jahrzehnts erworben hatte, um sich dem anschwellenden Strom der aufs Land drängenden Sommergäste durch immer mehr Zimmerkapazität gewachsen zu zeigen und dessen eine Parterrehälfte ab dem Ende des Ersten Weltkriegs von der pensionierten Kammersängerin Krauss dauerbewohnt und ein Zimmer darin von ihr zum Unterrichtsraum für fortgeschrittene Gesangsausbildung sinnerhöht worden war – in dieses Haus war am Ende des Sommers 45, als der gewaltige Strom der Flüchtlinge aus dem Osten noch einmal kräftig anschwoll, nachdem er vorher bereits abzuebben schien, in eines der drei ehemaligen Zimmer der Krauss, die kurz vor Beginn des Zweiten Weltkriegs an einer Lungenembolie gestorben war, das ostpreußische Edelfräulein Charlotte von Zwittau eingezogen, und zwar in das kleinste der insgesamt drei Zimmer, in jenes nämlich, das die Krauss einst zum begehbaren Schrank für ihre umfangreiche Garderobe umfunktioniert hatte. Das Fräulein von Zwittau, schon fortgeschritten im Alter, musste sich mit diesem Zimmer zufriedengeben, da die beiden anderen, großräumigeren Zimmer bereits von zwei Bewohnern in ebenfalls fortgeschrittenem Alter besetzt waren, die dem Platzbegehren der anrückenden Flüchtlinge aus dem Osten gerade noch durch eine rechtzeitige Flucht aus der zerbombten Hauptstadt zuvorgekommen waren: Es waren dies der Maler Alf Brustmann und der Cellist Leo Probst. Diese drei Menschen bildeten nun für die nächsten sieben bis zehn Jahre den harten Kern des kulturellen Fortbestands im Nebenhaus des Seewirts.

Die andere Hälfte des Hauses beherbergte die gesamte Großfamilie des Haus- und Grundstückskaufmanns März. Hier begriff man Kunst eher als ein nach den Zerstörungen des Krieges zügig wieder zu weckendes Konsumbedürfnis, wogegen die Bewohner des nördlichen Teils des Schwarzenhauses als Vertreter einer zwar nicht zeitgenössischen, dafür aber überlieferten und somit geprüften und als haltbar erkannten klassischen Kunstauffassung gesehen werden durften. Die obere Etage des Gebäudes wurde von den Besitzerinnen, den beiden ledigen Töchtern des verstorbenen Seewirts, als privates Wohnrefugium in Reserve gehalten für den Fall, dass bei einer der beiden oder sogar bei beiden zusammen unverhofft das Glück doch noch einmal anklopfen und ein dann zu gründender Familienstand einen dementsprechenden und entsprechend geschützten Wohnraum erfordern sollte. Die beiden Schwestern bewohnten derweil weiterhin das Seewirtshaus, in das beide mehr als fünfzig Jahre zuvor hineingeboren worden waren und das beide deshalb als ihren rechtmäßig angestammten Hauptwohnsitz nicht in Frage gestellt sehen wollten – auch nicht von der Übernahme des Anwesens durch den jungen Seewirt und dem damit verbundenen Platzbegehren einer neuen, jungen Familie.

Mit einem solchen Bollwerk alteingesessener weiblicher Übermacht hatte in diesen Jahren so manches bäuerliche Anwesen zurechtzukommen, und vielen Eingeheirateten, ob Frauen oder Männern, ging unter diesen zwar kriegsbedingten, aber erst nach dem Krieg wirkenden Zuständen sehr bald die Luft zum freien häuslichen Atmen aus, und sie sahen sich wieder in einen kriegsähnlichen Zustand versetzt und eingekreist von aggressiver Feindseligkeit, und mancher Jungbauer, der erst nach Jahren aus russischer Gefangenschaft heimgekehrt war, erzählte dann, beim gemeinsamen Mittagessen mit seiner jungen Familie und gemünzt auf seine dabeisitzenden und mitessenden, weil übergebliebenen Schwestern, mit bösem Unterton von den Vorzügen einiger weniger, aber doch wenigstens gelegentlich vom Russen geschenkter ruhiger Minuten im ansonsten ebenfalls hart umkämpften Lebensraum im Kessel von Stalingrad.

Im Seewirtshaus standen dem Seewirt neben seiner Frau, der Theresa vom Lothof in Eichenkam, die er nach seiner Entlassung aus dem Lazarett und der vollständigen Genesung im Herbst des Jahres 1945 geheiratet hatte, weiterhin auch seine Schwestern als Arbeitskräfte zur Verfügung. Als Entschädigung erhielten sie freie Kost und Logis, mehr nicht. So war es üblich. Das wenige an Bargeld, das sie benötigten, erwirtschafteten sie durch die Mieteinnahmen für ihr Haus.

Auch die beiden Herren Probst und Brustmann und das Fräulein von Zwittau sowie die Großfamilie März waren nun zugehöriger Teil dieses Zusammenlebens geworden und hatten sich untereinander bereits zu einem guten gegenseitigen Auskommen zusammengefunden, als im Sommer 1946, mit einer gewissen Verspätung, Viktor dazustieß, besser gesagt: hineinstolperte.

Nach geglückter Desertion und Flucht war er im Herbst des letzten Kriegsjahres beim Gärtner Jäger untergekommen. Er hatte zwar nicht die geringste Ahnung vom Gartenbau, aber die war auch gar nicht gefragt. Gefragt war pure körperliche Arbeitskraft. Und weil davon in der einheimischen Bevölkerung nicht mehr viel vorhanden war, nahm sich der Jäger, wie die andern Wiederaufbauunternehmer auch, eben das jüngste an männlichem Muskelfleisch, was noch aufgetrieben werden konnte. Und das waren um diese Zeit hauptsächlich die 30- bis 50-jährigen Flüchtlinge aus den verlorengegangenen Ostgebieten des geschrumpften Reiches. So wie im Jahr 44 Einquartierungen der Ausgebombten durch die

Reichsverwaltung verordnet wurden, so verordneten jetzt die Verwaltungsorgane der Besatzungsmächte die Einquartierung der Flüchtlinge. Und aus diesen rekrutierten die Bauern und andere Kleinunternehmer vorerst ihre Arbeitskräfte.

Auch beim Seewirt war im obersten Stockwerk des Hauses in zwei Gästezimmern eine fünfköpfige Flüchtlingsfamilie einquartiert worden, bestehend aus zwei Großeltern und ihren Enkelkindern im Alter von sechs und zwölf Jahren und deren von einer Kinderlähmung in den Rollstuhl gezwungenem Vater. Es war nahezu unmöglich, aus einer solchen Konstellation nützliche Arbeitskraft zu ziehen. Das erkannte der junge Seewirt sofort. Es war also in seinem Haus diesbezüglich eine Beschwernis einquartiert, aus der keinerlei Profit, am wenigsten ein Ausgleich für den Verlust der zwei nicht mehr vermietbaren Fremdenzimmer zu ziehen war. Die beiden Alten erhielten bereits eine Krieger- und Altersrente und deren ausgebleichter Schwiegersohn im Rollstuhl eine Behindertenrente. So waren sie auf erwerbsmäßige Einkünfte nicht unbedingt angewiesen. Lediglich die beiden Jungen konnten gegen ein paar Mark Taschengeld hie und da zum Viehhüten angefordert werden. Und die Miete, die von der Behörde bezahlt wurde, war ihr Wort nicht wert.

Viel war also nicht herauszuholen aus den Flüchtlingen beim Seewirt. Viel war das nicht, von da oben im zweiten Stock. Da hockte, genau besehen, über mehrere Jahre hinweg ein fünfköpfiges, nachkriegsbedingtes Ärgernis aus Menschenfleisch, und auf beiden Seiten der Frontlinie war das kenntlich.

Und wie! Kein Tag verging ohne böse Worte, und bei diesem Spiel, dem Sich-das-Leben-gegenseitig-zur-Hölle-machen-Spiel, war der Großvater der Flüchtlingsfamilie dem jungen Seewirt weit überlegen. Er war Mitglied im neugegründeten VdK, dem *Verband der Kriegsbeschädigten*, und die hatten, auch noch nach zwei erfolglos und damit geradezu umsonst geführten Eroberungskriegen, einen guten Stand in der Wahrnehmung durch die Bevölkerung und deshalb auch in den Interessenabwägungen des sich gerade wieder festigenden neuen Staates. Und so wehrte der alte VdK-Schneider, wie er von Viktor gerne genannt wurde, alle Versuche des Seewirts ab, dieses unergiebige Zusammenleben durch eine Umquartierung der Flüchtlingsfamilie in eine assimilationskompatiblere Umgebung zu beenden. Und zwar nicht, weil es ihm im Seewirtshaus so gut gefallen hätte oder weil ihm das Seeklima so angenehm gewesen wäre, nein, im Gegenteil! Sondern allein wegen des süßen Gefühls, das ihn ein jedes Mal aufs Neue überkam, wenn er aus einer solchen Streiterei um die kleinen Karrees des Lebens wieder einmal als Sieger hervorgegangen war. Hier zeigte sich des Seewirts empfindsame und nicht zum Zuge gekommene Künstlerseele auf verlorenem Posten.

Oft sah man ihn dann, nach so einem niveaulosen und niederschmetternden Geplärr, wenn das ganze Haus wieder Zeuge eines Streits zwischen ihm und dem VDK-Schneider geworden war und oft auch noch die vor Schadenfreude dunkel geröteten Gesichter der Nachbarn über den Zaun herübergefeixt hatten, gedemütigt wie einen geprügelten Hund in den Stall schleichen und sein Lieblingspferd, den Kaltblutwallach Bräundl, vor den Gig spannen, auf dem er dann das Anwesen am See entlang in Richtung Süden verließ, um sich, weit außerhalb des Ortes, unter den hohen Bäumen des mächtigen Mischwaldes am Starenbach, innerlich aufrichten und wieder so groß fühlen zu können, wie er sich brauchte, um wenigstens mit sich selbst wieder einigermaßen zurechtzukommen. Gegen den komm ich nicht an, sagte er dann gerne nach dem Abendessen, das er genauso schweigend eingenommen, wie er den ganzen Tag zuvor beschwiegen hatte.

Gegen den komm ich nicht an! Dieser Satz dürfte ziemlich genau seine Position in den meisten Auseinandersetzungen des gesellschaftlichen Lebens wiedergegeben haben.

~

Es war ein heißer Sommersonntag im Juli, als der Seewirt dem Viktor an den Katzentisch im schattigen und kühlen Hausgang des Seewirtshauses eine Halbe Bier hinstellte und dazu sagte: So, das geht jetzt mal auf mich, Herr Hanusch.

Der Viktor hatte als Angestellter des Gärtners Jäger eine Kiste voll Blaukraut nachgeliefert, nachdem der Vorrat für das Wochenende wegen einer unerwartet hohen Nachfrage nach Schweinebraten noch während der Mittagszeit schon wieder ausgegangen war – infolge eines grob irreführenden Wetterberichts im Radio, der für diesen Sonntag Regen vorausgesagt, der Tag jedoch prächtigen Sonnenschein und Gäste in rauen Mengen gebracht hatte. Der Seewirt hatte dem Viktor eigenhändig eingeschenkt und, wie schon gesagt, selbst serviert. Dann setzte er sich ihm gegenüber.

Gefällt Ihnen denn Ihre Arbeit beim Jäger?, fing er das Gespräch an. Die ruhige Art des Viktor und sein gesittetes Auftreten, verbunden mit einer – zumindest in dieser dörflichen Umgebung so erscheinenden – Weltläufigkeit, hatten es dem Seewirt angetan, und er konnte sich gut vorstellen, diesen Mann an sein Haus zu binden und ihm Arbeiten anzuvertrauen, für die andere weniger geeignet waren, weil sie zwar zugreifen, aber nicht unbedingt mitdenken konnten.

Nu ja, rückte Viktor nach langem Überlegen heraus, ob das nun wichtig ist, dass einem eine Arbeit gefällt oder nicht, das weiß ich jetzt auch nicht. Wichtig aber ist, dass man überhaupt Arbeit hat. Man muss ja über die Runden kommen, irgendwie, nicht?

Da haben Sie allerdings recht, antwortete der Seewirt, sehr recht sogar. Aber wenn man schon so viel Glück hat, überhaupt eine Arbeit zu haben, dann ist es doch kommoder, wenn einem diese Arbeit auch noch gefällt. Oder meinen Sie nicht?

Kommoder?

Viktor, der vor einem Dreivierteljahr erst angekommen war, wusste die Leute hier noch nicht so richtig einzuschätzen. Ihm war sofort klar, als er die ersten Kontakte knüpfte, oder genauer gesagt: als die ersten Verbindungen durch die Besatzungsverwaltung hergestellt waren, dass hier einiges anders lief als da, wo er herkam. Und da er instinktiv wusste, dass er hier so schnell nicht mehr wegkommen würde, und schon gar nicht dahin, woher er gekommen war, musste jede Antwort gut überlegt sein, damit sie nicht nach hinten losginge. Das wusste er. Und wer wusste schon, was der Frager da ihm gegenüber im Schilde führte, als er ihn so fragte.

Kommod! Hm? – Ihm war die Mentalität der Leute hier noch ziemlich fremd, er konnte das alles nur schätzen, was da ablief, aber noch nicht einschätzen. Also war er vorsichtig.

Ich denke es so, sagte er, Arbeit ist Arbeit, man darf da nicht wählerisch sein. Hauptsache man hat sie, sagte er.

Aber was man hat, ist doch nicht immer auch gleich das, was man will, erwiderte der Seewirt und war schon im Voraus begeistert über die Gerissenheit seines folgenden Gedankens: Macht es nicht einen Unterschied, ob man zum Beispiel Kartoffeln anbauen und ernten muss – oder ob man sie ihrer Bestimmung zuführt, indem man sie zubereitet für eine Mahlzeit?

Nu ja, sagte Viktor …

Ich sag Ihnen was, fiel ihm aber der Wirt gleich wieder ins Wort und war jetzt nicht mehr zu bremsen, ich arbeite lieber auf dem Feld als in der Küche. Aber auch ich kann es mir nicht immer aussuchen. Ich bin Bauer und Wirt. Da muss ich beides können, und deshalb muss ich es irgendwie auch wollen. Also stellt sich die Frage bei mir gar nicht, ob ich etwas will: Da ich es habe, muss ich es wollen. Und da ich es wollen muss, muss ich es auch können. Aus-Äpfel. Das ist das Diktat des Besitzes. Und damit ist es mein Los. Mein Los ist der Besitz. Mich zwingt die Verantwortung für den Besitz ungefragt in ihren Dienst, ob Sie es glauben oder nicht. Und wer glaubt, auf diese Verantwortung pfeifen zu können, weil er sich nicht ausreichend getrieben fühlt, sie rücksichtslos umzusetzen, der hat schon verloren. Ich merk das an mir selber. Ich müsste viel härter durchgreifen. Denn ein Besitz ist zwar ein Privileg, aber ein Privileg ist nur dann eines, wenn man es ausquetscht wie einen Sklaven und hegt und zärtelt wie eine Braut. Sonst wird das Privileg nur zu einem Klotz am Bein. Also braucht es ein Talent zum Privileg. Das hat aber nicht ein jeder, der ein Privileg hat. Das ist das Verzwickte. Aber es ist auch das Nadelöhr, durch das man sich immer wieder zwängen muss, damit man auch als Besitzer in den Himmel kommt. Und der Besitzer ist nicht der, dem Verlust droht. Es sind seine Erben, denen das geerbte Vermögen unter lauter Auflagen und Vorschriften zerrinnt, verstehen Sie? Wie muss man es einfädeln, dass alles an die Erben fließt, die man sich für nach seinem Tod auserkoren hat, und nicht an den Staat? Ein wirklich Reicher kommt natürlich nicht ins Himmelreich. Sonst gäbe es ja keinen Glauben mehr. Aber wer ist schon so reich, dass er damit gemeint sein könnte. Ich nicht. Ich gehöre bestenfalls zu den Mittelreichen. Aber das Erbe, der Besitz, sollte so gut wie möglich als Ganzes durchs Nadelöhr gehen: in die Hände der nächsten Generation heißt das. Das Nadelöhr, Herr Hanusch, verstehen Sie, das sind die, die einem den Besitz neiden. Die einem das Leben schwermachen und den Besitz schmälern oder ganz nehmen wollen, selbst wenn man sie nahezu umsonst darin hausen lässt, so wie ich meine Flüchtlinge da oben. Ha! Verstehen Sie mich jetzt? Man muss sein Vermögen als Kamel tarnen, um es an den Neidern und am schlimmsten Räuber überhaupt, dem Staat, vorbeizubringen. Das möchte das Gleichnis sagen. Da Sie aber von alledem nicht belastet sind, weil Sie über Besitz nicht verfügen, spielt es bei Ihnen schon eine Rolle, ob Ihnen eine Arbeit gelegen kommt oder ob Sie sich dazu zwingen müssen. Und unter einem Dach, unabhängig vom Wetter, lässt es sich doch bequemer arbeiten als auf dem freien Feld, wo man andauernd durch Regen, Kälte oder Hitze von einem Extrem ins andere versetzt wird. Das wollte ich nur gesagt haben.

Ganz still hockte der Viktor vor dem mit Worten ums Verstehen ringenden und zu ihrer Verdeutlichung mit den Händen die Luft durchfechtenden Seewirt. Glühenden Kopfes focht er. Allmählich ließ er seine Hände sinken, der Kopf entfärbte sich, und er hörte seinen eigenen Worten nach: Woher mag das jetzt gekommen sein?, dachte er. Was habe ich denn da gesagt? So was ist mir ja noch nie passiert! Das Lazarett fiel ihm wieder ein und sein Kampf ums Bein. Doch, dachte er, doch: einmal schon! Im Stillen schöpfte er Kraft.

Dem Viktor war sauunwohl. So heftig wollte er eigentlich nicht von fremden Gefühlen vereinnahmt werden. Er ruckelte von einer Sitzbacke auf die andere und schaute mit gesenktem Kopf mal nach links und dann wieder nach rechts. Ich möchte jetzt da nicht vorgreifen, sagte er schließlich mit Vorsicht, denn wenn es um Religion geht – und Sie reden ja gerade von Religion, möchte ich jetzt mal sagen, wenn ich Sie recht verstanden habe –, da sollte man jeden auf seine eigene Art selig werden lassen. So jedenfalls hat es mir beigebracht meine Mutter. Und von Besitz versteh ich nichts, da muss ich

Ihnen geben recht. Ich hab in der Bank gearbeitet, bevor ich hab müssen einrücken in den Krieg. Da ist viel Geld durch meine Hände gegangen. Aber gehört hat mir von alledem nischt. Damit einem da keine falschen Gedanken kommen, denkt man lieber überhaupt nicht nach. Man zählt das Geld, eine Unmenge am Tag, aber man macht das ganz automatisch. Da hat man keine Gefühle, und über Gleichheit und Gerechtigkeit sieht man am besten gleich ganz hinweg. Da würde man ja nur irre werden sonst. Und warum soll ein Besitzer nicht in den Himmel kommen? Der kommt genauso nackt oben an wie ein Bettler. Er muss halt nur wieder von vorn anfangen. Der Bettler nicht. Das, mein ich, ist der einzige Unterschied, nachdem der Löffel abgegeben werden musste. So der Viktor. Und trinkt sein Bier aus, weil er jetzt gehen will.

Der Seewirt nimmt ihm das leere Glas aus der Hand, mit seiner linken, und drückt ihn mit der rechten wieder nieder auf die Holzbank im Hausgang vor der Schenke. Eines müssen Sie noch trinken, Herr Hanusch, sagt er, auf einem Fuß steht man nicht gut. Er geht hinter die Schänke zum Fass und schenkt noch mal nach. Ich habe mich ein bisschen aufgeregt gerade, sagt er, da müssen Sie sich nichts denken. Eigentlich wollte ich Ihnen nur eine Stelle anbieten. Vielleicht möchten Sie ja lieber im Trocknen arbeiten, in der Küche zum Beispiel, und die Kartoffeln zubereiten, als sie draußen bei Wind und Wetter anbauen zu müssen. So einen aufgeschlossenen Mann wie Sie könnte ich noch gut brauchen. Und stellt ihm das zweite Bier hin.

Jetzt endlich hatte der Viktor begriffen, woher dieser lauwarme Wind wehte. Aha! Dass er da nicht gleich drauf gekommen ist. – Nu bin ich ja sonst nicht einer, der eine Anstellung gleich wieder hinwirft, wenn er sie vor ein paar Tagen erst hat angenommen, sagt er, nachdem er vom frischen Bier einen ziemlich tiefen Schluck genommen hatte, aber gerade heute hat mich mein Chef schwer beleidigt, und ich hab mich da gefragt, ob ich mir das muss gefallen lassen. – So?, fragt der Seewirt. Ist was vorgefallen? – Nu ja, antwortet der Viktor, nachdem er mich hat aus meiner Kammer geholt, der Jäger, damit ich ihm das Blaukraut, das von Ihnen wurde bestellt, aus dem Beet hole, obwohl doch heite wäre gewesen mein freier Tag, da war ich noch ein bisschen verschlafen und bin über einen Spaten gestolpert, den da einer hat liegengelassen, und ins daneben angelegte Petersilienbeet getreten. Mehr als zwei Pflanzen hab ich nicht gemacht kaputt. Aber da fängt der ein Gebrülle an und ein Geschimpfe, nennt mich einen dämlichen Flüchtling und einen slawischen Trampel, gegen den ein Jude ja noch übermenschlich wär, und schmeißt mir auch noch die Holzkiste für die Blaukrautköpfe ins Kreuz. Nu kann er ja sagen gegen die Juden, was er will. Aber da soll er mich doch lassen draußen. Und was hab ich zu tun mit die Slawen? Er müsste mal woanders hinkommen, der Strolch, und nicht nur zu Haus rumsitzen, damit er mal lernt, was ein Slawe ist und was nicht.

Jetzt sitzt der Seewirt still neben dem Viktor, der mit den Händen fuchtelt und ein arg rotes Gesicht bekommen hat. Ich weiß auch nicht, was ich machen soll, redete der weiter, ohne Arbeit kann ich meine Frau und meine Tochter nicht durchbringen. Aber ob ich da noch mal kann zurück, zu dem Jäger, nach dem, was heite ist vorgefallen …? No, das weiß ich jetzt auch nicht. – Und trinkt die Halbe Dunkel aus mit einem Zug.

No wissen Se, fängt er wieder an und redet sich und was er sagt in eine immer größere Erregung, die letzten Jahre waren nicht grad leicht, ich hab da müssen Dinge erleben, von denen dieser Banause hat nicht die geringste Ahnung … – erzählen Sie ruhig weiter, unterbricht ihn taktlos der Seewirt und steht auf, ich schenk uns noch ein Bier ein, und greift sich mit drei Fingern seiner rechten Hand die Gläser, ich kann Sie auch von der Schänke aus gut hören, und geht mit den leeren Gläsern noch mal los, zum dritten Mal. Erzählen Sie! Ich höre gern zu.

Nu ja, was soll ich sagen, sagt Viktor, jetzt ein kleines bisschen verunsichert, was seiner Erregung ein wenig mehr Sachlichkeit gibt, im Februar 45 kam der Russe. Wir wohnten in einem kleinen Heisl am Rande von Kattowitz. Die Tochter war gerade siebzehn geworden, im Januar noch. Wir hatten nicht viel, aber das, was wir brauchten, hatten wir, und mehr brauchten wir nicht. Und da hinein kam der Russe. Wir mussten gar nicht lang überlegen, ob wir nun bleiben wollen oder in Westen gehen. Die Tochter war siebzehn! Damit war die Antwort gegeben. Was der geblüht hätte vom Russen, das haben wir müssen uns nicht ausdenken, da waren schon Gerüchte genug im Umlauf. Also packten wir, was wir tragen konnten, und reihten uns ein bei die anderen in Richtung Westen. Ich war im Herbst 40 eingezogen worden, mit fast schon neununddreißig. Ich hab dann gehabt ein großes Glück, weil ich war gewesen Bankbeamter. Deshalb hat man mich die ersten Jahre in die Schreibstube gesetzt. Erst am Schluss hab ich dann müssen verteidigen Breslau. Bin aber Anfang Februar 45 getürmt. Da war das schon möglich. Da hatten die vorm Russen schon so die Hosen voll, auch die Nazis, dass da keiner mehr hat darauf geachtet, ob der neben ihm sich noch geordnet zurückzieht oder ob der schon türmt. Da bin ich eben stiften gegangen. Desertiert. Nicht aus Feigheit. Nee, nee. Aber Kanonenfutter wollt ich nich werden. Und ich hatte ja Familie. Und Deutschland verteidigen? Da war nischt mehr zu verteidigen. Also was soll's? Nach drei Monaten waren wir in München. Überall war alles schon voll. Lauter Leute ausm Osten. Das konnteste dir, wenn de das nicht hast gesehen mit eigne Augen, gar nicht vorstellen, so viele waren das. Und überall die Gesichter von die Einheimischen. Da hab ich gesehen, was Mörderaugen sind. Zuvor, im Krieg, da wo sie morden durften, da ham die anders geguckt. Da schauten die alle so stumpf. Denn da durften sie ja. Aber da haben sie eben auch noch müssen das schlechte Gewissen unterbringen im Schauen. Wenn du zustechen darfst, fühlste dich zwar nicht mehr gehemmt, da biste dann frei, möchte ich mal sagen. Aber so ein bisschen schlechtes Gefühl bleibt immer hinterher. Und da guckt einer danach dann eben stumpf. Aber jetzt hatten die Angst um ihre Pfründe. Und uns durften sie ja nun nicht mehr abschlachten. Obwohl sie uns genauso gehasst haben wie vorher die Juden oder die Russen. Da sagten die Augen alles, kann ich Ihnen sagen. Da sagten die Augen, was sie vorher getan haben und wieder hätten tun wollen. Von Berlin über Nürnberg bis München war alles voll in die Dörfer. Mit lauter Leuten ausm Osten. Und überall diese Augen. Und die Städte? Die waren ja alle hinüber. Also blieb uns nischt anders über. Wir haben müssen aufm Land suchen unser Glück. No, und da bin ich eben gelandet bei dem Jäger.

Der Seewirt ist da mit dem frischen Bier schon wieder eine Weile zurück am Tisch, und Viktor nimmt noch einmal einen tiefen Schluck. Er ist jetzt ein wenig erschöpft vom Reden. Und erleichtert.

Ja, der Jäger, das ist manchmal ein auffahrender Mensch, sagt der Seewirt, das weiß jeder, der ihn kennt, den Jäger. Der zieht gern vom Leder. Drum heißen ihn auch manche hier im Ort den Leder-Jäger. Aber wenn Sie wollen, dann red ich mit dem Jäger, und Sie fangen an bei mir. Aber nur, wenn Ihnen das recht ist.

Recht war das dem Viktor dann schon, und der Seewirt hat mit dem Jäger alles geregelt. Der hat zwar noch einen Wutanfall gekriegt und den Seewirt beschuldigt, er würde ihm von der Besatzungsmacht zugeteilte Angestellte auf die allerübelste Art abspenstig machen, indem er sie mit Bier abfülle und ihnen anschließend Sachen in die besoffene Birne hinein erzähle, die an Verleumdung grenzen, und ob er sich das überhaupt erlauben könne, gegenüber der Besatzungsmacht, er, der Seewirt, frage er ihn, der Jäger (denn der Viktor hatte sich, im Vorgefühl des Triumphs über den verleumderischen Jäger und ob der neuen Anstellung, die ihm in Aussicht gestellt worden war, nicht mehr beherrschen können und dem Jäger alles noch einmal brühwarm hingerieben, alles was der Seewirt zu ihm vorher über den Jäger gesagt hatte, auch das vom Leder-Jäger und so weiter, und auch noch Selbsterfundenes hinzugefügt ...).

Dem Seewirt jedoch gelang es, mit einigen raffinierten, psychologisch gehaltenen Andeutungen den Gefühlshaushalt des Jäger und dessen damalige aktuelle wirtschaftliche Gesamtlage ins Spiel zu bringen und ihm so bereits etwas Wind aus den Segeln zu nehmen, um ihm anschließend mit ein paar ziemlich großen Tausendmarkscheinen der zwar noch gültigen, aber schon immer poröser werdenden alten Währung nach und nach das Wasser der moralischen Empörung abzugraben, indem er immer wieder einen Tausender aus der Tasche zog, so lange, bis der Jäger, mit einem letzten tiefen Seufzer, verstummte und die Scheine wortlos einstrich. Danach war Ruhe. Auch mit der Besatzungsmacht hat der Seewirt den Wechsel des Viktor vom Jäger ins Seewirtshaus ganz offiziell geregelt, und das war es dann.

Viktor war jetzt Bewohner des Seewirtshauses bis zu seinem Tod. Von seiner Frau und seiner Tochter lebte er schon bald getrennt und erlaubte sich stattdessen ein gutgehütetes Geheimnis mit einer nicht mehr ganz so jungen feinen Dame.

~

Einen Buben haben wir!, rief die Alte Mare Anfang Oktober sechsundvierzig vom ersten Stock aus, wo im seeseitigen Eckzimmer das Wochenbett der jungen Seewirtin stand, ins Treppenhaus hinunter, so laut, dass es alle im Haus hören konnten, und da war allen klar, dass nun die alte Zeit vorbei war.

Diesmal ist es ein Madl!, rief sie ein gutes Jahr später, im November 47, um halb sieben Uhr am Abend durch die Gangtür in den Kuhstall hinein, wo die Knechte die letzten Handgriffe vor dem Feierabend gerade beendet hatten. Und der junge Fechner, der mit Vater und Bruder den eigenen Hof in Schlesien aufgeben und beim Seewirt nun Flüchtlingsarbeit leisten musste, der konnte es fast gar nicht glauben, weil ihm die Bäuerin, die junge, nicht mehr ganz so junge Mutter, doch gerade noch vor höchstens etwa erst zwei Stunden den Muckefuck samt Brotzeit in der Küche aufgetragen hatte, womit er sich noch jahrelang, bei jeder guten Gelegenheit immer wieder und immer zur ungünstigen Zeit am immer unpassenden Ort, brüsten wird – ein Mädchen zum Buben dazu und in so kurzer Zeit! Das konnte nur Gutes bedeuten für die Zukunft. Und als mitten im Advent 1949 dann von der Mare: Diesmal ist es halt schon wieder ein Madl!, gerufen wurde, da hatte man schon gar nichts anderes mehr erwartet, denn es ging immer noch mit Riesenschritten bergauf. Noch ein Madl!, na ja, ein Bub hätte es schon auch sein dürfen, wegen der Arbeit eher sogar lieber ein Bub. Aber wenigstens mitten im Advent! Was für ein Glück!

Der neue Staat war auch gerade fertig gegründet worden, Konrad hieß der neue Adolf, und die neue Mark begann nach und nach ein glänzendes Fett anzusetzen.

Zwei Wochen nach der Geburt des zweiten Mädchens, genau drei Tage vor Weihnachten, wurde morgens um neun Uhr der Seewirt von seinem Kriegskameraden Kranz aus München in einem dunkelblauen Mercedes abgeholt. Er blieb die Nacht über weg, und Viktor merkte, dass das am nächsten Morgen bei den Schwestern des Seewirts eine gewisse Unruhe auslöste. Von der Post aus wurde ein Telefonat mit der Frau des Kranz geführt, ob auch wirklich alles in Ordnung sei, und nur die junge Seewirtin blieb vollkommen ruhig, denn sie war die Einzige, die eingeweiht war. Gerade diese Ruhe aber brachte ihr von Seiten ihrer Schwägerinnen den bösen Vorwurf der Gleichgültigkeit gegenüber ihrer vom Sakrament der Ehe auferlegten Pflicht zur Sorge um den Mann ein: Du tust ja grad so, als ob es dir egal wäre, wenn ihm was zustoßen würde, giftete die Philomena. Nur keinen Neid, antwortete die junge Mutter und hob das neugeborene Mädchen an die entblößte Brust. Damit löste sie die zweite scharfe Rüge bei den Schwägerinnen aus, die sie aufforderten, diese Schamlosigkeit gefälligst nicht in der Küche zu begehen, da diese jederzeit von einem Fremden betreten werden könne. So was macht man im abgedunkelten Schlafzimmer, kreischte die Brieftaube schon leicht hysterisch, wir sind ein anständiges Haus.

Vom dunklen Gang aus konnte Viktor, der grad im Ausguss seine Gummistiefel wusch, den Angriff auf die Natur der Mutterschaft belauschen. Sie war noch nicht sehr gut gelitten, die neue Frau, im Nachkriegsharem ihres Mannes. Oft würzten bei den Hinterbliebenen die Missgunst und der Neid noch scharf Moral und Sitte, die einem mit der Ehe aufgezwungen worden waren. Die Verwandtschaft wurde quasi mit vermählt. Das Glück der Ehe musste erst erobert und dann auch noch verteidigt werden. Die junge Mutter tat sich da noch hart in diesen ersten Jahren, in denen sie sich in ein pseudoherrschaftliches Haus mit seinen antibäuerlichen Dünkeln einzuleben hatte. So zog sie sich, wie es ihr verordnet worden war, erst einmal zurück ins Ehegattenzimmer und weinte da ein wenig. Doch während sie die Tochter säugte, sehnte sie den Mann herbei, nicht ohne in Gedanken vorwurfsvoll mit ihm zu hadern, dass er sie gerade jetzt, mit drei so kleinen Kindern, allein im Haus bei seinen Schwestern ließ. Und nicht einmal die Alte Mare, die sich oft schon mit beredtem Blick beim Ringen um die Frauenmacht im Haus an ihre Seite stellte, konnte ihr in diesem Falle helfen, da auch sie in solchen heiklen Fragen sittenstreng zu den Geboten der Keuschheit und der Kirche stand. Sie war bäuerlich aufgewachsen und ebenfalls ledig geblieben – das Erstere verband sie mit der Theresa, das andere mit deren Schwägerinnen.

Viktor, der Stadtmensch, fühlte sich als Zeuge zwischen beiden Polen hin- und hergerissen. Sein instinktsicherer Opportunismus sagte ihm, dass die beiden Schwestern vorerst die Mächtigeren in diesem Gerangel bleiben würden. Ihm war aufgefallen, dass der Herr des Hauses kein entschlossnes Machtwort gegen seine dünkelhaft verbohrten Schwestern und zugunsten der Frau und Mutter seiner Kinder wagte. Danach versuchte er sich auszurichten. Er war nur Faktotum, er war nicht Partei. Zweifellos behagten ihm die zänkischen und altjüngferlichen Schwestern weniger als die bäuerliche Frische und Direktheit dieser jung gebliebnen Frau mit ihren vierzig Jahren, deren spätes Mutterglück ihren gut geformten und erotisch anziehenden Körper noch einmal zur vollen Blüte gebracht hatte. Doch weiter als in ein verhaltenes Wittern ließ er sich davon nicht treiben.

Am nächsten Tag, es war der vorletzte Tag vor dem Heiligen Abend und gegen vier Uhr am Nachmittag, kehrte der Seewirt mit dem Kranz aus der Hauptstadt zurück. Der blaue Mercedes hielt direkt vor dem Eingangstürl zum Wirtsgarten. Die beiden Insassen stiegen aus, sahen sich kurz um, öffneten die dem Haus abgewandte Hintertür des Viertürers, hoben einen in eine Wolldecke eingewickelten Karton von etwa achtzig Zentimeter mal einem Meter vom Rücksitz, trugen den ins Haus und verschwanden damit in der geräumigen Speisekammer. Und als sie die nach nur ein paar Augenblicken und nun ohne den Karton wieder verließen, drehte der Seewirt den Schlüssel gleich zweimal im Schlüsselloch herum und steckte ihn sofort in seine Tasche. Danach bat er den Kriegskameraden in die gut geheizte Wirtsstube.

Und während der Kranz dort einen frisch aufgegossenen Bohnenkaffee serviert bekam und dabei von des Seewirts Schwestern unterhalten wurde, schlachtete der Seewirt in der Fischhaushütte einen drei Pfund schweren Karpfen und legte den dem Kranz, gut verpackt in bräunlich graues Packpapier, bei dessen Aufbruch auf den Beifahrersitz des Mercedes. Als Anerkennung für deine treue und mobile Kameradschaft, sagte er dazu. Denn weder der Seewirt noch sonst irgendwer in ganz Seedorf besaßen um dieses ausgehende Jahr 1949 herum ein selbstfahrendes Gefährt. Mit besten Grüßen an die Frau und der Aufforderung zu einem baldigen gemeinsamen Besuch zwischen den Feiertagen wurde der Kranz schließlich verabschiedet – und dann senkte sich die kalte Nacht herunter. Mit einem Schlag war Weihnachten hereingebrochen.

~

Bereits am frühen Vormittag des nächsten Tages wurde der Christbaum in den Herrgottswinkel der schon geheizten Gaststube gestellt. Fünf Stunden lang brauchte die Brieftaube zum Schmücken. Während die Knechte in der Scheune droben das Heu für die Feiertage herrichteten und der Viktor das gespaltene Holz mit dem Handleiterwagen aus der Holzhütte in die Küche transportierte, dirigierte dort die Hertha bereits die zwei Mägde und das Lehrmädchen zwischen Ofen und Speisekammer nur so hin und her. Es rauchte und dampfte, brodelte und zischte, und oben im ersten Stock ging das Baden los: Der Herr von Bayern war zu Gast, der Kronprinz Konstantin, Erbe des nicht mehr in Betrieb befindlichen Königshauses, mit einer seiner ständig wechselnden *Cousinen*, und erhielt das Recht des ersten Bads. Das Fürstenzimmer war schon drei Tage im Voraus geheizt worden, der Viktor hatte eine Unmenge Buchenholz die beiden Treppen hinaufgetragen. Die königlichen Hoheiten sollten es so warm wie möglich haben. Im Speicher droben wurde die Decke des Fürstenzimmers mit Strohgarben abgedeckt, denn nur ein dünner Fehlboden ohne jede Isolierung schützte die Zimmer des zweiten Stockwerks, die nur für die Sommermonate ausgerichtet waren, vor dem Eindringen der Kälte. Im Eck neben dem Ofen stand der Waschtisch mit einem Krug voll heißen Wassers. Am Tag zuvor waren die Handtücher noch einmal in Seifenlauge gekocht und neben dem Küchenofen getrocknet worden und hingen jetzt strahlend weiß und nach Kernseife riechend auf dem Messing-Handtuchhalter unterhalb des hölzernen, golden gerahmten Spiegels. Und in der großen Vase neben der Balkontür steckte eine große Silberdistel.

Königliche Hoheit mit Cousine werden dieses Jahr der Weihnachtsbraten sein, sprach der Seewirt nach dem Mittagessen. In seinen Augen lag der Schalk – oder war es doch ein wenig mehr?

Geh red doch nicht so dummes Zeug!, schimpfte ihn die Philomena, seine Schwester, doch ließ er sich von ihrer Strenge nicht beirren und grinste weiter so ein seltsam unbeirrtes Grinsen vor sich hin. Die Theresa senkte schamvoll ihren Kopf. Aber die verklemmte Spannung zwischen den Geschwistern tat ihr gut. Sie mochte es, wenn ihr Mann die

Schwestern ärgerte, so dass sie, sittlich und moralisch überanstrengt wie sie waren, weil es ihnen von Geburt an durch Erziehung eingegeben war, sich aus Verlegenheiten winden mussten. Sie, die sonst so gerne so großtaten gegen sie und ihre Herkunft, dass sie manchmal wünschte, wieder fort aus dieser bigott und herrisch überwachten Ehewelt zu sein, fort von diesen Drachen, die nach außen hin beflissen und gekonnt das ihr anhaftende einfach bäuerliche Wesen mit scheinbar angeborener Überlegenheit zu überstrahlen suchten. Aber alles war nur aufgesetzt. Und ihr Mann, der Seewirt, wand sich zwischen ihr, der neu hinzugekommenen Ehefrau, und den im Dünkel fest verwurzelten Gepflogenheiten seines angestammten Elternhauses wie ein Wurm. Da wärmte sie die unverhoffte Frechheit, mit der er grad den Heiligabendfrieden störte. So was ist nicht lustig, mischte sich mit zischelndem Geflüster gleich die andre Schwester ein. Und jeden Augenblick kann von der königlichen Herrschaft eines in der Türe stehen und alles hören.

Der Viktor stand auf, sagte Mahlzeit und ging.

Nicht mal mit unsereinem macht man solche Witze. Erst recht nicht mit der königlichen Hoheit, redete die Philomena weiter. Wenn wir noch eine – wie heißt man das denn jetzt? … eine … no, jetzt sag es doch – Jungfernschaft, witzelte der Seewirt ausgelassen – das ist ja unerhört!, erboste sie sich, die Philomena – nein, nein, ich mein ein Königreich – ein Ding … eine – ja Herrschaftszeiten, jetzt war es doch schon beinah auf der Zunge, eine – Monarchie! … hätten, dann wäre der Prinz Konstantin jetzt unser König. Da könntest du dir so was nicht erlauben. Da wäre es dann meine Pflicht, dich anzuzeigen, erregte sie sich laut und herrisch, so dass die Theres ihren Kopf gleich noch ein wenig tiefer senkte. Und vor fremden Leuten gehört sich so was schon vom guten Ton her nicht, kreischte aufgebracht wie eine wild gewordene Henne jetzt die Hertha, weil der Seewirt seine Handgelenke kreuzte und seine Verhaftung spöttisch simulierte – und meinte mit den fremden Leuten den gegangenen Viktor.

Die Theresa traut sich schon gar nicht mehr zu atmen, und ihr Herz hüpft bis hinauf zu ihrem Hals. Nein so was! So ein Kampf am Heiligabend! Und mittendrin ihr Mann und lächelt um den Tisch herum ganz ungeniert und sagt: Wir haben aber jetzt, jetzt oder nie, Demokratie. – Grins nicht so frech!, fährt die Brieftaube ihn an, wo kämen wir da hin? Das wird ja eine schöne Weihnacht heuer. – Sie steht auf und räumt den Tisch nicht ab, wie immer, und geht hinaus, den Gang entlang, hinein zur nächsten Tür, ins dunkle Zimmer, und setzt sich neben das Klavier.

Ich versteh dich gar nicht, wie du dich so gehenlassen kannst, zischelt noch mit bösem Ton die Hertha durch die Zähne, das ist bestimmt der schlechte Einfluss von der Häuslerin, und deutet mit dem Kopf hinüber zur Theresa, dann schaufelt sie die Brösel mit der halbgewölbten rechten Hand weit ausholend übern Tisch von der andern Kante her in ihre hohl gehaltene linke. Das ist das Zeichen für Theresa, jetzt den Müßiggang zu enden und die Teller und die Schüsseln abzuräumen.

Bröselhafer hat's gegeben, fast fastenhaft, denn morgen soll der Braten richtig schmecken, der vom Schwein, und übermorgen dann der Fisch.

Die Theresa spült am Ausguss das Geschirr und hat sich fest in sich verpuppt. Die *Häuslerin* im Kopf und stumm dabei der Mann! Das wuchert Hornhaut ins Gemüt.

Die Mare hat schon lange vorher den Fressnapf für den Lux hinaus aus dieser Küche hinüber in ihr eignes Reich getragen. Da sitzt sie jetzt im großen grünlich grau verdreckten Ohrensessel und schaut dem Hund beim Fressen zu – und lächelt, von einer innern Ruhe gut versorgt, in sich hinein. Sie mag den Pankraz, ihren Herrn, den Seewirt. Sie spürt, das Dienstmensch, seine Milde, sein Untalent zum Herrischsein, das ihm das Leben auch nicht leichter macht, das Leben als ein Herr, in dem er Tag um Tag und schnell für sich und andere entscheiden soll. Sie trägt ein warmes Mutterherz für ihn in ihrer Brust. Sie wurde eingestellt im Haus, als er gerade frisch geboren war. Sie war zwanzig, er war zwei. Sie der jungen Frauenkörpersehnsucht ausgeliefert, die zu ihrer Zeit im Selbstverständnis noch vor allem ein Reflex der Arterhaltung war, er zu seiner ersten kleinen Individualität gereift. Sie hatte eine große Sehnsucht, als sie ankam, aber keinen Mann. Doch ein Kind war da. Und mit dem Kind, so wie es wuchs, verkam die Sehnsucht nach dem Mann. Und als das Kind zum Mann geworden war, war aus der Sehnsucht einer jungen Frau nach einem Mann die Sehnsucht einer bei der Kinderaufzucht alt gewordnen Frau nach einem Kind im Mann geworden. Kein Wunder, dass das Tischgebet vom königlichen Weihnachtsbraten ihr kein Unbehagen, sondern heiteres Vergnügen schaffte. Der Pankraz ist im Stillen ihr, der lebenslänglich unberührt Gebliebenen, jungfräulich gebornes Kind. Sie gab ihm die Wärme, die sein strenger Vater, der zusammen mit des Kaisers Staat nach oben strebte, und die seelenkranke Mutter ihm nicht geben konnten. Statt im stillen Gram zu enden oder sich die Welt aus unerfüllter Sehnsucht nach der Elternliebe nur noch im wilden Hass zu nehmen, wurde dieser Mann durch ihre Pflegschaft mild. Mit ihm würde kein Deutschland mehr empor sich recken können, und auch die Frucht des Aufbegehrens und der Unzufriedenheit würde niemals in ihm keimen. So blieb er ihr erhalten. Sie war es ganz zufrieden, die Alte Mare. Sie hatte es im Großen und im Ganzen schon recht gut gemacht in ihrem Leben. Viele andre Möglichkeiten hätte sie auch nicht gehabt. Die überschüssigen Kinder der armen Bauern waren geboren, ihr Leben im Dienst der reichen zu fristen. Wenigen nur gelang die Heirat. Und für das Kloster war ihr Herz, der Mare ihrs, zu voll.

Herr, vergelt's Gott, sagt sie und bückt sich nach dem blank geleckten Porzellanteller zwischen den Pfoten des Hundes. Dankbar schauen seine müden Augen zu ihr hinauf. Das ganze Zimmer stinkt nach seinen Gasen.

Die Seewirtin war hinübergegangen ins Kinderzimmer, den einzigen Raum, wo sie mit Mann und Kindern allein sein konnte, wenn ihr danach war: ohne Knechte und Mägde und ohne die Schwestern. Und seit ihrer Ankunft in diesem Haus, vor knapp vier Jahren, war ihr schon oft danach. Das Neugeborene schrie. Es hatte den halben Vormittag durchgeschlafen und war gerade aufgewacht und drohte jetzt mit dem Geschrei die andern beiden Kinder aufzuwecken. Noch vor dem Essen hatte sie die älteren Kinder schon ins Bett gebracht, damit sie am Abend länger aufbleiben und die Geschenke erforschen konnten. Jetzt hob sie das Kind an ihre Brust und dachte nach.

Warum habe ich denn schon wieder so ein schweres Herz? Gerade habe ich mich doch noch so gefreut über die lustigen Sticheleien gegen die Schwägerinnen. Wie die sich entrüstet haben und mich ganz vergaßen dabei, ihre ständigen Zurechtweisungen und Spitzen gegen mich. Bin ich undankbar?

Eigentlich habe ich es doch ganz gut getroffen. Hab einen stattlichen Mann gekriegt, den ich liebe – doch, ich liebe ihn, ganz sicher tu ich das –, und er liebt mich, das spüre ich. Wenn er mich anschaut, dann ist das wie ein schönes Lied oder so, als ob ich sanft gestreichelt würde. Und ihm gehört der größte Hof im ganzen Dorf. In kurzer Zeit hab ich trotz meines Alters drei kerngesunde Kinder ausgetragen. Meine Schwestern freuen sich für mich und sind vielleicht sogar ein wenig neidisch. Meinem alten Vater hüpft das Herz im Leib, wenn er zu Besuch kommt und mich hantieren sieht in Haus und Stall. Ich spür dann keine Sorgen mehr, bei ihm nicht und auch nicht bei mir. Ist nicht die Sorgenfreiheit der Boden für das Glück? Was belastet mich dann immer wieder so? Bin ich undankbar, bin ich das?

Natürlich war es keine Frage, dass sie ihren Mann noch liebte nach vier Jahren. Selbst wenn es anders wäre, hätte sie es sich nicht eingestanden. Sie hätte es wahrscheinlich nicht einmal gewusst. Die körperliche Liebe, mit ihrer Wirkung auf das Seelenleben, gehörte nicht zur Tastatur, die sie mit Raffinement zu spielen wusste. Dunkle Töne, die wie aus der Erde kamen und in sie zurück, beschallten ihre Seele.

Wie leicht die Milch aus mir heraus hinüber in das Mädchen fließt und in sein Leben strömt, dachte sie. Wie heiter und erregt mich die Berührung seiner Lippen macht. Ach, wie leicht es doch zu leben wäre, wenn alle Menschen sich so gehenlassen könnten, im Geben und im Nehmen. Warum kann ich das nicht. Warum kann ich die Schwestern meines Mannes nicht so nehmen, wie sie sind? Und sie mich so, wie ich bin? Warum hilft mir der Mann dabei so wenig? So wenig neigt er sich zu mir herüber, dass ich seinen Geruch oft nicht mehr weiß. Als müsste er sich tarnen. Wovor denn? Ich bin doch seine Frau. Ich! Bedeutet dieses Mann und Frau so wenig, dass jede Schwester es beschmutzen darf? Ist die Familie nicht die neue, die ich mit ihm gegründet habe, der jetzt die alte weichen muss?

Erschrocken von sich und ihren Gedanken, nimmt sie das Kind abrupt von der Brust und fängt an, es aus seinen Windeln zu wickeln. Der Mann ist jetzt auch ins Zimmer gekommen und geht prüfend durch den Raum, betrachtet ihn von allen möglichen verschiedenen Standpunkten aus. Dabei schaut er ein wenig geheimnisvoll. Die Frau fragt nicht. Sie schaut ihm nur zu und ist gerade wieder sehr glücklich. Hier!, sagt der Mann, hier neben dem Fenster, das ist der beste Platz. Da kommt er hin. – Ja, wenn du meinst, sagt die Frau, dann wird es schon so richtig sein. – Da bin ich mir ganz sicher, antwortet er, von hier aus hat er die beste Wirkung. Auch klanglich. Hier kommt er hin. Aber heute Abend kommt er erst mal in die Stube. – Und Platten hast du auch gekauft? – Ja, sagt er, zwei, den *Tristan* und die *Missa solemnis*. – Schön, sagt sie, da freu ich mich.

Und das war nicht nur so dahin gesagt. Beide sangen sie im Kirchenchor und kannten sich aus in Musik.

Du warst so schüchtern heute nach dem Essen, sagt er, was war denn los mit dir? – Sie errötet schon wieder ein wenig und sagt: Ja wenn du auch solche Sachen sagst. Ich hab gar nicht mehr gewusst, wo ich hinschauen soll. Und deine Schwestern waren ja richtig böse mit dir. –

Das macht aber nichts, sagt er, warum muss sich der Prinz ausgerechnet am Heiligen Abend hier einquartieren? Das ist ein Familienfest. Da will ich keine fremden Leute unter den eigenen haben. Ich will überhaupt keine fremden Leute mehr im Haus haben. Wir sind ja schon selber fast wie Fremde hier! – Ja schon, sagt sie, aber wir sind halt ein Gasthaus, und er wäre halt jetzt ein König, wenn wir noch eine andere Zeit hätten. – Wir haben aber jetzt eine neue Zeit, antwortet ein wenig heftig der Mann, da muss man sich an das Alte nicht mehr so hinhängen. – Ja schon, sagt die Frau. – Und er sagt: Die hätten ja am liebsten immer noch ein Königtum, die Philomena und die Hertha. Da wären ja die Jahre mit den Kriegen und dem Hitler ganz umsonst gewesen – und schaut ihr dabei freundlich ins Gesicht, gar nicht verbissen. Und wieder steigt ein warmer Schauer auf in ihr.

Fest sitzt die Liebe in ihr drin, ein bisschen angekratzt.

Etwas später breitet sich dann in der Küche eine fast sakrale Stimmung aus, wenn die Knechte nach dem weihnachtlichen Bad, das sie im selben, immer wieder aufgewärmten Badewasser nacheinander genommen haben, um den Tisch rum sitzen, in frischen Hemden, manche auch in frischen Unterhosen und mit frisch gewaschnen Socken, die sie vorher auf dem Weg nach oben von der Seewirtin mit Nachdruck in die Hand gedrückt bekamen. Still sitzen sie da, bewegungslos, wie erstarrt, reden kein Wort und blättern mit zeitlupenhaften Bewegungen in der Zeitung, sichtlich bemüht, durch keine unbedachte Regung die Schweißdrüsen zu aktivieren, um nicht die ungewohnte, aber genossene Frische des Körpers und der Kleidung gleich wieder zu besudeln. Sie warten auf den Heiligabend. Der Raum jedoch, die Küche, wirkt, als hätt ein Engel sie durchflogen – der Kernseifen-Pril.

Nur die Seewirtin fehlt noch. Sie reinigt schon wieder das Bad. Fremdes Körperaroma aus fremder Intimität dünstend in ihrem eigenen privaten, familiären Bereich ist ihr zuwider: Sie hat Angst vor Bakterien. Eine ganz neue Angst, die die Ankunft der Seife im bäuerlichen Leben flankiert.

Am Abend läuft die Feier ab wie immer. Um den Ofentisch herum sitzt die Familie. Am Tisch daneben, unter dem Votivbild, das den Diebstahl des Kirchgruber Maibaums durch die Burschenschaft aus Seedorf feiert, sitzen steif in ihrer Festtagskleidung die Knechte und die Mägde: der Valentin, der Viktor und der Fechner – dessen beide Söhne sich im letzten Frühjahr schon in Kirchgrub oben mit zwei bäuerlichen Erbinnen verehelicht haben – der Alte Sepp, die Leni, die Marille, die Lisbeth und die Alte Mare. Unterm Herrgottswinkel sitzt der Herr von Bayern mit Cousine. Und auf dem vierten Tisch, um den herum die Zimmerwärme schon ein wenig schwächelt, weil er am weitesten vom Ofen weg und unterm Fenster auf der Wetterseite steht, da liegen die Geschenke: Handschuhe, Unterhosen, Hemden; ein Kropfband, eine Brosche; Rasierzeug, Gummistiefel, Obstlerschnaps und Villingerzigarren; Marienkerzen und ein verzierter Blumentopf aus Ton. Und ein nagelneues Bonbuch für die Kellnerin, die Loni – alles das, was Knechte und was Mägde bei der Arbeit brauchen und danach. Und am Boden unten liegt das Spielzeug für die Kinder um ein nach frischem Schnittholz riechendes, ganz nagelneues Schaukelpferd herum.

Alle essen Weißwürste und Wienerwürstl mit Kartoffeln und Salat. Der Viktor trinkt ein Dunkelbier dazu, andre eher Weißbier oder Radler. Die Frauen nippen einen süßen Pfälzerwein, den der Seewirt, nach dem Tischgebet, mit großer Geste aufgefahren hat. Und der Prinz und seine Base essen einen frischen Karpfen mit zerlassner Butter, beigelegt sind Salzkartoffeln und Salat – wie sich's für ein königliches Henkersmahl gehört.

Bald wird die Stimmung individuell: Der Viktor und der Fechner denken an ihr Schlesien; die Loni an ihr Kufstein in Tirol; die Alte Mare an das neugeborene Jesuskind in seiner Krippe; die Theresa denkt an ihre tote Mutter und den alten Lot in Eichenkam; der Seewirt an die letzte Feldweihnacht; der Prinz denkt an die Nacht, die vor ihm liegt mit der Cousine; und die Seewirtsschwestern gedenken, herausfordernd und laut das Vaterunser betend und so das Vorrecht eigenen Erinnerns im eignen Haus betonend, des Todestages ihres Vaters, des alten Seewirts, der sechs Jahre vorher am Weihnachtstag gestorben war. Sie stellen, mitten auf den Tisch, ein großes Photo ihrer Eltern und stecken Fichtenzweige in den

Rahmen. Und alle andern, die den alten Seewirt zwar nicht kannten, aber durch der Schwestern herrisches Gebetsgebaren in das Vaterunser einzustimmen sich genötigt sehen, lernen nun, dass zwar persönliches Gedenken frei und stille Andacht sittsam sind, dass eines Herrn Tod jedoch bevorzugt und von allen laut betrauert werden muss.

Und dann singen alle die Stille und Heilige Nacht.

… *Christ der Retter ist da!*

Als das letzte *da*, das der Seewirt dehnt bis zum letzten Atem aus seinem Zwerchfell, endlich ganz verklungen ist, holt er tief Luft, steht auf, nimmt die karierte Pferdedecke vom Karton, der ein wenig abseits von den anderen Geschenken steht, und beginnt, vorsichtig und geheimnisvoll, die Verpackung aufzuschneiden. Ein Kartoffelschälmesser zieht er langsam durch die Klebestreifen, bis zwei Seitenwände des Kartons nach außen klappen. Dann zieht er ganze Buschen Holzwolle aus Hohlräumen heraus und wendet sich, als nichts mehr kommt, hilfesuchend an den Viktor: Herr Hanusch, bitte, den Karton festhalten – und ruckelt dann, als der die Arme fest um die Verpackung schlingt, Zentimeterruck um Zentimeter ein poliertes und gelacktes Holzschrankding heraus, so glänzend wie der See im Licht des Sonnenuntergangs, ein unbekanntes Trumm, so schön und wirkungsmächtig, dass die Alte Mare meint, es wär ein Tabernakel, und sich in ehrfurchtsvoller Scheu mit dem gestreckten Daumen ein unsichtbares Kreuz auf ihre Stirne malt. Alle schauen sie, mit offnem Mund, und raten vor sich hin. Das ist ein Musikkombischrank, sagt jetzt der Seewirt, von Grundig, gekauft bei Lindberg in der Hauptstadt und das neueste Modell: mit Radio, also Volksempfänger wie man früher sagte, einem Plattenspieler mit zwei Geschwindigkeiten, die 78 für die Schellackplatten und die 33 für die neuen, für die ganz modernen. Und für die ist unten auch ein extriges Spezialregal für Platten drin. Und dann zieht er eine Schublade heraus, nimmt von der Anrichte herunter eine Plattenhülle, zieht – und schaut dabei, als würde er die geweihte Hostie beim Hochamt aus des Priesters Hand empfangen – Beethovens Messe heraus und legt sie auf dem Plattenteller auf mit solcher Vorsicht, dass der schon lang in tiefen Schlaf versunkne alte Fechner sich nicht mal mehr zu schnarchen traut. Laut und kratzig kracht es, beim Einsetzen der Nadel, so dass der Schreck durch alle Glieder und der Fechner aus dem Schlaf hochfährt –, aber dann setzt sanft und rein das Kyrie eleison ein. Die neue Zeit macht sich breit – und mit der alles verklärenden Sopranstimme der Kammersängerin Rothenberger durchdringt sie Stube, Haus und Stallung: *Von Herzen – möge es zu Herzen gehen!* steht auf der Plattenhülle.

Bald ist es 11 Uhr in der Nacht geworden. Von der Mutter werden die Kinder ins Bett gebracht, während die Schwester, der Seewirt und die beiden jüngeren Mägde sich herrichten zum Kirchgang nach Kirchgrub in die Mette. Der Fechner wünscht allen eine gute Nacht und verschwindet in das Nebenhaus. Der Viktor wird von Philomena in die katholische Bauernregel eingeweiht, wonach ein gutes Jahr nur jener vor sich habe, der in der heiligen Weihnachtsnacht zur Mette gehe. Woraufhin der Viktor brummelnd ebenfalls ins Knechtquartier hinüberwechselt und nach fünf Minuten im Soldatenmantel wiederkommt. Einer für alle, alle für einen, denkt er ein wenig aufsässig in sich hinein – und dann gehen sie los, durch trocknen, kalten Schnee, dass es unter den Schuhen nur so knirscht, eine halbe Stunde lang, bis in die Kirchgruber Kirche hinein. Der Seewirt und die Schwestern haben ihren Platz auf der Empore oben unter den anderen Chormitgliedern eingenommen, die Mägde rücken auf der Frauenseite in der letzten Reihe eng zusammen, denn vorn sind alle Reihen schon besetzt mit Kirchgruber Bäuerinnen, die keinen Millimeter Platz für irgendeine Fremde und schon gar nicht für ein fremdes Dienstmensch machen. Auch am Heiligabend nicht. Aber schon wirklich nicht! In diesem Fall ist das ein Kirchentag wie jeder andre. Der Viktor drängt sich hinten, nah beim Ausgang, unter die dicht stehenden Kleinhäusler und Bierdimpfl, um nach dem Schlusssegen sofort die Kirche verlassen und eine Zubanzigarette anzünden zu können. Laut redet der Pfarrer und eindringlich von der Krippe im Stall und von den harten Herzen der Reichen, die niemals ins Himmelreich eingehen, ja eher noch ein Kamel durch ein Nadelöhr durchgehen würde. Und während die kleinen Bauern an dieser Stelle, Weihnacht für Weihnacht, ihre Blicke in die Augen der großen Bauern und die Bierdimpfl die ihren ins Auge des Dorfwirts zu senken versuchen, singt oben auf der Empore der Seewirt mit seinem tiefen Bass das Agnus Dei aus der *Missa solemnis*. Langsam erlöschen im Kirchenschiff die Lichterketten und die Spotscheinwerfer, die von Mesner und Pfarrer am Nachmittag noch aufgehängt und angeschraubt worden waren, um eine jubelnde Helle in die mitternächtliche Kirche und von dort in die Herzen der Menschen zu zaubern, und die nun langsam weniger wird und am Ende stehen bleibt im flackernden Licht der nun allein noch brennenden Kerzen und dem kleinen Lämplein über dem Stall des Jesuskindes in der Krippe, die auf dem Seitenaltar aufgebaut und von kasperltheaterhaften Hirten auf dem Feld bevölkert ist, die mitten auf einer bethlehemgrünen Wiese aus Waldmoos herumstehen. Und wie ein warmer Regenschauer geht nun das Lied von der Stillen und Heiligen Nacht auf die Gläubigen nieder, benetzt ihre Seelen mit Heiligkeit und ihre Augen mit Tränen um die verlorene uralte Zeit und bahnt sich schließlich den Weg durch weit aufgerissene, laut mitsingende Münder wieder nach draußen: Beinahe keiner, der jetzt nicht mitsänge.

Und alle tragen sie, beim Heimgehen durch die kalte Nacht, wie alle Jahre wieder, dieses seltsam frohe, rätselhafte Glück im Herzen, das schon am nächsten Morgen wieder ungenutzt verschwunden sein wird: Uns ist heute der Heiland geboren.

Am ersten Weihnachtsfeiertag, gleich nach dem Frühstück, schlachtete der Seewirt mit geübten Griffen den Prinz Konstantin und ließ ihn nach dem Ausweiden 24 Stunden lang im Schlachthaus hängen. Die Cousine ließ er verschwinden. Danach schnitt er des Prinzen Glieder ab, zerteilte den königlichen Torso in handliche Stücke und legte sie eine Woche lang im großen Surfass in Salzwasser ein. Schließlich landete das Fleisch im Räucherkamin und kokelte da drin noch viele Wochen, bis es vergessen war.

Wenn man im zweiten Stock des Seewirtshauses die große Eisentür des Räucherkamins öffnete, hinter der das Fleisch an s-förmigen Eisenhaken zum Räuchern hing, konnte man jedes Wort verstehen, das zwei Stockwerke tiefer in der Küche gesprochen wurde. Oft unterhielten sich die Kinder der Seewirte durch diesen Kamin und erzählten sich Geschichten, indem der Erzähler sich oben in das schwarze Loch beugte und nach unten sprach, während die anderen in der Küche unten am Boden vor dem Loch hockten und zuhörten. Sie nannten den Räucherkamin den Geschichtenturm. Als seine Funktion eingestellt wurde, fand man verschrumpelte, tiefschwarze Fleischfetzen an verrosteten Haken, die im Wertstoffhof Qarzbichl entsorgt wurden. Der Prinz Konstantin übrigens, der von Bayern, kam Jahre später beim Absturz seiner einmotorigen Sportmaschine ums Leben. Bis dahin jedoch war er noch oft zu Gast im Seewirtshaus, regelmäßig und mit immer anderer Cousine, und die ganze Familie saß um des Prinzen Tisch herum und schaute den Herrschaften beim Essen zu.

~

Leo kam aus seinem Zimmer in die gemeinsame Küche und sah sich wie immer wortlos um. Er war jetzt Anfang sechzig und hatte, bis zu ihrem Tod vor sieben Jahren im Bombenhagel, alleine mit seiner Mutter zusammengelebt, die alles für ihn erledigt hatte, von der Essenszubereitung und -ausgabe bis zum Waschen, Bügeln und Einlagern seiner Wäsche in seinen Schrank. Er lebte bei ihr, wie ein Klostermönch im 12. Jahrhundert in seinem Orden gelebt hatte: Er sah, wie das Essen auf den Tisch gestellt wurde, schmeckte es ab, aß es auf, sah zu, wie die Reste abgeräumt wurden, und wusste, dass alles von Gott kam – und von woher sonst, das wusste er nicht. Jetzt stand er ein bisschen in der Küche herum, in der das Fräulein Zwittau an Herd und Anrichte hantierte. Er schaute mal dahin, mal dorthin, sah auf den Herd und dann auf die Anrichte, und auch auf das Fräulein Zwittau sah er – sah aber eigentlich nichts. Dann ging er wieder zurück in sein Zimmer und studierte in Gedanken weiter die Welt und übte weiter an seinem Cello.

So war er: Er war. Mehr oder weniger. Das war seine Existenz.

In der gemeinsamen Küche, die sie mit dem Cellisten Leo Probst und dem Maler Alf Brustmann teilt, hantiert das Fräulein Zwittau. Wobei gesagt werden muss, dass das Fräulein der einzige Mensch ist, der dort ein Essen oder ein paar schmackhafte Kleinigkeiten zubereitet oder einen Tee aufbrüht. Die beiden Herren leisten ihr lediglich, mal der eine, dann wieder der andere, manchmal alle zwei, Gesellschaft, in der Hoffnung, zwischendurch ein Plätzchen oder eine andere Nascherei zugesteckt zu bekommen. Zum Essen gehen die beiden Herren regelmäßig ins Seewirtshaus, wo sie für eine symbolische D-Mark der auch schon wieder drei Jahre alten neuen Währung, meist jedoch umsonst, nur um ihrer Kunst willen, verköstigt werden.

In der Küche hantiert das Fräulein Zwittau.

Am Nachmittag wird es auf die Kinder des Seewirts aufpassen und sie versorgen. Deshalb bereitet es ein paar Kleinigkeiten vor. Der Tag ist schön, und die Kinder lieben es, mit dem Fräulein am Waldrand oben ein Picknick zu machen. Schon allein um dieses fremde, weil vor der Ankunft des Fräuleins im Seewirtshaus noch unbekannte und fast schon als schlüpfrig verdächtigte Wort Picknick überhaupt aussprechen zu dürfen, fragen sie jeden Tag mehrmals nach, wann denn wieder Picknick sei. Sobald die Sonne wieder scheint, pflegt dann das Fräulein Zwittau zu antworten. Unter drei riesigen Fichten werden sie dann auf vier Baumstümpfen sitzen, die im Kreis um einen fünften, den größten Stumpf, aufgereiht im Waldboden wurzeln und bald faulen werden, und da vom Fräulein verköstigt werden. Auf dem mittleren Stumpf wird es eine Tischdecke ausbreiten, vier Tassen draufstellen und vier Teller und dann die Thermosflasche mit dem Kakao aus dem Picknickkorb nehmen, dann den heißen Kakao in die Tassen gießen, und als Letztes wird es die drei Stück Marmorkuchen, die es in der Küche gerade vom Kuchenkranz geschnitten und dessen warmknuspriger Geruch den Cellisten Probst angelockt hat, auf die Teller verteilen. Dann wird es den Kindern auf deren Wunsch hin wieder die immer gleiche Geschichte erzählen, von deren Urgroßvater nämlich, der, als er gestorben war, in den Himmel kam, wo er es nicht aushielt, so groß war sein Heimweh, und der deshalb den Petrus bat, wieder auf die Erde zurückzudürfen. Der genehmigte nach langem Zögern dieses außergewöhnliche Begehren, und so kam der Ururgroßvater wieder die Himmelstreppe herunter, Stufe für Stufe, wurde kleiner und kleiner, bis er, über eine der drei großen Fichten, die den Picknickplatz umstanden, schließlich wieder die Erde erreichte. Und da sitzt er nun wieder, wird das Fräulein am Ende sagen und mit dem Finger auf eines der Kinder des Seewirts zeigen, auf jenes nämlich, dessen Gesicht dem Gesicht des Ururgroßvaters auf einem Gemälde des Malers Colombo verblüffend ähnlich sieht. Und während die anderen Kinder ihren Kopf zu dem einen Kind hin drehen und es bewundernd und neidisch anstarren werden, wird das Fräulein mit dem Daumen und dem Zeigefinger seiner linken Hand sanft über den Ringfinger seiner rechten Hand streichen, über die Stelle, auf der der Ehering als schlichtes, aber ewiges Panier bis zu des Fräuleins Tod stecken würde, wenn der Krieg nicht alles zugrunde gerichtet hätte. Ein leichtes Lächeln im Gesicht wird die aufkommende Trauer tarnen, und verschwommen, hinter einem unmerklichen Tränenschleier, wird es sich in den Kindern des Seewirts für einen kleinen Augenblick lang die eigenen, ungeborenen, weil von Gott zurückbehaltenen Kinder träumen. Das eine Kind wird unter diesen seltsam starrenden, bei seinen Geschwistern missgünstigen, beim Fräulein sehnsüchtigen Blicken rot und stolz werden und seine Sonderstellung eines Wiedergeborenen mit Erfolg sein Leben lang leben und verwerten.

In der Küche hantiert das Fräulein Zwittau.

Gelegentlich wischt es sich, jetzt, wo es gerade alleine ist, eine Träne aus dem Gesicht. Das Fräulein ist das jüngste Kind einer in den letzten Tagen des Krieges aufgeriebenen ostpreußischen Adelsfamilie. In einem mittleren Gutshaus hatte es sein vorheriges Leben in einem vergleichsweise bescheidenen, aber immer noch mehr als ausreichenden Wohlstand verbracht. Der Vater diente als Rittmeister im kaiserlichen Heer, später als Oberst in der Wehrmacht, und die Mutter dirigierte eine Dienstbotenschaft aus fünf Mägden und zehn Landarbeitern. Des Fräuleins Geschwister, es waren Brüder, waren alle früh aus dem Haus gegangen und hatten geheiratet, und nur das Fräulein blieb auf dem Gutshof zurück, nachdem sein Bräutigam und die einzige Liebe in seinem Leben, der pommersche Reiteroffizier Baron von Kleist, gleich zu Beginn des Ersten Weltkriegs gefallen war. Das Fräulein diente dem Schöngeistigen, malte kleine Landschaftsbilder, las nahezu alle Bücher von Fontane, Novalis und Kleist, Goethe und Wilhelm Busch (die las es nur im Verborgenen, denn die Mutter liebte diese Bücher nicht bzw. diese Hefte, denn meist waren es Volkskalender, in denen die Zeichnungen und Verse dieses Kinderverderbers abgedruckt waren, und die waren ihrer Mutter zu grobschlächtig und zu nahe am Rande des guten Geschmacks), stickte zwischendurch weiße Zierdeckchen und häkelte, wenn Schwermut oder Einsamkeit es niederzudrücken drohten, Wollknäuel um Wollknäuel zu allerlei brauchbaren, wärmenden Kleidungsstücken zusammen. Und wenn seine Geschwister mit ihren Familien zu Besuch waren, widmete es sich von morgens bis abends und oft auch noch nachts – dann, wenn die Brüder mit ihren Gattinnen zu Abendveranstaltungen in der näheren Umgebung geladen waren, die es selber lieber mied – mit Freude und Hingabe deren Kindern. Das Fräulein war sanft, gebildet, hingebungsvoll und nur ein bisschen verschusselt. Aber nur ein kleines bisschen. (Es gab zum Beispiel manchmal, was vor allem den Kindern des Seewirts auffiel, auch den Kühen ein Stück Zucker, nicht nur den Pferden. Oder es sagte zu Impen und Wespen Bienen und zum Bulldog Trecker und so weiter.) Es betete die täglichen Gebete der Protestanten und verfügte über die guten Manieren der besseren Gesellschaft. Immer schien es ein bisschen weggetreten zu sein und in Gedanken. Diese Gedanken aber, die Gedanken seines Lebens, galten bis zu des Fräuleins Tod dem gefallenen Bräutigam.

Nach dem Tod des Vaters, der sich im vierten Jahr des zweiten Krieges einer militärischen Widerstandsorganisation angeschlossen hatte, die hauptsächlich aus preußischen Landbesitzern bestand, die als Offiziere in der Wehrmacht gedient und sich zum Widerstand gegen den Führer zusammengefunden hatten, nachdem absehbar war, dass der Krieg im Osten nicht mehr gewonnen werden konnte, und die deshalb, nach einem Sieg der Bolschewisten auf dem Schlachtfeld, mit dem Verlust ihrer gesamten Besitztümer rechnen mussten und deren Plan es nun war, nach einem Attentat auf den Führer die Führung an sich zu reißen, eine Art Militärdiktatur nach korporatistischen Vorgaben zu errichten und so aus einer vielleicht gerade noch günstigen Position heraus mit den Bolschewisten in Verhandlungen zu treten, um auf diese Weise zu retten, was noch zu retten war, wobei dieses Attentat jedoch fehlschlug und die gesamte Verschwörung aufgedeckt und niedergeschlagen wurde – Verhaftungen und Hinrichtungen fanden im Schnellverfahren statt –, so dass auch der Rittmeister damit rechnen musste, einen unehrenhaften Tod durch den Strang zu erleiden, und sich deshalb mit seiner Dienstpistole schon einen Tag nach dem Scheitern des Attentats selbst zu richten suchte, wobei jedoch auch dieses Attentat auf sein eigenes Leben fehlschlug, weil der Rittmeister die Pistole im Moment des Abdrückens von der Schläfe aus nach hinten riss, um den bereits ausgelösten Schuss im letzten Augenblick noch einmal umzulenken und seine, wie er in diesem Augenblick meinte, zu schnelle Entscheidung zuerst doch noch einmal genau zu überdenken, sich dabei aber, weil die Eingebung zu spät kam, am Hinterkopf so schwer verletzte, dass wesentliche Teile seines Hirns zerstört wurden; er lebte noch einen Monat in geistiger Umnachtung in einem Heim für Gehirnkranke, wo er am 20. August 1944 starb – ohne jemals erfahren zu haben, dass seine Verbindung zu den Verschwörern nie aufgedeckt wurde, da in seiner Akte, die die Geheime Staatspolizei über ihn angelegt hatte, nur immer von drei Kindern, drei Söhnen nämlich, die Rede war, und nicht auch noch von einer Tochter, und man deshalb nach einem anderen Offizier gleichen Namens suchte, was schließlich den glücklichen Umstand in sich barg, dass die Familie, als unverdächtig geltend, weiter ihr Gut bewohnen konnte …

… nach diesem unnötigen Vorfall mit darauf folgendem Tod des Rittmeisters also bewohnten seine Frau und die Tochter weiterhin den großzügig ausgebauten und ausgestatteten mittleren Teil des Gutshauses, in dem von einer großen Eingangshalle aus eine breite Treppe nach oben in den Salon im ersten Stock führte und von da aus weiter eine Wendeltreppe in die fünf Schlafzimmer unter dem Dachboden, der wiederum durch eine schmale Stiege erreicht wurde und in den hinein, wie weiße Würfel in einen großen Speicher, noch zwei Zimmer für je ein Dienstmensch in besonderer Vertrauensstellung gebaut waren. Im Parterre, hinter der großen Eingangshalle, waren Küche und Speisekammern nebeneinander aufgereiht.

Die meiste Zeit des Tages verbrachte das Fräulein in dieser nach Süden hin gelegenen Eingangshalle, weil durch die zwei großen, dreiflügeligen Fenster und die breite Oberlichte über dem Eingangstor fast den ganzen Tag über in opulenter Fülle das Tageslicht hereinfiel. Man saß dort wie in einem Wintergarten, und nur wenn es gar zu heiß war, stellte es sich einen

Tisch und einen Stuhl auf die Terrasse in den Schatten einer großen Buche. Das Fräulein war jetzt beinahe fünfzig Jahre alt, liebte die Wärme und fror schnell, und deshalb trug es in diesen Jahren des Öfteren auch im Sommer schon, wenn es sich im Schatten dieses Baumes aufhielt, gerne eine Stola aus Kaschmirwolle um die Schultern.

Des Fräuleins Mutter verbrachte die Tage und Abende fast ausschließlich im Salon. Sie hatte sich nach dem Tod ihres Mannes – wobei für sie der Tag, an dem der Schuss aus der Pistole des Rittmeisters seinen halbherzigen Weg zum Ziel genommen hatte, als Todestag galt – im Haus sozusagen segmentiert. Nach dem Frühstück, das auf ihre Anweisung hin bereits um fünf Uhr in der Früh eingenommen werden musste, rief sie alle Dienstpersonen in der Diele zusammen und verteilte die Aufgaben des Tages. Danach zog sie sich in den Salon zurück. Dort saß sie bis zum Abend und schaute reglos ins Gewesene. Hin und wieder stand sie auf, holte eine Devotionalie ihres verstorbenen Mannes, wie etwa seinen Gardesäbel oder seine Tabakspfeife aus Elfenbein, aber auch kleinere Gegenstände wie einen Opalring oder ein winziges, goldbeschichtetes Feuerzeug aus einem Schrank, legte dieses vor sich auf den Tisch, roch daran oder auch nicht, besah es mit einem Blick aus Fassungslosigkeit und Sehnsucht von allen Seiten und legte den Gegenstand dann wieder zurück an seinen Platz. Hin und wieder führte sie laute Gespräche mit dem Verstorbenen, die manchmal heftig entflammten, manchmal in zärtliches Flüstern übergingen. Am fortgeschrittenen Abend dann, wenn die Dienstboten und Knechte ihre Unterkünfte in den beiden Nebentrakten des Gutshofes bereits aufgesucht hatten, stand sie auf und verschloss alle Außentüren des Haupthauses. Danach ließ sie sich von ihrer Tochter ein einfaches Abendbrot bereiten, das sie schließlich in der Diele schweigend, aber unter ausdrücklich erwünschter Anwesenheit der Tochter zu sich nahm. Am Ende stand sie mit den Worten: Lösch die Lichter, wenn du zu Bett gehst, auf und verschwand grußlos im Eheschlafzimmer.

Lösch die Lichter, wenn du zu Bett gehst, waren bis zu ihrem Todestag die einzigen Worte, die sie nach dem Tag, an dem der Schuss fiel, je wieder zu ihrer Tochter sprach. Diese paar Worte jedoch sprach sie, immer bevor sie zu Bett ging, jeden Abend. Sie hatte zur Tochter einen Abstand aufgebaut, aus dem weder ein Vorwurf herauszulesen war noch eine Abneigung zu ersehen. Sie ignorierte ihre Tochter ganz einfach auf sachliche Art und gab nie eine Erklärung dafür ab. Das Fräulein litt maßlos unter dieser plötzlichen und ohne Erklärung errichteten Distanz, wagte aber nicht, nachzufragen. Das war nicht üblich und hätte die Sache vielleicht nur verschlimmert. Es schien, als ob die Mutter, unter dem Druck von einhergehendem Abschiedsschmerz und drohender Vereinsamung, ein posthumes Treuegelöbnis für den toten Gatten einzulösen gedachte, innerhalb dessen eine weiterhin aufrechterhaltene liebevolle Nähe und mütterliche Zuwendung zur Tochter wie Verrat wirken musste. Dieser Befund, der dem Fräulein von einem mit der Familie gut befreundeten Pastor zuging, den es in ihrer Verzweiflung um Rat angegangen war, sollte auf den Tag genau zwei Monate später seine Bestätigung durch den plötzlichen und durch keinerlei Krankheit oder auch nur Unwohlsein angekündigten Tod der Mutter erfahren: Sie folgte einfach, in zeitlicher Nähe und wie selbstbestimmt, ihrem Mann.

An dem Abend, als über die Volksempfänger die Nachricht vom Überschreiten der deutschen Reichsgrenze durch die Rote Armee bekanntgegeben wurde, verbunden mit dem wahnwitzigen Befehl an die Zivilbevölkerung, jeden feindlichen Soldaten sofort zu töten, blieb die Witwe des Rittmeisters, ganz gegen ihre sonstige Gewohnheit, jedoch in keinem Zusammenhang mit dieser Nachricht stehend, die sie, im Gegenteil, vollkommen gleichgültig und desinteressiert zur Kenntnis genommen hatte, nach dem Abendbrot sitzen, wandte sich ihrer Tochter, die gerade den Teller mit den Essensresten abtragen wollte, zu und hielt sie mit einem harten Griff am Handgelenk fest.

Ich muss noch etwas klarstellen, begann sie, um mit eigenartig gedrechselten und sich windenden Worten weiterzureden: Ich muss noch etwas klarstellen, bevor plötzlich Eintretendes und im Voraus nicht Absehbares dieses verhindert. Du weißt, dass ich dich immer geliebt habe, ebenso wie dein Vater dich immer geliebt hat. Du bist hier aufgewachsen im bequemen Wohlstand und hast eine gute Erziehung und Bildung ganz im Sinne unserer Familientradition und der Tradition unseres preußischen Vaterlands genossen. Dass dein Bräutigam nicht mehr ist, ist einer höheren Fügung geschuldet und uns nicht anzurechnen. Wir, dein Vater und ich, haben für dein Gedeihen unser bestes in unseren Kräften Stehendes getan. Nun ist es Zeit, dir reinen Wein einzuschenken. Ich habe das deinem Vater versprochen und werde es nun einlösen.

Ich habe meinem Mann drei Söhne geboren und ihn damit stolz und glücklich gemacht. Die von uns beiden ersehnte Tochter aber blieb uns versagt. Als meine gebärfähige Zeit um und ein Mädchen nicht geboren war, entschlossen wir uns zu einer Adoption. So kamst du, die du in einem Waisenhaus in Königsberg von deinen unbekannt gebliebenen Eltern ausgesetzt worden warst, in unser Haus. Du hast uns zu danken, und wir haben dir zu danken. Nun soll unsere Gemeinsamkeit aber beendet sein. Die Zeit, die ich noch zu leben habe, wird lange nicht mehr dauern, und ich möchte, wenn es so weit ist, drüben ohne jede irdische Bindung meinem geliebten Mann gegenübertreten können. Das letzte Band, das mich noch hielt, warst du. Somit sei es zerschnitten. Bleib weiter hier im Haus, aber betrachte mich von jetzt an als deine fremde Gastgeberin, genau so, wie ich dich von nun an als fremden Gast, der du ja in Wirklichkeit immer warst, ansehen werde.

Bei diesen letzten Worten umfasste sie den Kopf des Fräuleins mit beiden Händen, zog ihn zu sich herunter und drückte ihre Lippen für einen leisen, fast gehauchten Kuss auf des Fräuleins Stirn. Dann verließ sie die Halle in ewigem Abgang über Aufgangstreppe und Wendeltreppe und verschwand im Eheschlafzimmer. In der Diele stand das Fräulein unbeweglich und sah ihr nach und spürte die Stelle, auf die es geküsst worden war, wie ein Einschussloch im Kopf.

Das Fräulein heulte die ganze Nacht ohne einen Laut, und sein Körper wurde stundenlang durchgeschüttelt wie eine leichte Jolle von einem Seesturm. Als es in der Früh seine Koffer packen wollte, um zu gehen, ohne genau zu wissen, wohin, fiel ihm auf, dass die Dienstboten immer noch in der Diele zusammenstanden, obwohl es bereits gegen acht Uhr morgens war. Da es sich in seinem verzweifelten Zustand dem roh gezimmerten Personal nicht zeigen wollte, fragte es durch die nur zum Spalt geöffnete Tür seines Schlafzimmers hindurch nach den Gründen. Die Gnädige Frau ist noch nicht erschienen, wurde ihm geantwortet. Ob man denn schon an ihrem Zimmer geklopft habe, fragte das Fräulein zurück. Nein, das habe man bisher noch nicht gewagt, war die Antwort.

Nun entschloss sich das Fräulein zu dem Gang, den es eigentlich vermeiden wollte, damit seine heimlich geplante Abreise nicht noch zu einem vielleicht unschönen Gezerre verkomme. Es kleidete sich an, wischte, so gut es ging, die

Tränen weg und schritt, mit von der Diele abgewandtem Gesicht und steifem Gang, bis zur Tür des Schlafzimmers seiner –

Statt das letzte, nun undenkbare Wort zu denken, brach abermals ein stummes Schluchzen aus ihm heraus und schüttelte es heftig durch. So stand es vor der Tür zum Eheschlafzimmer und klopfte. Als ihm auch nach mehrmaligen leisen, ja nur geflüsterten Frau-Rittmeister-Rufen nicht geöffnet wurde, drückte es die Klinke langsam herunter und sah ins Zimmer. Die Rittmeisterin lag auf ihrem Bett, als ob sie schliefe. Ihr Gesicht war wachsbleich und schimmerte bläulich. Der Befund war dem Fräulein sofort klar, es wusste ihn schon, bevor es die Tür geöffnet hatte. Die Bestätigung seiner Ahnung brachte ihm sowohl Genugtuung als auch einen neuen, tiefen Schmerz ein, obwohl es davon die Nacht über schon genug erfahren hatte. Aber nun schien alles eine Logik zu haben, und im Fräulein breitete sich Sachlichkeit in einem Maße aus, wie es sie bisher an sich nie wahrgenommen hatte. Es schickte sofort nach dem Arzt, kleidete sich in der Zwischenzeit schwarz, und stand nun, als der Mann kam, mit furchtbar blassem Gesicht stumm daneben, bis der seine Untersuchung beendet hatte. Herzstillstand nach einer Thrombose im Gefäßkranz, diagnostizierte er und nahm das Stethoskop vom Hals. Da ist nichts mehr zu machen. Ich werde den Totenschein ausstellen und, wenn Sie es wünschen, Ihnen gerne beim Ordnen der Angelegenheiten behilflich sein. Damit verneigte er sich vor dem Fräulein und drückte ihm die Hand zur Beileidsbekundung.

Die Einäscherung wurde, ohne dass auch nur die Weitsichtigsten unter den Beteiligten an so etwas gedacht hätten, zum letzten dörflichen Gemeinschaftsritual in Ort und Umgebung. Auf dem Friedhof türmten sich vor der Familiengruft der von Zwittaus die Kränze. Die weitverzweigte Verwandtschaft war angereist, sofern sie nicht fürs Vaterland kämpfte, und vor dem Friedhofstor und in der Kirche mischten sich Adel und Landarbeiterschaft genauso wie zum Totenessen, das in der großen Scheune ausgerichtet wurde und zu dem das ganze Dorf geladen war. So war es Brauch. Der Pfarrer und der Bürgermeister hielten Reden und lobten den Glauben und das soziale Gewissen der Verstorbenen. Einer von des Fräuleins Cousins, der früher einmal für die Gegend im Reichstag gesessen hatte, pries die familiären Verdienste der Rittmeisterin, und ganz am Ende beugte sich der Älteste der Dienstbotenschaft übers Grab und sagte: Im Namen aller Dienstboten lege ich diesen Kranz nieder, und ließ seinen Worten unvermittelt die Tat folgen.

Das Fräulein trat seinen Brüdern und deren Frauen und Kindern mit einer für diese befremdlich wirkenden Reserviertheit gegenüber, ohne dass jedoch viel nachgefragt wurde. Alle kannten das innige Verhältnis zwischen Mutter und Tochter, keinem der Brüder und keiner von deren Frauen war die Veränderung der letzten Wochen im Verhalten der Mutter ihrer Tochter gegenüber aufgefallen, und deshalb machten alle den Schmerz über den Verlust für das abweisende Verhalten der Schwester verantwortlich.

Am Abend jedoch baten die drei Brüder ihre Schwester zu einem notwendigen Gespräch unter Geschwistern. Das Gut war jetzt ohne Verwaltung, und man wollte wissen, ob die Schwester diese schwierige Aufgabe zu übernehmen gedenke, ja überhaupt dazu in der Lage sei, oder ob man einen professionellen Verwalter bestellen solle. Doch zu aller Überraschung und unter sofortiger Auslösung großer Skepsis stellte das Fräulein klar, dass es die Übernahme des Verwaltungsgeschäfts versuchen wolle. Man möge ruhig weiter den eigenen, auswärtigen Geschäften nachgehen. Hier im Haus und auf den Ländereien werde es nun selbst, das Fräulein, das Ererbte weiterführen. Jede Sorge sei unbegründet, es habe in den letzten vierzig Jahren genügend Gelegenheit gehabt, den Umgang der Mutter mit dem Personal zu studieren, und genauso, wie es die Mutter vorgemacht habe, werde es jetzt selbst weitermachen. Alle vier Wochen, jeweils zum Monatswechsel, würde es eine genaue Abrechnung über Eingaben und Ausgaben vorlegen, so dass eine gerechte Verteilung der Erträge unter den Geschwistern durchgeführt werden könne.

Mit dieser klaren Ansage gab man sich vorerst zufrieden. Man wollte abwarten, wie sich das Angekündigte entwickeln würde, und nach einem Jahr weitersehen.

In den folgenden Wochen widmete sich das Fräulein ganz seinen neuen Aufgaben. Es dirigierte, wie zuvor seine Adoptivmutter, die Dienstbotenschaft, und obwohl ihm im Laufe der Zeit eine wachsende Aufsässigkeit vor allem der polnischen Landarbeiter entgegenschlug, schaffte es das Fräulein, sich durchzusetzen und die erste Abrechnung seinen Brüdern zu deren Zufriedenheit vorzulegen. Es begann allmählich, die melancholischen Gedanken an den toten Bräutigam zu vernachlässigen und ganz in den Forderungen, die die Verwaltungsarbeit verlangte, aufzugehen.

Und wie jedes Jahr wurde auch in diesem Herbst die Getreideernte eingefahren, und die Obstbäume wurden abgeerntet, in den Wäldern wurde das Brennholz für den nächsten Winter geschlagen; und auch in diesem Herbst fegten gewaltige Stürme übers Land, unter denen die Bäume sich bogen und ihre Blätter abschüttelten, auf dass der baldige Schnee ihnen keinen Schaden zufügen könne. Und auch diesem Herbst folgte eiskalt der Winter.

~

Es ist ein Uhr nachts. Das Fräulein steht am Fenster seines Schlafzimmers. Es ist gerade aufgewacht. Um elf Uhr ist es ins Bett gegangen, todmüde, wie jeden Tag, und sofort eingeschlafen wie jeden Tag. Die Tage sind für das Fräulein zermürbend, ohne dass es ihm auffällt. Es spürt die Müdigkeit erst, wenn es sich selbst Rechenschaft für den vergangenen Tag abgelegt und die Aufgaben für den kommenden Tag bis ins Kleinste vorausgedacht hat. Dann schläft es auf der Stelle ein und wird bald wieder geweckt vom Zweifel. Das geht so, seit es die Verantwortung für das Gut übernommen hat. Wie gerne wäre ich jetzt melancholisch, denkt es manchmal, wenn es sich spät am Abend ins Bett legt. Und merkt schon im selben Moment, wie der Schlaf es noch während des Gedankens übermannt. Früher dachte es oft: Warum bin ich nur immer so melancholisch. Das hat das Fräulein jetzt hinter sich. Vorerst.

Das Fräulein hat ein Loch in die Eiskristalle der zugefrorenen Fensterscheibe gehaucht und schaut durch dieses hineingehauchte Loch hindurch hinaus nach draußen, ins Freie. Da ist völlige Stille Kälte Starre draußen. Das Totenreich, denkt es, ich schau ins Totenreich. Es ist halb dunkel und grau überm Schnee. Alles ist still und starr und grau unter einem blassen Mond: das Vordach, der Nussbaum, der Zaun, die Apfelbäume, die Gartenbank, der Birnbaum, die Buche, die Terrasse, der Holunderstrauch, das Gartenhäuschen, die Büsche, die Flinte, die Schulter, der Soldat. Am frühen Abend hat das Fräulein auf dem Thermometer, das am Eingang des Haupthauses angeschraubt ist, minus 18 Grad Celsius abgelesen. Das ist keine ungewöhnliche Temperatur für den 11. Januar. Trotzdem ist es beißend kalt. Aber das Fräulein friert nicht. Die Erregung, die es nicht schlafen lässt, wärmt es gleichzeitig.

Es ist komisch, denkt das Fräulein, dass ich immer noch den Begriff des alten Försters benütze, der schon lange tot ist: Flinte. Vielleicht weil der mir immer so vertrauensvoll vorkam, wenn er einen Fasan oder ein Rebhuhn vorbeibrachte. Der alte Förster wusste, dass die Ziehmutter nichts lieber aß als das Fleisch dieser Vögel. Der Ziehvater sagte zum Schießgewehr nie Flinte, der sagte immer Pulversäbel. Und lachte grob. Jetzt merkt das Fräulein, dass es von diesem Lachen eigentlich immer erschreckt worden ist. Mehr: Von diesem Lachen fühlte es sich angewidert. Dass mir das erst jetzt auffällt? Es denkt: Ich hab ganz bestimmt auch heute wieder alles recht gemacht und bin trotzdem voll Zweifel: Hätte ich es besser machen können?

Jetzt bewegt sich der Soldat. Er nimmt die Flinte von der Schulter. Von links kommt ein zweiter Soldat ins Blickfeld. Am östlichen Rand des Obstgartens schwingt sich einer über den Zaun. Auch der hält seine Flinte in der Hand und ist grau und stumm wie die andern. Durch das geschlossene Fenster, hinter dem das Fräulein steht und noch immer nicht weiß, warum die Soldaten nicht starr sind, wie alles andere da draußen auch, hört es Sprechlaute. Verstehen kann es nichts. Das Sprechen klingt entfernt und gedämpft. Wie durch Watte in den Ohren. Links unter dem Fenster, es muss direkt vor dem Haupteingang sein, sieht das Fräulein eine ganze Traube Soldaten beieinanderstehen …

Mit einem Schlag ist es hellwach und voll Angst. Es hört, wie unten mit einem harten Gegenstand laut an die Tür geschlagen wird. Rufe hört es, kann aber nichts verstehen. Jemand geht am Zimmer vorbei die Treppe hinunter. Das kann nur der Oleg sein, denkt das Fräulein, der älteste der Landarbeiter, den das Fräulein gebeten hatte, künftig im Haupthaus zu schlafen, nachdem die Ziehmutter gestorben war, weil es nun ganz alleine war, das Fräulein, in diesem großen Herrenhaus. Er wird doch nicht die Haustüre aufmachen wollen!

Das Fräulein rennt vom Fenster weg zur Schlafzimmertür und öffnet sie einen Spalt weit. Oleg, Oleg, ruft es gedämpft, wo willst du hin? – Ich werde müssen die Tür aufschließen, gnädiges Fräulein, sagt der Oleg. – Das wirst du auf keinen Fall tun, antwortet das Fräulein, du öffnest die Türe nicht. Ich verbiete es Ihnen. – Dann werden die die Tür eintreten. Das sind Russen, sagt der Oleg. In dem Moment reißt das Schloss der massiven Eichentüre in der Halle unten aus der Fuge. Der große Türflügel schwingt auf und schlägt scheppernd an die Wand. Die Soldaten drängen herein. Es sind ungefähr zehn, die sich erst einmal umsehen. Oleg ist jetzt unten und spricht mit ihnen in der fremden Sprache. Dann stoßen sie ihn ein paar Mal hin und her. Das Fräulein sieht alles durch die immer noch nur zum Spalt geöffnete Schlafzimmertür. Oleg kommt ein paar Schritte die Treppe herauf und sagt: Die möchten Sie sprechen, gnädiges Fräulein. Ich hab sie nicht können davon abhalten.

Jetzt haben auch die Soldaten gesehen, wo das Fräulein sich verborgen hält. Einer kommt an Oleg vorbei herauf bis zum Salon. Von da aus spricht er mit dem Fräulein, das immer noch eine Etage höher durch den Türspalt schaut: Du Warme hier, sagt er, schön warme. Wir auch wollen warme. Draußen sehr kalte. Bisschen trinken, du, haben Trinken? Wodka für Genosse. Genosse frieren. Brauchen Wodka. Und tanze mit dire. Komme! …

So spricht der Soldat. Es ist der reine Horror. Das Fräulein weiß nicht, was es tun soll, und sperrt die Tür ab. Keine fünf Sekunden später klopft es, und der Russe sagt: Nixe zusperre! Du! Nixe! Sonst Türe kaputte! Das Fräulein hat drin die Decke vom Bett genommen und hält sie sich vor den Körper. So steht es neben dem Bett an der Wand, als die Tür auffliegt und der Russe hereinkommt. Er lacht übers ganze Gesicht. Freilein Freilein, gluckst er, scheene Freilein, komme tanze! Und klatscht in die Hände und tänzelt das Fräulein an. Immer wieder dreht er sich im Kreis vor ihm. Dann geht er auch noch in die Hocke und macht das beineschmeißende Kosakending. Einer, der nichts auslässt, könnte das Fräulein denken. Aber so denkt es nicht. Es ist schon ziemlich matt.

Immer näher kommt der Soldat, immer näher tänzelt er heran und schaut von unten frech herauf. Irgendwann wird er da sein. Als es so weit ist, kann das Fräulein den Blick nicht mehr woanders hinrichten und schaut ihm direkt in die Augen.

Später wird es sich daran als an den schlimmsten Augenblick des gesamten nun folgenden Geschehens erinnern.

Des Fräuleins Augen verkrampfen und lassen sich nicht mehr bewegen. Es kann den Blick nicht mehr senken und muss weiter dem Soldaten in die Augen schauen. Das erzeugt einen krampfartigen Schmerz in den Augenhöhlen. So stehen sie voreinander. Bewegungslos. Auch der Soldat schaut dem Fräulein in die Augen. Aber anders als das Fräulein ihm. Seine Augen lachen, und sein Blick wird immer leichter. Als dann seine Finger fast zärtlich den linken Oberarm des Fräuleins greifen und er mit seiner andern Hand unglaublich vorsichtig die Decke aus des Fräuleins Fingern löst, die es immer noch krampfhaft festhält, gibt er gar keinen teuflischen Anblick.

Ein Russe im Land ist wie der Teufel im Paradies.

Seit Generationen hält dieses Diktum sich. Auch das Fräulein hat davon gehört. Wenn es diesen Alkoholgeruch aus seinem Mund nicht gäbe, denkt es gesittet, wäre diese Berührung eine Liebkosung. Und spürt im nächsten Moment, gerade als es endlich den Kopf vom Russen wieder wegdrehen kann und den angenehmen Atem des Barons von Kleist zu wittern glaubt, wie der eigne Atem aussetzt. Es ist zu viel: Das Fräulein hyperventiliert …

… geradeso, wie fast zur gleichen Zeit, 2000 km weiter westlich, die Theres auf dem Lothof hyperventiliert. Die Theres aber, wie man weiß, sie riss sich los und flüchtete …

Das Fräulein erstarrt nun ganz und ist vom Überschwang des Schreckens wie gelähmt. Deshalb wird es nicht ersticken. Sein Körper ist durch die Lähmung stillgestellt und wird nicht mehr verkrampfen. Die verstockten Atemwege fangen wieder an, sich allmählich zu lösen, und die Atmung setzt langsam wieder ein. Das Fräulein ist dennoch steif wie ein Stock, als der Russe nach ihm greift, es sorgsam auf die knochendürren Arme nimmt und vorsichtig die beiden Treppen aus dem Oberstock nach unten trägt – und wirkt im weißen Hemd aus Rüschelchen und Schleifen auf die nach oben starrenden Soldaten wie ein zum Öffnen ladendes Geschenkpaket, das Fräulein.

Auf dem letzten Absatz bleibt der sanfte Russe stehen und wirft das steife Fräulein auf den am nächsten vor ihm stehenden Soldaten. Geschickt fängt der es auf und wirft es weiter in die Arme seines Nachbarn. Der macht das Gleiche und der Nächste auch. Bis einer, der Siebte ist es in der Folge, das Fräulein auf den Tisch legt und beginnt, es auszupacken. Die andern bilden einen Kreis herum und schauen zu. Einer witzelt. Einer lacht. Der Rest der andern glotzt und schweigt, während der Siebte, sachgerecht, das Leinennachthemd langsam öffnet mit dem Bajonett, das ein anderer schon von seinem Schießstock abgeschraubt und es als seinen Beitrag zum Genuss des dargebotenen Präsents auf der noch zugedeckten Scham des Opfers abgelegt hat.

Auch Oleg steht dabei und schaut mit stieren Augen hin.

Ihm ist nicht wohl dabei. Er schämt sich. Er kennt das Fräulein anders. Doch tut er so, als schaue er so wie die andern, um unentdeckt zu bleiben als der einzig Blinde unter den Kyklopen. Denn die andern glotzen nur mit einem Aug: Das Fräulein ist schon alt, und nur was über ist davon, ist auch noch Frau. Also nicht mehr viel. Da ist man zwar dabei, doch eher halb. Auch ist das erst der Anfang von der Arbeit, die jetzt Beutemachen und Erobern heißt. Vorher hieß sie noch Geschlachtet-Werden, Hungers Sterben oder Kämpfen. Man hat gekämpft und überlebt. Jetzt will man seinen Teil. Auf die fette Beute hofft man noch, und die karge Zeit davor war lang. Für Menschen viel zu lang. So nimmt sich mancher vorerst noch, was kommt, und ist nicht wählerisch, wo eine Wahl nicht ist. Wenn auch manchmal nur mit halber Kraft. Dass die Sache dennoch kitzelt, dafür braucht es jetzt die Zeit und den Gebrauch des Bajonetts als Feder.

Das Fräulein hat die Augen offen. Starren Blickes schaut es auf den großen Lüster, der über ihm schwer von der Hallendecke hängt. Wer denkt sich solche Worte aus, denkt es: Lüster? Und wieso denke ich jetzt Worte und Bedeutungen? So genau hat es sich den Lichtquell noch nie angesehen. Und wie groß und schwer er von der Decke hängt, und wie er glänzt und prall ist, weil er so erleuchtet ist! Auch das ist mir nie aufgefallen. Seit Jahren ist kein Fest mehr hier gefeiert worden in dem Haus. Nur um sich zurechtzufinden in dem Raum, brannten, wenn es dämmerte, vier schwache Leuchten in den Ecken, und fürs Lesen reichte leicht die umgebaute Lampe aus, die ich mir von Oleg an den Tisch beim Kachelofen stellen ließ. Über mir der Lüster bewegt sich, denkt das Fräulein, er pendelt aus, unmerklich und schwer. Er muss vor kurzem noch in Schwung gehalten worden sein. Wenn er sich gleich aus der Verankerung im Gewölb der Halle lösen würde, wäre das für mich jetzt die Erlösung. Wieder kommt dem Fräulein der Sinn der Worte in den Sinn. Diesmal der von lösen und Erlösung. Es fühlt sich selbst wie losgelöst. Doch wovon? Das kann ich jetzt nicht denken. Ich weiß es nicht, denkt es. Es erinnert sich, dass der Mensch, der in sein Zimmer eingedrungen ist, es am Oberarm gegriffen hat. Eine Unverschämtheit sondergleichen, denkt es. Danach war es in Gedanken eine lange Zeit lang beim Baron. Intensiver noch als sonst. Aber wie es in die Halle auf den Tisch kam, weiß es nicht. Ich muss ohnmächtig gewesen sein.

Jetzt ist das Fräulein wach. Es kriegt alles mit, was um es rum und was an ihm passiert. Doch ist das alles ganz weit weg und berührt es kaum. Aber vielleicht täuscht es auch. Denn es spürt, wie Flüssigkeit aus seinen Augenwinkeln über Schläfen und entlang der Ohrenmuscheln fließt und vom Halsgrat tropft. Das müssen Tränen sein. Die eigenen. Denn der Mann, der sich gerade übers Fräulein beugt und mit einem Bajonett des Fräuleins Kleidung schlitzt, der weint nicht, der schaut nur angestrengt. Sein Gesicht verschwindet wieder samt dem Bajonett. Er nestelt weiter, weiter unten, an der Scham. Das kalte Eisen seiner Waffe fühlt sich an wie Feuer auf des Fräuleins Haut. Und in der Halle wird es still. Bald ist kein Reden mehr im Raum und keine fremde Sprache. Es stehen nur noch stumme Körper um das Fräulein rum, aus deren Köpfen Augen fassungslos ins Unbekannte starren.

Das Fräulein sehnt sich nach dem Lüster, dass er ihm und dem, was ist, ein Ende mache.

Stumm stehen Soldaten vor einem nackten Körper, der ausgestreckt und wehrlos auf aufgeschlitztem, leinenweißem Nachthemd liegt. Glatte, unverbrauchte Haut, zart, weich und weiß, ungeheuer weiß, papieren weiß, umschmiegt ihn. Zwei kleine, fromme Brüste, nie berührt, wölben sich wie eine ewige Vergebung auf herrlich ausgeformtem Wuchs. Wenn Soldaten Augen hätten, sähen sie, was keiner noch vor ihnen sah: vergeblichen Verfall, besiegte Natur. Kein Hauch von der Zahl gelebter Jahre und dem Alterseinbruch im Gesicht ist zu sehn auf diesem Körper. Zu schön und makellos ist er, um so beschmutzt zu werden. Soldaten haben Augen, mittlerweile sogar wieder zwei. Doch damit starren sie auf eine Stelle unterhalb des Oberkörpers, zwischen den Beinen, die sie zu hemmungslosem Schauen reizt. Auf der Scham des Fräuleins reckt sich die ausgegrenzte Lust des Zwitters, das Mal des Hermaphroditen: Das Fräulein hat eine Zipfelpritsche. So nennt man dieses Phänomen in jener Gegend auf dem Land, wohin das Fräulein in den nächsten Tagen fliehen wird, wenn man es ins dortige, dialektgefärbte – und plumpt direkte – Reden übersetzt. Zipfelpritsche.

Im Moment bedeutet dieses Phänomen den Stillstand männlich roher Selbstgewissheit. Denn unten ist das Fräulein sowohl Mann als Frau. Eine Seltenheit, die ihm jetzt gerade Unberührtheit und vielleicht sogar das Leben sichert. Für die Männer ist das Phänomen ein unbekanntes Land. Noch keiner hat so etwas je gesehen. Sie wissen nicht, wohin damit. Sie fürchten sich davor und verlassen, als sei nichts gewesen, einer nach dem anderen das Haus. Was jeder nur für sich und alle doch gemeinsam angesehen haben, löst bei jedem Einzelnen von ihnen Scham gegenüber allen anderen aus, die es auch gesehen haben. Sie vermeiden es, sich anzusehen, und verschwinden ohne Blicke füreinander, jeder so, als wäre nichts geschehen. Draußen kichern sie, wissen aber nicht, warum.

Das Fräulein schließt die Augen. Ganz allein steht jetzt der Oleg da. Also geht er erst einmal nach oben und kommt mit einer Decke wieder. Wieder steht er da, allein, und hält den Kopf gesenkt. Neben dem Tisch steht er, auf dem immer noch das Fräulein liegt, und schaut sich erst mal vergewissernd um. Dann aber hebt er seinen Blick und schaut, da kein anderer mehr schaut, auch das Fräulein nicht, das fest zu schlafen scheint, noch einmal viel genauer hin, nicht mehr nur aus Augenwinkeln, um später, irgendwann einmal, gut gewappnet und im gut gewählten Augenblick genauesten Bericht zu geben von dem, was er und andre heute hier gesehen. Dann deckt er das Geheimnis zu, sehr vorsichtig, das nun keins mehr ist und trotzdem eines bleibt.

Da aber richtet sich das Fräulein auf und schaut ihn an, beinah ohne jede Regung, aus großen, hellen, blauen Augen und sagt: Ist es erlaubt, Herr Oleg? Dann werde ich jetzt wieder nach oben gehen! Und erhebt sich vom Seziertisch – und geht.

Am nächsten Morgen, als der Kommandant der Russen kommt, um mitzuteilen, dass das Gut konfisziert sei und das Fräulein bis Mittag Zeit habe, das Nötigste zu packen – und nicht mehr, und danach das Land zu verlassen habe, in Richtung Westen, wogegen die polnischen Landarbeiter und Landarbeiterinnen vorerst weiter in ihren Behausungen bleiben könnten, bis endgültige, politische Entscheidungen mit bleibender Wirkung gefällt seien, und er dabei mit abschätzig neugierigem Blick schaut, der Kommandant, auf das Fräulein, und ihm sein Bedauern kundtut darüber, dass er am Abend vorher nicht dabei sein durfte, als das bereits in aller Munde sich befindliche, ungewollte und kompromittierende Beschauen von des Fräuleins ungenormtem Fleisch über Teile seiner Kompanie gekommen war – während er also gewunden spricht und das von einem übersetzen lässt, der übersetzen kann – da hat das Fräulein schon alles, was es braucht, beisammen und ist verschwunden, noch eh der Kommandant, der das abgeschmackte Reden und So-Schauen nicht lassen kann – zu gerne würde er noch selber einmal prüfen, was im Bericht der andern steht –, sich verzogen hatte.

Später dann entdeckte Oleg, der vom Kommandant der Russen vorübergehend zum Kommissar für Haus und Gutsverwaltung ausgerufen worden war, beim Durchstöbern des konfiszierten Herrenhauses versiegelte Aufzeichnungen der Rittmeisterin, denen zu entnehmen war, dass die Frau Rittmeister zwar gleich nach der Adoption das Malheur erkannt, jedoch den Handel nicht mehr hatte rückgängig machen können, aber gehofft hatte, das verkehrt Geratene würde sich im Lauf der Zeit von selber wieder so begradigen, dass es zum Schandmal nicht mehr taugen würde, dann jedoch, als nichts sich tat und sie nicht wusste, mit welchen Worten sie es ihrem Mann, dem Rittmeister, hätte beibringen können, nach langem Ringen mit sich selbst und den Gesetzen ungeschrieben festgeschriebner Konvention beschloss, das Geheimnis um ihre Adoptivtochter nicht zu lüften, um so eine unbeschwerte Jugend für das Kind und für sich selbst eine nach und nach sich in ihr ausbreitende Liebe zu diesem Kind zu retten. Die Anmeldung des Kindes bei den Behörden, die ihre Angelegenheit gewesen wäre, so wie alle familiären Dinge vom Rittmeister ihr anvertraut waren, die unterließ sie, weil sie nicht wusste, ob ein Mädchen oder ein Junge anzumelden sei, und eine Falschangabe für ihr ordnungs- und wahrheitsbejahendes Selbstverständnis nicht in Frage kam. So blieb das Kind behördlich ungeboren.

In der Folge erzog sie den Hermaphroditen so, dass dieser das Gefühl haben musste, vollkommen normal gewachsen zu sein. Sie überwachte Kindergeburtstage und Badeausflüge mit solch raffinierter Akribie, dass es beim Spielen ihres Kindes mit anderen Kindern nie zu Entkleidungsszenen kam. Als sich dann, Jahre später und dem Alter des erwachsen gewordenen Kindes entsprechend, die Liaison des Fräuleins mit dem Baron von Kleist anzubahnen begann, brach Panik aus bei der Rittmeisterin, und sie versuchte, mit allen Mitteln eine Intensivierung der Annäherung zu hintertreiben. Doch es gelang ihr nicht. Als dann der Baron, völlig unerwartet und schon nach unstatthaft kurzer Zeit der Bekanntschaft mit ihrer Tochter bei ihr vorstellig wurde, um mit scharfen Worten eine Rechtfertigung einzufordern dafür, dass sie, als Mutter, der die Missgestaltung der Tochter doch nicht entgangen sein dürfte, es nicht verhindert hatte, ihn in eine solch peinliche Situation geraten zu lassen, vermochte sie es jedoch, nach langen, wortreichen Beschwichtigungen und unter Einsatz heftig fließender Tränen, ihn auf ihre Seite zu ziehen. Gemeinsam entwickelte man den Plan vom fingierten Heldentod des Barons auf einem Schlachtfeld des sich bereits ankündigenden Ersten Weltkriegs. Auf diese Weise, so kam man überein, wäre die Ehre aller Beteiligten dem Stande gemäß gerettet. Denn eine solche Peinlichkeit hätte nicht nur für die Familie des Rittmeisters eine Gefährdung ihrer herausgehobenen gesellschaftlichen Stellung bedeutet, unter deren Auswirkung das gesellschaftliche Leben im engen Raum der ländlichen Strukturen und im Kreis der aristokratisch verwandtschaftlichen Verknüpfungen zum Erliegen hätte kommen können – vom absehbaren, womöglich gar das Leben des Fräuleins gefährdenden Zornesausbruch des Rittmeisters gar nicht zu reden –, sondern auch der Baron wäre bei einem Bekanntwerden dieser Schmach in eine solch lächerliche Lage versetzt worden, dass eine ambitionierte Zukunft für ihn höchst unsicher geworden wäre. Der Baron, dessen Güter weit im Westen lagen und den in der hiesigen Umgebung kaum jemand kannte, konnte diese Nachricht vom eigenen Tod auf dem Schlachtfeld lancieren, ohne dabei Gefahr zu laufen, als Betrüger überführt zu werden: Es genügte, wenn die Nachricht nur das Fräulein erreichte und er das Gut des Rittmeisters und das dazugehörige gesellschaftliche Umfeld für alle Zukunft mied – was ihm nach dem Erlebnis dieser einen, ihn fürchterlich demütigenden Nacht sowieso zur Pflicht geworden war.

Er hatte in jener Nacht und an jenem Ort, als ihm ein unerhörter Schrecken in buchstäblich alle Glieder fuhr, in der aristokratischen Manier, in der er erzogen worden war, dem Fräulein, nachdem er dessen Schandmal zuerst berührt und es dann, im Lichte eines Junivollmonds, auch gesehen hatte, trotz eines schockähnlichen Zustands, in den er versetzt worden war, in vollendeter Höflichkeit erklärt, dass er weiter nicht gehen und dieses heilige Sakrament erst nach der Eheschließung vollziehen wolle. Für das Fräulein bedeutete dieser Satz die Verlobung mit dem Baron, und es fühlte sich von diesem Moment an als seine Braut. Anschließend brachte der Baron das Fräulein, so wie es sich gehörte, in der Chaise, in der sich das Ganze nach dem gemeinsamen Besuch einer großen Militärparade zu Ehren des deutschen Kaisers zugetragen hatte, nach Hause und fuhr danach ins nächstgelegene Dorfgasthaus, um dort, unter Zuhilfenahme mehrerer Flaschen roten Weins wieder zu sich selbst zu finden. Zwei Tage später dann erfolgte sein Besuch bei der Frau des Rittmeisters, wo der gemeinsame Plan ausgeheckt und beschlossen wurde.

Die Nachricht vom Heldentod des Barons erreichte das Fräulein vier Wochen nach dem Ausbruch des Krieges und prägte dessen ganzes zukünftiges Leben. Eine Korrektur dieser seltsamen Intrige zwischen der Frau des Rittmeisters von Zwittau und dem Baron von Kleist wurde nie mehr vorgenommen. Es muss also davon ausgegangen werden, dass das Fräulein, möglicherweise bis an sein Lebensende, zumindest aber bis zu dieser Begebenheit am Vorabend seiner Abreise aus dem falschen Elternhaus, das ihm bis dahin eine unbeschwerte Kindheit und ein Erwachsenenleben als trauernde, aber gut versorgte ewige Braut gesichert hatte, kein Bewusstsein von der Besonderheit seines primären Geschlechtsmerkmals erlangt hatte.

Das Fräulein hatte sich nie wirklich etwas vorgenommen in seinem bisherigen Leben, es hatte sich nie eine Vorstellung davon gemacht, was das Leben hätte sein können, wie eine Zukunft zu gestalten gewesen wäre oder die Gegenwart zu verändern. Es hat nie nach vorne geschaut, nur immer zurück, auf jenen einen Tag, an dem es zuerst in Begleitung des Barons von Kleist eine Parade zu Ehren des Kaisers besucht hatte und danach an einer Körperstelle, die es bis dahin nie besonders an sich wahrgenommen hatte, eine Berührung durch des Barons Hand erfuhr, die im Nachhinein auf das Fräulein wie der Beginn des Lebens an sich, wie die Verschmelzung alles Gegenwärtigen mit dem Zukünftigen zu einem ewigen Glück gewirkt hatte. Als ihm nach kurzer Zeit der Baron wieder entrissen wurde, beendete das dieses neu gewonnene Gefühl nicht, sondern es wurden ihm nur zusätzlich noch Trauer und Verzicht beigemengt – aber nicht als Minderung, vielmehr als schmerzlich empfundene Vertiefung des Glücksgefühls.

Nachdem es dann die Verwaltung des elterlichen Gutes übernommen hatte, war das Fräulein für eine kurze Zeit herausgerissen worden aus dieser Existenz des Zurückgewandt-Seins. Aber mit dem Blick der Soldaten auf seinen nackten Körper kehrte der alte Zustand Melancholie wieder, und es war nun absehbar, dass dieser erst enden würde, wenn zu Ende ginge, was ihn begonnen hatte: das Erinnerungsvermögen.

~

Jetzt stand das adelige Fräulein von Zwittau als einfaches Fräulein Zwittau zwischen der Hertha und der Brieftaube in der Türe zum Tanzsaal im ersten Stockwerk des Seewirtshauses und schaute dem Faschingstreiben zu. Und wer genau hingeschaut hätte, hätte sehen können, dass sich alle drei, trotz deutlicher äußerer Unterschiede, irgendwie ähnlich sahen. Aber niemand mehr schaute hin.

Es ist der 27. Februar, und es ist das Jahr 1954. Beim Seewirt ist Feuerwehrball. Es ist zehn Uhr am Abend, und eine Jury ist dabei, die gelungenste Verkleidung auszuwählen. So was hat es zwar früher nie gegeben, aber seit die Flüchtlinge und andere sonstige, irgendwie vom Krieg hierher Verschlagene sich zu solchen Anlässen wie dem Feuerwehrball unter die Einheimischen mischen, sind auch zu den alten Gebräuchen neue dazugekommen. Einer davon ist die Prämierung der gelungensten Verkleidung. Vor dem Podium, auf dem die Senkendorfer Zehn-Mann-Blaskapelle aufgebaut ist, hat man einen Biertisch und eine Bierbank aufgestellt, auf der die Mitglieder des Schiedsgerichts hocken. Das sind der Maler Brustmann, der Friseur und Bauchladenverkäufer Schnapp, die Tochter des verstorbenen Malers und Bildhauers Lassberg und der Seewirt selber. Zwei der Schiedsrichter haben sich freiwillig gemeldet, dem Seewirt, als dem Hausherrn, ist der Richterposten Pflicht, und nur der Maler Brustmann musste geradezu genötigt werden, der Jury beizutreten, da er ein ruhig veranlagter Mensch ist und auffälliges Auftreten für ihn ein Gräuel. Er hatte nicht einmal vorgehabt, überhaupt am lauten Faschingstreiben teilzunehmen, und war eigentlich nur aus dem Nebenhaus herübergekommen, um, wie jeden Abend, sein Abendbrot einzunehmen, unten in der Gaststube im Parterre. Und er war danach eigentlich nur kurz nach oben gegangen in den ersten Stock und hatte einen Blick in den Saal und auf die darin herrschende Ausgelassenheit werfen wollen, nur um sich bestätigt zu finden darin, dass die Ruhe seines kleinen Ateliers und die ihn ständig fordernde Gesellschaft seiner Staffelei ihm um ein vieles mehr an Lebensfreude brächten als dieses aufgepumpte Hecheln und Stampfen. Aber da hatte ihn die laute und grelle Lassbergtochter Fricka, von deren Vater er als Student der hauptstädtischen Kunstakademie zu Anfang des Jahrhunderts noch unterrichtet worden war, schon gesehen gehabt und vor aller Augen, undamenhafter als jede Stallmagd es hingekriegt hätte, in den Schwitzkasten genommen und auf die Bierbank gezerrt. Da sitzt er jetzt und traut sich nicht mehr weg, denn das würde abermals Aufsehen erregen. Also sitzt er zusammengesunken da und schaut wenig faschingsmäßig drein – und wirkt gerade dadurch besonders gut verkleidet.

In drei Reihen stehen die Ballbesucher entlang der vier Wände in dem einen der zwei großen Säle, es ist der Tanzsaal, der vom Bügeltisch, den Zusatzbetten und Nachtkästchen, die ihn ansonsten das ganze Jahr über füllen, geleert worden war, und bilden eine Arena. In deren Mitte treten, jeweils angekündigt von einem Tusch der Senkendorfer, nach und nach die einzelnen Masken und stellen sich, sich drehend und wendend, den Blicken des Publikums und der Schiedsrichter. Die haben alle Zettel in der Hand, die der Seewirt zuvor aus dem Rechnungsblock einer der drei Kellnerinnen herausgerissen und mit je einem Bleistiftstummel zusammen vor sie auf den Tisch hingelegt hat. Darauf schreiben die vier Juroren die Titel der jeweiligen Masken, die vom Seewirt nach einem interpretierenden Blick auf die Verkleidung festgelegt werden und so heißen wie: Prinzessin, Jäger, Scheich, Rotkäppchen, Negerhäuptling, Wilderer, Araberin, Haberfeldtreiber, Sennerin, Jude, Hausierer, Feine Dame, Wildkatze, Seeräuber, Hitler und so weiter, und machen dann darunter die Anzahl der Kreuze, die der jeweiligen Maske zugestanden werden. Am Schluss werden die Kreuze der einzelnen Masken zusammengezählt, und wer die meisten kriegt, ist

Ballsieger – oder Ballsiegerin – und kriegt alle Würste, Kuchen und Schweinebraten, die er verträgt, umsonst. Die Getränke sowieso. Damit aber der Seewirt nicht alleine alle Kosten des Preisgeldes zu tragen hat, haben sich jeder Bewerber und jede Bewerberin, die sich der Wahl stellen, zuvor mit einer Mark in ihre Wahlfähigkeit einkaufen müssen, deren gesammeltes Ergebnis jetzt in einem Silberteller auf dem Schiedsrichtertisch liegt.

Der Vorschlag für diese Regelung kam vom Friseur Schnapp, der nach dem Krieg aus der Puszta gekommen war und sich schon bald nach seiner Ankunft als gewiefter Geschäftsmann zu erkennen gab, indem er auf der Negerwiese draußen, auf der Wiese am Seefeld, gleich außerhalb des Dorfes, da wo die Amerikaner lagern, und die seitdem *Die Negerwiese* heißt, weil unter den acht amerikanischen Besatzungssoldaten einer ein hautechter Neger ist, und einen Neger hat man hier noch nie gesehen – indem der Schnapp dort also Fußballspiele der verschiedensten Art organisierte, bei denen dann Villenbesitzer gegen Bauern oder Frauen gegen Männer, aber auch Besatzungssoldaten gegen Besetzte spielten, und er, der Schnapp, währenddessen mit einem Bauchladen die Zuschauerreihe durchwanderte und alles verkaufte, was auf dem Schwarzmarkt so aufzutreiben war. Er hat dem Seewirt klargemacht, dass für ihn bei dem ganzen Schmarre, wie der Schnapp auf Ungarndeutsch sagte, durchaus ein paar Mark herauszuholen wären, wenn er einen Einsatz von den Bewerbern verlangen würde. Und so geschah es dann auch. Wenn eine Frau gewinnt, sagte der Schnapp, springt mehr heraus, weil die nicht so viel hinunterkriegt, beim Fresse ned und beim Saufe erscht recht ned. Wenn aber ein Mann siegt, könne es passieren, dass der Seewirt, trotz des Einsatzes, noch draufzahlen muss, weil da hocke ja halbe Ochse drobe in Kirchgrub, und wenn von dene ana gewinnt, frisst der Sie arm danach.

Wegen dieser konsequenten Aufsicht auf die Wirklichkeit hat der Schnapp neben Freunden auch Feinde, deren oft eh schon rote Gesichter dann manchmal dunkelrot einfärben, wenn er auftaucht. Und der Schnapp taucht andauernd irgendwo auf, ob in den Wirtshäusern oder auf Versammlungen, immer sitzt oder steht er mitten unter den Leuten und drängt ihnen Gespräche auf, will Sachen wissen und macht Vorschläge für dieses und jenes, erkundigt sich nach Möglichkeiten, Grundstücke zu pachten oder heruntergekommene Gebäude zu reparieren und auszubauen. Feinde hat er hauptsächlich in Kirchgrub droben. Da mögen sie ihn nicht. Schon seiner Sprache mit dem ausländischen Akzent wegen, und erst recht wegen dem, was er sagt. Die, die dem Schnapp eher wohlgesinnt sind, wohnen meistens unten am See, denn denen geht der Schnapp besonders raffiniert um den Bart und redet ihnen das Wort – eine Begabung, die sich für ihn langfristig auszahlen soll. Sehr sogar. Aber auch einem Teil der Seeanwohner wird das Geschmuse mit dem Schnapp nicht nur den Neid der Kirchgruber einbringen, sondern bald auch den Grund dafür: den Nachkriegsaufschwung nämlich, der in der schöneren Umgebung seine Ursache haben wird. Die Kirchgruber haben nur ein paar Hügel, von denen aus sie ins Gebirge schauen können, wenn sie aus ihrer Senkgrube herausgehen. Die Seedorfer aber haben einen ganzen See vor sich, der ihnen den Blick frei macht, so dass sie gar nirgends hingehen müssen, wenn sie ihre Berge herzeigen wollen. Sie machen dem Gast einfach nur das Fenster auf. Der Schnapp, als Zugereister, der kam und sah, hat das sofort erkannt. Die Einheimischen, die täglich durchs Privileg stapfen, wenn sie ihrer harten, bäuerlichen Arbeit nachgehen, haben da naturgemäß keinen geschärften Blick dafür. Sie hätten weitergemacht, wo sie vor dem Krieg aufgehört haben: Im Sommer überließen sie die Naturschönheiten den

Stadterern und kassierten ein paar Mark dafür, in den übrigen Jahreszeiten begnügten sie sich mit Waldarbeit, Fischfang und Viehzucht. Und nur wenn einer pleite war oder einen neuen Stall bauen wollte, dann wurde auch mal ein Grundstück an einen geldigen Stadtmensch verkauft. Aber das kam eher selten vor. Den Menschen und der Landschaft hat das gutgetan. Ein vermehrtes Ausweiden ihrer eigenen Begabungen und der Reserven ihres Lebensraumes war bis dahin nicht Mentalität der Seebewohner.

Der Schnapp aber war ein gewiefter Hund, so einen hat es vorher im Ort nicht gegeben. Er hatte den Geschäftstrieb der Ruhelosen und Benachteiligten, in seinem Hirn nistete der Wille zur Vorteilsnahme, er war von Instinkten geleitet und dazu bereit, sich brachliegende Reserven anzueignen und sie auszuschöpfen, seien es Grundstücke oder Menschen. Der Schnapp erkannte die Neue Zeit am See, das Aufbruchspotential nach dem Zerstörungswerk des Krieges, in ihm schlummerte ein Anstifter, er sprühte vor Einfällen. Und damit entfachte er die Nachkriegsenergie bei den Besiegten und stichelte herum in ihren Komplexen, die die Niederlage im Eroberungskrieg ihnen gebracht hatte, bis aus dem dumpfen Gefühl, versagt zu haben, hier, wie in anderen Landstrichen auch, zuerst Trotz und aus dem schließlich ein Wirtschaftswunder hervorwuchs.

Und so ist eben dem Schnapp auch gegen den finanziellen Nachteil, den ein männlicher Sieg beim Verkleidungswettbewerb dem Seewirt naturgemäß einbrächte, eine Lösung eingefallen. Er konnte gar nicht anders. Es steckte in ihm drin. Sobald er einen Vorteil erkannte, griff er reflexartig zu – auch dann, wenn es ihm nicht sofort persönlichen Gewinn versprach. Auf Dauer würden sich die Dinge für ihn zum Vorteil entwickeln. Und so ordnete er also in Übereinstimmung mit dem Seewirt an, dass jeder Mann, der sich der Wahl stellt, vor seinem Eintritt in das Arenaviereck vor aller Augen zuerst einen doppelten Selbergebrannten auf ex austrinken muss – Schnaps aus einer großen Gallone, den der Seewirt kurz nach dem Krieg, also vor bereits neun Jahren, als es legal noch beinah nichts zu kaufen gab, schwarzgebrannt hatte und der ihm damals – es war sein erster und gleichzeitige letzter Versuch – gründlich misslungen war. Nun aber, gegoren vom alkoholischen Getränk zu wirkungsvollem Gegengift, würde das Gebräu nach kontrolliertem Einsatz einem männlichen Sieger das Verlangen nach hemmungslosem, weil kostenlos zu habendem Alkoholgenuss schon bald wieder ausgetrieben haben.

Überhaupt lernte der Seewirt schnell und viel vom Schnapp. Dass in den letzten Jahren einigen Leuten aufgefallen ist, dass der Seewirt immer die meisten Kreuze unter die Frauenmasken macht, auch das war ein Ergebnis dieses Lernprozesses, und einmal, es war beim letzten Fasching, hörte man während der Prämierung der Siegermaske – es war wieder mal die einer Frau – sogar die Worte »Betrug« und »Beschiss« aus den hinteren Reihen der Zuschauer. Es kam nie endgültig heraus, wer genau es war, der so aufrührerisch dahergeredet hatte, aber einige tippten auf den Steindlmaier. Der hatte nämlich damals in wochenlanger Arbeit ein Kostüm geschneidert, das ihn wie ein Knochenskelett aussehen ließ und dem er selbst den Namen »Tod« gab, weil er auch noch eine Sense dazu in der Hand trug, und der trotzdem aus der damaligen Ausscheidung nicht als Sieger hervorgegangen war, weil der Seewirt eine Seejungfrau derart gehäufelt hatte, dass da eine ganz persönliche, wenn nicht gar private Neigung eine Rolle gespielt haben musste – oder aber eben doch die Kosten des ausgelobten 1. Preises.

Aber wie dem auch war, heute spielt es schon keine Rolle mehr, und es deutet viel darauf hin, dass diesmal die Hitlermaske gewinnen wird, denn es ist deutlich zu sehen, dass in dem braunen Anzug, den die meisterhaft geschminkte Person anhat, nicht ein Mann, sondern eine Frau steckt und noch dazu eine mit gewaltigem Vorbau.

Der echte Hitler Adi mit solche Glocken drin im Turm, raunt der Klarinettenfranz dem Trommelhuber zu, mit so einem hätten mir den Krieg gar nie verloren! Weil da die Russen mit die Panzer nur im Kreis herum gefahren wären, weil's ihre Prügel nimmer ausm Lenkrad herausgekriegt hätten. Und viel weniger Juden wären auch vergast worden, toppt ihn gleich der Huber, weil sie die mit solche Ständer gar nicht in die Gaskammern hineingekriegt hätten.

Lang war die dunkle Zeit noch nicht vorbei. Gemessen an der gesamten Menschheitsgeschichte war man sogar noch mittendrin. Aber doch schon wieder lange genug draußen, offensichtlich, dass der gesunde Menschenwitz in der Seele des gestandenen Mannsbilds bodenständiger Herkunft schon wieder seine Keime sprießen lassen konnte. Sie redeten zwar noch nicht laut, die Franzenhubers und die Huberfranzen, aber immerhin redeten sie schon wieder.

Ein paar Jahre lang hatten sie schweigen müssen. Nur wenn beim Wirt alle Vorhänge schon zugezogen waren und kein Fremder mehr in der Gaststube saß, wenn genug Bier und ein paar Schnäpse die weichen Birnen noch weicher hatten werden lassen und die Sehnsucht nach Rechtfertigung des Gewesenen noch sehnsüchtiger geworden war – dann war auch in den letzten Jahren schon hie und da etwas von der trotzigen Aufsässigkeit zu spüren, die dem aufgepfropften Schuldgefühl mannhaft Paroli zu bieten bereit war, das alle haben sollten, wenn es nach den Besatzern gegangen wäre, aber keiner so richtig spüren konnte und wollte, der trotz allem unverbogen und standhaft geblieben war.

Wenn alles passte und die richtigen Leute beieinandersaßen, dann war es ein Leichtes, den verlorenen Krieg noch einmal genau durchzugehen und nachträglich zu gewinnen. Und auch wen der Führer und seine Mannen vergessen hatten damals, als die Zeit drängte und nicht mehr alles erledigt werden konnte, was noch zu erledigen gewesen wäre – das alles kam an solchen verschwiegenen Abenden zur Sprache und beschäftigte die Köpfe auch dann noch, wenn sie schon wieder nüchtern waren. Die Haut mag sich eng angefühlt haben, die demokratische, die die Menschen von einem Tag auf den anderen übergezogen bekamen, aber in ihr drin brodelte es noch wie eh und je.

Gerade als der Seewirt auf der Rückseite einer Speisekarte die Kreuze für die einzelnen Wettbewerber zusammenzählen will, reißt ihm ein Windstoß das Papier aus der Hand, und auch die Zettel der anderen Juroren wirbeln durch die Luft und hinein zwischen die Zuschauerbeine. In dem großen Speisesaal, der zur Seeseite hin liegt und im Sommer als großes Zweibettzimmer mit Zusatzbetten für Kinder genutzt wird, hat der laute Steiff mit der Bemerkung: Herrgott, da herin stinkt's ja, des hält ja kein Zigeuner nicht aus! Wer war denn das jetzt schon wieder?, das Fenster weit aufgerissen, und der Wind fährt im selben Augenblick so ungebändigt durch den Saal, wie der Feuersturm bei der Bombardierung durch die Landeshauptstadt gefahren sein muss, wenn die Berichte derjenigen stimmen, die mit dabei gewesen waren, so dass es jetzt von den Tischen die Tischdecken reißt, und die reißen die Weingläser mit, die auf ihnen stehen, halbvolle und halbleere, vor allem die, weil sie leichter sind als die vollen Bierkrüge, und die Teller kippen herunter und mit ihnen das immer noch rare Fleisch samt den Knödeln, die sie gerade noch bargen, und von den Verkleideten reißt es die Verkleidungen, zumindest von jenen, denen Tücher dazu dienen, einmal nicht sie selber sein zu müssen. Vom Podium reißt es die große Trommel, von den Köpfen der Musiker reißt es die beflaumten Trachtenhüte, ohne deren Flaum sie gar nichts wären, aber mit ihm auch nicht, und dem Seewirt reißt der Geduldsfaden. Laut brüllt er, wie man es von ihm nicht kennt, denn eigentlich ist er ein leiser Mensch und spricht meist nur von Mund zu Ohr. Doch jetzt, vom Tanzsaal aus, wo er gerade noch die Stimmen ausgezählt hat, brüllt er in den Speisesaal hinüber den Steiff an, dass der gefälligst das Fenster wieder schließen soll. Wer, denke er denn, bezahle ihm dann den Schaden, den der Wind anrichten könnte, wenn bei solchem Wetter die Fenster zur Wetterseite hin aufgerissen würden, so wie das gerade der Fall ist. Ob er denn überhaupt noch bei Trost oder schon besoffen oder gar schon übergeschnappt sei, und wenn ja, ob es denn dann nicht schon bald an der Zeit wäre allmählich, für ihn, den Steiff, seine Sachen zu packen und zu verschwinden. – Da kommt er aber beim Steiff nicht an. Was, schreit der zurück, bei dem Wetter willst du mich auf den See hinausjagen? Hat dir der Hausierer dein Hirn jetzt schon ganz zugeschissen?

Mit dem Hausierer meint er den Schnapp, weil der als Hausierer anfing, bevor er als Haarschneider weitermachte. Und der Steiff, der von Sankt Haupten drüben mit einem Eisschlitten Marke Eigenbau über den See herübergekommen war, angetrieben von einem umfunktionierten Außenbordmotor, den er ein paar Tage zuvor den Amerikanern für eine Steige voll Renken abgehandelt hatte, der war ein Freund vom Fichtner, dem Sankt Haupter Friseur, von dem sich, bis der Schnapp kam, die Seedorfer immer die Haare haben schneiden lassen. Aber seit der Schnapp die gleichen Dienste anbietet, hat der Fichtner schwere finanzielle Einbußen auszuhalten. Deshalb wütet der Steiff so ungebremst gegen den Schnapp.

Jetzt sind auch andere auf das laute Schreien aufmerksam geworden und reden auf den aufgebrachten Seewirt ein: Das kannst du nicht machen. Bei dem Wetter! Wenn dem Steiff was passiert! Und besoffen ist er ja auch schon, dann hast du ihn auf dem Gewissen.

Das sieht der Seewirt ein, der sanfte Mensch, und lässt den Steiff, den unverbrauchten Nazi, weiterfeiern, nachdem der das Fenster wieder zugeriegelt hat.

Der Sturm hat mittlerweile an Stärke dermaßen zugenommen, dass bereits ein Schaden gemeldet wird und der Seewirt aufs Podium der Musikkapelle steigt und den immer noch auf die Preisverleihung wartenden Leuten zuruft: Wir müssen jetzt mit der Siegerehrung noch warten. Unten am See hat es einen Baum gerissen, und der ist über die Straße gefallen, so dass wir jetzt erst mal den Baum wegräumen müssen, dass der Verkehr nicht behindert ist. Musi, spielts auf! Dass derweil die Freude nicht verrostet. Und damit steigt er vom Podium wieder herunter und sammelt den Valentin und den Viktor zusammen, die sich bis jetzt um den Bierausschank gekümmert haben, und miteinander holen sie die große Wiegensäge und zwei Beile aus der Werkstatt und gehen hinunter an den See und machen sich an die nicht ganz ungefährliche Arbeit. Denn der Sturm kann jederzeit wieder einen Baum aus seinem Wurzelgrund reißen oder einen dicken Ast abbrechen, der dann herabstürzen und einen der drei, wenn nicht gar alle drei auf einmal, verletzen oder sogar töten könnte.

Im Seegrundstück auf der Südseite unterhalb des Hauses hat der Sturm, o Jammer!, die mächtige Eberesche entwurzelt, die hier die letzten hundert Jahre ihren Schatten auf die Badegäste geworfen und sie so vor Sonnenbrand und dunkler Haut bewahrt hat und die jetzt quer über der Straße liegt. Schon bald nachdem der Schnee geschmolzen sein wird,

wird der Seewirt wieder einen neuen Baum gepflanzt haben, doch es wird bestimmt dreißig Jahre dauern, bis der auch nur annähernd wieder so breitflächig seinen Schatten wird spenden können, wie es bisher der alte getan hat. Jedoch wird sich in diesen dreißig Jahren die Mode der gebräunten Körper durchgesetzt haben, und das Lebensrecht der Eberesche wird dann statt eines praktischen ein nostalgisch ästhetisches geworden sein.

Mit ruhigem, aber kraftvollem Schwung ziehen der Seewirt und der Valentin die fast zwei Meter lange Wiegensäge gleichmäßig durch den 200 Jahre alten Stamm, vor und zurück und wieder vor und zurück, bis der mächtige Baum in zwei Teilen daliegt. Dann beginnen sie, eine Straßenbreite weiter zur Baumkrone hin, den gleichen Arbeitsgang von neuem, während der Viktor die abgebrochenen Äste von der Fahrbahn räumt. Von einer Petroleumstalllaterne mit Windschutz kriegen sie das nötige, aber spärliche Licht. Bis die Säge sich ein zweites Mal durchs kerngesunde Holz gefressen hat, vergehen kaum fünfzehn Minuten. Nun ziehen sie zu dritt mit dem mitgebrachten Heuseil den herausgesägten Dreimeterstamm an den Straßenrand, so dass der Durchgang wieder ungehindert möglich ist. Aber im Moment ist niemand unterwegs. Der Sturm hat so zugenommen, dass sich niemand mehr nach draußen wagt.

Auch von denen, die im Seewirtshaus den Fasching feiern, hat das niemand vor. Man hört laute Rufe durch das Wüten des Sturmes: Wirtschaft! Wo bleibt das Bier so lang, Herrgottnochmal! Und der Seewirt schickt den Valentin und den Viktor wieder nach drinnen, dass sie den Bierausschank weiter besorgen.

Er selber ist in eine große Unruhe geraten. An so einen gewaltigen Sturm kann er sich nicht erinnern. Ihm ist das alles nicht geheuer. Er ist kein ängstlicher Mensch, aber das Unwetter hat jetzt ein Ausmaß angenommen, dass Sorge um die Unversehrtheit der Gebäude in ihm aufkommt. Vom Schlehenwinkel, zwischen Klosterried und Zeiselberg, jagen gewaltige Böen herüber und verfangen sich im Wipfel der andern großen Eberesche, die sich weit über die Straße hinüberneigt und genau aufs Haus herunterstürzen würde, wenn auch bei ihr das Wurzelwerk sich nicht mehr hielte. Das Unheimlichste an allem ist das fehlende, sonst donnernde Rauschen der brechenden Wellen vom See herauf: Der See ist zugefroren bis ans andere Ufer hinüber, der Sturm jagt unaufhaltsam übers Eis daher, und es scheint, als ob er über der glatten Eisfläche an Geschwindigkeit und Wucht noch gewönne, mehr, als es bei offenem Wasser je der Fall wäre. Die aufgewühlte, trockne Luft reißt Löcher in die treibende Wolkenflut, durch die der halbe Mond für Sekunden hindurchscheint und vom schwarz glänzenden Eis als verzerrtes Spiegelbild zurück- und in des Seewirts sorgenvollen Blick geworfen wird. Immer wieder durchbricht ein harter, trockner Knall die Nacht und treibt dann als jaulend heulender Pfiff über den See dahin, dass es übers Ohr durch Mark und Bein geht: Im Sturm beginnt das Eis zu brechen. Wenn die ersten Platten sich von der zusammengewachsenen Fläche gelöst und über- und ineinandergeschoben haben werden und eine eisfreie Wasserfläche entstanden sein wird, wird der Orkan das Eis im See vor sich her treiben und am Ufer zu gewaltigen Eisbergen aufschieben. Kein Steg, keine Bootshütte, keine Uferbefestigung wird dem standhalten. Das weiß der Seewirt. Er hat es einmal erlebt, am Lichtmesstag 1926. Und nachher war alles eingeebnet, was bis zur Straße hinauf dem Eis aufrecht im Weg gestanden war.

Weit nach vorne an den Wind gelehnt steht er auf dem schmalen Badsteg neben der Bootshütte und starrt aus engen Augenschlitzen hinaus auf die dunkle glatte Fläche. In staubigen Schwaden treiben Schnee- und Eiskristalle knapp über der Eisfläche quer über den See daher und krallen sich beißend und brennend in sein Gesicht. Ein schabendes Geräusch zieht seine Aufmerksamkeit an. Weit draußen auf dem Eis schlägt hartes Holz auf harten Untergrund und geht über in ein rhythmisch fauchendes Schaben: Fchchch... fchchch... fch.fch.fch.fch... Fchchch..fchfchfch... fch.fch. fch.fch. Das vermengt sich mit dem hellen Knall, mit dem das Eis zerbricht, und steigert sich am Schluss zu einem zarten, fast unhörbaren Ton eindringlicher Harmonie, wenn Knall und Überschlag des Knalls ins langgezogene Pfeifen am andern Ufer enden und eingegangen sind ins Heulen dieses unersättlich gieren Sturms.

Aus der schwarzen Nacht heraus, im treibenden Mondlicht, rast ein kleines flaches Ding daher, gleitend und hüpfend tanzt es übers Eis und gewinnt, je näher es herankommt, langsam an Kontur: Ein Boot hat sich losgerissen auf der anderen Seite des Sees, eine leichte Jolle ist es, die vor der Kälte keiner mehr an Land gezogen hat, deren Bojenkette vom wachsenden Eis zerrieben worden ist und die jetzt, entfesselt wie der Sturmwind selber, der sie treibt, wie ihm zugehörig übers Eis gejagt wird, mit unerhörter Schnelle, welche sie, vor gleichem Wind im offnen Wasser, niemals würde je erreichen können, selbst mit aufgezognem Segel nicht. Übermannt vom Schauspiel der Natur starrt der Seewirt auf die wilde Jagd und spürt nicht Angst noch Sorge, so sehr hat der Sturm ihn angehoben. Seine Brust will bersten wie das Eis im See. Voll Weltschmerz und Eigenliebe ist sie, voller Verantwortungsgefühl und einem überwältigenden Ich: *Steuermann lass die Wacht, Steuermann her zu mir* – reinstes Wagnerwetter, denkt er ernst, und dann schießt das Boot haarscharf am Steg vorbei und schnellt wie ein Pfeil ans Ufer und brettert über die Böschung hinauf kerzengerade hin an die

Eberesche, an der es krachend zerbricht. Das war jetzt aber knapp, denkt der Seewirt, arg knapp, sakra sakra! Und verlässt den Steg, wieder ernüchtert, der ihm nicht mehr geheuer scheint.

Er läuft hinauf zum Haus. Unruhe treibt ihn. Den Kopf im Nacken, geht er die ganze Wetterseite des Hauses entlang und sucht das Vordach ab mit seinem Blick. Noch kann er keinen Schaden sehen. Doch ist er jetzt geplagt von Ahnungen: Er sieht immer alles schwarz. Was ungut ausgehen könnte, ohne dass es muss, da sieht er allzu gern zuallererst das Unglück kommen.

Wieder rast eine Böe übers Eis daher, hebt an mit dem Ufer und prallt hin an die Hauswand wie ein riesiger, unsichtbarer Gummiball, schießt die Wand hoch und presst sich hinein unter das Vordach mit beinahe vulkanischem Druck. Die Marder im Speicher oben ducken sich ängstlich in die Wärmedämmung aus Bauschutt und Gerstenstroh und glotzen mit weit aufgerissenen Augen schüchtern aggressiv auf das so noch nie gehörte Ächzen im Gebälk knapp über ihren Köpfen, bereit, sich mit ihrem Leben zu verteidigen.

Der Seewirt umrundet einmal das ganze Gehöft, klaubt ein paar abgebrochne Zweige aus der Auffahrt zur Scheune und betritt dann durch die alte Eichentüre auf der Rückseite wieder das Gasthaus.

Das laute Treiben ist noch lauter geworden, die Stimmung ausgelassener, die Rufe über die Tische hinweg werden ordinärer, ein ständiges Gehen und Kommen zu und von den Toiletten zeugt von der gewachsenen Erregung und einer gesteigerten inneren Umtriebigkeit der vom Tanzen aufgeputschten Menschen unterm Alkohol.

Auf einem abgeräumten Tisch, mit unbewegter Mimik, tanzt die Hitlerfrau mit aufgeschlitztem Hosenbein den spanischen Flamenco. Dicht steht die Meute ungebundner Männer um den Tisch herum und klatscht im Rhythmus der Musik den Urtrieb wahllosen Begehrens an die Luft. Andere schauen aus Augenwinkeln nah an Gattinnen vorbei, aus der selbstgewählten Ehegruft heraus, hinauf zur selbsternannten Göttin.

Mit erregenden Gebärden hat die Göttin im Gewand des alten Gottes ihre braun gesprenkelte Krawatte von ihrem marmorweißen Hals geknotet und dabei mit obsessivem Schwung gleich noch die oberen drei Knöpfe mit herausgerissen. Mit nasser Zungenspitze netzt sie ihre roten Lippen, mit ölgetränkten Blicken schaut sie, aus schwarz ummalten Augen, aus der geilen Höhe hinunter in das gierige Verlangen unter ihr. Das ist ja … unerhört!, schimpft die Philomena, des Seewirts sittenstrenge Schwester, die in der Tür zum Saal, wie jedes Jahr um diese Zeit, ihren angestammten Posten für Geschlechtertrennung und Moral bezogen hat. Diese schamlose Person! Wer ist das überhaupt? – Das ist doch die Frau Meinrad, die Cousine des Herrn Bonvivant, erläutert ihr das Fräulein Zwittau, ihre Untermieterin von nebenan. – Ach, die Frau Meinrad ist das, sagt, wie ausgewechselt im Gemüt, die sonst so unnachgiebig strenge Sittenpolizistin freundlich, ausgewechselt wie ein alter Hunderter zu einer nagelneuen Mark, die hätte ich jetzt beinah nicht erkannt in der Verkleidung! Ha! Das ist ja ein gelungenes Kostüm! Wie die verkleidet ist. Als Mann! Ha! – Amüsiert bis in die steifen Knochen, wendet sie sich ab und ist sich sicher, dass es keiner moralischen Vermittlung mehr bedarf. Der Herr Arthur Bonvivant ist ein weltberühmter Mann. Es gibt Leute, die kommen nur hierher, weil sie von der Straße aus mal in den Garten schauen wollen, in dem das Gartenhäuschen steht, von dem aus die berühmten Honigbienen des Herrn Bonvivant in die ganze Welt geflogen sind. Und dass der vielbeschäftigte Herr

Bonvivant nirgends mehr Verwandte hat, das spielt da keine Rolle mehr.

Unter dem Bierfass hat sich eine Pfütze gebildet, und die Kellnerinnen tragen das Nass mit ihren Schuhen in den Hausgang hinaus, wo die Toilettengeher es weiter tragen und mit Staub und Urin vermischen zu dreckigen Spurenmalereien auf dem Pflaster, das in diesem Zustand schon die Zukunft einer maßlos überforderten, sich ständig wegen seiner eigenen Güte selber feiernden Gesellschaft zeigt: Wer ist am besten verkleidet? Wer kann den meisten Spaß? Wer hält am längsten durch? Wem kann was am wenigsten anhaben – und wer ist dabei auch noch politisch korrekt?

Doch noch ist es nicht so weit.

Der Seewirt geht direkt zur Küche, wo die hohen Stapel abgeernteten Geschirrs, leer gegessen bis zum letzten Brocken, bereits gespült und schon wieder in die Küchenschränke eingerichtet sind und auch der Ofen schon allmählich am Verglühen ist. Die Hauptmahlzeit ist nun vorüber. Auf die Tische werden jetzt nur noch Getränke und die kleineren, die späten Mahlzeiten hingestellt: die kalten Ripperl, Saftwürste und Wurstsalate, manchmal auch schon ein erster Bismarckhering und ganz selten nur noch ein Apfel- oder Käsekuchen. Der Ball hat seinen Siedepunkt erreicht. Was jetzt noch kommt, kann nur der Abglanz sein. Gerade ist die furchtbar aufgekratzte Schneideranderllies, die Frau des Glasermeisters Andres Schneider, eine, die sonst das ganze Jahr nicht in ein Wirtshaus geht, um das hart verdiente, neue Geld zusammen und in Zins zu halten und es ja nicht aus dem Fenster rauszuschmeißen, die ist in der Küchentüre aufgetaucht und hat laut nach einem Prinzregententortenstück verlangt. Beim mittlerweile achtzig Jahre alten, schon sehr sanft gewordenen Lot von Eichenkam hat es im einen Ohr drin so zu jucken angefangen, dass er nach einem Zündholz kramen muss, um sich Erleichterung zu schaffen. Die aufgedrehte Schneider-anderl-Frau ist derweil schon wieder ins Getümmel weggeschwommen.

Der Lot war nur für einen Augenblick lang in der Küchentüre aufgetaucht, um seiner Tochter, der Frau des Seewirts, einen warmen Blick zu schenken, die mit ihren schönen, makellosen weiblich runden Körperformen und erhitztem Kopf am Spültisch steht und des Vaters Schauen dankbar fühlt, denn die Spannung zwischen ihr und ihrer Schwägerin, der Hertha, die immer noch am Ofen steht und ebenfalls mit ihrem teigig weichen Mopsgesicht den Kopf rot leuchten lässt, hat schon wieder einen solchen Überschuss an gerade noch zu meisternder Erträglichkeit erreicht, dass bei der Seewirtin die Tränen hinter ihren Augen Reih und Glied in Schlange stehen und nur noch schwer zurückzuhalten sind.

Der Seewirt hat Augen dafür, wie er jetzt zu ihr hingeht, aber ein anderes Thema. Ich fürchte, sagt er, wenn der Sturm nicht nachlässt und so weiter haust, dass dann auch die andre Eberesche nicht mehr lange standhält und aufs Hausdach fällt, und deutet ihre aufgestauten Tränen um als Ausdruck ihrer Sorge um das Leben ihrer Kinder und das Haus. – Um Gottes willen! Was willst du machen, sagt die Frau. – Ich weiß es nicht! Ich weiß es nicht! Ich weiß es leider wirklich nicht. Ich müsste eigentlich den Ball beenden und die Leute allesamt nach Hause schicken, dass denen nichts passiert, und wir müssten hinten in den Saal drei Betten stellen und uns mit den Kindern da zum Schlafen legen, denn so weit hinter reicht der Baum in seiner ganzen Länge nicht. – Ja, das müssen wir machen, sagt sie, und ist froh um die Problemverlagerung. – Die Schwestern müssten überm Saal im zweiten Stock zum Schlafen gehen, nähert sich der Seewirt immer konsequenter einem tatenobsoleten Wenn und Aber an, gefährlich ist es auch noch für den Viktor und den Valentin, weil auch der Fremdenstall was abbekommen kann. Doch die könnten auch im Tennenboden oben einmal eine Nacht verbringen. Man müsste ihnen nur zwei Pferdedecken geben, dass es ihnen nicht zu kalt wird in der kalten Nachtluft oben. Und nur die Mare könnte bleiben, wo sie ist. Ja. Das müssten wir machen. Aber wer von all den Leuten hört mir denn jetzt noch zu? Die sind doch alle schon beschwipst, und keiner würde mir jetzt folgen. Die würden lachen und sich freuen über meine Sorgen, und ich, ich wär hernach der Depp.

Ja, er ist verzweifelt. Er weiß tatsächlich nicht, was er jetzt machen soll. Er weiß nur, dass es um die Unversehrtheit ihm anvertrauter Menschen geht, vielleicht sogar um Leben und um Tod – und weiß nicht, was er machen soll. Abgeschaltet und zerrüttet steht er da vor seiner Frau, mit Tränen in den Augen grad wie sie. So stehen beide in der Küche voreinander und schauen sich gegenseitig in die leeren, doch tränenvollen Augen, hilflos und allein – denn die Hertha hat sich auch davongemacht und schaut dem zügellosen Faschingsvolk im blutbespritzten Kochgewand, nach Fett und Holzbrand stinkend, mit sehnsuchtsvoll verklärten Blicken von der Saaltür aus beim aufgedrehten Treiben zu. Und die beiden Wirtsleute fühlen sich in ihrem schuldlos aufgezwungenen, doch unschuldslosen Hilflos-Sein erst recht einander zugehörig und verbunden.

Wie sie da so nahe beieinanderstehen, einander anvertraut und liebgeworden, und doch nicht wissen, was zu tun ist, geben sie das Bild der Überflüssigkeit von Harmonie im Überlebenskampf und somit – könnte man so sagen? – der Überflüssigkeit des Lebens selbst? Denn was derart hilflos eigenes und anderer Sein gefährdet, kann Repräsentant unerlässlicher Notwendigkeit nicht sein. Doch wo liegt der Sinn?

Ein Sinn entstünde, wenn man wüsste, dass in einer fernen Zukunft alles machbar wäre, was bisher noch Naturgesetz und Zufall ist, und damit auch verhinderbar, dachte in diesem Moment der Seewirt. Ach ja.

Und um der vor wenigen Jahren noch geübten Praxis, eigenem und fremdem Tod am besten mit verschlossnen Augen standzuhalten, auch noch den Stempel ungebremsten Gottvertrauens aufzudrücken, geht die nicht mehr ganz so junge Mutter jetzt ins Kinderzimmer nebenan und weckt die Kinder auf. Das kleine Mädchen nimmt sie auf den Arm, das größre und den Buben bei der Hand und schleppt die noch vom Schlafen Trunkenen durch eine aufgeputschte Faschingsmeute nach oben in den ersten Stock ins Elternzimmer, legt sie alle in das frisch bezogne Ehebett, das, schon vorgewärmt von einer kochend heiß mit Wasser abgefüllten Steinhägertonflasche zum ungestörten Weiterträumen lädt, bettet alle drei, voll Zuneigung und Liebe, mit einer bauchig schweren Plumeaudecke zu und legt sich selbst daneben – und findet einen warmen Trost und irdische Gerechtigkeit in ihrem tief von ihrer Schwägerin verletzten Innern. Sie denkt nicht an den Baum und hört nicht mehr den Sturm, ihren eignen Kosmos wölbt sie, sich und was ihr lieb ist damit schützend und behütend, wie die Felsendecke einer Höhle über sich: Was jetzt noch kommt, ist gottgewollt.

Nur zehn Meter über diesem eingefleischten Gottvertrauen bekämpft der Sturm mit unerhörter Kraft den Baum.

Die Uhr hat sich inzwischen auf zwei Uhr vorgeschoben, ein Teil der Gäste ist schon aufgebrochen, andre hadern noch, und wieder andere sind zur Entscheidung nicht mehr fähig oder nicht bereit. Dem Seewirt wird jetzt Überzeugungsarbeit abverlangt. Er geht, was sonst so seine Art nicht ist, von einer morschen Maske zu der andern und bittet das, was noch verständig ist dahinter, doch bitte bald den Aufbruch zu erwägen. Es sei noch eine Menge Aufräumarbeit zu erledigen, die Kellnerinnen müde, die Geduld verbraucht. Keiner könne länger, als ein Tag ihn lässt, sich seines Schlafs entledigen und er, als Wirt, müsste jedem bei ihm Angestellten geben, was ihm nun mal zusteht. Das sei so Brauch. Drum bitte, Fräulein Meinrad, gehen Sie jetzt auch.

Da aber schiebt die Meinrad ihren altgewohnten und noch immer ungebrochnen Hitlerblick wie eine spitze Nadel durch den Seewirt durch – bis zu seinem Kamm. Der schwillt. Dann legt sie ihre linke Hand auf seine rechte Schulter, nah am Hals, und grault ihm mit den Fingern den gesträubten Nacken, so dass der Mann in seinem Blut das Graupeln kriegt, während ihre rechte Hand den elefantenknochenfarbenen Filter an ihren dunkelrot geschminkten Mund zum Zug aus ihrer Zuban-Zigarette schiebt. Der Seewirt denkt zuerst an einen Ufa-Film. Doch dann erinnert er sich wieder der Gefahr. – Wir können heut den Preis nicht mehr verleihen, Frau Meinrad, sagt er, dafür ist es leider schon zu spät. – Wer will denn einen Preis, Freund Wirtchen, sagt die Meinrad, wer redet denn vom Preis, wenn es um die Liebe geht? Sie sind ja ein ganz ausgefuchster Bursche, einer, der wie Rommel durch die Wüste geht. Was? Da fühl ich mich ja richtig aufgehoben! Wissen Sie denn auch schon, wie das Spielchen mit der Liebe geht? – Frau Meinrad, jetzt ist Schluss! Es ist halb drei, wir schließen jetzt. – Da greift die Frau ihn, samt dem noch glühenden Elfenbeinkiel zwischen ihren Fingern, grob, als wäre er im Joch ein Ochs, am Schlips und zieht ihn nah heran an ihren Bart – den hingeklebten im Gesicht – und schaut ihn an wie eine Schlange ihren Frosch. Vorsicht, Seewirtchen, sagt sie, noch ist nicht aller Tage Abend. Wir sind noch lang nicht alle tot, und was noch lebt, ist auch noch richtig da. Eine kleine Frechheit dürfen Sie sich schon erlauben und ausprobieren, wie Sie damit fahren. Jeder muss jetzt sehen, wo er bleibt. Doch treiben Sie es nicht zu weit! Wir sind noch lang nicht abgetrieben. Merken Sie sich das! Denn um einfach mir nichts, dir nichts zu verschwinden, dafür waren wir zu viel. Also immer langsam, Wirtchen, immer nur mit Maß und Ziel. So. Und jetzt holen Sie noch was zu trinken! Champagner bitte, weil es doch um eine Zukunft geht. Oder gibt es das bei Ihnen nicht? Dann einen Wein, den roten, wenn ich bitten darf, einen Südtiroler Kalten See. Und dann trinken wir auf das, was war, die gute alte Zeit. Und dass sie wiederkommt und nicht zu lange auf sich warten lässt. Da, Sie Stoffel, jetzt kommen Sie mal her, dann schauen wir mal, wie er Ihnen steht. Und damit rupft sie sich den Hitlerbart vom obern Lippenteil und klebt ihn beim stocksteifen Seewirt an der gleichen Stelle wieder hin. Und voreinander stehen jetzt, in Treue fest, ein verwirrter Wirt und ein aufgebrauchter Nazifotzenrest.

Die Meinrad ist jetzt schwer besoffen. Was jetzt noch kommt aus ihrem Mund, ist Schaum. Sie lehnt am Seewirt dran wie eine alte Leiter im Herbst an einem Apfelbaum. – Das ist doch alles längst vorbei, Frau Meinrad, sagt der Wirt, und besser ist es, wenn man gar nicht mehr darüber redet. Wer weiß, wer zuhört und was der sich denkt und andern Leuten weitersagt? Und dass nicht alles schlecht war damals, weiß doch jeder. Ich war zwar nie ein Nazi. Doch kein Nazi war ich nie. Also denken wir uns einfach, was noch fast ein jeder denkt ... Sie gehen jetzt am besten heim, und den Rotwein trinken wir ein andermal. Er zieht den Bart von seiner Oberlippe und steckt ihn ihr vor der gewölbten Brust ins Anzugtäschchen – steckt ... und steckt ... und steckt ihn rein – bis er drinnen stecken bleibt. Dann führt er das noch sattsam jung gebliebne alte Naziweibchen höflich an die Tür und lässt sie in die Nacht hinaus. Sie tappt davon, weit hat sie nicht, nur dreimal fällt sie hin, und dann ist sie zu Haus.

Viktor, Valentin und die Kellnerinnen haben derweil mit stoischer Durchhaltekraft den Anfangszustand des Wirtshauses nahezu wiederhergestellt: Die Schänke ist aufgeräumt, die letzten Gläser sind gewaschen und trocknen auf doppelt gefalteten Tischdecken vor sich hin, der grobe Dreck ist hinausgekehrt, die Stühle stehen auf den Tischen. Dann lädt der Seewirt alle noch zum Sekt, den alle schnell hinunterschütten, mit säuerlich verzogenen Gesichtern. Niemand ist so ein Getränk gewöhnt. Und alle wollen nur noch in ein Bett. Von den Bedienungen fährt keine mit dem Fahrrad mehr nach Haus. Das ist jetzt zu gefährlich. Alle haben das Gefühl, der Wind hätte noch mal zugelegt. Mit Decken richten sie ein notdürftiges und hartes Lager auf dem gewachsten Bretterboden der geheizten Stube und sind nach kurzer Zeit tief eingeschlafen. Der Seewirt dreht die Lichter aus und geht dann noch mal vor die Tür. Schlaf wird er diese Nacht nicht finden.

Der Wind wütet wie der Krieg, denkt er. Ich hab ihn so noch nicht erlebt. Da könnte einer glatt ins Beten kommen. Aber das ist auch nur Hörigkeit. Dann hört er Gesang, der immer wieder vom Sturm zerfetzt wird. Er geht ans Ufer hinunter – und tatsächlich, auf dem Schiffsanlegesteg singt wer. Eine Frauenstimme. Er geht hinaus auf den Steg, und da steht, ganz vorne an dessen Ende, das Fräulein Zwittau und singt. Wahrscheinlich märkische Volkslieder, denkt der Seewirt. Ist Ihnen nicht gut?, fragt der Wirt. Mir geht es sehr gut, antwortet das Fräulein. Ich habe Sturm immer geliebt. Wenn man ihm direkt ausgeliefert ist und feste in ihm steht, hat man das Gefühl, etwas Großes zu sein. Ich halte dem Sturm gerne stand. Verstehen Sie das? – Nein, Fräulein Zwittau, ehrlich gesagt, das verstehe ich nicht. Ich hoffe nur, dass die Eberesche dem Sturm standhält. Dann bin ich schon zufrieden. Ich gehe jetzt. Gute Nacht. Und passen Sie auf, wenn Sie heimgehen. Es könnten Äste von den Bäumen herunterbrechen.

Im Hause angelangt, sperrt er noch sorgfältig die Haustür zu, dann geht er endlich nach oben. Leise tritt er ins Schlafzimmer, an dem laut der Wind von außen rüttelt. Er hört eine ganze Weile dem Atmen von Frau und Kindern zu. Still steht er im Raum und horcht. Dann wird er ein bisschen glücklich. Er spürt Liebe zu den Kindern und zur Frau. Auch das Leben liebt er auf einmal und merkt, dass ihm das noch nie in den Sinn gekommen ist. Und den Sturm fängt er an zu lieben, der das Haus erzittern lässt und ihm plötzlich sehr vertraut ist. Er schwankt ein wenig und erkennt daran, dass er auch nicht keinen Alkohol getrunken hat den ganzen Abend. Das steigert seine innere Erregung noch. Breitbeinig steht er unbewegt im dunklen Zimmer. In seiner Nase dehnt sich das Parfüm der Meinrad. Tief atmet er es ein und fühlt mehr, als er weiß.

Die Frau wacht auf und sieht in dem vom Vorhang abgedeckten Mondlicht einen unbewegten Schatten stehen, und der Sturm reißt wild am Haus, fast wie ein Gaul am Pflug. In dem Moment, als sie erschrocken aufschreien will, geht ein Ruck durchs ganze Zimmer, ein zweiter folgt dem ersten, der Mann macht einen Sprung, als wolle er dem Ruck entgehen. Da schreit die Frau den Schrei heraus, den sie noch zurückgehalten hat, markiert den Raum mit ihm und weckt damit die Kinder. Die orientieren sich wie tapsig kleine Tiere und fangen dann zu weinen an. Der Seewirt rennt zum Schalter, doch er knipst umsonst, die Technik reagiert nicht mehr, der Strom ist weg. Wo sind die Kerzen?, fragt er barsch die Frau. – Im Schrank, gleich neben dem gewalkten Leinen, sagt sie. Was ist denn das gewesen, um Gottes willen? Sie ist voll Angst und zieht die Kinder her zu sich, die sie nicht sieht und nur ertasten kann. Die fürchten sich noch mehr dadurch und wimmern nur noch vor sich hin und reißen ihre Augen auf. Umsonst. Das Grauen bleibt unsichtbar. Der Mann hat sich die Kerzen unterm Leinentuch ertastet und fragt die Frau, wo denn die Zündholzschachtel sei. Die muss danebenliegen, meint sie. – Ich kann aber nichts spüren, sagt er und tastet weiter ins Leere. – Ja dann weiß ich es auch nicht, sagt sie. – Denk doch nach, Frau, denk nach!, schreit er sie an, fast hysterisch schon, und will durch Heftigkeit ersetzen, was ihm an Übersicht und Ruhe fehlt. – Aber da müssen sie liegen, jammert sie, wo soll ich sie denn sonst hingetan haben, und ist noch ängstlicher und schon sehr verzweifelt, weil der Mann so rabiat wird. – Verflucht, verflucht!, schreit er schon ganz unbeherrscht und bringt damit die Kinder auf, die jetzt nicht mehr weinen, sondern brüllen. Wenn man nicht alles selber macht, pflügt der außer sich geratene Mann weiter durch die aufgewühlten Ängste seiner Frau und seiner Kinder und durch die eignen sowieso, wenn man nicht überall selber – doch, da, halt – jetzt hab ich sie – jetzt hab ich sie … Und endlich geht der erste Lichtschein durch das vertraute, doch in diesem Augenblick verfluchte Zimmer. Als die erste Kerze endlich brennt, erkennt man, dass noch alles da ist, wo es vorher war. Ein bisschen Ruhe kehrt zurück. Da muss ein Baum in die Stromleitung gefallen sein, sagt er. Ich geh nachschauen. Er zündet eine zweite Kerze an, die er auf den Nachttisch klebt mit ihrem eignen Wachs. Und dann geht er – endlich, denkt sie –, die zweite Kerze vor sich haltend und mit gewölbter Hand die Flamme schützend, auf die Suche. – Endlich.

Erst nach einer halben Stunde kommt er wieder. Stumm setzt er sich aufs Bett zur Frau und sagt kein Wort. Da merkt sie, dass er weint. Die Kinder sind schon beinah wieder eingeschlafen, doch wach genug, um später einmal davon zu berichten. Das ganze Dach ist weg, sagt er, das ganze Hausdach liegt da oben im verschneiten Garten. Das ganze schwere Hausdach ist von dem verfluchten Sturm aus der Verankerung gerissen und über die noch einen Meter höhere Kastanie hinweggetragen worden. Ich weiß nicht, wie wir diesen Schaden je beheben können, schluchzt er und legt den Kopf auf eine Schulter seiner Frau. Wenn der Sturm jetzt auch noch Regen bringt, dann sickert Regenwasser ungehindert durch den Speicherboden durch, hinunter bis zum zweiten Stock und von da aus weiter in den ersten und dann bis ganz hinunter ins Parterre. Dagegen sind wir nicht versichert. Besser wär's, ein Feuer wäre ausgebrochen, wie damals vor dem Krieg, und hätte alles ausgelöscht. Dann nämlich wären wir versichert. So aber weiß ich nicht, was kommt! Fest klammert er sich an die Frau und ist doch ganz woanders.

Die Frau spürt, wie der Mann entgleist und ihr entgleitet. Er ist buchstäblich aus dem Häuschen. Er sieht sich selbst und alles, was um ihn herum und was ihm lieb ist, nahe am Ruin, und ihm fällt kein Mittel ein dagegen. Seine Gefühle und natürlichen Reflexe bestehen nicht im Aufbegehren und im Widerstand gegen den Angriff der Natur, sondern in einer Ergebenheit ihr gegenüber, einer Dreingabe in das Schicksal, in einer fatalistischen Hingabe an die Verzweiflung.

Das irritiert die Frau. Sie kann das jetzt nicht brauchen. Bei ihr werden andere Reflexe wach. Sie spürt die Angst der Kinder, deren Erwartungen an ihre Eltern nach Geborgenheit und Schutz. Sie spürt das Vertrauen der Kinder in sie als Mutter, das nicht missbraucht werden darf. Sie spürt, wie der aufgelöste Mann, der sich in seiner Ängstlichkeit von einem Unglück in die Enge getrieben sieht und nicht mehr herausfinden will, zur Gefahr wird für das Vertrauensverhältnis von Mutter und Kind, das er durch Hilflosigkeit bedroht. Sie stößt den weinerlichen Menschen weg von sich und schreit ihn an – und erkennt sich beinah selbst nicht mehr: Was ist denn los mit dir? Ist das eine Art? Du kannst dich doch nicht einfach gehenlassen! Es geht nicht um das Haus und nicht um dich. Jetzt geht es um die Kinder. Die müssen dich erkennen können. Und du versteckst dich in dir selbst! Dann schlägt sie mit der Hand auf seine Brust, schlägt immer wieder zu damit und ballt die Faust und schreit: Wach auf! Wach auf, Mann! Reiß dich zusammen! Reiß dich raus aus deinem feigen Leid, deinem Selbstmitleid! Ich kann dich sonst nicht mehr ertragen. Versteh das endlich, Mann! Ich kann dich sonst nicht mehr ertragen!

Jetzt sieht der Mann sich auch noch von der Frau verlassen. Um ihn herum, so meint er, ist nur noch Unrecht und Verrat. Nicht nur die Natur, auch die Menschen werden ihn jetzt hassen – und meint damit alleine seine Frau. Seit sieben Jahren ist sie da, jetzt wendet sie sich ab. Soll das nur ein Zufall sein? Ihm war noch nie sehr wohl dabei, dieses große Haus samt Frau und Kinder zu versorgen, das ist nicht seine Art. Er hat von Anfang an gespürt, dass ihn das überfordert. Sein Ziel lag immer ganz woanders. Meine Wünsche haben mich geprägt, nicht meine Herkunft, denkt er, man kann sich nicht verstellen und so tun, als ob man etwas könnte, was man gar nicht will, selbst wenn man es bekommen hat. Ich bin für diesen Auftrag nicht geeignet. Verfluchtes Erbe, schreit er, verfluchter Zwang, ich will der Knecht nicht sein von diesem alten Krempel, den ihr verfluchten Ahnen hier gebündelt habt, mehr als Hunderte von Jahren lang. Ich hasse dieses Haus und diesen ganzen Heimatkram. Ich will heraus, heraus aus allem, was ich muss. Ich will nur das noch machen, was ich kann.

Er reißt die Türe auf und rumpelt auf den schwarzen Gang hinaus. An der Wand lang schiebt er sich zum Treppenabsatz vor. Die Stiege poltert er hinunter und flüchtet in die aufgewühlte Nacht. Durch Trümmer läuft er hinunter bis zum See und reckt die Faust zum Haus und in den Himmel. Wieder spürt er diesen Sturm als sein vertrautes Element, als könnte er mit ihm zusammenwachsen. Wenn man feste steht im

Sturm, fühlt man sich auch groß darin, hat das Fräulein doch gesagt, mit diesem fremden Klang in ihrer Stimme. Wenn man feste steht im Sturm – er steht jetzt mittendrin. Er rennt den langen Steg hinaus auf schwarzbewegten Grund, stellt sich mit breitem Schritt hinein ins Toben auf dem Steg und unter seinen Füßen, sieht wie die Riesenwellen brechen und zerstäuben am Gebälk, eiskalte Gischt schießt hoch und hüllt ihn in gefroren kalten Nebel. Hass steigt auf in ihm, Wut macht sich breit, Verzweiflung lockt, Sehnsucht zehrt: Er schmeckt die Frau, die er verloren glaubt, mit unerträglichem Begehren, überall wo Sinne reizen: auf der Haut, im Fleisch, im Kopf, in Mund und Nase, im Sinnen-All – und fühlt sich übergroß in seinem Leid – und in dem Raum, der ihn umschlossen hält und der er selber ist.

Ganz wie von selber fängt es leise an in ihm zu singen, steigt auf und dehnt sich, bis es Ton voll Inbrunst wird und Form und selbst zu einem Teil der aufgewühlten Elemente: Ha, stolzer Ozean – dein Trotz ist beugsam – doch ewig meine Qual! – Das Heil, das auf dem Land ich suche, nie werd ich es finden! … Dich frage ich, gepriesner Engel Gottes – war ich Unsel'ger Spielwerk deines Spottes, als die Erlösung du mir zeigtest an? Vergebne Hoffnung! Furchtbar eitler Wahn! Um ew'ge Treu auf Erden ist's getan. – Ihr Welten endet euren Lauf! Ewge Vernichtung, nimm mich auf!

Sein schöner Bariton ist auf einmal mehr als seine Verzweiflung, mehr als er selber. Er meint den Text und ist doch selbst nur noch Gesang.

Und siehe, der Wind ließ nach, und die gebeugte Eberesche richtete sich wieder auf, die schwarzen Regenwolken verzogen sich über den Kalvarienberg hin und über ihn hinweg bis in den tiefen Osten. Nach und nach kam der See zur Ruhe, das geborstene Eis türmte sich nicht mehr auf am Ufer, sondern verteilte sich in tausend kleinen Schollen fleckig über den ganzen schwarzen Wassergrund und ließ auch kein Vernichtungswerk zurück. Im Obstgarten oben lag das Dach ruhig im Schnee. Die meisten Teile des tragenden Gebälks blieben erhalten und wurden später von den Zimmerleuten wieder eingesetzt. Wer in der Nacht noch wild gefeiert hatte, half am nächsten Tag schon wieder mit beim Aufbau. Neue Verankerungen gaben dem neuen Dach einen neuen, bis heute nicht nachgebenden Halt, und aus dem verträumten, von betörenden Sehnsüchten umtanzten Seewirt war über Nacht ein brauchbarer Kleinunternehmer und Familienvater geworden. Mann und Frau liebten sich fast über ihren Tod hinaus, und noch lange hielt sich das Gerücht, dass der Seewirt am Faschingssonntag 1954 mit einer Wagner-Arie den tollwütigen Sturm bezwungen habe.

Denn ein Mensch hatte ihn singen hören, in dieser denkwürdigen Nacht, ein einziger Mensch nur, ein halber: Der ausgebombte und seither anstellungslose Cellist Leo Probst, der vors Haus gegangen war, um seine Notdurft abzuschlagen und der, als klassischer Gesang vom See her wehte und den Sturm bezwang, einen Moment lang glaubte, die von ihm so heiß herbeigesehnte Zeit sei angebrochen und künstlerische Imagination nun endlich vor zur Herrschaft über die banale Wirklichkeit gedrungen. Wo er in diesen Tagen hinkam, erzählte er, dass er dabei war, als Wagners Kunst den Gott des Sturmes in die Knie zwang.

Er hat diese Wahrheit, gewissenhaft und mit Emphase, ohne jemals zu ermüden, noch viele Jahre lang und immer wieder, wo immer die Gelegenheit sich bot, gepriesen als Beweis für den Primat der Kunst über die Natur.

~

Für den Seewirt war der moralische Zusammenbruch, der ihn in den Frühstunden des 28. Februar ereilt hatte, keine von ihm am nächsten Tag bewusst erfahrene Zäsur – auch nicht in den Tagen, Wochen und Monaten danach. Die Zeit und sein Leben liefen in seiner Wahrnehmung so ungebrochen dahin wie vorher auch. Wenn er in seinen letzten Lebensjahren, in denen er die meiste Zeit des Tages in einem halbhohen Lehnstuhl saß und darin wiederum die meiste Zeit im Sitzen schlief, wenn er da, im Wachzustand vor sich hin grübelnd, vielleicht das eine oder andere Mal darüber nachgedacht haben sollte, wann sich eigentlich sein früher so aufgewühltes Inneres auf einmal zu beruhigen begann und warum, so erinnerte er sich ganz sicher nicht dieses einen Februartages im neunten Jahr nach dem Ende des Zweiten Weltkriegs. Nein. Zeit und Umstände für sein Fußfassen in einem geordneten Familien- und Geschäftsleben blieben seinem Bewusstsein verschlossen. Er fühlte nur im Laufe der Jahre, dass sein Leben irgendwie in einen gleichmäßigen Fluss geraten war. Er nahm es einfach irgendwann einmal wahr und wunderte sich einen kleinen Augenblick lang ein klein wenig darüber. Mehr nicht.

Und doch waren es die Ereignisse dieser einen Nacht gewesen, die den Seewirt auf das andere Gleis gehievt hatten, auf dem er von da an sein Leben *erfuhr*. Jene Nacht, in der alleine seine Frau mitbekommen hatte, wie hoffnungslos er zu entgleisen und sich und ihr zu entgleiten drohte. Ob auch eines der Kinder unbewusst zu einem stillen Zeugen geworden war? Es spielt für den Verlauf dieser Geschichte keine Rolle, denn sie ist erfunden, und alles, was an ihr wahrhaftig klingen mag, ist demnach unvermeidbar. Denn nicht nur der Seewirt, auch seine Frau trat von nun an ganz anders in Erscheinung, als sie es in der Vergangenheit je getan hatte. Sie wurde nach dieser Nacht, in der sie ihren Mann, ohne es selbst zu begreifen, vor eine für das bäuerliche Selbstverständnis ungeheuerliche Entscheidung gestellt hatte: Entweder du verhältst dich jetzt wie ein Mann, dessen wichtigste Lebensaufgabe die väterliche Fürsorge ist, oder ich werde dich verlassen – nach diesem unglaublichen Ultimatum also wurde sie mit einem Male zu einer resoluten, im Rahmen ihrer Möglichkeiten auch selbstbewussten Frau, die sich gegen die bösartigen Anfechtungen ihrer Schwägerinnen endlich zu wehren und durchzusetzen wusste. Sie wurde zu einer energischen Haus- und Geschäftsfrau, und dem Seewirt brachen seine gesamten bisherigen, in ferne Welten drängenden Existenzvorstellungen an einem einzigen, ihn restlos überfordernden Tag, an dem alles auf ihn einzustürmen schien, zusammen, und er fasste wieder Fuß im Eigentlichen. Nur eine Eigenart war ihm geblieben, hatte sich womöglich sogar noch mehr Raum verschafft: das Vor-sich-hin-Grübeln, sobald eine Schwierigkeit auftauchte.

Im Seewirtshaus begann also der Tag, der diesem 27. Februar folgte, genauso wie alle anderen davor auch: Die tägliche Arbeit wartete darauf, erledigt zu werden. Es war ganz normal, dass der Seewirt am nächsten Tag im Obstgarten droben mitten in den Trümmern seines abgedeckten Hausdachs stand und zusammen mit dem Feuerwehrhauptmann Sepp Mayrhofer aus Kirchgrub die Aufräumarbeiten dirigierte – so wie es zwanzig Jahre zuvor sein Vater in der Brandruine und vor neun Jahren die Trümmerfrauen in den Ruinen der zerbombten Städte auch getan hatten. Bald deckte ein neues, nun mit roter Ziegelfarbe gestrichenes Blechdach sein Haus, beschützte es wie ehedem vor Regen und Wind und schenkte seinen Bewohnern wieder das gewünschte trügerische Gefühl von ewiger Geborgenheit und Ruhe.

Noch während die Zimmerleute ihre Arbeit machten, die insgesamt vierzehn Tage dauerte, und die Spengler das Blech zurechtschnitten und aufs Gebälk nieteten, begannen der Seewirt und seine drei Knechte, unterstützt vom Taglöhner Tucek und von drei Vettern aus der nahen Verwandtschaft, mit dem Eiseinfahren. Die Wetterlage hatte sich nach dem *Jahrhundertsturm*, zu dem ihn die Brieftaube postwendend erklärt hatte, dahingehend geändert, dass am Tag danach ein Tauwetter einsetzte und mit einem baldigen Dahinschmelzen des zerstückelten Eises auf dem See gerechnet werden musste. Sofortiges Handeln war angesagt, denn mit einem nochmaligen Zufrieren durfte um diese Jahreszeit nicht mehr gerechnet werden, wenn man nicht einen leeren Eiskeller den ganzen Sommer über riskieren wollte.

Öh, Bräundl, öööhhh!, beruhigt der Seewirt das Pferd, das gerade mit dem hinteren linken Huf auf eine lose Eisscholle getreten und dabei vom wegrutschenden Eis in einen gefährlichen Spagat seiner Hinterläufe gezwungen worden ist. Zitternd steht der Gaul jetzt da, nachdem er gerade wieder in die Höhe gekommen ist. Das hätte saublöd ausgehen können, sakra sakra!, murmelt der Seewirt, der seit kurzem, wenn er sich alleine wähnt, Selbstgespräche führt. Zumindest ein Beinbruch wäre drin gewesen, wenn nicht gar ein ausgerenktes Hüftgelenk. Dann hätte man das Tier einschläfern müssen. Sakra sakra! Auch dem Seewirt steckt der Schreck noch in den Gliedern, und er zittert nicht weniger als das Pferd, nur unauffälliger.

Ich sag es dir doch schon die ganze Zeit, Onkel, sagt der jungspundige Neffe seiner Frau, einen Bulldog musst du dir endlich kaufen. Mit einem Bulldog passiert dir so was nicht mehr.

So, jetzt steh zurück, schön brav, jaaa, schön brav steht er jetzt zurück der Bräundl, redet der Seewirt auf den Gaul ein und nötigt ihn sanft rückwärtszugehen, indem er ihn, nah vor seinem Kopf stehend, mit beiden Händen fest am Zaumzeug hält und mit leichtem Druck vor sich her schiebt. Am Rossgeschirr eingehängt ist die lange Deichsel eines Brückenwagens, der mit seiner Gummibereifung jetzt langsam und fast unhörbar aufs Eis rollt. Gummiwagen heißt das neue Transportgerät. Ganze zwei Monate hat der Wagner Veigel gebraucht, um den einstigen Tafelwagen umzubauen, der noch auf alten Holzrädern, die in eiserne Ringe gefasst waren, dahingerumpelt war. Jetzt schiebt ihn der Gaul, langsam rückwärtsgehend, aufs Eis, gleich unterhalb der Seewirtschaft, und es sieht so leicht aus, als würde er schweben. In zirka zwanzig Meter Entfernung vom Ufer spannt der Seewirt das Pferd aus und führt es wieder zurück auf festen Grund. Dort bindet er es an die Eberesche hin und wirft ihm ein Bündel Heu, das in eine Rossdecke eingewickelt ist, zum Fressen vor. Stoisch macht der Gaul sich darüber her.

Der Neffe hat inzwischen zwei lange, acht Zentimeter dicke Holzläden als Rampe auf den Rand des Anhängers gelegt. Der Tucek sägt mit der Wiegensäge gleichmäßig durch das zwanzig Zentimeter dicke Eis, das in Ufernähe vom Bruch im Sturm verschont geblieben ist, während der junge Seewiesner von Seewiesen drüben mit der Axt die vom Tucek herausgesägten einen Meter breiten Streifen in quadratische Stücke hackt. Der Seewiesner ist erst vor zwei Jahren aus Sibirien heimgekommen, wohin er als 17-jähriger Kriegsgefangener von den Russen verschleppt worden war und dem Wind und Kälte seitdem absolut nichts mehr anhaben können. Mit einem speziellen Eishaken fischen der Neffe und der Seewirt gemeinsam die immer noch schweren, aber nun handlichen Eisstücke einzeln und mit raffinierter Technik aus dem Wasser heraus und schieben sie, ebenfalls gemeinsam, über die Rampe hinauf auf den Gummiwagen. Wie eingefasstes klares Wasser liegen die Eisplatten auf der Wagenplattform und spiegeln den gräulichen Wolkenhimmel wider.

Kannst deiner Frau einen Spiegel mitbringen, dass sie sich schminken kann, ha?, pflanzt der vorlaute Neffe den bescheidenen Tucek. – Eine Spiegel braucht die ned, sagt der, muss die jeden Tag sich kümmern um acht kleine Kinder, muss putzen, kochen, Windeln waschen, einkaufen. Da is nicht mehr so interessiert, wie ausschauen, Junge. Du schon auch noch kommen drauf, wenn du mal hast Frau. – Der Karl Tucek ist Tscheche und spricht etwas anders. Eigentlich ist er ja Sudetendeutscher. Aber die waren schon so lang in der Tschechoslowakei, dass ihr Deutsch schon recht ausgefranst ist. Mit seiner achtköpfigen Familie haust er im garagenkleinen Nebenhaus des Lassberghauses und muss schauen, wie er sie ernähren kann. Natürlich versteht der junge, noch gänzlich lebensunkluge Neffe kein Wort, denn auch er ist eins von sieben Kindern. Aber die wuchsen alle in einem großen Bauernhaus auf und hatten immer genug zu essen.

Eine Ruhe ist!, mischt sich barsch der Seewirt ein, wir müssen den Eiskeller heute noch vollkriegen, morgen soll es Föhn geben, sagt der Wetterbericht. Also weiter!

Von der Hofeinfahrt her hört man das Rattern eines Traktors. Der Zenz von Rohr lenkt seinen ziemlich neuen, aber schon gebrauchten Lanz Bulldog samt Anhänger mit Karacho an der Eberesche vorbei und fährt zügig zum See hinunter und aufs Eis, wo er in einem großen Bogen direkt hinter dem Gummiwagen vom Seewirt zum Stehen kommt. Wild reißt der erschrockene Bräundl an seinem Zaumzeug, das ihn mit dem Zugseil an die Eberesche bindet. Sofort rennt der Wirt hinauf und beruhigt das Tier mit den gewohnten Worten. Dann führt er es hinunter zum See und spannt es wieder an den nun voll beladenen Gummiwagen an.

Wenn du nicht besser aufpasst, kann ich dich hier nicht brauchen, sagt er zum Zenz. Das Pferd ist einen Bulldog nicht gewohnt. Wenn es sich jetzt aus Angst losgerissen hätte und aufs Eis galoppiert wäre, was wäre dann gewesen? Ha? – Das sieht der Zenz ein und winkt ab. Schon gut, ich fahr langsamer. – Der Zenz wird dringend gebraucht mit seinem Fuhrwerk, denn während ein Anhänger mit Eis beladen wird, steht der andere oben vor dem Eiskellerloch und wird entladen. Durch den Einsatz eines zweiten Fuhrwerks wird also nur die Hälfte von der Zeit benötigt, die man mit nur einem Fuhrwerk brauchen würde. Und Zeit ist kostbar bei dieser von Schmelze bedrohten Eisarbeit.

Im Eiskeller stehen schwitzend der Valentin und der Viktor und zerschlagen mit großen Schlegelhämmern die Eisplatten, die der Alte Sepp und der Lenker des jeweiligen Fahrzeugs nach einem laut gerufenen Obacht! Eis! durchs Kellerloch werfen. Zwischen Eis und Kellerdecke ist gerade noch ein knapper Meter Spielraum, so dass die Männer drinnen nur noch in gebückter Haltung ihre Arbeit machen können. Das ist äußerst anstrengend und nicht mehr sehr wirksam, denn die Männer können mit ihren Hämmern nicht mehr weit zum Schlag ausholen. Nach dieser Fuhre wird der Seewirt sie zum Verlassen des Kellers auffordern. Dann werden die beiden letzten Fuhren vor dem Einfüllloch zerhauen und in kleinen Brocken durch das Kellerloch geworfen. Anschließend wird die Öffnung mit zwei Lagen Brettern verschlossen, zwischen die zur Wärmedämmung Heu und Stroh gestopft und mit Torfmull und Humus verdichtet wird. Bis zum nächsten Winter wird dann hier nichts mehr angerührt werden, denn bis in den kommenden August hinein muss das Eis Getränke, Milch- und Fleischprodukte kühlen.

Am Abend, der Tag hält sich jetzt schon wieder etwas länger, sitzen die Männer um den großen Küchentisch herum und machen Brotzeit. Ihr Gespräch dreht sich um den Traktor, den der Seewirt, dieser furchtbar zögerliche Mensch, nun vielleicht doch noch in diesem Frühjahr kaufen wird.

Der Finsterle will mir einen Lanz verkaufen, das wäre momentan der angesagte Bulldog, sagt er, und Ersatzteile würden immer gleich geliefert. Andererseits, ereifert sich der Seewirt weiter, ist der Normag um mehr als fünfzehnhundert Mark billiger. Das ist kein Pappenstil. Und wenn die Rechnung für das neue Hausdach abbezahlt ist, hab ich für den teuren Bulldog sowieso kein Geld mehr über.

Das mag ja stimmen, drängelt sich der junge Neffe jetzt schon wieder mit seiner lauten, doch noch ausgesprochen unerfahrenen Meinung vor, aber die Zukunft gehört dem Fendt Bulldog, da könnt ihr sagen, was ihr wollt. Und wisst ihr auch warum? Weil der Fendt hinten und vorn eine Zapfwelle dran hat. Dafür erfinden die in der Zukunft Maschinen, die Arbeiten verrichten werden, dass wir uns das heut noch gar nicht vorstellen können. Da kann dann vielleicht einmal einer ganz alleine seinen Hof erhalten. Wer weiß? Und die depperte Schwungscheibe, die der Lanz da immer noch an der Seite hat … – also bittschön! So was gehört in ein Museum hinein, aber doch nicht auf eine gemähte Wiese hinauf. Oder Zenz?

Ja ja, das werden wir dann schon sehen, wenn es einmal so weit ist, sagt der Zenz, dem das vorlaute Reden des Neffen ziemlich auf den Senkel geht. Im Moment jedenfalls bin ich mit meinem Lanz zufrieden. Und soviel ich gehört hab, habt ihr euren Fendt schon dreimal beim Reparieren gehabt in den zwei Jahren, die ihr ihn jetzt habt. Wie viel von euerm Milchgeld habt ihr denn dem Finsterle da hingeblättert, ha?

Erstens waren zwei Reparaturen noch auf Garantie. Und zweitens ist das eine Vorführmaschine, die hauptsächlich von Lanzbulldogfahrer ausprobiert worden ist vorher, weil die auch mal mit einem gescheiten Bulldog fahren wollten, kontert ihn der Neffe, und die werden mit der fein austarierten Technik von dem Fendt wahrscheinlich umgesprungen sein, wie im KZ die Wächter mit die Juden, oder? Ha! Wenn die nicht mehr richtig gezogen haben, dann hat die SS Gas gegeben. War doch so, oder? Und so haben es die Lanzbulldogfahrer mit dem Vorführfendt wahrscheinlich auch gemacht: Andauernd Vollgas gefahren beim Ausprobieren. Weil's ja nix kostet. Klar! Logisch, dass ich jetzt einen Vergaser und eine neue Einspritzpumpe brauch, beide kaputt gemartert von die Lanzer!

Mit der Gabel sticht er in ein saftiges Stück Ripperl und zieht es vom Tablett herüber auf den Teller. Aufgedreht und angriffslustig schaut er dem genervten Zenz, der ihm gegenübersitzt, in sein Gesicht und kaut das Fleisch mit offnem Maul wie ein Ami seinen Tschuing Gam.

Die anderen Männer schauen vor sich hin und sagen lieber erst mal nichts.

Mare! Jetzt tu doch mal den Hund hinaus, raunzt der Seewirt zu der Alten Mare hinüber, die an der Anrichte hantiert. Ich hab's euch doch schon hundertmal gesagt, dass ihr den nicht dauernd in die Küche hereinlassen sollt, Herrschaftszeiten! Wir sind ein Wirtshaus!

Der Lux, der die ganze Zeit schon unbemerkt und ohne jeden Mucks wie ein aufgerollter Flickenteppich unterm Tisch gelegen hat, während über ihm die Männer ihre Brotzeit machten, hat gerade wieder einen seiner fürchterlichen Winde abgehen lassen.

Komm, Luxl, komm!, lockt die Alte Mare den mumienhaften Hundekörper unterm Tisch hervor. Mit ihren gichtgekrümmten Fingern und einem alten Lappen, zerfranst und schmierig wie der alte Hund, rieb sie die ganze Zeit schon, seit die Männer miteinander reden, einen rußgeschwärzten, rostgebräunten Kochtopf aus, ausgemustert schon seit Jahren, und verlor sich so in einer Arbeit ohne Sinn. Das sind sie eben, diese weiter pulsierenden, nicht mehr kontrollierbaren Reflexe, die einen von der körperlichen Arbeit geschundenen Leib auch in seinen alten Tagen noch antreiben und in Bewegung halten. Bewegungen, die die Alte Mare ihr Leben lang gemacht hat und die jetzt nicht einfach so aufhören können.

Rückwärtsgehend und gebückt fast bis zum Boden, zieht sie den träge trippelnden Hund an seinem Halsband hinterher, mit fast schon allerletzter Kraft aus der Küche hinaus und den Hausgang entlang, am Männerklo vorbei, hinüber bis in ihre Kammer.

Ha! Die Oide Mare ... Mit einem warmen Blick schaut ihr der Seewiesner nach. – An die hab ich oft denken müssen im Russenlager. Das hat mich aufgerichtet. – Als Kind war er früher oft mit dem Ruderboot von Seewiesn nach Seedorf herübergerudert. Der alte Seewirt war sein Großvater, und der jetzige ist sein Onkel. – Die Alte Mare hat mir immer eine Tafel Schokolade in die Joppentasche gesteckt, bevor ich kurz vor Sonnenuntergang wieder heimgerudert bin, um nicht in die Nacht hineinzukommen. Und nicht ins Wasser hineinschauen, hat sie mich immer gewarnt, sonst wird dir schwindlig, und du fallst hinein in den See und ertrinkst. Ich hab es ihr geglaubt und bin ganz steif zurückgerudert.

Warum du hast das gesagt?

Der Tucek, der während des Geplänkels um den Bulldog nur stumm dabeigesessen ist, den Kopf gesenkt und sichtlich unberührt vom Thema, hat sich auf der Bank nach hinten angelehnt und schaut den Neffen, der ihm gegenübersitzt, jetzt direkt an – mit einem zwingend offenen Blick.

Was?

Warum du hast das gesagt?

Was gesagt?

Das mit die KZ und die SS.

Warum? … Ja warum soll ich das nicht gesagt haben? Ha! Was ist daran denn so besonders?

Hast du schon mal gesehen eine KZ? Sag! Hast du schon mal gesehen? Und drinnen die SS, in dem KZ? Hast du? Ja? Kennst du das? Oder redest du nur dumm und Quatsch? Sag!

Der Tucek lässt den jungen Bauern nicht mehr aus dem Blick. Sein Sehfeld rahmt ihn ein. Der sonst in sich verschlossene, mürrisch wirkende, große, schwere Mann so um die vierzig, genauer lässt sich das nicht sagen, der Ausdruck des Gesichts verweigert jede Nähe, wenn er den Raum betritt und den sofort beschwert mit Unberührbarkeit, der wirkt auf einmal leicht und offen und wie inspiriert.

Das irritiert den unbedachten Schwätzer, das Fordernde und Zwingende, beinahe heiter Aggressive aus einer für ihn unbekannten, nicht geheuren Welt, das den jungen, unbedarften Bauernburschen jetzt da anspringt, von der andern Seite dieses Tisches her. Nichts Banales ist es mehr, das spürt er auf der Stelle, sondern etwas unbarmherzig Klares, dem er sich jetzt stellen muss, wenn er sich davor nicht feige drücken will.

Habe ich gerade falsch geredet, weil du so beleidigt schaust?

Hast du schon mal gesehen, drinnen in die KZ, eine SS-Mann?

Nein, hab ich nicht. Natürlich nicht. Aber damit hab ich ja auch nichts zu tun?

Damit du hast nichts zu tun? Aber du redest darüber?

……

Warum du redest darüber?

Weiß ich nicht. Ich weiß es nicht. Es ist mir eingefallen!

Es ist dir eingefallen?

Ja. Vielleicht.

Und warum es ist dir eingefallen – vielleicht?

Warum?

Ja!

……

Warum ist dir eingefallen?!

……

Warum?

Warum?!

Ja!

Vielleicht, weil man es kennt. Weil darüber geredet wird … Scheiße! Was fragst du mich eigentlich so blöd, ich hab doch gar nichts Unrechtes gesagt.

Nein. Nix Unrichtiges du hast gesagt. Das stimmt. Du nur hast geredet ohne Gewissen, ohne zu wissen, was du redest. Früher ihr immer habt gesagt: Nix wissen! Alle Deitsche. Und dann ihr habt doch was gewusst. Und jetzt ihr redet wieder, ohne was wissen. Also was? Hast du gewusst was, oder hast du nix gewusst. Wenn du nix hast gewusst, dann frage. Geh und frage! Aber rede nicht Quatsch.

Dem Zenz wird es zu eng an seinem Platz. Er möchte gerne gehen. Dem Valentin geht es genauso und dem Viktor auch. Sie sehen, dass dem Neffen schwer das Blut nach oben steigt. Ganz rot schon ist sein Kopf. Eigentlich müsste man ihm jetzt zu Hilfe kommen. Er ist noch jung, und was Schlimmes hat er eigentlich ja nicht gesagt. Vielleicht war es ein bisschen unvorsichtig, so daherzureden. Aber vor neun Jahren, mein Gott, da war der ja erst 13 Jahre alt. Noch nicht einmal beim Volkssturm ist er da dabei gewesen. Also was soll das? Warum muss er ihn so in die Enge treiben?

Der Tucek sitzt den andern Männern offen gegenüber. Er schaut zwar nur den lauten Buben an, hat aber die anderen schon längst mit einbezogen. Und sie wissen es. Er ist auch gar nicht mehr so aggressiv. Auch verbissen ist er nicht. Er ist eher heiter – und fordernd, als spiele er ein Spielchen mit dem jungen Bauernburschen, der so gedankenlos sein Reden in den Raum geworfen hat, voll Selbstgewissheit, ohne den geringsten Zweifel an der Welt, wie er sie kennt und die er deshalb selber ist und die ihm zu seinen jungen Füßen liegt, wie er meint, ohne überhaupt zu wissen, dass er so was meint. Und er, der junge, unbedarfte Depp in diesem Spiel, und die anderen Männer an dem Tisch, sie möchten alle lieber draußen stehen und unbeteiligt Zeuge sein, statt selber angespielt zu werden. Doch sie sind fest eingebunden jetzt, in eine Atmosphäre voller Unbehaglichkeit, und leben deshalb auf in ihr wie die Milben unter einer warmen Decke. Noch sind sie ohne Lust und möchten das jetzt nicht ertragen müssen, so mittendrin und ausgesetzt, noch würden sie sich gern verstecken.

Der Seewirt als der Herr des Hauses und der Arbeit und so die oberste Instanz am Tisch wagt einen Ausfall in die Güte: Karl, sagt er zum Tucek, wir wissen alle nicht genau, warum Sie jetzt so reden. Vielleicht haben Sie ja Schlimmeres erlebt als alle andern hier am Tisch. Doch, glaub ich, gibt es keinen hier, der nicht von dieser fürchterlichen Zeit, die aber auch schon wieder lang vergangen ist, auf irgendeine Art und Weise gezeichnet worden wär. Schau'n Sie nur den Bertl an, den Sohn von meiner Schwester aus Seewiesn, was dem geschah und wir um den gefürchtet haben! Und den Herrn Hanusch, dem die Russen seine Heimat weggenommen haben. Und auch der Zenz, der Valentin und ich: Wir waren zwar nicht an der Front, doch auch im Hinterland des Feindes war man in der Pflicht und ungeschützt. Ich bin sogar verwundet worden. Und der Alte Sepp und all die andern Alten und die Frauen, die haben an der Heimatfront gekämpft, dass der Nachschub nicht versiegt und wir im Feindesland nicht ohne lebenswichtige Versorgung waren. Und das stimmt schon: In den Lagern sind sehr – wie soll ich sagen? – unschöne Sachen vorgefallen. Doch hat man das ja alles erst hernach erfahren. Und jetzt geht es ja den Leuten auch schon wieder besser. Also sollten wir das doch allmählich alles bald vergessen und nach vorne schauen. Oder?

Aber Sie können nicht wissen, wo ist vorne, wenn Sie nicht wissen: wo war hinten, sagt der Tucek.

Da wo ich hingehe, ist vorne.

Aber wo Sie kommen her, ist hinten.

Aber da war ich ja schon. Da kann ich es doch hinten lassen.

Aber bevor Sie waren hinten, war hinten vorne.

Stimmt. Und da bin ich zwar hingegangen, aber dann bin ich auch weitergegangen.

Nein. Sie sind getrieben worden weiter.

Von wem?

Von den Feinden von Ihnen.

Aber das sind jetzt die Freunde.

Eben: Sie brauchen Freunde, die passen auf, dass Sie nicht wieder gehen nach hinten.

Nehmen Sie sich gefälligst zusammen!, mault der Seewirt da den renitenten Tschechen an, wenn irgendwem ein Unrecht geschehen ist, dann ist das wiedergutgemacht worden. Das kann man jetzt in jeder Zeitung lesen. Wir müssen uns nichts Unverschämtes mehr gefallen lassen. Nehmen Sie das bitte zur Kenntnis.

Etwas erregt steht er auf und setzt sich gleich wieder hin. Auch die anderen nicken murmelnd zu des Seewirts klarer Sprache und zeigen damit an, dass der Teppich, der das unter ihn Gekehrte bisher deckte, noch immer tadellos den Heimatboden ziert.

Der Tucek hat das auch verstanden.

Ich niemand möchte hier beleidigen, sagt er und hebt zum

Zeichen der Ergebung die flachen Hände in die Luft, ich habe nur gestellt vernünftig ein paar Fragen.

Dann ist es gut, belobigt ihn der Seewirt und beruhigt damit zugleich die anderen. Wir sind nicht nachtragend. Es muss nur alles haben seine Richtigkeit, und spricht zur Aufheiterung zwecks Entspannung ein wenig holprig, genauso wie der Tucek, und das freut die andern, und sie nicken lächelnd dazu.

Da Sie haben recht, sagt der Tucek, man soll nicht sein nachtragend, und alles muss haben seine Richtigkeit. Drum ich möchte Ihnen erzählen eine Geschichte. Haben Sie Zeit? Oder wenn Sie haben keine Zeit, nehmen Sie Zeit.

Da schon Feierabend ist und es ihm wieder einmal gelungen ist, alle zu beschwichtigen und den Frieden wieder herzustellen und so ein weiteres Mal seine unangefochtene Autorität zu beweisen, sagt der Seewirt gönnerisch: Eine Geschichte? Selbstverständlich! Das ist doch mal was anderes, oder? Und die anderen nicken zustimmend und lehnen sich zurück oder stützen sich mit dem Ellenbogen auf den Tisch auf und erwarten so des Tuceks Geschichte. Der Seewirt holt noch drei Flaschen Bier für die sechs Männer, und dann geht es los.

Sie müssen wissen, so beginnt Karl Tucek seine Erzählung, dass ich komme von Gegend, wo mir ist geworden überliefert, was Alte, also die Vorfahre, ham erfahren von ihre Leben und gelernt und haben weiter erzählt das ihre Kinder, und nun davon ihre Kinder könna profitieren für ihre Leben, so dass nicht alle Generation immer wieder müssen macha gleiche Erfahrung, sondern dass könna bauen auf auf die Erfahrung von de Vorfahre und braucha net immer wieda fanga an von vorne, sondern macha Entwicklung und neue Erfahrung, eigene, und verbessern Leben imma mehr, und Arbeit wird leichter und verstehen andere Menschen besser. In diese Geschichten, damit sie sind spannend und interessant, auch vor allem für Kinder, weil Kinder müssen lerna am meisten, die Erzähler immer wieder macha kleine Erfindung und schmücken Wahrheit a bissl mit falsche Wahrheit, damit ist lustig für Zuhörer und atemberaubend und sie hören zu gern. So die Leute ham gelernt von die Vorfahren.

Die Geschichte, die ich erzähle Ihnen, ist nicht geschmückt mit Lüge. Sie ist wahr. Und doch ist atemberaubend und lustig, und sie könna lerna.

Es ist an die Grenze von Tschechoslowakei nach Polen, da ist a hohe Gebirg, das heißen Riesengebirge. Weil Sage ist, dass da gelebt ham vor Hunderte Jahren große Riesen, und die ham gequält die kleine Menschen, die wohnen am Fuß von die Gebirge und da machen ihre Arbeit und bestellen Feld und gehen fischen und auf Jagd. Immer wieder die Riesen komma von die Berg herunter und nehma die Menschen weg ihr Essen und macha kaputt ihre Häuser. Viele hundert Jahr lang. Aber dann a große Seuche kommt über die Riesen, a Riesenseuche, und die Riesen sterben alle, und endlich sind befreit die Menschen und könna leben, wie sie mögn. Endlich sie trauen sich auch gehen in die Gebirge und manchmal sogar schon über die Gebirge in die andere Gegend auf andere Seite von Gebirge. So nach und nach sie machen Geschäfte mit die Leute auf andere Seite, und ihnen geht es gut, und sie leben imma besser. Doch dann wird gezogen a Grenze über die Gebirge, weil ist ein König auf da eine Seite und ist ein König auf da andere Seite von die Gebirg, und jede König möchte haben a eigenes Land. Auf einmal es ist nix mehr möglich für die Menschen, zu machen in Ruhe ihre Geschäfte. Jetzt sie müssen zahlen Zoll, wenn sie tragen ihre Ware auf die andere Seiten von Gebirg, und die Zoll kassiert der König auf die andere Seiten. Es ist nimma gut, Ware zu tragen über die Berg, denn der Zoll ist so hoch, dass Geschäfte sich nimma rentiert. So die Leute werden wieder arm wie vorher, als noch waren die Riesen da, und sie fragen, was ist schlimmer, die Riesen oder die König? Und damit sie net müssen hungern, die Menschen fanga an zu denken und ham Idee, wie sie könna austrixen die König und die Beamte von den Zoll. Sie tragen von jetzt an die Ware nur auf die Nacht nach andere Seiten von Gebirg, und am Tag sie verstecken die Ware in ihre Häuser oder in Loch in Erde. Überall in da Gegend von Riesengebirge seitdem die Erde ist durchlochert, und man könnt beinah glauben, früher da überall waren Bergwerke oder es ham gelebt da große Maulwürf statt Riesen. Und die Häuser, viele von dene waren präpariert. Es waren für jede Wand zwei Wänd da statt nur eine Wand, und auf die Dachboden oft waren Zwischenboden, und man konnte net finden die Ware, wenn man nix wissen, wie war gebaut diese Zwischenboden. Langsam die Leute werden wieda reicher, und sie nimma ham müssen essen Wurzeln und Katz oder Hund, sondern sie ham wieder sich leisten könna Kuh und Schweine.

In eine dieser Dörfer am Riesengebirge, in Steinermühle, da wo ist net weit weg Elbsprung, weißt schon, die Quelle von da große deitsche Fluss, da hat gelebt eine Familie, und der Vater fast jede Nacht war unterwegs in Gebirg und trug da auf seine Rücken schwere Gepäck mit Ware für Schmuggeln. Eines Tages, der Mann, der hat Frau und drei Kinder, sagt: Es ist ned gut, wenn Kinder auch später müssen macha diese schwere Arbeit, und immer sie müssen ham Angst, dass sie werden erwischt und komma in Gefängnis. Meine Kinder sollen gehen und studieren, ich schon hab genug Geld, sie sollen studieren.

So drei Kinder von diesen Mann kommen nach Prag, in Hauptstadt, und lerna da studieren. Im Herbst 1938, i bin jetzt gekommen an mit meine Geschichte in Heute, England und Franzose verkaufen Tschechoslowakei an die deutsche

Nazi, und die besetzen Land und taufen um in andere Name und kommen auch nach Prag. Sie fangen an und macha neue Gesetze, und sprechen sollen die Menschen deutsch. Und überall sie suchen nach Juden, und wenn sie Juden finden, sie nehmen sie mit, und am Anfang niemand wissen wohin.

Bald die Menschen in Prag, und vor allem die Studenten, sie wollen nicht ham die Nazi und die Besatzung. Sie machen Sabotage, und sie sprengen Auto in die Luft mit Nazi drinnen. Später die Studenten machen Aufstand. Aber die Nazi san organisiert besser, und sie san so brutal, und bald diese Aufstand ist niedergeschlagen, und wenn passiert ist ein Attentat, viele unschuldige Menschen werden verhaftet als Geiseln und erschossen. Die zwei Töchter von dem Mann aus Riesengebirge, die in Prag sind, weil sie wollen studieren, sie werden von die Nazi gefangen, und weil sie sind Juden, kommen sie weg in KZ. Später sie werden sterben dort. Der Sohn, der kann flüchten und geht wieder zurück nach Riesengebirge. Dort mittlerweile san angekommen viele Menschen, weil sie san Juden, und sie ham Verwandte dort in Riesengebirge, wo leben viel Juden, und die ham Bekannte und sagen zu dene, ihr müsst uns verstecken, sonst wir kommen in KZ. Und da verstecken viele Leut von Riesengebirge die Flüchtlinge in die Dachböden und zwischen die Wände, wo sonst waren Schmuggelwaren.

Da viele leben die nächsten Monate und Jahre, und immer sie hausen in die Löcher von Schmuggler und in die Nischen zwischen die Wände. Sie müssen herausgehen nur in der Nacht, weil es ist gefährlich, weil viele Nachbarn san Deutsche, und die oft san Nazi und sofort verraten, wenn sehen Flüchtling. In Sommer 1944 kommen SS nach Steinermühle und suchen in jede Haus und in Wald nach Juden. In eine Haus in Dachboden, wo ist Zwischenboden, da ham versteckt zwanzig Menschen, Mann, Frau und Kind, und sie sitzen stundenlang in Dachboden, weil Razzia ist in ganz Steinermühle. Es ist heiß draußen, und es ist noch heißer in Dachboden. Sie nix ham zu trinken, diese Leut, und können nicht naus gehen und was holen oder abkühlen. Und alle ham Angst, viele Angst ham alle und furchtbar. Und manchmal, man hört, wenn sie ham gefunden Leute in andere Haus, weil die dann jammern und weinen, diese Leute, und sagen unmögliche Dingen, um nicht müssen kommen mit. Dann Angst wird noch größer. Und dann komma SS auch in diese Haus, wo in Zwischenboden versteckt sind die zwanzig Leute. Man hört, wie SS-Männer sind in untere Stockwerk und wie sie reißen auf Schränke und machen kaputt viele Dinge und Fenster. Alle in Zwischenboden sehen durch Ritzen eine Meter unter sich, wie gehen hin und her die SS-Männer, und vor Angst sie halten Luft an und trauen sich beinahe nimma schnaufen. Dann plötzlich eine Frau, die hat a kleins Kind, a Baby, die fängt an und stöhnt, weil sie nimma aushält die Hitze und sich nicht darf bewegen. Dann sie fängt an zu sprechen, dummes Zeug, weil sie schon ist in Kopf irre a bissl. Die andere Menschen zeigen ihr mit ihre Finger vor die Mund, sie nix soll sprechen und nix stöhnen. Aber diese Frau ist nix mehr da bei sich, und sie vergisst, wie gefährlich ist Situation, weil ihre Körper quält sie und darum ihre Kopf nicht mehr ist vernünftig. Sie weiter stöhnt und spricht weiter dummes Zeug. Da ein Mann steht auf, große Mann, und setzt sich daneben neben diese Frau und nimmt sie in seine Arm und hält ihr zu ihren Mund, ganz vorsichtig und zärtlich, denn er kennt diese Frau gut, und er nix hat gegen sie, er mag sie. Aber Frau fängt an, lauter zu stöhnen, und dann auf einmal sie schreit laut, er soll weggehen, und alle nun meinen, gleich haben SS gefunden das Versteck, und alle kommen in Gaskammer. Auch der Mann denken das. Und können doch nix dafür, die anderen, wenn die Frau drehen durch und dafür alle andere müssen sterben auch. Der Mann denken, er hat Verantwortung für die anderen auch, und die Frau, die das nimmer kann aushalten, bringen in Gefahr für alle. Da drücken der Mann mit seine Hände die Hals zu von der Frau, so lange, bis die nicht mehr ist lebendig, aber tot. Nach einige Zeit, die Leute, die san alle starr vorher, weil der Mann hat getötet Frau, sie hören, wie die Männer von SS gehen wieder und ziehen weiter in nächste Haus. Am Abend dann sie verschwinden ganz aus die Dorf die SS.

Später, in eine Woche, sie kommen zurück, mitten in Nacht, und sie finden alle Leute, die haben nicht gefunden vorher, weil die nicht mehr haben aufgepasst richtig. Alle Leute von die Dachboden kommen in KZ, und alle später sind tot. Nur Baby ist schon tot vorher. Weil ist verdurstet und verhungert, weil nix mehr kriegt zu trinken von Brust von tote Mutter. Der Mann, der hat getötet die Frau, damit die andere können leben, der auch ist in KZ gekommen nach Dachau. Er hat da müssen arbeiten in Apotheke, wo Ärzte haben gemacht Experimente an Gefangene, und er, weil er war der Sohn von den Schmuggler aus Steinermühle, hat studiert in Prag Apotheker, und Nazi ihn können gebrauchen für ihre wissenschaftliche Versuche. Er hat viel chemische Zeug gemixt, wo danach sind gestorben viel Häftlinge. Danach er hat überlebt und hat geheiratet eine Frau, die wo schon hat sechs Kinder von andere Männer, weil er immer hat gemacht Selbstvorwürfe, dass er hat getötet junge Frau mit Baby, und Baby ist danach allein und ist verdurstet. Er meint, er kann wiedergutmachen an fremde Kinder. Aber er kann nicht.

Der Tucek schüttelt einige Male bedächtig seinen Kopf und lächelt dabei. Dann schaut er den jungen Neffen wieder an.

Du verstehen, warum ich fragen, ob du schon mal hast gesehen eine KZ und eine SS-Mann in die KZ drin. Ich nur fragen, weil ich bin diese Mann. Und diese Frau war mein Frau, und die Baby war mein Tochter. Und immer ich wenn denke an diese Geschichte, ich müssen lachen, obwohl vielleicht gar nicht ist lustig die Gschichte. Aber wenn ich dran denken, dass diese Leute haben gelebt eine Woch lang länger, ich immer muss lachen, weil sie haben gehabt Angst, eine Woche lang länger, und nur meine Frau, die ich hab erwürgt, war ohne Angst in dera Woch. Und wenn du machen Witz von KZ und SS-Mann, obwohl du nie hast gesehen KZ und SS-Mann, dann ich auch muss lachen, weil du genau bist so ohne Angst wie mein tote Frau und Baby, weil du auch nix wissen, weil du auch schon bist wie tot.

Und jetzt kichert er kindisch, der Tucek, und kriegt sich fast nicht mehr in den Griff. Kichernd steht er auf und geht hinaus aus der Küche, in der die anderen Männer zurückbleiben – ein wenig irritiert, aber nicht übermäßig angetan, bis auf die kleine Bemerkung des Zenz vielleicht, der einen Pfiff durch die Zähne zwitschert und sagt: Dann hat der ja pfeilgerade eine umgebracht!, und danach aufsteht, mit der Bemerkung, dass es ja jetzt doch schon wieder fast halb acht Uhr auf die Nacht geworden sei und er deshalb allmählich schauen müsse, dass er weiterkomme. Der Tucek geht derweil hinaus aus dieser Küche und hinüber in den Stall, wo er seinen Mantel hat hängen lassen, bevor er in den Eiskeller gestiegen ist, und schlüpft in den hinein, schlüpft in diesen Mantel, um eingepackt in ihn noch einmal zurückzukommen in die Küche, wo die anderen im Aufbruch sich befinden, und ihnen noch einmal in Erinnerung zu rufen, ein letztes Mal, dass er ihnen doch versprochen habe, ganz am Anfang, zu Beginn seiner Geschichte, dass sie eine atemberaubende sein würde – und lustig, denn darauf lege er Wert, ganz besonderen Wert lege er darauf – und kichert dabei unablässig –, dass seine Geschichte, die er zu erzählen gehabt habe, eine lustige Geschichten gewesen sei, ein letztes Mal …

Denn danach geht er aus dem Haus hinaus und quer durch den Obstgarten übers Eggnfeld dahin, geht da auf geradem Wege zu dem kleinen Wald hinüber, der von Fichtelkam herunter den vom Strauch- und Wurzelwerk schon völlig zugewachsnen Hohlweg schattet, einst Fahr- und Wanderweg, der vom Lassberghaus hinauf nach Fichtelkam zum Bankerl mit dem schönsten Ausblick ins Gebirge führte, und wo unten, gleich neben seinem Anfang, im garagenkleinen Nebenhaus des Lassberghauses, in ihrem Kuckucksnest, die Frau mit den acht ausgebrüteten Bastarden auf ihn wartet, und der jetzt als Unrat- und als Abfallgrube dient, der Graben, und erhängt sich da, gleich unmittelbar danach, mittendrin im Müll, ein letztes Mal.

Beinah hätte der Ast den schweren Mann nicht ausgehalten, hat später der Seetaler seinen Bericht beendet, der Gendarm, der das Protokoll aufgenommen hat, beinahe. Aber letztlich dann doch.

~

Überhaupt war das Hauptmerkmal, das die Menschen prägte, Zähigkeit. Mit Zähigkeit arbeiteten sie sich aus dem Schlamassel des verlorenen Krieges und dem schlechten Leumund in der Welt, den sie sich mit diesem Krieg und seinen ganzen Begleiterscheinungen eingehandelt hatten, wieder heraus. Anfangs war das noch eher so eine Art mürrisch ertragene Pflichterfüllung, unter der Knute der Besatzung. Die Militärverwaltung erließ Anordnungen, und die wurden befolgt. Was konnte man auch machen? Zum einen lag das Gewaltmonopol ganz eindeutig in Händen der Besatzer, und zum anderen war es gar nicht so einfach, sich damit vertraut machen zu müssen, dass alles, aber auch wirklich alles schlecht gewesen sein sollte während dieser vergangenen ein Dutzend Jahre, in denen das Land Weltpolitik im bisher nicht dagewesenen Stil betrieben hatte. Schließlich war in diesen zwölf Jahren ein nationales Selbstbewusstsein in die Menschen hineingewachsen, das jetzt auf einmal nichts mehr gelten durfte. Man brauchte die ersten Jahre dazu, sich überhaupt erst einmal wieder zurechtzufinden in der neuen Lage. Man ließ die neuen Verordnungen an sich abtröpfeln, indem man sie so genau befolgte wie nötig, geradeso, wie man die Schuldvorwürfe an sich abtröpfeln ließ, indem man sich zu ihnen bekannte so schuldbewusst wie möglich. Und die ungemütliche Stellung des Kotaus wurde dementsprechend denn auch gar nicht zu sehr strapaziert und nicht zu lang. Denn auch die Sieger konnten mit dieser gebückten Haltung auf Dauer wenig anfangen, weil aus ihr keine Energie zu ziehen und aus keiner Energie kein Gewinn zu schlagen war. Bald war man des Kotaus als dem Wesen des Hundes zugehörige, aber in bestimmten Situationen auch für den Menschen brauchbare Demutshaltung wieder überdrüssig, weil man erkannt hatte, auf beiden Seiten, dass kein neuer Staat damit zu machen war, und begann also, sich zügig wieder in den aufrechten Gang zurückzuverbiegen. Ein Führer, der diesen Gang vollends beherrschte, war schnell gefunden und mit ihm ein neuer Staat auch bald gegründet: der Adenauerstaat. Und wie damals aus der Odelgrube taucht jetzt der Alte Sepp auf einmal auf, der beinah schon vergessene Knecht, und mildert diese Adenauerzeit ein wenig, ohne sie zu mindern. Denn niemand wusste, was in ihm vorging, damals, als er ganz alleine, drunten in der dunklen Odelgrube, unter all den zentimeterdicken Maden in der furchtbaren Scheiße herumtappte. Und er hat auch kein Wort darüber verloren danach. Er hat sich nur ausgezogen, bis auf eine gräulichbräunlichgelbe Unterhose, und ist in den See hineingegangen. Da blieb er eine Zeit lang drin, trotz der Kälte, denn es war noch nicht mal Frühjahr, wenn ich mich recht erinnere, eine ganze Zeit blieb er da drin, und man konnte sehen, wie er langsam blau wurde. Und als er herauskam, sagte er nur: Das muss langen. Und dann ging er in sein Zimmer, direkt neben dem Stall, und ignorierte das Angebot der Seewirtin, ihm im Badezimmer ein heißes Bad anzurichten, oben im ersten Stock, wegen der Gesundheit. Nichts da, sagte er, so was geht auch ohne Bad.

Dieser Alte Sepp! Nein so was!

Er war, ohne zu zögern, in voller Montur auf einer Holzleiter hinunter in die halbvolle Odelgrube gestiegen, als eines der jungen Entlein, das noch rundherum ein gelbes Federkleid trug, so jung war es noch und deshalb so beliebt, als dieses Entlein in die Odelgrube hineingefallen war, mitten am helllichten Tag, und, statt direkt unterm Loch zu bleiben, durch das es gefallen war und durch das man es hätte mit einem Fischbären wieder herausfischen können, in der Odelgrube ganz nach hinten geschwommen war, das dumme Entlein, wo nichts mehr hinreichte, nichts, kein Arm und keine Stange, kein Fischbären! Da hinten blieb es, in einer ganz dunklen Ecke der Odelgrube, wo niemand es mehr sehen konnte, und kein Locken und kein Bitten half. Leute hatten sich um das Odelgrubenloch versammelt, viele Leute, Männer, Frauen, Kinder, Greise, und immer mehr kamen dazu. Als Erstes war die Seewirtin hinausgerannt, hatte in der Küche alles stehen und liegen lassen, obwohl es doch schon kurz vor Mittag war und die Gefahr, dass was anbrennen könnte, groß, war weggerannt aus der Küche und hinüber in den Stall und von da hinaus auf den Hof und hin zum Odelgrubenloch, sofort nachdem das hochdeutsch sprechende Kind aus dem dritten Haus gleich nebenan in der Küche aufgetaucht war und gesprochen hatte: Ein Tier ist in den unterirdischen Teich gefallen. Was für ein Tier?, hatte die Seewirtin noch gefragt und das Kind streng beäugt. Was für ein Tier? Und da hatte das Kind verängstigt geantwortet: So ein gelbes rundes. Aber dann ist sie sofort losgerannt, die Seewirtin, und trotzdem war es schon zu spät. Das uneinheimische Kind hatte auch sofort nach der Meldung des Unglücks seine Eltern geholt, aus dem dritten Haus gleich nebenan, und der Viktor hat die Frau Hiltrud aus ihrem Laden geholt, das hatte der Reitz gesehen und war über den Bretterzaun herübergestiegen; der alte Elfbauer, der vor dem Haus – weil da die Haltestelle war – auf den Bus in die Kreisstadt gewartet hatte, riskierte diesen zu versäumen und kam langsam das Bergerl zum Misthaufen heraufgegangen, eher uninteressiert, denn Kleinvieh hatte bei ihm wenig Konjunktur. Trotzdem! Auch der alte Elf! Aber auch er, ohne einen brauchbaren Rat zu wissen. Die Alte Mare war da, der Fechtner, die Brieftaube und die Hertha, der Seewirt nicht, der war mit dem Valentin beim Bäume-Selektieren im Wald, und vom Klofenster aus, im zweiten Stockwerk, schaute der Wetzel Bepp herunter, der Schwiegersohn des VDK-Schneider, angewachsen in sich selber wie immer, bleich wie der Mond und durchsichtig und wie eine böse Krankheit Trauer im Gesicht, wie einen Fluch. Ein Siebenbürger Sachse, nicht nur am Ende seiner Flucht, sondern lange schon am Ende seines Lebens – ein Untoter im Seewirtshaus im zweiten Stock, sagte der Seewirt immer, wenn kein Fremder zuhörte –, auch der hatte sich aufgerafft, hatte sich herausgewuchtet aus seinem Oblomowsessel und war den ganzen Hausgang herüber von der Süd- bis zur Nordseite gehumpelt, hatte seinen Körper aus der Lethargie herausgerissen und seinem abgestumpften Geist noch einmal einen letzten hellen Schein gewährt, eine kleine Aufregung in die vollkommene Teilnahmslosigkeit hinein. Sein Gesicht! Oben am Fenster! Der

Wetzel Bepp! Nie mehr wird sich dieses Bild vom Ende aller Zeit in Semi je verflüchtigen: das Bild des Wrack gewordenen Schuldgefühls …

… und alle Kinder des ganzen Hauses waren da, und standen zwischen den Erwachsenen herum um das Odelgrubenloch, dem Loch gefährlich nah. Immer wieder wurde eines zurückgerissen, denn leicht hätte sich bei dem Gedränge von hinten her ein ungewollter Stoß nach vorne bis zum Lochrand weiterpflanzen können, und zum Entlein wär auch noch ein Kindelein hineingefallen in den Brunnen – die Odelgrube meine ich. Und dann kam der Alte Sepp mit der Leiter, ist hinabgestiegen in die stinkende Schwärze, hat das Entlein ertastet, hat es an seine Brust genommen mit der einen Hand und ist die Leiter wieder heraufgeklettert mit Hilfe seiner andern. So ist es gewesen. Oben hat ihm die Seewirtin das kleine Entlein abgenommen und hat es vorsichtig in ihrer hohlen Hand in den Stall getragen und da in ein Körbchen gesetzt. Dann hat sie alle, die bei der Rettung zugeschaut oder anderweitig geholfen haben, aufgefordert, in die Küche zu kommen und sich dort um den großen Tisch zu versammeln, zur Feier des glücklichen Ausgangs dieses Ereignisses. Und während es sich alle in der warmen Küche drin gemütlich machten und das Geschehene noch einmal bis ins Detail hinein besprachen, machte die Seewirtin im großen Wasserkessel, den sie auf das offene Küchenofenfeuer stellte, das schon im Wassergrand des Herdes vorgewärmte Wasser kochen und trug dann, als es richtig brodelte im Kessel, diesen durch den Gang hinüber in den Stall. Dort holte sie das noch ein wenig ängstlich eingestellte Entlein aus der Kiste und dem warmen Stroh und drehte ihm mit einem raschen Griff den Hals herum. Dann brühte sie das tote Entlein mit dem kochend heißen Wasser mehrmals ab, um ihm hernach seine Federn auszurupfen, und trug das nackte Entlein schließlich in die Küche und brutzelte es da in feiner Butter in der großen Pfanne auf dem schwarzen Herd.

Alle haben ein kleines Stückchen bekommen, alle, die um den großen Küchentisch herum versammelt waren, jeder Mann und jede Frau und jedes Kind, alle, die da waren, alle und jedes haben einen kleinen Bissen abbekommen. Und danach sind sie alle wieder auseinandergegangen. So war das.

Der Alte Sepp starb noch im folgenden Herbst, unmittelbar nachdem die letzte Fuhre Grummet in die Scheune eingefahren war, an einer Thrombose. Schlaganfall. Der alte Fechtner ging zum Jahresende als Rentner in die Kreisstadt. Über blieben nur mehr der Valentin und der Viktor und die Alte Mare. Der Lux lebte noch über ein Jahr lang gemeinsam mit ihr zusammen in ihrem Zimmer, bis er an einem heißen Sommernachmittag, nachdem ein schweres Gewitter niedergegangen war, von ihr tot unter ihrer Bettstatt herausgezogen wurde. Die Mare trug es mit Fassung und trauerte nur zwei Tage lang, während deren sie sich in ihrem Zimmer aufhielt und auch zum Essen nicht erschien. Für sie war der Tod schon ein naher Verwandter. Sie musste ihm nicht mehr trauernd in den Rücken fallen und ihn mit Vorwürfen beladen. Sie und er befanden sich schon im Aufgebot.

Der Valentin und der Viktor schaufelten dem Lux in einer entlegenen Ecke des Gemüsegartens ein Grab, und die Kinder des Seewirts schmückten den Erdhügel nach dem Vorbild der Grabstatt der alten Seewirtsleute auf dem Kirchgruber Friedhof. Ein paar Jahre lang wölbte er sich noch, steinbeschwert, damit kein wildes Tier dem verwesenden Leichnam was anhaben konnte, wie der Bauch eines schlafenden Riesen unter einem Holunderstrauch. Manchmal hockten die Kinder im Kreis um den Grabhügel herum und verfolgten den Kriechgang der Maden, die an heißen Tagen dem Hundegrab entflohen. Denn tief hatten die beiden Knechte nicht gegraben, als ihnen der Seewirt den Auftrag zum Grabschaufeln erteilt hatte, tief war das nicht gerade. Aber danach wurde der Hügel eingeebnet. Man brauchte Platz für ein Blumenbeet. Frische Schnittblumen auf dem Tisch würden den Gästen zeigen, dass sie willkommen sind, hatte der neue Betriebsberater, der vom Hotel- und Gaststättenverband geschickt worden war, bei seinem Antrittsbesuch empfohlen – den hatte es früher auch nicht gegeben. Ein neuer Hund wurde auch nicht mehr angeschafft.

~

Es ist nicht korrekt, wenn behauptet wird, dass nach dem Tod des Tucek kein neuer Knecht mehr angeheuert wurde. Noch im Frühsommer des folgenden Jahres, also nur knappe eineinhalb Jahre nach des Tuceks unerhörtem Abgang, wurde der Bauernsohn Johann Ziegltrum aus Niederbayern als neue Arbeitskraft beim Seewirt eingestellt. Das hatte seinen Grund.

Keiner von den bisherigen Knechten besaß einen Führerschein, weder der Viktor noch der Valentin und schon gar nicht der damals noch lebende Alte Sepp. Auch war der Tucek beim Seewirt als Tagelöhner angestellt. Er wurde immer nur dann geholt, wenn man ihn wirklich brauchte. Brauchte man ihn nicht, überließ man ihn sich selbst. So war es üblich. Bedenken dagegen waren den bestehenden Verhältnissen fremd. In Zukunft aber konnte man auf ein Beschäftigungsverhältnis dieser Art verzichten. Die meiste Arbeit würde nun mit Hilfe eines Traktors schneller und billiger, insgesamt mit höherer Effizienz erledigt werden.

Für den Tucek also hätte es beim Seewirt sowieso keine Aussicht mehr auf Lohnarbeit gegeben. Seinen Freitod konnte man, so besehen, durchaus in einem milderen Licht betrachten; er war aus Sicht des Seewirts weniger dramatisch, als er sich im ersten Moment, der vor allem ein gefühlsbetonter Moment gewesen war, dargestellt hatte. Für den Seewirt war des Tucek selbst herbeigeführtes Ende, sowohl materiell als auch ideell gesehen, ein günstiger Zufall gewesen. Wäre sein Taglöhner Tucek durch Alter oder Krankheit umgekommen, hätte der Seewirt womöglich die Familie des Toten sozial abfedern müssen. Und zwar von Amts wegen. Das konnte er – und tat es auch – jetzt freiwillig tun und nebenher sein öffentliches Ansehen damit heben: Er galt von nun an einmal mehr als Mann, der sich seiner sozialen und gesellschaftlichen Verantwortung nicht entzog – und, kann man getrost hinzufügen, zu einem gewissen Maße sogar nicht einmal der historischen Last, die seinem Lande aufgetragen war. Obwohl er persönlich sich nie hatte etwas zuschulden kommen lassen, wie er bei entsprechenden Gelegenheiten immer betonte. Der Seewirt stützte die Familie des Tucek – obwohl es sich bei ihr, wie alle wussten, um eine Kukucksfamilie handelte – mit einem ganzen Jahresarbeitslohn des Tucek. Aus Kulanz, wie er sagte, und weil ihm das persönliche Schicksal des Tucek, von dessen ganzem tragischem Ausmaß er erst kurz vor dessen Tod bei einem sehr anrührenden, intimen und von gegenseitigem Vertrauen getragenen Gespräch erfahren habe, doch sehr nahe gegangen sei.

Wenn nun also nur er, der Seewirt, den Traktor bedienen konnte, dann blieb ihm für die vielen anderen Dinge, die er auch noch zu erledigen hatte (er war seit kurzem Mitglied im Gemeinde- und im Kirchenrat), einfach zu wenig Zeit.

Im *Landwirtschaftlichen Wochenblatt* schrieb er bereits zu Jahresbeginn, als der Tucek also noch lebte, eine Stelle für einen Knecht mit Fahrerlaubnis aus. Diese Stelle könne jedoch erst im Frühsommer des kommenden Jahres angetreten werden, *da betriebstechnische Umstände dieser langen Planung bedürften*. So stand es im *Wochenblatt*.

Der Seewirt wollte auf jeden Fall den neuen Traktor selbst einfahren. Dazu hatte ihm der Landmaschinenhändler Finsterle geraten: Je sauberer du deinen Bulldog einfährst, je einfühlsamer, desto länger hält er dir. Danach jedoch müsste auch noch ein anderer dieses neue Gerät bedienen können, ohne des Seewirts ständige Anwesenheit. Nur so wäre die Anschaffung des Traktors wirtschaftlich sinnvoll. Und der Viktor und der Valentin gehörten bereits zum alten Eisen und würden über kurz oder lang sowieso über eine der neuen sozialen Einrichtungen – und selbstverständlich auf saubere, gesetzlich geregelte Art und Weise – irgendwann in einem öffentlichen Austrag untergebracht werden.

Oder eben auch nicht. Das würde man dann schon sehen, wenn es so weit war. Der Seewirt wollte da nicht planerisch vorausdenken. Die Zeit mit ihren Umständen würde es schon bringen.

Unter den vielen Bewerbern für die vom Seewirt ausgeschriebene Stelle war auch der Ziegltrum. Als Sohn eines Bauern erschien er dem Seewirt von allen der Verlässlichste. Deshalb stellt er ihn ein.

Er war in solchen Dingen seit einiger Zeit ein misstrauischer Mensch geworden. Im *Merkur* standen immer häufiger Berichte über gewerkschaftliche Aktivitäten, die sich schon ein paar Mal zu Streiks ausgewachsen hatten. Dann schimpfte der Seewirt beim Mittagessen über die ungerechtfertigte Unzufriedenheit der Arbeiter. So etwas hätte es beim Hitler nicht gegeben, sagte er – und hatte damit recht, denn Gewerkschaften waren beim Hitler verboten. Jedoch werde er genau darauf achten, dass sich kein politisch infizierter Knecht bei ihm einschleiche, sagte er, und dafür böte ihm ein Bauernsohn noch immer hinlänglich Gewähr. Denn schließlich sei so einer doch einer von uns.

Seine Schwestern nickten dann mit ihren Köpfen und waren rundum einverstanden mit dem Reden ihres kleinen Bruders. Die Theres, seine Frau, hielt sich völlig raus und freute sich für alles, was ihr Mann erdachte und ersann.

Am 26. April 1954, kurz nach dem Mittagessen, fuhr der Landmaschinenhändler Peter Finsterle aus der Kreisstadt einen grünen 25er Normag mit roten Rädern und ausgerüstet mit Riemenscheibe, Mähbalken und Zapfwelle, die Hofeinfahrt hinauf und parkte ihn unterhalb des Scheunentors. Der gewohnte Tagesablauf kam komplett ins Stocken. Alle Hausbewohner, erwünschte und unerwünschte (denn auch die Flüchtlingsfamilie aus dem zweiten Stockwerk hatte sich eingefunden, und niemand wusste, von wem sie die geheim gehaltene Neuigkeit erfahren hatte), versammelten sich hinten oben vor der Tenne und sahen zu, wie der Finsterle dem Seewirt die vielfältigen und schwierigen Handgriffe des neuen Arbeitsgerätes vorführte und erklärte. Die Frauen bewunderten die leuchtenden Farben, die Kinder den betörenden Geruch des frischen Lacks, die Männer fachsimpelten über die tief gefurchten Profile der großen Hinterräder – damit kann man es auch mit einem Panzer aufnehmen, meinte der Valentin – und der Seewirt begeisterte sich, mit einer gewissen Erregtheit des Finsterles Vortrag unterbrechend, an der raffinierten Stahlfederung des Schalensitzes, die für den Fahrer des Bulldogs jede Bodenunebenheit ausgleichen würde. Er ging auf die fünfzig zu und hatte mit ersten Rückenproblemen zu tun.

Aber an diesem Bulldog war alles neu, nagelneu! Man konnte es sehen und riechen, und als ihn der Finsterle jetzt zum zweiten Mal seit seiner Ankunft startete, um den schwierig zu ertastenden, richtigen Kolbenstand im Zylinder beim Handankurbeln des Motors zu erläutern – was nötig werden könnte, wenn die Batterie einmal nicht mehr genug Saft hatte, um den automatischen Anlasser anzutreiben, was zum Beispiel im Winter der Fall sein könnte, wenn es einmal so kalt sein sollte, dass man auch beim Mittagessen die Handschuhe nicht mehr ausziehen würde, wie der Finsterle zur Verdeutlichung sagte –, als der Motor des Traktors also ein zweites Mal anfing zu atmen, da konnte man das Neue auch hören: ein mittelhelles, nicht zu dumpfes und auch nicht zu kindisch hohes Schlagen der Kolben, ein Klang in G-Dur etwa, der langsam anhob, allmählich schneller wurde und immer schneller, bis der Motor sich eingependelt hatte und am Ende, bei rundem Lauf – es war ein Vierzylinder – wie ein einziger durchgehender Ton klang, der sich, je nach Stand des Gaspedals, jeweils ein wenig hob oder wieder senkte. Ein metallischer Gesang, tenoral bis Alt, und der würde nun für alle Zeit das rotzig-feuchte, ekelige und oft auch erschreckend altmodisch klingende Schnauben der Pferde verdrängen.

Die Mare schien es als Erste zu ahnen. In ihrem Gesicht war nichts zu sehen von dem, was sich in den Gesichtern der anderen als Neugier, Freude, Euphorie und ungebändigte Aufbruchsstimmung ausdrückte. Nichts. Sie ging schnell wieder weg und setzte sich in ihr immer noch stinkendes Zimmer und dachte an den toten Lux. Und auch der Viktor ahnte was.

No, sagte er zum alten Fechtner, no, was meinste, da werden se wohl gezählt sein, deine Tage hier, was? Er schaute halb mitleidig, halb spöttisch, als er es sagte, sah in einen feindseligen Blick und erhielt doch keine Antwort. Der Fechtner war der Rossknecht und nicht des Viktors Freund. Er kümmerte sich um die Pferde, und ohne ihn ging nichts, was mit Zugtieren erledigt werden musste. Und auch der Fechtner ging weg, nach diesem Geplänkel mit dem Viktor, hinunter in den Stall, nahm das Putzzeug in die Hände und fing an zu striegeln. Zuerst den Bräundl, dann den Schwarzen und am Ende die Fanny. Drei Pferde waren es noch. Ein halbes

Jahr später war nur noch die Fanny über. Zum Kleinholzausstreifen im Wald, und zum Unkrautackern auf dem Kartoffelfeld. Für das war der Bulldog ungeeignet. Da ging bei seinem Einsatz mehr kaputt, als hinzugewonnen war. Der Bräundl erhielt sein Gnadenbrot. Er war dem Seewirt ans Herz gewachsen.

Nach diesem halben Jahr ging auch der Fechtner, der einstige Erbhofbauer aus Schlesien und spätere Rossknecht beim Seewirt, in Rente. Er bezog eine kleine Wohnung in der Kreisstadt. Man hat nicht mehr viel von ihm gehört.

~

Der Ziegltrum erschien an seinem neuen Arbeitsplatz mit einer BMW 500, der damals schwersten Maschine auf dem Motorradmarkt: ein BMW-Fahrer! Er war demnach ohne Zweifel befähigt, den neuen Traktor zu bedienen.

Sein Motorrad war auf Kredit gekauft. Dafür hatte er einen größeren, aber erschwinglichen Geldbetrag angezahlt und musste nun den Rest in Monatsraten abstottern. Dieses Verfahren war neu. Es hieß Finanzierungsmodell und wurde von der wiederbelebten Wirtschaft angeboten, um den Konsum anzukurbeln. Da aber der Ziegltrum, wie üblich, nur ein besseres Taschengeld bekam, weil die Bezahlung für Landarbeiter hauptsächlich in freier Kost und Logis bestand, fragte man sich höchst verwundert, wie die Bezahlung der Monatsraten denn von ihm bewältigt werden wollte. Und vollends ratlos wurden Nachbarschaft und Hausbewohner, als im zweiten Jahr nach dem Einstand dieses rätselhaften Menschen, kurz vor dem Mittagessen, der große Tisch im Kücheneck war schon gedeckt, der Lieferwagen eines weithin bekannten Rundfunk- und Fernsehfachgeschäftes aus der Hauptstadt vorfuhr und die Fahrer mit der großen Truhe, die sie ausluden, vom Ziegltrum direkt in sein spartanisch eingerichtetes Knechtzimmer dirigiert wurden. Dort stellten sie den kommodenähnliche Kasten genau unter das Fensterbrett und öffneten danach seine beiden Türen – und was zu sehen war, verschlug jedem den Atem, der so was noch nie gesehen hatte: In den Kasten hineingebaut waren Plattenspieler, Radio und Fernseher. Der Ziegltrum hatte sich den modernsten Medienschrank der damaligen Zeit, wie sein Motorrad ebenfalls auf Kredit, in sein Knechtzimmer stellen lassen. Wie sollte das gutgehen? Dem Seewirt schoss die Schamesröte ins Gesicht, als er das sah: Sein erst acht Jahre alter Musikkombischrank war eine triste Bagatelle gegen dieses aufpolierte *multimedialeklektizistische technische Gesamtkunstwerk* – so jedenfalls wurde dieses Gerät in der Gebrauchsanweisung angepriesen, die der Seewirt durchlas, als er den Knecht an einem der folgenden Nachmittage mit dem Traktor auf das Eggnfeld hinausgeschickt hatte, zum Ackern, um die Abwesenheit des Ziegltrum zu nutzen und ungestört dessen Zimmer durchstöbern zu können.

Kaum dass sie das Zimmer des Ziegltrum verlassen hatten, rannte der Seewirt den beiden Monteuren hinterher und machte ihnen klipp und klar deutlich, dass er keinerlei Bürgschaft für diese eben eingetroffene Lieferung übernehmen werde. Die beiden Herren möchten das bitte mit aller Deutlichkeit in der Firma Lindberg dem Geschäftsinhaber Herrn Lindberg ausrichten. Auch sollten sie ihn grüßen, denn er, der Seewirt, kenne ihn gut. Er habe selber schon einmal im Lindberggeschäft einen Musikschrank erworben, acht Jahre sei das jetzt her, und selbstverständlich sofort bezahlt und da habe er den Herrn Lindberg persönlich kennenlernen dürfen. Die Gelegenheit war günstig und es habe sich ganz zufällig ein kurzes Gespräch ergeben. Der Herr Lindberg, der gerade einen Kontrollgang durch seine Verkaufsräume gemacht habe, habe ihn, den Seewirt, angesprochen, ob er denn nicht etwa der Wirt von dem Gasthaus am See sei, in dem er im vergangenen Sommer einmal mit seiner Familie eingekehrt war. Und als der Seewirt erfreut zustimmte, dass das durchaus sein könnte, denn er wäre auf jeden Falle der Seewirt, nur könne er, das möge man entschuldigen, sich nicht an alle Gäste erinnern, die sein Gasthaus im Laufe eines Jahres und vor allem im Sommer besuchten, kam man in ein kurzes Gespräch. Er erinnere sich noch gut und gerne daran, sagte der Seewirt zu den Monteuren, dass man sich sehr angeregt über das Wetter und seinen Einfluss auf das Geschäft unterhalten habe. Auch der Gattin des Herrn Lindberg möge man, sollte man ihr zufällig begegnen, sehr herzliche Grüße ausrichten, denn auch die sei während des Gesprächs über das Wetter auf einmal dabeigestanden und habe den Herrn Lindberg sehr dringlich ins Büro gebeten, weil ein wichtiger Anrufer am Telefon gewesen sei. Da habe man sich gegenseitig sehr angetan die Hände geschüttelt. Er sei damals mit seinem besten Kriegskameraden – also er, der Seewirt, sei damals mit seinem besten Kriegskameraden unterwegs gewesen, weil der sich in der Hauptstadt gut ausgekannt habe, und deshalb sei man im Lindberg-Musikaliengeschäft zum Einkauf gelandet, weil es doch in der Hauptstadt das eindeutig führende Geschäft in dieser Sparte sei. Sein Kriegskamerad habe ihm damals diesen Tipp gegeben, ohne das geringste Wenn und Aber. Er habe sogar angefügt, dass Lindberg möglicherweise sogar das führende Geschäft dieser Art im ganzen Land sei. Jedenfalls habe der Kriegskamerad so etwas läuten gehört. Vielleicht kennen ihn die Herren ja, den Kriegskameraden, denn der sei schon des Öfteren Kunde im Linberggeschäft gewesen, sein Name sei Kranz, wenn der Name vielleicht die Erinnerung bei den beiden Herren anregen … und so weiter.

Ja.

Jedenfalls, die Monteure versprachen, alles auszurichten, und machten sich dann, beinahe fluchtartig, wieder auf den Heimweg.

Währenddessen hatten sich nahezu alle Hausbewohner im Zimmer des Siegltrum versammelt und schauten fern.

Nur die Alte Mare war in ihr Zimmer gegangen, das neben dem des Siegltrum lag, und bereitete sich auf das Nachtgebet vor – mitten am Tag. Sie war zwar auch neugierig geworden und hätte gerne einen Blick auf dieses Fernsehen geworfen, von dem sie bisher nur gehört hatte, aber seit sie vor drei Tagen um fünf Uhr in der Früh im Stall und vor allen Kühen plötzlich dem vollkommen nackten Siegltrum gegenübergestanden war, konnte sie dessen Nähe ohne ein brennendes Schamgefühl nicht mehr ertragen und vermied es, wo immer es ging, ihm zu begegnen. Sie war, wie jeden Tag um diese Zeit, gleich nach dem Aufstehen hinüber in den Stall gegangen, um die drei Kälber, die in diesem Spätfrühling noch als Nachzügler auf die Welt gekommen waren, den Mutterkühen zum Tränken zuzuführen. Da sie sich, wie immer, alleine wähnte, ging sie ihren Weg zur morgendlichen Arbeit mit gesenktem Kopf und ohne besondere Wachsamkeit, denn gerade dieser Weg war ihr an jedem Tag der liebste, und sie konnte ihn unbeachtet und wahrgenommen nur von den geliebten Kühen gehen. Um diese Zeit war außer ihr noch niemand auf, und weil es ihr, selbst nach fünfzig Jahren Zugehörigkeit zu diesem Haus, immer noch gegenwärtig war, dass sie als Dienstmagd und deshalb letztlich doch nur als Fremde durch dieses Haus und über die Wiesen ihres Dienstherrn ging, war es ihr angenehm, diesen belastenden Gedanken wenigstens einmal am Tag, um diese frühe Stunde eben, wie aufgehoben zu erleben. Und obwohl sie auch da schon ihrer Arbeit nachging, dabei aber gleichzeitig einer ganz persönlichen, wenn nicht gar privaten Vertrautheit begegnete – den Kälbern und Kühen, von denen ihr einige so nahe ans Gefühl gewachsen waren, dass ihr die instinktiv erfassbare Wesensfremdheit zwischen Mensch und Tier schon ganz abhandengekommen zu sein schien –, war sie in dieser halben bis drei viertel Stunde vollkommen frei von jeglicher Anspannung. Sie fühlte sich so sehr bei sich, dass sie diese Arbeit auch nackt hätte verrichten können – trotz ihrer anerzogenen und von einem ungeschlechtlichen Leben umfassend verinnerlichten Scham. Und deshalb fühlte sie sich, obwohl bekleidet, selbst vollkommen nackt, als plötzlich der nackte, tropfnasse Ziegltrum direkt vor ihr dem Wassergrand gleich gegenüber dem Futterbarren des Pferdestands entstieg, seinen Weg nah an ihr vorbei in Richtung Haupthaus nahm und sie, ob ihrer sichtbaren Fassungslosigkeit, im Vorbeigehen anraunzte: Ich bin komplett, ja und? Weil ich mich gerade kalt abgespritzt habe. Und das geht nur komplett. Davon stirbst du schon nicht. Betest halt ein Vaterunser.

Erst Tage später, immer noch unter Schock, wagte sie der Seewirtin diese Begegnung zu gestehen und beendete ihren Bericht mit den folgenden Worten: Ich habe mich so geschämt, das darfst du mir glauben. Weil so was hab ich mein Lebtag noch nicht gesehen. Kannst du den Herr Pfarrer bitten, dass er hierher kommt und mir die Beichte abnimmt. Selber schaffe ich es nicht mehr bis nach Kirchgrub hinauf. Das machen meine Füße nicht mehr mit. Aber ohne Beichten trau ich mich nicht weiterleben.

Zwei Tage später hatte der Pfarrer Zeit und nahm ihr in ihrer Kammer die Beichte ab. Der Lux, dachte sie, wäre er noch am Leben, hätte jetzt unter meinem Bett gelegen und zugehört. Er hätte leise gewinselt, weil er aus meiner Stimme die Scham und die Reue herausgehört hätte. Und das hätte ihn beunruhigt.

Später ging der Pfarrer dann auch zum Hans Ziegltrum ins Zimmer. Er machte mit ihm einen wichtigen Termin aus: Ein neuer Papst werde in Kürze gewählt, und dessen Krönung beizuwohnen, wolle der Pfarrer allen Schülern der Volksschule Kirchgrub durch das neue Medium Fernsehen ermöglichen. Es gäbe bisher nur drei solcher Geräte in der Gemeinde und eines davon sei das des Herrn Ziegltrum. Angesichts eines solchen Ereignisses müssten private Gründe vorübergehend hintangestellt werden. Er rechne also fest mit einer Zusage des Herrn Ziegltrum.

Die erhielt er schließlich in Form eines unverständlichen Murmelns.

Es war zweifellos ein denkwürdiger Tag, als am 4. November 1958 in Rom der neue Papst Johannes XXIII. gekrönt wurde. Schon im Vorfeld des Ereignisses war überall in den katholischen Pfarreien, und nicht nur in Italien, gemunkelt worden, dass diesmal die Wahl wohl lange dauern werde. Nach dem Tod des alten Papstes, über den der Seewirt bei jeder Gelegenheit, die sich ergab – etwa wenn beim Mittagessen nationalsozialistisches und christliches Gedankengut miteinander verglichen und Unvergleichbares mit Vergleichbarem aufgewogen wurde –, sagte, er sei ein Glücksfall für die Deutschen gewesen, dieser Papst, jedoch ohne eine ausführlichere Deutung dieses Satzes anzubieten – nach dem Tod dieses Papstes Pius, der einerseits erwartet werden durfte, weil der Mann schon die achtzig überschritten hatte, der aber andererseits trotzdem überraschend kam, weil das Gesicht dieses verehrten Mannes auf jedem Bild so alterslos aussah wie etwa der Giftzahn einer Schlange – nach dem Tode dieses Papstes also waren sich viele Leute gar nicht mehr so sicher, ob sie überhaupt noch einen Papst haben wollten, so sehr hatten sie diesen Mann als Reinkarnation des Gründers der Kirche Petri empfunden und verehrt. Und als dann das Rätseln über seinen möglichen Nachfolger begann, wurde ein Name immer wieder ins Spiel gebracht, der einige Leute so sehr abschreckte, dass ihnen ein Ende des Papsttums erträglicher schien als die Einsetzung eines solchen Mannes in dieses höchste Amt der katholischen Kirche – früher sogar der gesamten zivilisierten Welt. Der etwas untersetzte, gutmütig dreinschauende dickliche Mann, der einer Frau ähnlicher sah als einem Vertreter seines Geschlechts und der tatsächlich dann auch zum Papst gewählt wurde, der entstammte einer armen, vielköpfigen Bauernfamilie aus dem Raum Bergamo und forderte in seinen Predigten als Kardinal die soziale Gerechtigkeit. Diese Forderung, verpackt in zwei unscheinbare, ja fast überhörbare Worte, erzeugte in manchen weltlichen Kreisen eine geradezu groteske Erregung. Staat und Kirche seien in der Demokratie getrennt und daran hätten sich auch Vertreter der Kirche zu halten, hieß es, und dieses Credo wurde gerade von den Spitzen jener neuen Parteien, die das christliche C in ihrem Namen trugen, mit besonders schrillem Klang verkündet.

Gerade vor noch nicht einmal zehn Jahren erst war auf deutschem Boden noch ein zweiter Staat gegründet worden, dessen gesellschaftliche Verfassung im Vergleich zum legitimen Staat auf demselben deutschen Boden gegensätzlicher nicht sein konnte. Die öffentliche Meinung hatte sich bereits positioniert, und es herrschte breite Übereinstimmung darin, dass der Staat, der in der russischen Zone gegründet worden war, gar keiner oder höchstens ein Unrechtsstaat sei.

Der große Verbrecher Stalin war zwar endlich tot, aber die Russen waren gefährlicher denn je, das konnte man in allen Zeitungen des rechtmäßigen Staates lesen. Auch wenn die letzten Kriegsgefangenen endlich heimgekehrt waren und ein paar bilaterale Gespräche schon stattgefunden hatten –

ein blindes Vertrauen durfte auf keinen Fall hergestellt werden zu den Kommunisten, da war man sich weithin einig, und auf diesen Konsens konnte man in allen Belangen bauen. Wieso also musste gerade jetzt ein zukünftiger Papst mit solchen überflüssigen Bemerkungen Zwietracht auf dem Boden der Übereinstimmung sähen?

Trotzdem geriet die Papstkrönung mit Hilfe des neuen Mediums zu einem überragenden Ereignis. Denn auch dieser neue Papst hielt keine Brandreden, er machte nur ein paar kleine Andeutungen, die im Volk ohne größeres Echo blieben. Niemand hatte in diesen Jahren etwas gegen soziale Gerechtigkeit einzuwenden. Die meisten bauten auf sie. Sie hatten im Krieg alles verloren und waren nun sehr darauf bedacht, dass beim Wiederaufbau gleich und gerecht zugeteilt wurde. Wofür sonst wäre eine Demokratie von Nutzen?

~

Um neun Uhr am Vormittag des 4. November zogen 15 Schülerinnen und Schüler und eine Lehrerin vorübergehend in das Zimmer des Ziegltrum ein. Sie lagerten auf dem Boden und auf dem Fensterbrett, vier lagen mit angewinkelten Ellenbogen, die Köpfe in die Hände gestützt, bäuchlings im Bett des Ziegltrum, das einen schafbockartigen Geruch verströmte, obwohl die Seewirtin es zuvor noch frisch bezogen hatte, damit ja kein Gerede aufkam, und zwei Buben waren sogar auf den Schrank geklettert und fühlten sich da oben, so sagten sie selbst, wie Putten im Petersdom. Die artig am Boden saßen, waren vor allem die Mädchen. In der Zimmertür stand mit verzweifeltem Gesicht der Ziegltrum, der immer auf pedantische Art Ordnung hielt in seinem Zimmer und nun sehen musste, dass seine Gutmütigkeit und sein Ordnungssinn vom Chaos überlistet worden waren. Der Seewirt brachte für die Lehrerin einen mit Leder bezogenen Stuhl aus dem Gastzimmer und stellte vier weitere, einfache Stühle für sich und die Seewirtin und seine beiden Schwestern mitten hinein unter die auf dem Boden sitzenden Kinder. Schließlich forderte er den Ziegltrum, der immer wieder kopfschüttelnd auf den Hausgang hinaus und diesen auf und ab ging, um dann wieder fassungslos von draußen in sein Zimmer zu starren, auf, aus der Kammer der Mare den Ohrensessel herüberzutragen und so hinzustellen, dass sie gut sehen könne. Sie sei schließlich die Frömmste unter allen Anwesenden und deshalb stehe ihr der beste Platz zu. Er sagte das mit tiefem Ernst, ohne jeden Spott *und ohne irgendjemand anderem hier drin das Maß der Frömmigkeit stutzen zu wollen.* Dabei schaute er vor allem auf die Brieftaube. Aber so sei es nun mal und deshalb müsse man es auch respektieren.

Denn auch die Alte Mare hatte, nach der Beichte und einer entsprechenden Rücksprache mit dem Herrn Pfarrer, ihre Scham vor dem Ziegltrum wieder weitgehend verloren und wagte sich am Tag der Papstkrönung zum ersten Mal in ihrem nun 73-jährigen Leben vor einen Fernseher. Nur der Lux, hätte er noch gelebt, hätte draußen bleiben müssen, weil vor lauter Schulkindern tatsächlich kein Platz mehr für ihn da gewesen wäre, dachte sie und hatte Zeitlang nach dem Hund.

Und dann wurde auf dem Fernsehschirm, auf den alle schon die ganze Zeit stumm und gespannt gestarrt hatten, auf einmal das Testbild ausgeblendet und eine noch völlig unbekannte, sogenannte Eurovisionsmusik setzte ein, und da lief einigen schon eine Gänsehaut über den Rücken. Der Eurovisionskranz verschwand mit dem letzten Klang der Musik, und ein Mensch wurde sichtbar, ein Mann, und sagte: Ich begrüße auch die Zuschauer in Österreich und in der Schweiz, und das entlockte dem Seewirt den ersten Ausdruck heftigen Bewunderns: Unglaublich!, sagte er; und: Da ist man ja ganz baff, sozusagen, sagte die Hertha; und unmittelbar nach ihr sagte der Ansager: Und nun schalten wir auf den Petersplatz nach Rom …

Und dann stand da, mittendrin im Zimmer des Ziegltrum, mit einem Mal der Petersdom, und vor dem Dom lag der Petersplatz, und auf dem wimmelte es nur so von Menschen. Wie Ameisen, sagte die Seewirtin; und: Geh, so was kann man doch nicht vergleichen, sagte mit bösem, abschätzigem Unterton die Brieftaube. Ich hab mir den immer viel größer vorgestellt, den Petersdom, sagte die Hertha, und ihre Enttäuschung war unüberhörbar. Das ist doch nur, weil der Fernseher so klein ist, sagte genervt der Seewirt und schämte sich vor der noch gar nicht so alten Lehrerin, die mit freundlichen und neugierigen Augen den Kommentaren der Wirtsleute folgte, für die Weltfremdheit seiner Schwestern. Der Viktor, der später gekommen war und seitlich stand, so dass er seinen Körper, abgewinkelt in der Hüfte, in Schräglage halten musste, um überhaupt was sehen zu können, sagte: No, da wird er können sich schon was einbilden drauf, der neue Papst, dass da sind gekommen so viel Leite wegen ihm. Und dann stand der Ziegltrum vor dem Fernseher, so absolut, dass außer seiner blauen Stallhose nichts mehr zu sehen war, und richtete ein gehäkeltes Deckchen wieder zurecht, das verrutscht war, als eines der Kinder das kleine Glaspferdchen, das auf dem Häkeldeckchen stand, heruntergenommen und von allen Seiten besehen hatte. Ganze zwei Minuten brauchte der Ziegltrum, bis das Häkeldeckchen wieder so dalag wie zuvor auch und er sich innerlich wieder entspannen konnte. Alle schauten ob der Sichtsperre irritiert oder leicht aufgebracht den Seewirt an, der auch hier im Raum die unantastbare Autorität war, und der machte hinter des Ziegltrums Rücken stumme Zeichen, mit denen er zu Geduld und Einsicht aufforderte, denn er wusste, dass ein falsches Wort in diesem Moment den Ziegltrum nur aufgebracht und das gesamte Unternehmen Papstkrönung im Fernsehen infrage gestellt hätte. Als das Deckchen wieder richtig lag und das Glaspferdchen wieder genau in der Mitte draufstand, schaute der Hans Ziegltrum noch einmal verzweifelt auf die vier Buben in seinem Bett und ging dann hinaus. Seine innere Ruhe hatte sich nach dieser Millimeterarbeit, vorerst wenigstens, einigermaßen wieder eingependelt.

Ganz still und ruhig aber saß die ganze Zeit über in ihrem Ohrensessel die Alte Mare und hatte von alledem nichts mitbekommen. Sie sah nur die bekannteste und heiligste aller Kirchen auf der ganzen Welt und davor den großen Petersplatz und auf ihm die vielen frommen Menschen – und mitten unter ihnen den Heiligen Vater, den heiligsten Mann der Welt, den Stellvertreter Gottes auf Erden. Dass sie das noch erleben durfte, war eine große Gnade für sie, so dass Tränen des Glücks und der Freude ihre Augen füllten und in kleinen Rinnsalen die ausgemergelten Backen herunterrannen. Während die Kinder um sie herum immer unruhiger und gelangweilter wurden und sich gegenseitig zwickten und in den Ohren bohrten und mit ihren Mittel- und Zeigefingern Hasenohren aufsetzten, während die Brieftaube die Papstkrone und den Heiligen Stuhl überschwänglich pries, wegen deren Würde und heiligen Pracht, während sich die Seewirtin mehr und mehr vom bäuerlichen Aussehen des Papstes beglückt zeigte, das so gutmütig und sympathisch auf sie wirkte, dass der heilige Mann, wie sie meinte, auch aus »unserer Gegend« hätte stammen können, so vertraut wie dieses Gesicht aussah, so »nah«, und während den Seewirt die

Schweizergarde in ihrer Zackigkeit an die schmissigste Waffengattung im Dritten Reich, die SS, erinnerte und der Viktor noch mehrere Male wiederholte, dass sich der Papst darauf wirklich was einbilden dürfe, dass so viele Leute gekommen seien – während alldem betete die Mare in ihrem Ohrensessel unhörbar vor sich hin murmelnd den Rosenkranz und sah nach und nach den Petersplatz und den Dom sich in das Himmelreich verwandeln und sah mehr und mehr den Heiligen Vater die Gestalt des Himmlischen Vaters annehmen – und zwar genau so, wie sie sich ihn und den Himmel seit ihrer Kindheit immer wieder vorgestellt hatte. Leicht nach vorne gebeugt saß sie da, verschwindend klein und kleiner werdend in dem großen Stuhl, und ineinander geflochten die gekrümmten Finger in ihrem Schoß, nur ihre Lippen bewegten sich stumm und unmerklich und formten ein Vaterunser und ein Gegrüßetseistdumaria nach dem anderen. Und immer leichter wurde ihr und sie sich selbst, und alles um sie herum verschwand, es fiel ab von ihr, was schwer war und Sorge trug, sie spürte, wie sie langsam abhob und den Stuhl verließ, über dem sie noch eine kleine Zeit lang schwebte, bis nichts mehr sie hielt, kein Gedanke mehr und kein Gewissen und nichts Gewesenes mehr, und eine nie erlebte Sehnsucht wie eine Wolke sich um sie legte und sie mitnahm … hin zum Heiligen Stuhl … und sie einschweben ließ in die kleine Öffnung des Fernsehers und durch diese hindurch hinüber in die sich grenzenlos weit öffnende Unendlichkeit Trost spendender Einbildungskraft.

Als die Krönung zu Ende war und die Lehrerin die Schülerinnen und Schüler zum Gehen aufforderte, legte der Seewirt den Zeigefinger seiner rechten Hand an seinen Mund und sagte: Pscht! Leise hinausgehen, Kinder! Die Mare ist eingeschlafen. Dass ihr sie nicht aufweckt. Auf Zehenspitzen schlichen daraufhin alle Buben und Mädchen vorbei am Lehnstuhl, schauten stumm oder mit pfiffigem Gesicht in das lächelnde Gesicht der sanft ruhenden Mare, sie alle, die um sie herum lebten und Welt in sich trugen und nun schon wieder auf dem Heimweg waren in den Schoß ihrer Familien.

Was soll ich jetzt mit der da herin?, fragte der Ziegltrum den Viktor, als alle gegangen waren und auch der gegangene Seewirt ihn nicht mehr hören konnte, und deutete auf die Mare. Denn eigentlich wollte er jetzt damit beginnen, in seinem schändlich ramponierten Zimmer den Vorkriegszustand wiederherzustellen, wie er sagte.

No, am besten wird sein, Sie lassen sie noch ein bissl schlafen. Wenn sie wird aufgewacht sein, geht sie von selber rüber in ihr Zimmer.

Na, na, sagte der Ziegltrum barsch, das kommt gar nicht in Frage. So lang lass ich die nicht da herin. Ich geh nach der Stallarbeit in den Tanzkurs, und wenn ich danach heimkomm, möchte ich ein sturmfreies Refugium haben.

Das Wort Refugium sagte er mit zelebriertem Ernst. Er war ein Fremdwortfetischist. Kein großer, denn er kannte nicht viele Fremdwörter. Die er aber kannte, wandte er häufig an und nicht immer richtig. Er war zwar schon bald 30 Jahre alt und fuhr wöchentlich zum Tanzkurs in die Kreisstadt, um eine Frau zum Heiraten kennenzulernen. Nur: Es klappte nicht. Er war mit 16 Jahren von einem fanatischen Lehrer noch in ein letztes Aufgebot rekrutiert worden, das aus Halbwüchsigen und alten Männern bestand und in der Nähe von Deggendorf eine Brücke gegen die anrückenden Amerikaner verteidigen sollte. Dabei hatte er kurz vor Ende des Krieges zwei Tage lang noch ein solches Grauen erlebt, dass die Natur zu seinem Schutz, um das Grauen in der Wahrnehmung zu mindern, eine Seltsamkeit in sein Hirn eingewoben hatte, die ihm auch in der folgenden Friedenszeit geblieben war. Jedes Mädchen, das er sonderbar anschaute, erkannte seine Sonderbarkeit sofort und schaute nun ihrerseits sonderbar zurück, so dass die Freuden der Liebe ihm verschlossen blieben, ohne dass ihm ein Grund dafür aber je bewusst geworden wäre.

– Du hilfst mir jetzt, und dann tragen wir sie in ihrem Sessel hinüber in ihr Zimmer, sagte er zum Viktor. Und das taten sie dann auch.

Und so wurde die Alte Mare zuletzt noch einmal in ihrem Lehnstuhl herumgetragen wie zuvor der Papst in seinem Thron. Nur war sie da schon tot. Der Papst noch nicht. Oft ähneln sich noch die Formen, nur die Zustände gleichen einander nicht mehr. Sollte man daraus eine Lehre ziehen? Eher nicht. Denn nur am farbigen Abglanz haben wir das Leben. Auch wenn wir manchmal schon gestorben sind.

Der Glanz, der die Mare nach ihrem Tod umgab, war überwältigend. Als sie zum Abendessen nicht erschien, schaute die Seewirtin in ihr Zimmer. Da sie die Mare aber immer noch in ihrem Lehnstuhl sitzen sah, dachte sie, sie schliefe noch, und stellte ihr einen Teller Suppe und ein kantiges Stück selber gemachten Bauernbrots auf den Nachttisch und ging dann wieder hinaus. Erst als sie morgens um sechs in den Stall kam und sofort sah, dass die Vorarbeit, die sonst von der Mare geleistet wurde, an diesem Morgen noch unerledigt geblieben war, erfasste sie eine Unruhe, und sie ging wieder zum Zimmer der Mare, klopfte mehrere Male an und rief ihren Namen. Dann öffnete sie die Tür und sah, dass das Essen vom Vorabend unberührt auf dem Nachtkästchen stand, der Sessel der Mare aber leer war. Noch machte sie sich keine Gedanken. Als aber nach und nach der Valentin und der Zigltrum auftauchten und zuletzt auch der Viktor und keiner ihr Auskunft geben konnte über den Verbleib der Mare, weckte sie ihren Mann und berichtete ihm von den seltsamen Umständen. Daraufhin begann eine Suche im ganzen Haus, in den Stallungen und in der Scheune, die Nebengebäude wurden durchsucht und auch der gesamte Obstgarten. Es war ein bisschen so, wie wenn die Katze geworfen hatte, ihre Jungen aber gut versteckt und unauffindbar waren. Dann suchten die Kinder tagelang und beobachteten die Katze, wohin sie sich nach der Nahrungsaufnahme verzog. Auf der Suche nach der verschwundenen Mare jedoch gab es niemand, dem man folgen konnte, um fündig zu werden. Die Mare war, genau wie 1925 Jahre zuvor der Herr Jesus Christus, noch in der Nacht in den Himmel aufgefahren. Aber das wusste natürlich niemand. Deshalb wurde noch tage- und wochenlang nach ihr gesucht, die Polizei wurde eingeschaltet, und viele erschauerten in ihrem Innern über dieses rätselhafte Verschwinden einer alten Frau. Ihr Zimmer wurde belassen, wie es war, noch fünfzehn Jahre lang, und erst als es einer anderen Bestimmung zugeführt worden war – aus dem Zimmer der Mare wurde ein begehbares Kühlhaus zum Lagern von Fisch, Fleisch, Obst und Gemüse und natürlich auch von Milch, von all dem eben, was vorher über Generationen hinweg der Eiskeller frisch gehalten hatte –, erst als aus der Mare ihrem Zimmer also ein Kühlschrank geworden war, war auch die Mare vergessen. Die Erinnerung an sie blieb haltbar, bis Haltbarkeit künstlich hergestellt werden konnte. Sie verschwand danach aus dem Gedächtnis der Leute, wie ihr Körper aus ihrem Lehnsessel verschwunden war: unauffindbar.

Nur auf dem Kirchgruber Friedhof ist ein schiefes kleines eisernes schwarzes Kreuz immer noch nicht ganz umgefallen, das in einem leeren Grab drinsteckt und worauf ihr

Name steht: Maria Netting † 1960. Im zweiten Jahr nach ihrem Verschwinden war ihr Tod offiziell erklärt worden.

Schwebe leicht, Alte Mare! Schwebe!

Als der Winter kam, kamen mit ihm abermals die beiden Monteure von der Firma Lindberg und nahmen den Fernseher des Ziegltrum wieder mit. Einen Monat später wurde auch die 500er BMW abgeholt. Und so wie dem Ziegltrum erging es in diesen Tagen noch vielen kleinen Leuten, die auch schon ganz früh, aber zu Unrecht, weil finanziell nicht ausreichend gewappnet, am Aufschwung im Land teilhaben wollten. Sie hatten das Geburtsläuten der Werbeglocken für die Konsumgesellschaft aufmerksam vernommen, und auch der Glaube fehlte ihnen nicht, wohl aber die Mittel.

~

Der Junge griff nach der Hand der Mutter, sie wegzuschieben, als sie durch das heruntergelassene Fenster eine Haarsträhne aus seinem Gesicht streichen wollte, um ihn noch einmal zu berühren, ohne sich zu verraten, er genauso, um nicht zu zeigen, wie sehr er diese Berührung begehrte – da fuhr das Auto mit einem Ruck an und riss die beiden Hände auseinander in dem Moment, als sie einander ergriffen hatten nur zu dem Zweck, sich voneinander zu lösen. Da war auch die Bindung des Jungen an seine Mutter endgültig zerrissen und für immer. Sie spürte von nun an einen ziehenden Schmerz im Gefühl und verbrauchte ihn sofort und immer wieder in Arbeit.

Gegen Abend verabschiedete sich der Vater an der Pforte des Klosters, dem künftigen Zuhause des Jungen, und ließ ihn allein zurück. Die kommenden Wochen wurden neu und schwer. Das Heimweh hatte ihn erfasst, als der Vater vor der großen eichenen Türe die Hand auf seine Schulter gelegt und gesagt hatte: Du schaffst das schon – und dann ins Auto des Kriegskameraden eingestiegen und weggefahren war. Zuvor war seine Neugier noch stärker gewesen als die Ungewissheit. Doch jetzt quollen ihm Tränen in die Augen – er hatte keine Kraft mehr, sich gegen sie zu wehren – und bildeten den Schleier, der nach innen alles trübt, nach außen aber alles verrät und nichts versteckt. So ging er, weil er musste, hinauf ins zweite Stockwerk in den Schlafsaal und schämte sich. Viele lagen lange wach in dieser Nacht wie er und schliefen erst, als die Erschöpfung schwerer wog als Verlassensein und Einsamkeit. Vierzig Betten standen in einem großen Raum beieinander, und beinahe alle, die in ihnen lagen, waren neu hier. Ein bleierner Schlaf hielt ihn fest, der nicht heilte und nicht tröstete. Fremde Schatten bedrohten ihn, wenn er erwachte und sich umsah und keine Erinnerung da war und auch kein Gedanke ihm Hilfe bot beim Zurechtfinden in der unbekannten Umgebung. Die Träume, die ihn aufsuchten in dieser und den folgenden Nächten, entführten ihn zügiger und öfter als sonst an unbeschwerte Orte – so wie diese, in jedem neuen Tag, der nun anbrach, immer mehr und schließlich für immer verschwanden. In der Erinnerung aber wurden sie ihm, bestimmt und umgedeutet vom Leid, zu Orten früher Einsamkeit und Verlassenheit.

Im letzten Traum dieser ersten Nacht sah er die Mutter über sich gebeugt, zart mit der Hand seine Stirn streichelnd, und hörte ihren Gutenmorgengruß. Im Schlaf noch erschrak er über den harten Klang ihrer Stimme und öffnete beim zweiten Mal verstört seine Augen dem neuen Tag. Guten Morgen! An seinem Bett stand ein fröhlicher Pater und lächelte herunter zu ihm. Erschreckt nicht, sagte der Pater in den Raum hinein, erschreckt nicht, wenn ihr euch die Augen reibt und die Umgebung euch fremd vorkommt! Ihr seid jetzt nicht mehr zu Hause, ihr seid jetzt hier in einem Internat. Aber ich und meine Mitbrüder werden alles tun, damit ihr euch hier wie zu Hause fühlt. Geht jetzt zuerst einmal unter die Dusche, und dann zieht euch an. Ihr habt genügend Zeit bis zum Frühstück. Und du? Willst du lieber noch ein bisschen träumen, fragte er freundlich den Jungen. Aber der stieg sofort aus dem Bett. Des Paters gute Laune bedrängte ihn. Er fühlte sich von solcher Freundlichkeit unter Druck gesetzt, sie erwidern zu müssen. Ein Unbehagen überkam ihn. Noch war alles fremd hier und Nähe Bedrängnis. Er beugte sich unter den Strahl einer der zahlreichen Duschen in dem großen, gekachelten Raum, in den sie sich vor des Paters Freundlichkeit geflüchtet hatten, er und die anderen. Im Abstand von einem Meter und einer neben dem anderen räkelten sich die nackten Bubenkörper unter den dampfenden Wasserstrahlen. Wieder schämte er sich, obwohl beinah alle Bade- oder Unterhosen trugen. Er auch. Es war die intime Nähe zu den fremden Jungen, die neues Unbehagen schuf. Alle beäugten sich heimlich, einige lachten. Im Eingang zum Duschraum stand der Pater und lächelte. Kommen wir allmählich zum Schluss, sagte er. Ihr müsst euch keine Badehosen anziehen zum Duschen. Bei uns geht es so streng nicht zu. Sonst reicht der Platz nicht auf der Trockenleine für die Handtücher. Unter der Bettdecke zog der Junge seine nasse Badehose aus und eine frische Unterhose an. In der Nähe stand der Pater und schaute herüber. Er lächelte.

Nach 25 Tagen, in denen er verzweifelt Halt gesucht hatte, ließ seine Sehnsucht nach Heimweh nach. Er lernte einen stillen Jungen kennen, in dessen Nähe er die Bedrängnis vorübergehend vergaß, die ihm der Mangel an Geborgenheit und Intimität unter 250 Schülern und Mönchen in der ausweglosen Umklammerung des Klosters bereitete.

In diesen 25 Tagen hatte er in der Turnhalle täglich eine

Stunde und mehr am Barren geübt, immer so oft und so lange, wie die Halle nicht von Aktivitäten anderer belebt war. Die übrige Zeit stand er alleine abseits. Nur bei diesen für seinen zarten Körper anstrengenden, nicht selten überanstrengenden Übungen verschwanden Heimweh und Bedrängnis vorübergehend, und er suchte nach keinem Ausweg mehr. Dann war vor einigen Tagen der andere Junge hereingekommen und hatte gefragt, ob er mitmachen dürfe. Da hatte er sofort aufgehört und wortlos den Raum verlassen. Obwohl ihn gleich Reue erfasste, wagte er erst nach drei Tagen den Jungen im Pausenhof anzusprechen: Wenn er immer noch wolle, dann könne er ihm am Nachmittag bei seinen Übungen zuschauen, doch fürchte er, dass es ihn langweilen werde, denn Üben sei ständiges Wiederholen. Aber wenn er es wünsche, würde er, ausnahmsweise, eine zusammenhängende Kür für ihn turnen. Auch könnte er ihm gerne ein paar Tricks verraten, wie das Gewicht des Körpers so in Schwung gehalten werden kann, dass die Armmuskeln nicht zu schnell erlahmen, wenn er das wolle. Ich heiße Semi, sagte er, und ich Abram, sagte der andere. Nun hatten sie Namen.

Zwei Tage später brachte Abram seine Gitarre mit und spielte darauf, während er seine Übungen machte.

Mit Abram fing das Überleben an im Kloster. Die 25 Tage zuvor waren ein Verschwinden gewesen. Abram konnte bei Semi so viel Interesse für das Gitarrenspiel wecken, dass er selber anfing, dieses Instrument zu erlernen, und umgekehrt gelang es Semi, Abram für die Konzentrationsübung zu begeistern, die für ihn das Turnen am Barren bedeutete. Von dem Moment an, als sie zu zweit waren und nicht mehr jeder alleine abseits stand, gesellten sich auch andere zu ihnen, und es fing noch einmal eine Art von Kindheit an, unfamiliär, über die sie mit den Jahren gut hinausgekommen wären – hätte nicht ein Gott fürsorglich über sie gewacht.

Anfang Dezember bot ihm der freundliche Pater, der sie zu Schulbeginn in Empfang genommen hatte und der auch sein Turn- und Sportlehrer geworden war, an, ihn über die vom Stundenplan festgelegte Zeit hinaus zu unterrichten, und das auch an den Ringen und am Reck, wenn er daran interessiert sei. Der Pater hieß Ezechiel. Ihm obliege es, so sprach der Pater weiter, sich um den Bestand des Turnernachwuchses zu kümmern, denn seit einigen Jahren sei es zusätzlich zum Sportunterricht zu einer festen Einrichtung geworden, dreimal im Jahr im Geräteturnen einen Wettbewerb mit anderen Schulen auszutragen, und unsere Turnerriege, so sagte der Pater weiter, gehört seit Beginn dieser Wettkämpfe zu den besten drei, und diesen vorderen Platz versuche ich mit einigem Ehrgeiz zu verteidigen. Deshalb beobachte er während des Turnunterrichts der Neuankömmlinge immer sehr genau, ob außerordentliche Talente dabei seien, so wie es bei ihm, Semi, tatsächlich der Fall sei. Er habe gesehen, dass Semi von Beginn seines Aufenthaltes an nahezu täglich allein geübt habe. Daraus schließe ich, dass dir das Turnen etwas bedeutet und Freude macht. Auf meiner Talentsuche versuche ich dann, wenn ich fündig geworden bin, was nicht oft der Fall ist, die betreffenden Jungs davon zu überzeugen, dass ein zusätzliches Training für den Erfolg beim Wettbewerb unerlässlich ist, da diese Wettbewerbe schließlich als Werbeveranstaltung für die Schule und, in diesem Zusammenhang, weil es sich ja um eine klösterliche Erziehungs- und Bildungsanstalt handelt, auch als Dienst an Gott gesehen werden müssten. Gott mag es, Kinder als seine liebsten Diener zu sehen, fügte der Ezechiel hinzu und lächelte schon wieder. Zumindest steht es so im Katechismus.

Und das war für den Jungen neu, dass die heiligen Gebräuche auch mit einer Leichtigkeit besprochen werden konnten, noch dazu von solcher Seite, denn er hatte bei dem Satz:

Zumindest steht es so im Katechismus, eine unverhoffte Ironie im Gesicht des Paters ausgemacht. Zu Hause waren diese heiligen Verwicklungen mit tiefem Ernst verhandelt worden und eine Spötterei undenkbar. Aber nur, wenn du es willst, sagte der Ezechiel, überleg es dir. Dann schob er seine linke Hand behäbig unter die Soutane und fischte mit der rechten nach dem Rosenkranz. Und während er die Perlen an der Kette durch die Finger rollen ließ, zog er unter der Soutane das Brevier hervor, dessen Lektüre er fürs Rekrutieren unterbrochen hatte, und ging Gebete murmelnd Richtung Tür davon. Ich will, ich will, rief ihm da Semi hinterher, bevor der Pater noch die Tür erreichte. – Ich will! Bitte!

Von da an waren sie jede Woche dreimal zusammen alleine in der Turnhalle, und niemand durfte stören.

Wohl kein Raum eines modernen Schulgebäudes symbolisiert eingängiger Ausmaß und gleichzeitige Beschränktheit schulischer Erziehung und Bildung als die Aula, wenn sie, wie meist der Fall, auch als Sporthalle genutzt wird. Sie bietet scheinbar ausufernde Räumlichkeit und Freiheit, wenn man nach dem Unterricht aus dem immer zu eng sich anfühlenden Klassenzimmer kommend in sie hineintritt, genauso wie sie ihre Enge und Begrenztheit zeigt, wenn am Ende eines diszipliniert verlaufenen Sportunterrichts endlich das Spiel zweier Mannschaften gegeneinander freigegeben wird. Dann wird Goethes Satz in umgekehrter Reihenfolge beinah körperlich: »Natürlichem genügt das Weltall kaum, / Was künstlich ist, / verlangt geschlossnen Raum.«

Die schulischen Übungen, das Wiederholen des ständig Gleichen, dass es organisch und nachhaltig werde, um einen begrenzten und brauchbaren, weil überschaubaren Wissensstand haltbar für den Abschluss des schulischen Projekts, die Prüfung, zu machen, die Verkünstelung des Triebes also, dienen der An-

wendung danach, dem Aufenthalt im selbstverwalteten Leben, nur bedingt – erzeugen aber bei den Meisten die lebenslängliche Beschränktheit, mit der sie danach mit- und untereinander auskommen und sich dem gesellschaftlichen Konsens fraglos ein- und unterordnen.

Das Lernen ist das Wesen des Schulischen. Entfaltung des Gelernten kann in ihm nicht gelingen. Was nach Beendigung der Schulzeit sich vom Schulischen nicht befreit hat, bleibt ihm verhaftet sein Leben lang. Das ist nicht neu, es ist uralt.

Diesen Absatz einer wissenschaftlichen Abhandlung, die im Kloster unter den Schülern weitergereicht wurde und von einem berühmten Pädagogen dieser Zeit verfasst worden war, der in einem privaten Internat im Ober-Hambach-Tal in leitender Stellung unterrichtete und dort alternative Erziehungsmethoden erprobte, hatte Semi unterstrichen, als er Jahre später – er war da schon um die dreißig – altes Papier durchstöberte.

Dabei spielt es keine Rolle, so geht es in dieser Abhandlung weiter, *ob das Schulische sich niederschlägt oder im Schulischen ein anderes, ein Nichtschulisches, sich ins Schulische parasitär eingeschlichen hat. Was über die Schulzeit hinaus haften bleibt und sich nicht mehr löst, bleibt für immer so vorhanden, wie es sich im Frühstadium, ja bei der ersten Begegnung vermutlich schon, gezeigt und angefühlt hat.*

Als der Ezechiel ihm zum ersten Mal die Hände an die Hüften legte und ihn mit festem Griff hinaufhob zu den Ringen, da spürte Semi nur die unendlich scheinende Weite des Turnsaals, und er fühlte die Leichtigkeit des Flugs, die Schwerelosigkeit der Luft, die Abwesenheit der Bodenhaftung … – die Berührung durch des Ezechiels Hände aber spürte er nicht. Die hatte er gar nicht wahrgenommen.

Später würde sie den Kern all seines Erinnerns bilden. Sie

allein würde sich und ihn entfalten in alles Kommende. Der berühmte Pädagoge hat sich selbst recht gegeben, ohne sich selbst gekannt zu haben, wird Semi deshalb als Randnotiz darunter geschrieben haben, wenn er das wissenschaftliche Dilettieren dieses Pädagogen nach Jahren noch einmal nachgelesen haben wird.

Im Moment aber spürte er alle Beschwernisse der letzten Wochen überwunden. Dieses Gefühl der Befreiung, die Rückkehr seiner Selbstgewissheit machte ihn eine Zeit lang unempfindlich. Auch war er anfangs beinah froh um des Paters Nähe. Die Sehnsucht nach den Berührungen und dem Geruch der Mutter fraß an ihm, stieg wellenartig auf und ebbte ab, jede Nacht bevor er einschlief, ließ seine Tränen quellen, erhitzte seinen Kopf, und kalt wurden seine Beine. Stumm weinte er ins Kissen, bis der erste Traum ihn holte. So ging das beinah jeden Abend seit der Ankunft und hatte seine Wucht noch immer nicht verringert. Die Nähe des Paters war kein Ersatz für die abwesende Mutter – aber war trotzdem Nähe; und nicht ganz angenehm war sie, so fremd wie sie war – aber hielt doch in sich den heftig begehrten Trost durch Berührung für ihn bereit. So sehr waren bei ihm Stolz und sich selbst beschützender Instinkt von der mitleidlos langen Dauer unerfüllter Sehnsucht schon verbraucht. Drum ertrug er in der ersten Zeit nicht ungern des Paters Nähe, wenn der ihm die Geräte wies, und gewöhnte sich allmählich an den moderartig muffeligen Schweißgeruch des Mönchsgewandes und den zwiebeligen Pfefferminzgeruch aus des Ezechiels Mund.

Erst als der Pater ihm eines Tages, beim Hochheben an die Reckstange, wie aus Versehen, die Turnhose abstreifte und dabei Semis Erektion sichtbar machte, war dieses Gefühl der Befreiung vorbei. Der Ezechiel nahm Semis Erektion in seine Hand, so lang, bis sie erloschen war. Danach zog er Semis Hose wieder darüber.

Ich werde das niemand erzählen, was dir da gerade passiert ist, sagte der Ezechiel danach mit strenger Gutmütigkeit. Es ist für dich am besten, dass du auch niemand davon erzählst.

So wurde zwischen ihnen ein geheimer Bund geschlossen, diktiert vom Pater.

Ezechiels Hilfe für Semi an den Geräten wurde in der Folge intensiv; sein Verständnis für Semis ganz neue Probleme umfassend; und Semis hilflose Hilferufe aus seinem Innern wurden unhörbar. Für immer.

Als die Weihnachtsferien zu Ende waren, wollte Semi nicht mehr von zu Hause weg. Er sträubte sich und begann zu flehen und zu bitten, daheim bleiben zu dürfen. Sein Gesicht und sein Körper zeigten Angst und Panik, als er vom Vater mit zuerst sanfter, dann strenger Gewalt ins Auto geschoben wurde. Als dort sein Widerstand nachließ, ging sein Bitten in ein Wimmern über und wurde eine Wortschleife: bittebittebitte. Aber althergebrachtes Vertrauen in Glaube und Kirche verstopfte Augen und Ohren bei Vater und Mutter: Er sollte doch eine gute Ausbildung bekommen.

An Ostern erzählte er es seiner Mutter. Sie glaubte ihm nicht. Sie traute sich nicht, ihm zu glauben. Sie wusste nicht, wie sie damit umzugehen hatte. Und schob es weg. Und ihn. Er bilde sich das ein, sagte sie, das seien böse Gedanken, die er habe. Sie wolle so etwas nicht hören. Und jetzt betest du ein Vaterunser und ein Gegrüßetseistdumaria, und nachher denkst du nicht mehr daran! Sagte sie.

~

Als das Dorf am See im 17. Jahr nach dem Krieg seinen 1200sten Geburtstag feierte, der ein Jahr zuvor von einem zugewanderten Historiker einer vorher nicht diskreditierten und im Nachkriegsgefüge nicht angezweifelten Lesart von Geschichte nach errechnet worden war, und dann für die Dauer der Festlichkeiten in *Au in se* umgetauft wurde, da hatte der Seewirt, so konnte man sagen, den ersten Teil seiner Lebensernte eingefahren: Sein Haus stand fest, und der Ruf des Hauses strahlte weit über den See und darüber hinaus. Berühmte Leute kehrten ein und bewohnten die Gästezimmer, der Stall stand voller Kühe mit prall gefüllten Eutern, die Geräteschuppen glänzten im Lack der neuesten Maschinen, und die Kinder waren herangewachsen und gut genug geraten für eine standesgemäße, höhere Schule. Als der Festzug, der vor dem Seewirtshaus Aufstellung genommen hatte und von acht Kutschen und einem hundertköpfigen, bunt und festlich in der Landestracht gekleideten bäuerlichen Fußvolk gebildet wurde, sich in Richtung Kirchgrub zum Festgottesdienst in Bewegung setzte, durch das Spalier Hunderter angereister Zuschauer hindurch, da fuhr des Seewirts frisch renovierter Landauer an zweiter Stelle hinter dem Wagen des Festkomitees mit dem Bürgermeister, dem pensionierten Historiker, einem berühmten, international bekannten Fotografen, dem Chefreporter des Lokalblatts und einem gerade Fuß fassenden Belletristen, die sich alle in den Wagen gequetscht hatten, um an eigener Bedeutung kein Gran preiszugeben. Im Wagen des Seewirts saß seine gesamte Familie, und vom Kutschbock herunter zügelte der Valentin die beiden über gebliebenen Pferde, die Fanny und den alten Bräundl. Ein heißer, wolkenloser Junitag war der Beitrag der Natur zu diesem einmaligen Ereignis und gab der gesamten Unternehmung den Segen des Göttlichen Gefallens.

Es war gar nicht leicht gewesen, einen geeigneten Tag für dieses Jubiläum zu finden. Denn seit einigen Jahren war dem an Feiertagen nicht armen Juni noch ein zusätzlicher Feiertag beigemengt worden, ein Tag, der die auf dem Boden einer freiheitlichen Demokratie lebenden Menschen einmal im Jahr an die Willkür staatlicher Machtausübung im anderen Staat erinnern sollte: ein 17. Juni. Das Festkomitee, das ein Jahr zuvor mit den Planungen des Geburtstagsfestes begonnen hatte, stand damals vor einer schwierigen Aufgabe.

Ich habe aber den 12. Juni als Gründungstag des Dorfes in meinen Berechnungen stehen, so hatte der Historiker damals dagegengehalten, als der Bürgermeister den 17. Juni vorschlug, weil das ein Sonntag sei und man die Bauern nicht andauernd mit neuen Feiertagen von der Heuernte abhalten könne, wie er sagte, wo es doch schon so viele kirchliche Feiertage ausgerechnet in diesem Monat gäbe, der mitten in die Erntezeit falle. Ich möchte damit aber nichts gegen die Kirche gesagt haben, hängte er noch hinten dran und wandte sich zum Pfarrer hin, der direkt am Tischeck saß, um Bescheidenheit zu demonstrieren, und dazu freundlich lächelte und immer nickte.

Jeder Feiertag ist ein Dank an Gott, antwortete der Pfarrer, und wir müssen der Mutter Kirche danken, dass sie uns immer wieder an der Hand nimmt und zu solchem Dank hinführt.

Der 17. Juni geht unmöglich, wendete sofort der Oberlehrer Harich ein, das ist der Tag der Deutschen Einheit. Was würde das für ein Licht auf unsere Gemeinde werfen, wenn wir diesen für das Land so bedeutenden Tag mit einer rein dörflichen Angelegenheit sozusagen provinzialisieren würden.

Kruzifix, fluchte der Bürgermeister, den hab ich schon wieder ganz vergessen, diesen Scheißeinheitstag.

Da fiel dem berühmten Fotografen auf, dass ein unbedeutender Reporter des Lokalblatts, der auch bei der geheimen Sitzung im Nebenzimmer des Seewirtshauses anwesend war, obwohl niemand ihn eingeladen hatte, gerade nach dieser

Bemerkung des Bürgermeisters eifrig Notizen machte, und sprach ihn daraufhin direkt an und sagte, dass hier gemachte Äußerungen nicht für die Öffentlichkeit bestimmt seien und der Herr Reporter, wenn diese Berufsbezeichnung auch etwas zu hoch angesetzt sei, bitte umgehend den Raum verlassen möge, weil ansonsten das Hausrecht in Anspruch genommen werden müsse.

So.

Daraufhin klaubte der Reporter seine Sachen zusammen, es waren dies ein Bleistift und ein Spiralblock, stand auf und ging zur Tür. Dort drehte er sich noch einmal um, sah den Fotografen direkt an und sagte: Herr Hubermann, kommen Sie doch in den nächsten Tagen mal bei mir vorbei, dann erzähle ich Ihnen was von Ihrer Frau. Und ist unmittelbar danach, ohne jede weitere Erklärung, gegangen.

Das löste ein betretenes Schweigen aus im Raum. Der Pfarrer hatte mit dem Nicken aufgehört, lächelte aber weiter und versuchte, dem tieferen Sinn hinter der Bemerkung des Reporters auf die Spur zu kommen. Der Historiker saß über sein Diagramm gebeugt, auf der Suche nach einem Ausweich-Geburtstagstag. Der Lehrer tat so, als hätte er nichts gehört, und erläuterte dem Bürgermeister flüsternd die Ursachen des 17. Juni. Der aber hörte ihm gar nicht zu, sondern schaute unverschämt neugierig den Hubermann an, ob der jetzt gleich was sagen würde. Der Hubermann aber schaute starr zum Fenster auf den See hinaus, obwohl der gar nicht mehr zu sehen war, denn die Sitzung des Komitees war für den Abend anberaumt worden, und es war erst Frühjahr, die Tage noch nicht lang, und eine Sommerzeit gab es auch noch nicht, die war erst angedacht. Dem Hubermann wurden beim Blick in die Dunkelheit ein paar Ungereimtheiten in Bezug auf seine Frau während der letzten Monate etwas eingängiger, und da wollte er sich erst zu klaren und schlagkräftigen Worten durchgedacht haben, bevor er sie in diesem Kreis zur Sprache bringen würde.

Der Hubermann war Starfotograf einer neuen Art von Zeitung, die sich Illustrierte nannte und seit ein paar Jahren auf dem Markt war und immer höhere Auflagen erzielte. In ihr wurde von Leuten berichtet, die berühmt geworden waren, sei es durch ihren Beruf als Politiker, Sportler oder Filmschauspieler oder durch ihre Herkunft als Angehörige der Aristokratie oder aber auch durch interessante Morde oder großangelegte Betrügereien. Den Berichten waren immer großformatige Fotos beigefügt, auf denen die Betroffenen meist in privaten Zusammenhängen oder zu gesellschaftlichen Anlässen abgebildet waren. Die Blätter nahmen in ihrer Berichterstattung selten ein Blatt vor den Mund, und ebenso wenig taten das die Reporter, die diese Berichte schrieben oder bebilderten. Deshalb sagte der Hubermann auch nach einigem Nachdenken folgerichtig: Sieh mal einer an! Diese alte Fotze! Ich hab es mir doch gleich gedacht, dass die irgendwo herumfickt, so wie die die letzten Wochen ausgesehen und gerochen hat: wie eine läufige Afghanendogge. Mir ist das ja scheißegal. Ich will nichts mehr von ihr, diesem vertrockneten Stück Scheiße. Aber dem Bruck (so hieß der Reporter), dem häng ich eine üble Nachrede an. Der soll bluten!

Der Seewirt, der vorher etwas feige den Raum verlassen hatte, um schnell mal, wie er sagte, in der Küche auf die Uhr zu schauen, wie spät es schon sei, hatte deswegen von der Hubermann'schen Verbalattacke gegen die eigene Frau und den Reporter nichts mitbekommen, und so muss der Chronist sich diesbezüglich wieder einmal auf die Aussagen des Viktor verlassen, der an diesem Frühlingsabend auf der Straßenseite des Hauses, direkt unterhalb des halb geöffneten Gaststubenfensters, auf der Steintreppe saß und dem Gespräch im Innern lauschte, um, wie es im Laufe der jüngeren Zeit seine selbstgestellte Aufgabe geworden war, immer in allen privaten und öffentlichen Belangen des Dorfes auf dem Laufenden zu sein. Auch hätte dem Seewirt eine Zeugenschaft bei diesen Worten wenig eingebracht, denn wie hätte er von diesem speziellen Sprachgebrauch des Hubermann seiner Frau und den beiden Schwestern berichten sollen? Hätte er die Worte vom Hubermann gerade so weitergeben sollen, wie sie gefallen waren? Damit wäre er gewiss nur auf begriffliche Unkenntnis gestoßen, wenn nicht gar auf Entrüstung bei den Schwestern, denn das mit der trockenen Ausscheidung hätten sie natürlich schon verstanden, und das mit der Afghanendogge auch, und die Frau des Hubermann war bei ihnen sehr beliebt und galt als feine Dame. Sie züchtete seltene Rosen, und weil das die Brieftaube auch tat, stand man in ständigem Kontakt zueinander. Üble Nachrede, selbst wenn sie vom eigenen Mann kam und ihr Inhalt teilweise verschlossen blieb, wurde da nicht geduldet.

Am andern Tag stand dann im *Seestadtboten*, der als regionale Unterzeitung der überregionalen Hauptstadtzeitung beigelegt war: Berühmter Fotograf einer bekannten Illustrierten stützt konsenszersetzende Äußerungen eines unbedeutenden Dorfbürgermeisters. Unter dem Artikel, der noch einige Details enthielt, stand der Name des Verfassers: Detlev Bruck.

Daraufhin rief der Bürgermeister in seiner Funktion als Kreisvorsitzender der im Land regierenden christlichen Partei bei der Redaktion an und beschwerte sich mit markigen Worten. Nicht, dass ihm in dem Artikel mangelndes Einfühlungsvermögen in die Bedeutung des neuen Nationalfeiertags vorgehalten wurde, sondern dass er zum unbedeutenden Dorfbürgermeister herabgewürdigt worden war, das wurmte ihn, und zwar gewaltig. Wenn diesem schmierigen Schmieranten, so bellte er am Telefon die leitende Redakteurin wortwörtlich an, wenn diesem schmierigen Schmieranten nicht das Handwerk gelegt werde, dann werde er, der Bürgermeister, seine Beziehungen zum Führer (das Wort Führer ging und ging ihm nicht aus dem Kopf, und deshalb rutschte es ihm immer wieder in den Mund), seine Beziehungen zum Führer der größten Partei im Land ins Spiel bringen. Der hätte bekanntlich wirksame Beziehungen zur Chefredakteursetage beim Mutterblatt des *Seestadtboten*, dem *Hauptstadtboten* nämlich, und dann werde man ja sehen, ob die Redakteurin wirklich noch so notwendig gebraucht werde oder ob es nicht vielleicht ein anstelligeres Talent für diesen Posten gebe. Daraufhin wurde dem Bruck tatsächlich auf der Stelle beim *Seestadtboten* die Mitarbeit aufgekündigt, und zwei Wochen später war er dann auch gleich aus seiner Wohnung im alten Lothof in Eichenkam ausgezogen und aus der Gegend verschwunden.

Als sich dann ein Jahr später, am Samstag, den 30. Juni, auf den man sich gerade noch geeinigt hatte, der große Festzug zur 1200-Jahrfeier in Bewegung setzte, einen Tag nach Peter und Paul, da war von alledem nichts mehr zu spüren, geschweige denn zu erkennen. Der Hubermann und seine Frau gingen bald darauf getrennte Wege: Er nach Mallorca, sie in eine Kommune. Dem Seewirt reichten zur Bewältigung der landwirtschaftlichen Arbeiten die Frau, der Viktor und ein Saisonarbeiter im Sommer. Alles andere wurde von jetzt an mit Hilfe der Maschinen erledigt.

~

Unauffällig hatte das Fräulein Zwittau weiter vor sich hin gelebt, nachdem des Seewirts Kinder für die Obhut einer Kinderfrau zu alt geworden waren. Feine Zucht war nicht mehr wirksam. Die Kinder verbrachten die ersten Jahre ihrer Schulzeit in der Volksschule in Kirchgrub, vier Tage in der Woche vormittags, zwei am Nachmittag, und die übrige Zeit machten sie Hausaufgaben oder spielten mit anderen Kindern Indianer und Cowboy, oder sie erforschten in der Scheune, im Heu, hoch oben unterm Dach, mit ausgewählten Nachbarskindern ihre Körper – ohne Anleitung durch Erwachsene. Im Sommer mussten sie bei der Heuernte helfen und im Herbst beim Kartoffelklauben. An den Abenden spielten sie am Küchentisch Mensch-ärgere-dich-nicht oder Mühle und Halma. Der Seewirt versuchte ihnen manchmal Schach beizubringen, aber darauf wollte sich noch keines wirklich einlassen. Sie beschäftigten sich bereits mit sich selber, die Kinder des Seewirts. Das Fräulein Zwittau wurde nicht mehr gebraucht. Es wurde noch geachtet, aber nicht mehr gebraucht. Als die Kinder später dann in Internaten untergebracht waren und der Blick der Seewirtin leidend geworden, legte sich auch auf die Augen des Fräuleins ein matter Schimmer. Bis dahin hatte es immer noch, obwohl selbst nicht mehr daran beteiligt, interessiert die weitere Entwicklung der Kinder beobachtet. Jetzt, da diese aus des Fräuleins teilnehmender Nähe verschwunden waren, schien auch das Fräulein keine Interessen mehr zu haben. Es zog sich von der Betrachtung der Welt endgültig zurück. Fast.

Es war ein nach Mist und Erde riechender Frühlingstag Mitte April – das Gras wucherte noch halbnah am Boden, war aber schon vollgesogen mit fettem, dunklem Grün, das an diesem Tag zum ersten Mal im jungen Jahr mit schwarzen Gewitterwolken am Himmel zu bleischwerer Harmonie zusammengeflossen war, die sich als schwüle Wetterlage noch einmal, ein letztes Mal, betörend aufs auflebende, schon frühlingshaft gestimmte Gemüt der Menschen legte: Auswirkungen des allerletzten Bleibeversuchs des Winters bei seinem zögerlichen Rückzug – als der ewige Spaziergänger Herr Sommer ein nacktes, schreiendes Kind durchs dichte Unterholz, das am Fußwegrand zwischen Oberseedorf und Kirchgrub wucherte, hervorbrechen sah und in seiner Vergeistigung zuerst gar nicht wusste, wie er reagieren sollte. So griff er, voll Hilflosigkeit, zu einem ganz unlauteren Mittel und warf sich, zuckend und um sich schlagend, auf den Waldweg, einen epileptischen Anfall vortäuschend, den er, als anerkannter Epileptiker, vom Bewegungsablauf her bis ins kleinste, glaubwürdige Detail hinein beherrschte. Das vom erzwungenen Einblick in ein anderes, schweres Menschenschicksal zuvor schon im Innersten tief erschütterte Kind durchfuhr bei diesem Anblick eine zweite, noch heftigere Schockwelle, so dass es auf der Stelle zu schreien aufhörte und wie zu einer Säule erstarrt stehen blieb. Nichts mehr rührte sich an ihm. Nicht einmal mehr der Atem. Langsam begann das Kind zu hyperventilieren. Dann fing es an zu zittern. Krampfhaft nach Luft schnappend, verlor es nach und nach, immer blauer werdend, die angestammte Gesichtsfarbe. Ins Blaue mischte sich bald gelbliche Blässe. Bald würde irreversible Farblosigkeit folgen.

Auf so ein zitterndes, atemloses, blaugelbgesichtiges Kind, das nackt vor einem am Boden liegenden und exzentrisch um sich schlagenden, etwa fünfzigjährigen ältlichen Mann stand, stieß ein weiterer Spaziergänger, der auf einem nahe gelegenen Parkplatz sein Auto abgestellt und darin seinen Hund vergessen hatte. Als der Mann sah, was er sehen musste, als er es sah, fiel ihm sein vergessener Hund ein, und er rannte panisch zurück zu seinem Auto und fuhr damit, scheinbar übernächtigt noch am helllichten Tag, zur nächsten Telefonzelle, um Polizei und Sanitäter zu alarmieren, seinen eigenen, der Wirklichkeit offenbar entrückten Zustand zu untersuchen.

Alles Weitere ordnete sich kriminaltechnisch vernunftgerecht zueinander. So gelangte, als Bericht eines kleinen, verstörten Mädchens, doch noch ins Bewusstsein der Öffentlichkeit, was beinahe und für immer vor ihr verborgen geblieben wäre.

Als Polizei und psychologisch geschultes Personal im nahe gelegenen Kreiskrankenhaus das Kind Stunden später wieder so weit beruhigt hatten, dass es einigermaßen erholt schien, und auch seine Eltern schon ausfindig gemacht und herbeigeeilt waren, begann die Befragung. Was das immer noch schluchzende und immer wieder von Heulkrämpfen geschüttelte Kind dann berichtete, schien weder schlüssig noch unwahr. Dass sich das Kind solche Dinge ausgedacht haben könnte, hielt man wegen seines Alters – es war erst neun – für nicht möglich. Dass es das Geschilderte genauso erlebt habe, aber auch nicht.

Demnach war das Mädchen auf seinem Heimweg von der Schule einer alten, ihm unbekannten Dame begegnet, die das Kind bat, ihr auf der Bank neben dem Kreuz, das auf halbem Weg von Seedorf nach Kirchgrub, eingerahmt von zwei hohen Linden schon seit Jahrhunderten seinen angestammten Platz hatte, ein wenig Gesellschaft zu leisten. Das Mädchen, erzogen zum Respekt gegenüber den Alten, erfüllte die Bitte der Dame und setzte sich neben sie. Man unterhielt sich über die Schule und die Freunde und Freundinnen des Mädchens, erkundigte sich nach gemeinsamen Bekannten, stellte fest, dass man womöglich schon einmal in der Kirche während eines Festgottesdienstes auf der Kirchenbank nebeneinander gesessen habe, und kam überein, gemeinsam den Nachhauseweg über Oberseedorf nach Seedorf zu nehmen. Dieser Weg führte durch einen dichten, teilweise nahezu undurchdringlichen Wald, und als man den zur Hälfte durchquert hatte, blieb die alte Dame, die bis dahin rüstig vorausgegangen war, plötzlich stehen, nahm das Mädchen bei der Hand und sagte: Komm, ich zeige dir jetzt was! Dann führte sie das Mädchen durchs dichte Unterholz zu einer kleinen, uneinsehbaren Lichtung. Dort lag, ausgebreitet auf moosigem Grund, eine wollene Decke. Die Dame bat das Mädchen, jetzt nicht zu erschrecken, und begann sich ihrer Kleider zu entledigen. Dann forderte sie das Kind, das erschreckt zugesehen hatte, auf, seinerseits das Gleiche zu tun. Als es sich weigerte, nahm es die alte Dame in einen eisernen Griff – wie ich so böse und fest noch nie angefasst worden bin, es hat richtig wehgetan – und zerrte ihm sämtliche Kleider vom Leib. Dann zwang sie das Kind mit hartem Druck auf die Decke und befahl ihm, die Beine zu öffnen. Nun kniete sich die alte Dame vor das Kind hin und besah das Geschlecht des Kindes, ohne es zu berühren, eine halbe Ewigkeit lang. Das Mädchen traute sich fast nicht mehr zu atmen. Schließlich, viel Zeit war vergangen, deutete die alte Dame zwischen ihre Beine und sagte: Schau! Und so sieht das bei mir aus.

Und? Was war da?, fragte einer der beiden Polizeibeamten unbeherrscht.

Lange suchte das Mädchen nach Worten. – Ich weiß auch nicht, zwischen gekräuselten Haaren war so was Verschrumpeltes. Wie ein großer Pickel mit so einer Spitze drauf. Meine Oma sieht da ganz anders aus. Mehr wie ich. So die Antwort des Mädchens.

Und dann? Was war dann?, bedrängte der Polizist das Mädchen weiter.

Lassen Sie ihr doch Zeit. Sie muss sich doch erst besinnen, ermahnte ihn die Psychologin streng.

Dann sagte die Frau, ich soll sie da mal anfassen, da an dem Pickel.

Und? Hast du es getan?, fragte die Psychologin nach einer Weile einfühlsam, während sie dem Mädchen den Arm streichelte.

Ja. Aber nur kurz. Dann bin ich davongelaufen. Es hat sich so furchtbar angefühlt. So … so … wie … wie … einmal haben wir beim Spielen in der Scheune ein Mäusenest entdeckt. Da lagen lauter kleine nackte Mäuse drin. Die haben sich genauso angefühlt. Eklig.

Und hat sie dich einfach laufen lassen?, fragte wieder der ungeduldige Polizist.

Ja. Sie hat noch gesagt: Vielen Dank, du liebes Kind. Ich danke dir sehr. Du hast mich befreit. Das hat sie mir nachgerufen. Mein Kleid liegt noch dort. Ich will das neue Kleid wiederhaben. Sie hat mir fast den ganzen Ärmel abgerissen, Mama, kann man den wieder hinnähen?

Ja, Kind, das kann man wieder hinnähen. Die Herren Polizisten werden das Kleid bestimmt zurückbringen.

Und so war es auch. Die Landpolizisten machten sich auf den Weg, den das Mädchen beschrieben hatte, und fanden nach kurzem Suchen die kleine Waldlichtung. Die Decke und die Kleider des Mädchens lagen noch da. Von der alten Dame gab es keine Spur. Erst am nächsten Tag wurde ein Spürhund gebracht, der an der Decke die Witterung aufnahm und die Polizisten danach noch einige hundert Meter tiefer in den Wald hineinführte. An einem Bachlauf aber verlor sich die Spur.

Tage später fand man in dem Waldweiher, den dieser Bach füllte, unter überhängendem Geäst die aufgedunsene Leiche des Fräulein Zwittau. Die folgenden, gerichtsmedizinischen Untersuchungen ergaben, dass das Mädchen die Wahrheit gesagt hatte, nichts als die Wahrheit.

Das sind einfach ganz andere Menschen, diese Flüchtlinge, war die einhellige Meinung in den Wirtshäusern, als dieses Vorkommnis nach einiger Zeit bekannt wurde, die passen einfach nicht in unsere Gegend. Das geht einfach nicht zusammen!

Vom Fräulein Zwittau blieb nicht viel. Es gab eine stille Beisetzung auf dem Kirchgruber Friedhof; beigesetzt wurde eine kleine, handlich viereckige Kiste aus rohen Fichtenbrettern, die der Schreiner Sanimeter im Auftrag der Seewirtsschwestern zusammengeleimt hatte, darin das Häufchen Asche, das vom Krematorium herausgegeben worden war; anwesend beim Begräbnis waren der protestantische Pfarrer, der Seewirt und seine Familie mit den noch verbliebenen Angestellten und die Bewohner des Schwarzenhauses; mehr Leute waren nicht gekommen. Das lag weniger an des Fräuleins umstandsreichem Ableben, es lag vor allem daran, dass außerhalb des kleinen Kreises, in den das Fräulein bei seiner Ankunft vor 17 Jahren in Seedorf aufgenommen worden war, nie jemand von ihm Notiz genommen hatte. Das Fräulein blieb unbemerkt. Es lebte so zurückgezogen und unauffällig dahin, dass es in der betriebsamen und selbstgefälligen Dorfgemeinschaft schon zu Lebzeiten übersehen wurde. Die Zeremonie auf dem Friedhof dauerte dementsprechend auch nur eine knappe viertel Stunde, und danach löste sich die kleine Versammlung wieder auf ins übliche Tagesgeschehen. Auch dass die außergewöhnlichen Umstände, die mit dem Freitod des Fräuleins verbunden waren, nicht noch eine Zeit lang Gesprächsstoff lieferten, lag darin begründet, dass niemand im Dorf das Fräulein wirklich gekannt hatte. Und die bedrohliche Fremdheit dieses unbekannten Zwitterwesens, von dem noch in den ersten Tage die Rede war, war den meisten so wenig geheuer, dass man das Gespräch darüber lieber ließ, um nur ja keine Stellung beziehen zu müssen oder gar in den Verdacht eines heimlichen Wissens über dieses schaurige Naturphänomen zu geraten.

Auch in der Seewirtsfamilie kam das Gespräch über den Tod des Fräuleins tagelang nicht in Schwung. Große Aufregung hatte es noch gegeben, als im Vorfeld der Ereignisse die

Mitbewohner des Fräuleins aus dem Schwarzenhaus eines Morgens in der Küche des Gasthauses aufgetaucht waren und berichtet hatten, dass das Fräulein vergangene Nacht nicht nach Hause gekommen sei. Die Gendarmerie wurde sofort verständigt, und die Gendarmen Seetaler und Kramer nahmen ein Protokoll auf. Aber bereits während dieser Formalie wurde erkennbar, dass die beiden Polizisten bereits mehr wussten, als sie gegenüber den Befragten herausrückten. Ständig verließen sie die Küche des Seewirtshauses und tuschelten miteinander draußen auf dem Hausgang. Dann verlangte mal der eine, dann wieder der andere zu telefonieren. Man möge aber während des Telefonats gefälligst den Telefonraum nicht frequentieren – dieses Wort benutzte der Seetaler (der Kramer sagte: Dass ja keiner hereinkommt!) –, denn noch sei nichts bewiesen und unhaltbare Gerüchte würden der Aufklärung dieses diffizilen Falles nur schaden.

Nach und nach aber ließ sich dann doch der Seetaler vom Drängen des Seewirts nach umfangreicherer Auskunft zur Sache erweichen und rückte mit dem Hinweis auf die äußerste Vertraulichkeit des Inhalts eine Information nach der anderen heraus, weil er wusste, dass der Seewirt vor kurzem Mitglied des Kirchgruber Gemeinderats geworden war und als solcher zuständig für außerordentliche Geschehen und darum des amtlichen Vertrauens hundert Prozent wert. So bildete sich, anhand der Weitergabe der polizeilichen Informationen durch den Gendarm Seetaler an den um Teilhabe bemühten Seewirt, vor dessen geistigem Auge langsam ein Bild heraus, das sich schließlich – aus der frischen Erzählung über das beinahe vergewaltigte Mädchen, dem aktuellen Verschwinden des Fräuleins und der sich dabei in des Seewirts Kopf abspulenden Rückschau und den darin immer auffälliger werdenden Seltsamkeiten in Zusammenhang mit dem Fräulein – zu einem logischen Ganzen zusammenfügte. Und dieses so entstandene Bild formte in des Seewirts Kopf eine für ihn nun unumstößliche Erkenntnis.

Eines Tages dann, beim gemeinsamen Mittagessen, machte er, nach reiflicher Überlegung, dem tagelang herrschenden betretenen Schweigen im Haus ein Ende: Juden und Sozis gibt's auch. Warum soll's also so was nicht geben?, schlussfolgerte er und weckte damit auf der Stelle die seit Tagen ruhende Gesprächsbereitschaft unter den Bewohnern.

– Geh, das ist doch ganz was anderes, ärgerte sich sofort die Brieftaube über die Gleichmacherei ihres Bruders. Das mit den Juden ist eine irregeleitete Religion. Die haben einen schlechten Charakter. Die haben unseren Herrgott ans Kreuz geschlagen, obwohl er einer der Ihren war. Und die Sozis sind Neider. Die vergönnen den anderen nichts. Aber das mit dem Fräulein Zwittau, das ist doch ... wie soll ich sagen? ... das ist ... das ist doch was ganz was anderes, das ist was ... ja! ... was mit der Natur, so ein Versehen ... oder ... ein Irrtum, ein Irrtum in der Natur ist das. Das hat doch mit dem Charakter nichts zu tun. Da kann eines gar nichts dafür, wenn es so was hat.

Das reizte die Frau des Seewirts, ihrem Mann beizuspringen: Ja, aber schön ist es auch nicht, sagte sie, das muss ich jetzt schon auch mal sagen. Also ich hätte dem Fräulein Zwittau so was nicht zugetraut. Und immerhin hat sie fast vier Jahre lang auf die Kinder aufgepasst. Mit so was! Da hätte ja weiß Gott was sein können. Wenn die Kinder da was gesehen hätten! Die sind ganze Nachmittage da oben am Waldrand gesessen und haben Picknick gemacht! Wo geht so eines denn hin, wenn es mal wohin muss? An den nächsten Baum halt, wie jedes Mannsbild. Und gleich daneben sitzen die Kinder! Nein, nein. Mir gehst! Das ist alles andere als anständig.

Jetzt entdeckte die Hertha eine Möglichkeit, um wiederum

dem toten Fräulein beizustehen, und zwar eine ganz neue, eine sozusagen aktuelle: Ja was hätte sie denn machen sollen?, fragte sie, kannst du mir das sagen? Weil ... also denk doch mal! ... wenn das jetzt auch so was wie mit dem Contergan gewesen ist, da hätte sie ja gar nichts dagegen tun können! Überleg doch mal! Vielleicht hat es das ja früher auch schon mal gegeben, das mit dem Contergan? Warum denn eigentlich nicht? Dann wär das Fräulein Zwittau aber ganz unschuldig an dem! Weil dann kann sie eben gar nichts dafür. Dann wäre sie so unschuldig, wie ... wie die anderen Contergankinder auch.

Schon. Aber da haben sie ja auch danach welche operiert von denen, wenn die einen Finger oder einen Zeh zu viel dran gehabt haben, wusste die Seewirtin, das ist so im *Merkur* gestanden, und dann muss es doch stimmen. Warum hat er sich denn dann nicht auch operieren lassen, der Fräulein Zwittau, wenn er schon so was hat?

Das regte jetzt die anderen am Tisch zum Denken an. Schließlich kannten alle die Frau Lindner von der Birkenbreite oben, die grad vor einem Jahr erst so ein Kind geboren hat: die Hände ohne Arme an den Schultern angewachsen, fast wie kleine Flügel. Wie ein kleines Englein sah es aus, das Kind von der Frau Lindner. Und wie die Seewirtin schon sagte: Auch in den Zeitungen war darüber viel gestanden. Den Kindern fehlten manchmal ganze Körperteile. Andere hatten nur zwei Finger oder mehr als fünf oder einen Zeh zu viel. Da könnte das beim Fräulein Zwittau schon auch so was gewesen sein. Wenn man sich das richtig überlegt! Dann wäre da was an dem Fräulein dran gewesen, was gar nicht hingehörte. Ein großes Frauendrama wäre das gewesen, wenn man es genau bedenkt, ein Verhängnis schon seit der Geburt und deshalb ohne Schuld.

Das hätte sie doch selber gar nicht in die Wege leiten können, wenn sie noch ein Kind war, damals, so eine Operation? Die hat an so was doch gar nicht gedacht. Und wer weiß, vielleicht hat sie es nicht einmal gemerkt, als Kind, wer weiß? Kinder wissen das ja oft noch nicht, wenn sie noch so klein sind, dass da was nicht stimmt. So die Hertha.

Aber die Eltern! Die Eltern!, ereiferte sich laut die Seewirtin. Die Eltern hätten doch was machen müssen!

Du redest dich aber leicht, schimpfte die Brieftaube. Die Eltern haben ja vielleicht auch noch nicht gewusst, ob das jetzt ein Bub sein soll oder ein Mädl, wenn das noch so klein ist. Hätte ja ein Bub auch werden können. Das weiß man ja gar nicht so früh oft. Und später war's dann vielleicht schon wieder zu spät. Vielleicht darf man dann gar nichts mehr wegschneiden, und es wäre zu gefährlich. Die Eltern waren schließlich feine Leute, die haben bestimmt gewusst, was man da machen muss, und waren so ... so ... no, wie soll ich sagen? ... so, also haben sich so verhalten, wie es sich gehört, ja: verantwortungsvoll, so sagt man. Bestimmt.

Du willst halt immer alles besser wissen, du Besserwisserin! Du bist nur neidisch, weil du selber keine Kinder hast, das ist es, heulte die Seewirtin nervenschwach los und lief zur Tür hinaus, davon in Richtung Kuhstall.

Jetzt lauf doch nicht immer gleich weg, rief ihr der Seewirt nach, darüber kann man doch in Ruhe reden. Wir können ja sowieso alle nichts dafür. Jetzt komm doch wieder her!

Aber es half nichts. Die Seewirtin blieb weg. Sie hatte sich im Stall in die frische Einstreu vor ihre Lieblingskuh niedergehockt und kraulte der den Nacken. Diese kleine Mulde vor dem Fressbarren war ihre Fluchtburg, wenn ihr inneres Gleichgewicht ins Rutschen kam. Hier war Wärme und Nähe, und das Tier gab ihr Vertrauen und das Gefühl einer widerspruchslosen Übereinstimmung. Das fehlte ihr, seit die Kinder aus dem Haus waren. Sie fühlte sich als Gegenstand, den man hin und her schob und dem zu wenig Achtung entgegengebracht wurde. Sie war dem nicht mehr gewachsen. In der Nacht, in der der Sturm das Dach vom Haus gerissen hatte und der Seewirt sich eine gefährliche Hilflosigkeit leistete, war es wie ein Ruck durch sie gegangen, und sie hatte sich daran aufgerichtet und ihre Position eingenommen. Von da an war sie die weibliche Autorität im Haus. Aber als die Kinder weg waren, war plötzlich alles Selbstbewusste in ihr wieder in sich zusammengesunken. Sie hatte die zehrende Sehnsucht nach den abwesenden Kindern in sich eingesponnen und sich verpuppt in Arbeit. Eine umfassendere Verständigung mit ihr war nicht mehr möglich. Nur das Alltägliche und Nötigste ließ sie im Gespräch noch zu. Ansonsten schwieg sie.

In den letzten paar Jahren war sowieso immer mehr Arbeit an ihr hängengeblieben. Die Dienstboten hatten alle das Haus verlassen. Die Mädchen hatten geheiratet oder andere Stellungen angenommen, in denen sie an den Wochenenden freihatten. Die Knechte waren an die Fabriken verloren gegangen. Nur der Viktor war geblieben. Aber eine richtige Hilfe war auch der nicht. Und zu allem Überdruss begann der Seewirt immer häufiger über schmerzende Bandscheiben zu klagen. Nachts fand er oft stundenlang keinen Schlaf, weil der Schmerz ihn wach hielt, und redete dafür auf die Frau ein, schüttete alle seine unzufriedenen Gedanken über sie aus, die doch müde war und schlafen wollte. Am Tag unterbrach er immer öfter seine Arbeit, und sie musste einspringen und auch noch sein Tagwerk mit erledigen.

Die Seewirtin war schwer überarbeitet. Deshalb war sie nervlich oft ziemlich schnell abgewirtschaftet, wenn die sturen Schwägerinnen ihr widersprachen und dabei noch triumphierten.

Dem Viktor, der da mittendrin sitzen musste, in der doch letztlich immer fremd bleibenden fremden Familie, dem waren solche Kämpfe peinlich, und im Moment wusste er auch wieder mal nicht so genau, wie er reagieren sollte. Jedenfalls stand er auf, nahm den leer gegessenen Teller in die Hand, samt Löffel, Gabel und Messer, und sagte, schon halb im Gehen: Nu, eine alte Dame aus gutem Hause ist sie schon gewesen, das Freilein Zwittau. Ich hab sie müssen immer bewundern, wegen ihrer feinen Manieren und Umgangsformen. Sie hat bestimmt genossen eine gute Erziehung und so weiter, da habe ihn seine eigene Anschauung ganz sicher nicht betrogen. Das wisse er. Und die soll nun gewesen sein so eine Art Mann! Das könne er einfach nicht begreifen. Was soll das überhaupt sein, fragte er, eine Art Mann? Sie war eine Frau, das habe man doch deutlich können sehen, an ihrer Kleidung, und man habe es auch gehört, an der Stimme. Auch sei sie immer aufs Damenklo gegangen. Nie habe er sie im Männerklo angetroffen. Manchmal habe er sie vom Dampfersteg aus im Sommer im See schwimmen sehen, und da hatte sie jedes Mal ganz eindeutig einen Damenbadeanzug an. Und wenn ich das so sagen darf hier, sagte er, die hat auch gehabt richtige Brüste. Also nicht wie ein Mann. Wie eine Frau eben. Im Badeanzug hat man können das deutlich sehen.

Aber Herr Hanusch, ich muss schon bitten, ein bissel Maßhalten täte Ihnen auch anstehen, wies die Hertha ihn erzürnt zurecht, so was muss man ja nicht gleich aussprechen.

Da sprang dem Viktor aber ansatzlos der Seewirt bei: Ja wie hätt er es denn anders sagen sollen, spottete er, hätte er es mit der Hand herzeigen sollen, was er meint, oder auf ein Blatt Papier aufmalen? Das heißt man halt mal Brust, was ihr da vorne dran habt. Da gibt's nichts dran zu schrauben.

Er hatte jetzt in dieser Sache wirklich was zu sagen, was ihn ernsthaft umtrieb. Doch richtet er es sich zuerst einmal im Kopf zurecht.

Stumm wackeln noch derweil die Schwestern mit den Köpfen ihr fast schon transzendiertes Nein zum ewig ungezogenen Verhalten ihres kleinen Bruders – und ruhen dabei fest in ihrer Selbstgewissheit. Trotzdem überlassen sie ihm nun das Feld zu seinem Resümee.

Ich habe das beim Militär gesehen, fängt er an, und, Herr Hanusch, vielleicht können Sie mir das bestätigen – Setzen Sie sich doch noch mal kurz hin! –, ich glaube nicht, dass das was Besonderes war, was ich da im Feld erfahren habe. Das hat's bestimmt beim Barras überall gegeben. Wo Hunderte von Männern beieinander sind. Da gab es Übergriffe ohne Selbstbehalt. Es gab Verletzungen im unteren Intimbereich. Da lagen oftmals Männer über Männern, und Männer sahen manchmal Frauen gleich. Sie räkelten und bogen sich wie Frauen auf der Gant und boten sich als Männer andern Männern dar, und Männer zogen sie zu sich heran und nahmen sie, wie Männer sonst nur Frauen nehmen, in den Arm. Es war ein wildes Reißen Zerren Ringen in der Nacht. Oft hab ich keinen Schlaf gefunden. Zwar war ich selber nie dabei. Mich hat der Ekel abgehalten. Doch hat man Augen, die was sehen, auch ohne dass man ihnen eine Richtung weist. Man hat die Ohren, die sich weigern, nichts zu hören, selbst dann noch, wenn man seine Finger in sie stopft. Man spürt die Scham, die Wut, die das Gemüt verdunkelt. Du hast eine Erziehung, der du nicht entgehst. Oft hab ich mich gefragt, warum ich selber nicht so bin? Fehlt mir da was? Kann ich ohne Schuldgefühl mir keine Lust vergönnen? Darf ich ohne Angst vor Strafe kein Vergnügen kennen? Warum kümmert mich das, was die andern Leute von mir denken? Hat nicht auf seine eigene Art ein jeder seinen eigenen Dreck am Stecken? Muss ich mich mit Moral vor andern über andre heben? Bin ich vielleicht ein Vorbild für die Braven unter lauter

Schweinen und Perversen? Bin ich was Besseres, wenn ich mich vor andern nicht entkleide? Hab ich mich vorbildhaft in der Gewalt, wenn ich mit Disziplin an meinen Trieben leide? Oder bin ich nur verklemmt und feige? Solche Fragen habe ich mir oft gestellt. Sehr oft. Ich habe mich darüber auch mit einem Priester unterhalten. Der meinte gar, ich sei damit auf einer guten Spur. Ich sollte weiter fragen in die Richtung, dann ging ich leichter um mit mir und meiner Abscheu vor der lasterhaften Männlichkeit. Aber alle diese Fragen schießen nur am Ziel vorbei. Die Wahrheit ist, dass diese Leute krank sind, keine Männer, sondern arg misslungene Naturen. Ihrem Dasein fehlt das Göttliche. Sie haben keine Manneszucht, keine überirdische Struktur. Keine Seele, die sie von den Tieren unterscheidet. Man muss sich ihnen in den Weg stellen, ihren kranken Trieb aufhalten! Man muss sie suchen, überall, und der Staat muss sie in Heime stecken und behandeln. Es gibt bestimmt heilsame Übungen dagegen oder eine gute Medizin. Man darf das nicht auf sich beruhen lassen. Denn bevor so was von selber aufhört, breitet es sich eher weiter aus. Es hilft nichts, wenn man hier nur dumme Witze macht. Darüber gibt es nichts zu lachen. Nicht das Geringste! Solchen Menschen muss geholfen werden! Ohne Hilfe finden die sich nicht zurecht. Nur durch helfen kann man diese Leute auf gerechte Weise richten.

Was meinen Sie dazu, Herr Hanusch? Sie sind doch ein erfahrener Mann und haben sicherlich als solcher auch Beobachtungen gemacht. Was ist denn Ihre Meinung zu dem Thema, was sagen Sie zu solchen Fehlentwicklungen der männlichen Natur?

Die Schwestern hatten schon kurz nach Beginn der Ausführungen des Seewirts kopfschüttelnd und mit empörten Gesichtern die Küche verlassen, ohne vom relativierenden Versmaß in dem Vortrag überhaupt Notiz genommen zu haben. Taub blieben ihre Ohren gegen alles, was dem eingeübten guten Ton zuwiderlief.

Allein saßen die beiden Männer da, scheinbar übereingestimmt, und doch war ein fatales Missverständnis zwischen ihnen völlig ungeklärt.

Nu, ich möchte mal so sagen, hub der Viktor an, solche Dinge habe ich auch mitgekriegt. Die hat es da, wo ich war stationiert, schon auch gegeben. Aber das, was Sie gerade meinen ... also, die hat man genannt bei uns: die warmen Brüder. Die sind dann auch, wenn da einer ist auffällig geworden, sofort versetzt worden nachm Osten, an die Front. Das möchten nicht mehr viel gewesen sein von denen, die da noch sind zurückgekommen nach dem Kriege, möchte ich mal sagen. Die waren alle ausgesetzt einem Hass, gerade von den Unteroffizieren. Die haben die sofort verheizt und haben gemacht Kanonenfutter aus denen, wenn da irgendwas ist rausgekommen von so einer Veranlagung. Nun, wissen Sie, wenn ich bin ehrlich, dann muss ich sagen, die sind alles gewesen arme Schweine. Keiner hat sich da getraut, mit denen Freund zu sein. Da hatte jeder Scheu, die andern möchten meinen, dass er auch so einer ist. Drum waren die alle isoliert, die warmen Brüder. Schön war das nicht, das muss ich sagen, wie man die hat behandelt. Aber es hat wohl müssen sein, wegen der Moral in der Truppe.

Nachdenklich sitzen sie einander gegenüber, der Viktor und der Seewirt. Unangenehm ist ihnen die Nähe, die sie am Tisch und wegen des Themas zueinander haben. Ungemütlich fühlen sich beide.

Und so einer soll das Fräulein Zwittau auch gewesen sein?, fragt der Seewirt. Es ist schwer, sich das vorzustellen.

Der Viktor schaut den Seewirt aus den Augenwinkeln prüfend an. Soll er ihm in dieser heiklen Angelegenheit ohne

Umschweif Nachhilfe erteilen? Schließlich ist der andere der Chef. Ein kluger Angestellter aber zeigt nicht, dass er klüger ist. Also versucht er es mit einem Beispiel.

Da, wo ich bin aufgewachsen, da haben wir gehabt damals, ganz in der Nähe, ein großes Schloss. Das hat gehört der Gräfin von Schnack, und die wird gewesen sein damals, nun, ich möchte mal sagen, so um die vierzig, wie sie hat ausrichten lassen ihre Hochzeit. Vorher war sie immer gewesen ledig, Jungfrau wohl. Und die hat da nun wollen heiraten einen jungen Kaufmann, die Gräfin, und der wird wohl gewesen sein, no, vielleicht fünf Jahre jünger als sie. Der kam aus Warschau und hat oft gemacht in unserer Gegend seine Geschäfte – er hat eingekauft landwirtschaftliche Produkte im großen Stil, Getreide, Rüben, Kartoffeln, waggonweise –, und da wird die Gräfin ihn wohl haben kennengelernt. Jedenfalls, nach der Hochzeitsnacht, die sie da im Schlosse hätten zusammen genießen sollen, war der junge Kaufmann auf und davon. Er hat nicht mal abgewartet den Morgen. Er ist nie wieder aufgetaucht. Aber er hat gehabt einen guten Bekannten, der auch ein Bekannter war von mir, und dem hat er später erzählt, was gewesen war der Grund, warum er ist getürmt so schnell und für immer. Und so ist bekannt geworden, dass die Gräfin war eine Gurke. So haben die genannt dort in der Gegend eine Frau, die keine Frau ist, aber auch kein Mann. Ich war damals erst so um die zwölfe und hab da nicht lang nachgefragt, warum das hieß die Gurke. Aber später hab ich mir können eine Vorstellung davon machen. Es war also so, dass die Gräfin war schon zwar gewesen eine richtige Frau. Das schon. Aber wie sie sich dann hat erregt, da im Bette, nicht, nach den Hochzeitsfeierlichkeiten, und was man da so hat für Fantasien als junge Braut, nicht, und daneben der junge Mann im Bette, da hat sich wohl gewölbt aus ihrer Wulst so eine Art Pimmel. Und das ist dem jungen

Manne dann erschienen wie nicht ganz geheuer. No, da ist er eben abgehauen. Die Gräfin war gewesen ein halber Hermaphrodit. Das muss kommen von den alten Griechen, dieses Wort. So nennt man das unter Leuten, wo man ist gebildet. Bei den Wasserträgern, oder, ich sag jetzt mal: im Milieu, ist das die Gurke. Und so ein Hermaphrodit, oder Gurke, wird wohl auch gewesen sein das Fräulein Zwittau. Das hat nix zu tun mit einem warmen Bruder. Das, was das Kind hat müssen anfassen an dem Fräulein Zwittau, da oben im Unterholz, wo sie haben gefunden das Lager von dem Fräulein Zwittau, das war nischt, das war weder von einem Manne noch von einer Frau. Nischt. Nur irgendwas dazwischen.

Das Gesicht des Seewirts hatte sich während Viktors Vortrag über die Verwerfungen der menschlichen Natur immer mehr entspannt, bis es ein hohes Maß an Ausdruckslosigkeit erreicht hatte. Eigentlich wollte er nichts mehr hören. Das Dasein erschien ihm als ein Abgrund, in den zu blicken eine Sünde war. Wenn es solche Dinge schon gibt, dachte er, wenn der Schöpfer sie selbst nicht nur nicht verhindert, sondern sogar schafft, dann kann Glauben nur heißen, sich diesen Dingen zu verweigern durch die Weigerung, überhaupt Kenntnis von ihnen zu erlangen, um so den Glauben zu erhalten. Gar nicht hinhören, dachte er, das wäre das wirkungsvollste und würdigste Bekenntnis zum Glauben. Er aber hörte immer noch hin.

Er fühlte sich, während Viktor noch erzählte, auf einmal unheimlich schwach in seinem Glauben. Die Zuversicht, gegen alle menschlichen Schwächen gewappnet zu sein, wenn nur der Glaube stark genug sei, die ihn gerade eben noch beseelte, als er von seinen eigenen Erfahrungen berichtete, die war mit einem Mal geschwunden, als er begriff, dass Viktors Erfahrungen noch einmal ganz andere waren als seine eigenen. Er konnte sich immer nur auf einen Widerspruch konzentrieren. Mehrere Gegensätze auf einmal ließen ihn sofort erlahmen und machten ihn nicht nur denk- und handlungsunfähig, sondern er wünschte sich sogar, lieber tot zu sein, um das Leben in dieser ganzen, offensichtlich unaufhörlich unübersichtlich bleibenden Widersprüchlichkeit nicht weiter ertragen zu müssen.

Und das hat mit Contergan gar nichts zu tun?, fragte er mit einer schwachen Stimme, aus der heraus ein Funke Hoffnung noch zu hören war, in der er selber aber schon ganz aufgegeben schien.

Nein. Damit hat das nichts zu tun.

Viktor wusste nun, dass es natürlich falsch gewesen war, so aufrichtig geredet zu haben. Er hätte es einfach bleiben lassen und sich blöd stellen sollen. Was hilft es, solche Dinge zu wissen und weiterzugeben, wenn sie doch nicht zu ändern sind? Und wer nichts davon weiß, der ist auch nicht damit belastet. Nur Klugscheißer machen sich mit ungelegten Eiern wichtig. Aber nun war es mal heraus. Zu reparieren gab es nichts mehr. Also musste er sich jetzt verdrücken.

Nun, Herr, ich werde jetzt mal wieder müssen gehen an die Arbeit. Ihre Frau wird brauchen in der Küche eine Menge Schnittlauch und Kartoffeln für die nächsten Tage, wenn das Wetter möchte sich verschönen bis zum Wochenende hin. Und um zwelfe, die Wetternachricht, die war gut.

Damit ging er.

Allein blieb der Seewirt am Küchentisch zurück. Allein war er in der leeren Küche. Allein fühlte er sich und leer. Er war nichts, und um ihn war nichts ... wie ein Hauch, treibend im leeren Weltall, dachte er. Die Küche war ihm für das Nichts zu eng geworden. Er sehnte sich hinaus ins Schwarze, bis ins All. Zumindest stellte er sich so das Treiben durch das Weltall vor, so endlos und allein ... und wenn es sein musste, sogar sitzend an einem Küchentisch.

Mit dem Nagel des linken Zeigefingers versuchte er, das Schwarze unter seinem rechten Daumennagel herauszufieseln. In Gegenrichtung probierte er es mit dem linken Daumennagel. Das Schwarze gab nicht nach. Hartnäckig hielt es sich in einer Kerbe im Horn über dem Nagelbett. Er hob seinen Blick und sah nichts sehend zum Fenster hinaus. Sah hinein in die fetten Blütenkerzen der Kastanie vor dem Haus und durch sie hindurch. Es war Mai, und alles fing von vorne an. Halb geöffnet den Mund, gab er das Bild des braven Trottels und war doch mit seinen Gedanken weit weg von allen Niederungen kreatürlicher Existenz und nahe dran an der Schwelle zum Überschreiten allen Seins. Aber eben nur nahe dran. Mehr nicht. Sein geistiges Auge hob ab, wurde dramatisch gefühlig und heischte nach Einblicken ins Paradies – aber der Kopf blieb träge und schwer, blieb haften im Jetzt und im Hier.

Als die schmerzenden Bandscheiben ihn wieder in die Wirklichkeit geholt und seinen traurigen Blick entrümpelt hatten, als sich sein halb offener Mund wieder geschlossen hatte und das Schwarze unterm Daumennagel wieder unwichtig geworden war, da war er froh, nicht über alle Grenzen hinausgelangt zu sein. Mit den Bandscheiben konnte er umgehen. Mit den letzten Zusammenhängen des Seins nicht.

Er stand auf und ging zum Telefon. Er wählte die Nummer seines Freundes Doktor Pachie junior. Bist du selber dran?, fragte er. Ah ja. Gut. Pass auf: Ich habe mich entschieden. Ich lass mich operieren. Sag mir Bescheid, wenn du vom Krankenhaus einen Termin bekommen hast. Ich nehme mir Zeit, wann immer es ist.

~

Mit einem Ruck riss Viktor den Feldstecher herunter und bog sein Geschlechtsteil in den Hosenschlitz zurück. Gleichzeitig duckte er sich hinter den Holunderstrauch und hielt den Atem an. – Gemächlich kroch eine grünliche Raupe über sein Handgelenk, sich buckelnd und streckend schob sie sich vor bis auf den Handrücken, Zentimeter für Zentimeter. Als sie bei den Fingerknöcheln angelangt war, blies er sie angewidert weg. Mein Gott, wie wär das peinlich, wenn der mich jetzt hätt so gesehen, dachte er. Der würde das bis ins Detail hinein herumerzählen. Ich wär geliefert. Ich würde müssen wegziehen, wenn der das Maul aufreißt. Aber vielleicht hat er ja auch nur geguckt ins Leere.

Allmählich beruhigte er sich wieder und begriff, wie unsinnig seine Sorge war: Er war dem Fernglaseffekt aufgesessen, als er glaubte, der Nachbar hätte ihm direkt in die Augen geschaut. Jetzt atmete er wieder durch und überlegte: Der kann mich nich gesehen haben, denkt er, nee nee, der hat mich nich gesehen! Der hat sich nur umgeguckt, ob keiner ihm zuguckt, der alte Riesenportugiese. Hä hä. Wieder nahm er das Glas vor die Augen und suchte einen Durchblick durch Blätter und Zweige. Er sah den alten Austragsbauern jetzt bäuchlings auf dem Holzstoß liegen, der entlang des Zaunes aufgeschichtet war. Und sah im Geiste, wie dessen Augen auf der Augenweide grasten, die vorher noch die seine war: die nackte Meinrad ... und ihr schwarzer Busch in Augenhöhe vor dem alten Dichter. Hinterm schmutzig trüben Fensterglas des Gartenhauses konnte er sie eben noch durchs Fernglas auf dem Holztisch tanzen sehen, mit einer Wehrmachtsmütze auf dem Kopf, auf dem Mützenschirm den Adler, lange Seidenstrümpfe hochgezogen übers Schenkelfleisch, vom Straps gehalten. Sonst hielt sie nichts. Nur Nacktheit ohne jede falsche Scham. Und vor dem schwarzen Dreieck, an einer langen Kette um den Hals, baumelte das abgeknickte

Runenkreuz. Mehr geht nicht, dachte er. Alles trüb zwar, das Fenster alt und lang nicht mehr geputzt. Doch wovon die Augen wenig sehen, sieht umso mehr die Fantasie. Tief im Lehnstuhl, mit dem Rücken hin zum Spanner, ohne trübes Fensterglas dazwischen, zu sehen nur sein Hinterkopf, saß der alte Schreiberling und bohrte seinen Blick durch ungetrübte Sicht hinein in das Geschlecht der Meinrad. Feiner Rauch fiel fadenleicht von ihrer Zuban-Zigarette, zog als dünner Nebel durch den Raum, wob sich um ihr Kräuselhaar. Mit Geschichten aus der Tier- und Pflanzenwelt war er berühmt und reich geworden. Menschenfleischgeschichten tischte ihm mit ihrem nicht mehr allzu jungen, doch noch immer festen weißen Körperfleisch die Meinrad auf. Allein mit sich und ihr im Gartenhaus, sah sein Blick die andern Blicke nicht. Die schauten mit ihm hin und ihm beim Schauen zu. Doch durfte er betasten, was die beiden anderen nur beschauen durften. Nachkriegshierarchien.

Der Viktor fischte seinen Stummel wieder aus dem Hosenschlitz und rieb ihn weiter zwischen Daumen, Ring- und Mittelfinger, doch die Lust war weg. Noch einer schaute mit! So ein Geheimnis teilen kann man nicht. Ich nicht! Wie er den andern sah, sah er selber sich in diesem Augenblick. Da kam die Scham: Er schämte sich vorm andern und vor sich. Der andre hat es besser, dachte er, der fühlt sich jetzt allein und ungesehen. So wie ich mich vorher auch. Das kann ich ohne Neid nicht denken. So schrumpfte ihm der Stummel wieder in der Hand zur Haut, das Fernglas sank herunter, er schaute in sein abgebranntes Leben.

Schon um die sechzig ist er jetzt. Sein Fleisch will das andre Fleisch ums Fleischloch immer noch. Doch zu lang schon ist das Fleischloch nur noch seine Faust. Zehn Jahre war die Kohlrab Wärme, Trost und Weib. Jetzt ist sie weg, seit einem Jahr. Die Regierung hat den Nachkriegskrieg, den Nahkrieg zwischen Flüchtlingen und Eingesessenen, entzerrt. Sie hat, wo früher Lager waren und die Deplatzierten hausten, die sich zum großen Teil nach Palästina und Amerika verzogen hatten, und auch in anderen, ganz neu gebauten Siedlungen, die Volksgenossen einquartiert, die von den Russen und den Tschechen wieder heim ins Reich zurückgetrieben worden waren. Da ging die Kohlrab mit. Sie hätte auch den Viktor gerne mitgenommen. Doch wollte der da nicht mehr hin. Nun habe ich mich hier doch eingelebt, maulte er sie an, was soll ich denn in Waldkraiburg oder Gartenberg? In meinem Alter geht man nicht mehr weg, verlegte er sich jetzt aufs Jammern. Du bist doch auch schon alt. Wir können doch nicht noch einmal von vorn anfangen! Hier komm ich mit den Leuten gut zurecht. Ich bin hier ein Faktor und nicht nur ein Knecht.

Viktor hatte sich im Seewirtshaus Unersetzlichkeit erworben. Er war für alle Arbeiten zuständig, die in der Lücke zwischen männlicher und weiblicher Arbeitsteilung zu vernachlässigen drohten. Er war kein Faktor, wie er meinte, er war Faktotum geworden – aber gerade dadurch zum Faktor, zum Unersetzbaren.

Die Hertha verwechselte mittlerweile die Dinge. Man konnte sie alleine nicht mehr wirtschaften lassen. Aber auch ein Küchenmädchen war nicht mehr leicht zu kriegen. Die jungen Dinger hatten beinah alle Anstellung in der Industrie gefunden. Und so wurde Viktor nach und nach zum Küchenhelfer in der Seewirtschaft, machte, was früher die Frauen gemacht hatten und in den Städten schon die Italiener und die Griechen machten und nun bald die Türken machen würden, und wer weiß was noch für unbekannte Internationalitäten, denen man vor fünfzehn Jahren höchstens mal im Krieg begegnet war, aber nicht im Alltag und vor allem nicht im eignen Land.

Viktor war der erste Ausländer geworden im Seewirtshaus.

Und weil er es so gut machte, über Jahre hinaus auch der einzige. So konnte er sich auch die Zeit stehlen, die er gerade hinter dem Holunderstrauch verbrachte, hingekauert wie ein Tier. Keiner schaute nach, um ihn an eine Arbeit hinzutreiben. Keiner fragte ihn am Abend, was er den ganzen Tag getrieben habe. Dreimal setzte er sich hin zum Essen, dreimal täglich wurde aufgetischt und abgeräumt danach. Am Abend legte er sich in ein frisch bezogenes Bett, bezogen von der Frau des Seewirts, jeden achten Tag. Und bekam ein Taschengeld, so viel, dass alles, was er brauchte: das Bier, den Schnaps, den Schokoladenriegel jeden zweiten Tag, bezahlt war und die jeden Samstag von ihm selber frisch gewichsten Schuhe auch. Und es blieb vom Geld noch so viel über, wie er brauchte, um jedes Jahr einmal die Hose und das Hemd gegen je ein neues einzutauschen. Die Rente, monatlich 350 Mark, die er als Vertriebener und früherer Prokurist der Dresdner Bank erhielt, die legte er in Festgeld an – für Zeiten, die vielleicht mal wieder schlechter würden sein als diese.

Das alles hatte er der Kohlrab aufgezählt, als sie ihn verließ und vorher noch zum Mitgehen überreden wollte, alles, eines nach dem andern. – Und ich?, hatte sie gefragt, – und ich? Welchen Wert hab ich? – Das hat er damals einfach ignoriert. Er begriff den Schmerz der Frage nicht. Die Kohlrab war in seiner Rechnung inbegriffen, doch ohne jeden Rechenwert. Deshalb kam sie in der Aufzählung nicht vor. Deshalb konnte er ihr keine Antwort auf die Frage geben. Er spürte den Bedarf der Kohlrab nicht, weil er nur den eignen spürte. Er überhörte ihre Frage, ohne jeden Selbstbezug. Er fühlte sich ganz einfach nicht gemeint.

Jetzt flicht die Frage Kränze seinem Hirn. Sehnsuchtsgirlanden spotten der Gefühle. Er, verschrumpelt unterm Hollerstrauch, ein Elendshäufchen, versteht nun alles, kann es aber nicht mehr richten.

Früher brauchte er das Fernglas, um den Russen auszusuchen, den es aus der gegenüberstehenden Phalanx zu schießen galt. So viel gelebtes Leben wie im Krieg war nie, dachte er, in meinem frühen Leben nicht und nicht im späten. Man war dem Tode nah, und nahe war man auch den Kameraden, solchen, wie es sie später nie mehr gab. Die Gier nach Frauen war so leicht zu stillen, leichter als zuvor und leichter als erst recht danach. Wenn auch die Frauen sich nicht immer freiwillig ergaben, so war doch nie ein sexuelles Darben. Zumindest konnte er sich nicht daran erinnern.

Herr Hanusch! Herr Hanusch!, hörte er die Seewirtin rufen, Herr Hanusch, ich brauche den Endiviensalat. Jetzt machen Sie doch! In einer Stunde kommen die Gäste. Viktor kroch hervor unter dem Holunderstrauch und ging aufrechten Ganges zum Gemüsegarten. Auf dem Weg dorthin, wo der Bretterzaun ihm Deckung bot, holte er den Stummel noch ein drittes Mal heraus und ließ das Teil beim Gehen baumeln. Das gab ein wenig Freiheit seiner in den Kopf gezwängten Lust. Doch baumelte das Ding nicht recht, gedemütigt vom Denken. Es hoppelte und ruckelte vor seinem Hosenschlitz und tat nicht, was er sich ersonnen. Es gab ihm aber ein Gefühl: das Gefühl vom eignen Stuhl im Gartenhäuschen, wo auf dem Tisch in seiner Fantasie nicht mehr die Meinrad, sondern jetzt die Kohlrab tanzt. Es gab ihm das Gefühl, schon noch ein Geschlecht zu haben. Noch wollte er nicht nur noch unerfüllte Sehnsucht sein.

Und da begann das Ding auch wieder sich zu schaukeln.

~

Als die Kinder des Seewirts aus dem Haus und auf verschiedene Klosterinternate verteilt waren, verfiel das Seewirtsehepaar in eine zwischenmenschliche Agonie. Der Grund des

Zusammenlebens, die Gründung einer Familie, schien zwar ohne die Kinder wieder ursprünglich geworden zu sein, aber die anfängliche Liebe zwischen Mann und Frau, angestachelt vom Begehren der Begierde des anderen und listig ausgeklügelt von der Natur, die nichts im Schilde führt als den Erhalt der Art, war so nicht mehr zu haben. Sie mussten nun, da sie weiter zusammenlebten, auf andere Weise zueinanderfinden – ohne die Kinder. Das aber war nicht mehr einfach. Vielleicht war es ja gar nicht mehr möglich.

Jetzt lernten sie die Seltsamkeit kennen, dass sie ohne den Umweg über die Kinder einander nicht mehr viel zu sagen hatten. Sie waren aus einer Zuneigung heraus eine Familie geworden, in der sich nach und nach alles andere gefügt hatte. Und das anfängliche Bedürfnis, zu zweit alleine sein zu wollen, wurde stufenlos und wie selbstverständlich zum Bedürfnis, mit den Kindern beisammen sein zu wollen. Nach und nach war der Seewirt zum Vater und die Seewirtin zur Mutter geworden, ihre eigenen Namen lösten sich auf in diesen, und die biologische Bestimmung von Mann und Frau wurde anrüchig: Unter der Kontrolle der ständig gegenwärtigen Kinder kehrte die ursprüngliche Scham, deren Überwindung der Zeugung vorausgeht, wieder.

Die über zehn Jahre gewachsene Selbstwahrnehmung über die Aura der eigenen Kinder war plötzlich verbraucht. Von einem Tag auf den anderen. Denn als die Kinder in Internaten untergebracht wurden, da klaffte von einem Moment auf den andern eine Wunde in der Seewirtin, die als großer Schmerz spürbar war und blieb und sich jeden Abend neu entzündete, wenn die Arbeit getan und kurz vor dem Zubettgehen Zeit war, Gedanken zuzulassen. Dann tauchten die Gesichter der Kinder vor ihr auf und quälten sie in eine Einsamkeit und in ein Schuldgefühl hinein, in eine, wie sie sich einredete, selbstverschuldete Verlassenheit, in die sie sich einfühlte wie in einen leeren Krug, der nichts mehr zu fassen kriegt als seine Leere und daran zerbricht. Implodiert in viele kleine Teile, schlief sie ein. Wenn sie nach kurzem Schlaf unruhig wieder erwachte, auf ihrem nass geweinten Kopfkissen liegend, im Ehebett den Mann daneben, war der ihr, bis wieder Schlaf sie befriedete, ein Feind, wie nie ein Mensch zuvor ihr in ihrem Leben Feind gewesen war – nicht einmal der KZ-Mensch, der ihr Todesangst eingejagt hatte. Der Seewirt hätte das Drängeln und Sticheln, das falschzüngige Fordern seiner Schwestern nach standesgemäßer Erziehung der Kinder ins Leere laufen lassen können, ihre Forderungen nach einer Unterbringung im Kloster abschlagen müssen. Der KZler war nach jahrelang erlittener Qual auf der Suche nach Linderung. Das hatte sie verstanden. Ihren Mann verstand sie nicht mehr: In ihren Augen waren die Kinder im Schoß der Familie am besten versorgt.

Sie hatte niemand mehr, der ihr so nahestand wie immer noch ihr Mann, der aber jetzt in eine feindliche Ferne gerückt war, niemand, mit dem sie statt seiner hätte reden können, um ihre Zerrissenheit und Verlassenheit wenigstens mit jemandem zu teilen. So beredete sie mit ihm zusammen weiterhin den Tag und die gemeinsame Arbeit, um den Gefühlen nicht Zeit noch Raum und schon gar nicht Worte zu geben. Am Abend aber saßen sie in ihrem kleinen, jetzt so groß wirkenden Familienzimmer und dachten, jedes für sich, an die Kinder. Manchmal legte der Seewirt den *Fliegenden Holländer* auf oder eine andere Wagneroper, manchmal hörte er den Philipp aus *Don Carlos*, manchmal den *Rigoletto*, und jedes Mal wuchs sein Schmerz zum großen Wohlgefühl und schwoll an zum heroisch ertragenen Leid in heldischer Pose. Dann quollen Tränen in seine Augen, sein Gesicht wurde weich und verletzlich, und durch Tränenschleier hindurch sah er sich selbst in der Kleidung des buckligen Narren vor dem Hofstaat des Herzogs von Mantua stehen und flehentlich bitten: *Gebt mein Kind, gebt mein Alles mir wieder!* Und wenn dann die Seewirtin ihn ansah, die ihm gegenübersaß und kleine Pakete verpackte, mit ein wenig Butter, einem Stück Leberwurst und einer selber gemachten Marmelade drin und einer Suchardschokolade obendrauf, oder wenn sie frisch gewaschene Strümpfe stopfte, die mit dem letzten Paket voll schmutziger Wäsche gekommen und von einem der Kinder aus einem der Klöster geschickt worden waren, dann verlor sich ihr Zorn wieder, sie wurde weich und nachgiebig und wischte dem heulenden Seewirt die Tränen von den Backen. So saßen sie, bis ihnen die Augen zufielen und sie zu müde geworden waren, dieser Zärtlichkeit noch eine weitere im Bett folgen zu lassen.

Aber am andern Morgen dann, wenn keine Kinder zu wecken waren und kein Frühstück zu bereiten, wenn keine Pausenbrote zu streichen und kein heißer Tee in Thermoskannen abzufüllen und kein Hemd mehr schnell noch zu bügeln und keine Schuhe mehr zu putzen waren, dann kehrte die Feindschaft der Seewirtin gegen ihren Mann wieder und hielt sich den ganzen Tag. Mit den eigentlichen Urheberinnen ihres Schmerzes, den Schwestern ihres Mannes, sprach sie schon seit Jahren kein überflüssiges oder gar zugewandtes Wort mehr. Ihnen galt nun nur noch ihre ganze Verachtung.

In diesen Jahren, als mit dem Schilf auch die Laichplätze der Fische in den seichten Gewässern des Sees immer spärlicher wurden und der anfangs noch vielstimmige Gesang der demokratisierten Politik im Lande wieder eintöniger, weil im See nun die modernen Chemikalien in den ungeklärten Abwässern ihre Wirkung taten und in der Politik schon wieder die alten, autoritären Reflexe – in dieser Zeit, die weder alt noch neu genannt werden kann, auch nicht ungewöhnlich oder gewöhnlich, sondern die einfach nur anstand, in dieser Zeit wurden sich heranwachsende Männer und Frauen immer ähnlicher: Junge Frauen schnitten ihr Kopfhaar zu Bubiköpfen und rasierten sich an Beinen und Scham; statt Kleidern, Röcken und Blusen zogen sie sich T-Shirts und Hosen über; auch strickten sie an Feierabenden nicht mehr aus langen Wollknäueln Pullover und häkelten Deckchen, sondern saßen an modernen Nähmaschinen und kürzten ihre knielangen Röcke die Schenkel hinauf, nicht selten bis nah an die Schamgrenze heran; und am Abend hockten sie in Bars und Kneipen und tranken Bier und rauchten Zigaretten.

Junge Männer dagegen ließen sich nun ihre Haare bis zu den Schultern wachsen; sie durchstachen ihre Ohrläppchen und zwangen goldene und silberne Ringe hinein; sie kochten das Essen und spülten das Geschirr; sie wuschen ihre Socken selbst und herzten in aller Öffentlichkeit ihre kleinen Kinder – beinahe, als wären sie nicht mehr Herr ihrer selbst und ihrer Gefühle; und oft sah man Männchen und Weibchen auf der Straße aneinandergeschmiegt stehen und sich ungeniert küssen. Bestimmt war das alles schon mal da gewesen, denn jeder wusste sofort, woran er Anstoß zu nehmen hatte, trotzdem fiel es auf und war irgendwie neu.

Natürlich hatte diese Entwicklung nicht auf dem Land ihren Anfang genommen, sondern in den Städten, die nach und nach wieder aus der Asche erstanden und zu modernen Geschäftszentren ausgebaut worden waren, in denen es alles Mögliche zu kaufen gab, was vor dem Krieg noch nicht einmal erfunden war. Natürlich war vieles von dem, was da neu und ungewöhnlich schien, von den Amerikanern eingeführt worden, die mit ihrer materiellen Hilfe und ihren demokratischen Richtlinien und mit ihren kulturellen Exporten wie der Sprache und der Musik entscheidend Einfluss auf diese

Entwicklung genommen hatten. Trotzdem überraschte die Geschwindigkeit, mit der das alles Fuß zu fassen begann, sich festsetzte und Gewohnheit wurde unter den Heranwachsenden, wie authentisch atmete und wirkte, so dass sich bald eine Kluft auftat zwischen Alt und Jung, die nach und nach von einem wachsenden gegenseitigen Unverständnis geprägt war. Nichts mehr von dem, was den Alten einst heilig gewesen war und wofür sie bereit waren, sich ins eigene Verderben zu stürzen, fand die geringste Anerkennung bei den Jungen. Und nichts, woran diese sich aufrichteten und festigten, um ja nicht so zu werden, wie die Alten waren, fand auch nur den Hauch von Verständnis bei den Alten. Sie seien verführt und beeinflusst von den verhassten Siegermächten, sagten die Alten über die Jungen, und sie, die Alten, seien unfähig, sich noch einmal zu ändern und den gewesenen, überkommenen und als verbrecherisch erkannten Idealen abzuschwören, war das vernichtende Urteil der Jungen über die Alten. Nichts mehr von dem schien zusammenzupassen, was einst aus einander hervorgegangen und ein Volk gewesen war.

Am Ufer des Sees konnte man jetzt in den Sommermonaten immer öfter Pärchen beobachten, die in Gruppen um offene Feuer herum saßen und Blumengirlanden auf den Köpfen trugen. Die Männer hatten lange Haare und wuchernde Bärte, ihre langen Hemden trugen sie über den Hosen, und Männer wie Frauen rauchten in einem fort tütenähnliche Zigaretten, die sie beidhändig vor den Mund hielten, um in tiefen Zügen daran zu nuckeln und dann weiterzureichen an den Nächsten. Die Mädchen waren gekleidet in sackähnliche Pluderhosen in den verschiedensten Farben, wobei Rosa und Lila überwog. Ihre Haare waren zerzaust und fettig, da sie aber kurz geschnitten waren, war dem eine größere Auffälligkeit gegeben als der ihnen anhaftenden mangelnden Pflege.

Rauchten sie mal nicht, dann lagen sie oft auf- und übereinander oder ineinander verschlungen und küssten und befummelten sich in einem fort. Gingen sie zum Baden in den See, dann entledigten sie sich sämtlicher Kleider, sogar die Frauen, und setzten auch dort noch, im tiefen Wasser, ihr Treiben fort. Wenn der Seewirt dann auf Drängen seiner fassungslosen Schwestern und der entrüsteten Sommergäste nach unten zum Ufer ging und darauf hinwies, dass es sich hier um ein privates Grundstück handle, auf dem solches nicht gestattet sei, und man deshalb diesen Ort auf der Stelle verlassen möge, da ansonsten die Polizei gerufen werden müsse, um die Ordnung wiederherzustellen, dann sagten diese Menschen: Okay, okay, is ja gut, Alter. Bleib cool – und wechselten danach lediglich aufs Nachbargrundstück, um dort genauso weiterzumachen. Wenn sie nach einiger Zeit auch von dort wieder vertrieben wurden, kehrten sie einfach wieder auf den alten Platz zurück und entzündeten von Neuem ein Feuer. Sobald aber der Seewirt genervt in der Polizeistation anrief, bekam er vom Wachtmeister Seetaler zu hören, dass ein polizeilicher Zugriff nicht möglich sei, solange keine Straftat vorläge.

Aber die treiben ihre Unzucht doch auf meinem Grund, erregte sich dann der Seewirt. Ich hab die ja nicht eingeladen. Und keiner von denen hat vorher auch nur mit einem Wort um Erlaubnis gefragt. Heißt Demokratie etwa, dass mein Seegrund jetzt allen gehört, Herr Gendarm? Das ist aber keine Demokratie, das ist der Kommunismus!

Ja schon, antwortete dann der Seetaler, schon, schon! Aber erstens ist das Grundstück nicht eingezäunt, und zweitens muss, laut bayrischer Seeordnung, jeder bayrische See zugänglich sein, immer und überall. Und solange die nicht miteinander kopulieren in der Öffentlichkeit – also stopfen auf Deutsch –, ist das auch keine Erregung öffentlichen Ärgernisses. Wenn Sie die aber mal beim Schnackseln erwischen, dann rufen Sie rechtzeitig an! Dann lässt sich vielleicht was machen. Aber bis wir da sind, sind die wahrscheinlich schon wieder fertig, hat der schon lang abgespritzt. Die sind ja alle noch jung.

Er wirkte ziemlich genervt, der Seetaler. Und das wiederum nervte den Seewirt.

Und wo bleibt das Eigentumsrecht?, schrie er wütend ins Telefon.

Ja, das Eigentum! Das Eigentum!, spöttelte dann gelangweilt der Seetaler, der nämlich außer der grünen Uniform und einem alten Moped nicht sehr viel mehr besaß, das Eigentum! Ha! Das Eigentum verpflichtet!, sagte er schließlich, wie nach langem Nachdenken beamtenklug – dabei wusste er es auswendig –, das steht auch im Grundgesetz, sagte er. Aber ist ja wurscht! Auf jeden Fall muss erst einmal ein Zaun hin. Vorher können wir da gar nix machen.

Das war's dann. Von Haschbrüdern hatte man damals noch nichts gehört, so weit weg von der Stadt, dem eigenen Ufer so nah.

Also baute der Seewirt notgedrungen einen Stangenzaun um sein Seegrundstück herum, als sei es eine Pferdekoppel, pflanzte eine Buchenhecke hin und ließ zwischen zwei Zaunpfosten einen Meter Abstand für das Gartentürl. Da hindurch gingen nun jeden Morgen die Sommergäste des Hauses mit ihren Liegen und Handtüchern, ihren Kindern und Pudeln, ihren Euphorien und Depressionen und bewachten dieses neu entstandene Refugium so selbstgerecht und bissig gegen jeden fremden Eindringling, wie kein Hofhund es besser hingekriegt hätte: als wäre es ihr eigenes Hab und Gut.

Auch die anderen Seeufergrundstücke am Ort wurden nach und nach zur Straße hin mit Zäunen und Hecken verrammelt, denn der Besucherverkehr nahm zu, aber die Uferplätze nicht. An den Wochenenden kamen die Leute mit dem Bus oder dem Dampfer, manche auch schon mit ihrem neuen Auto, aus der Stadt heraus aufs Land und suchten einen Zugang zum See. Außerhalb des Dorfes jedoch wucherte am Ufer entlang noch überall die unberührte Wildnis, ungerodet und brach, die das Begehen erschwerte und zum Liegen in der Sonne nicht einlud. So entstand an heißen Sommertagen ein großes Gedränge im Ort, und Anwohner und Tagesausflügler, die fast alle Picknickkörbe dabeihatten und dicke Wolldecken zum Draufliegen und keinerlei Anzeichen zeigten, in ein Gasthaus einkehren zu wollen oder in einem der drei Kramerläden einzukaufen, standen einander bald mit aggressivem Misstrauen gegenüber. Denn viele der Ausflügler, die wie die Schafherden im Frühjahr auf der Suche nach einer Weide im Sommer als Menschenherde auf der Suche nach einem Badeplatz durchs Dorf zogen, überkletterten nach einiger Zeit einfach entnervt einen Zaun und machten sich auf dem leeren Grundstück breit. Wenn dann der Besitzer kam und die Eindringlinge zum Verlassen seines Grundstücks aufforderte, gab es nicht selten gefährliche Begegnungen. Da sagte dann der Eindringling zum Grundbesitzer: Du musst mich schon hinaustragen, weil von allein geh ich nicht. Der See ist für alle da. Darauf sagte der Grundbesitzer, so er ein Bauer war – und meistens war er ein Bauer, denn die hereingeschmeckten Villenbesitzer, die sich mit ihrem fetten Geld in das Dorf eingekauft hatten und nun niemand anderen mehr neben sich dulden wollten, die hatten sich von Anfang an teure und hohe Staketenzäune um ihren Besitz herum bauen lassen, die so unüberwindbar waren wie sonst nur noch die neu gebaute Mauer in Berlin –, sagte also der Bauer zu dem renitenten Städter: Anlangen tu ich dich nicht, da brauchst keine Angst haben, weil da käme mir ja das Grausen. Aber wir haben hier heraußen andere Mittel – und ging dann hinauf zur Odelgrube und schöpfte heraus einen Kübel voll Jauche, trug den hinunter zum See und vergoss den Inhalt vorsichtig und gleichmäßig rund um die Liegestatt der Eindringlinge. Den sich ausbreitenden Gestank hielt oft der stärkste Städter nicht aus und räumte schließlich seinen Platz, jedoch oft erst nach einem körperlichen Gerangel unter lautem Rufen nach der Polizei. Die war aber damals auf dem Land noch rar, und der Seetaler allein konnte auch nicht überall gleichzeitig sein. Er wollte auch gar nicht. Dieses Eigentumsgetue ging ihm gehörig auf den Sack. Also stellte er sich meistens tot oder zumindest überfordert.

So war das am Anfang. Ganz natürlich noch.

Der eine oder andere Seegrundbesitzer aber erkannte instinktiv das brachliegende Potential, das interessante Verhältnis zwischen Angebot und Nachfrage, das durch den Schutz privaten Eigentums an Seegrundstücken auf der einen und dem fordernden Freizeitgebaren der Städter auf der anderen Seite entstanden war, und hängte ein Schild an sein Gartentürl hin, auf das er vorher geschrieben hatte: Baden erlaubt. Sonnenbaden auch. Oben ohne verboten. Unten rum auch. Eintritt 1 Mark.

Und ganz allmählich kam ein Ausgleich zustande zwischen dem Besitzanspruch der Eigentümer und dem Erholungsbedürfnis der Ausflügler. Beide Seiten begannen, sich wieder zu vertragen, und keiner rief mehr nach der Polizei, denn den Staat wollte niemand dabeihaben.

Ein Eintrittsbillettl können Sie schon haben, sagte der Badeplatzvermieter zum Badegast, wenn der nach einem Beleg verlangte, aber dann kostet es halt das Doppelte.

Und schnell war man sich wieder einig. Am Nachmittag kam dann die Badeplatzbesitzersgattin mit einem großen Tablett voll mit selbstgebackenen Kuchen und frisch aufgebrühtem Kaffee hinunter zum See und stellte alles auf der

Seebank ab. Und wer jetzt Appetit bekam und vom immer gleichen Inhalt des eigenen Picknickkorbes schon ein wenig übersättigt war, kriegte eine Tasse überzuckerten Malzkaffee eingeschenkt und einen fetten Käsekuchen in die Hand gedrückt, manchmal auch eine Rohrnudel – wenn er vorher, oder sie, zwei Mark aufs Tablett gelegt hatte. Es war der Beginn einer Zeit, in der man auf die Schnelle schon mal wieder eine Mark über hatte, wenn es sein musste.

Und weil das so war und weil deshalb nicht mehr jeder Mensch im Land den bereits wieder fünfzehn Jahre alten Pfenning erst zweimal umdrehen musste, bevor er ihn ausgab, mussten die Menschen auch nicht mehr alle nur immer arbeiten und essen und schlafen, um zu leben, sondern ihnen blieb schon wieder ein bisschen Zeit, sich zwischendurch auch ein wenig Zeit zu nehmen. Und nicht alle von denen, die sich von ihrer Lebenszeit schon wieder ein bisschen Zeit nehmen konnten zum Leben, nutzten die zum Baden im See, sondern sie hockten sich hin und begannen ein bisschen nachzudenken: über sich und die anderen Leute; über den Staat, in dem sie lebten; über die Wirtschaftsform, die sie nährte. Und siehe da, Unruhe begann in ihnen zu keimen, Unbehagen breitete sich aus, und ein anschwellendes Misstrauen gegenüber den amtlichen Verlautbarungen und der veröffentlichten Meinung wurde schließlich, Pulsschlag für Pulsschlag, zu einer bisher ganz unbekannten Aufsässigkeit der nachdenklichen Menschen gegenüber den gleichgültigen und jenen, die diese für ihre Zwecke immer wieder einspannen und irreleiten – früher, jetzt und leider wahrscheinlich auch in der Zukunft.

Semi saß derweil im Studierzimmer des Klosterinternats und hatte in der linken Hand einen Füllfederhalter, den er abwechselnd gegen die Schläfe hielt und dann wieder zwischen die Zähne schob, um darauf herumzukauen, denn so war der Präfekt zufriedengestellt und überzeugt davon, dass er lernte, während Semis rechte Hand in der Hosentasche den klitschnassen Schwanz wichste, der durch das Loch hereinragte, das er mit einem kleinen Taschenmesser zuvor hineingeschlitzt hatte.

Er gehörte noch nicht zu den Nachdenkern. Kapiert hatte er noch gar nichts. Höchstens, dass die Sexualität eine große Sauerei ist. Denn das Malheur, das dem Abspritzen folgte, war die Schwierigkeit der sofortigen, unauffälligen Reinigung der vom Sperma besudelten Hand und Hose. Was an aufgezwungener Sexualität hinter ihm lag, als tiefe, unheilbare Wunde, die er davongetragen hatte, ruhte tief versenkt in seinem Innern.

Er hatte diese Geschehnisse im Moment erfolgreich verdrängt und erlebte noch einen Rest von Kindheit. Nicht unbeschwert, das nicht, aber auch nicht niedergedrückt vom Geschehen. Der freundliche Pater Ezechiel war aufgestiegen in der Hierarchie. Man munkelte, er würde demnächst zum Abt gewählt werden. Seine ihm davon aufgezwungene, erhöhte Geschäftigkeit erleichterte ein wenig Semis Dasein. Dem Ort war er trotzdem ausgeliefert.

In seinem Körper tobte also noch das individuelle Wachstum, während draußen in der Welt sich schon wieder das gesellschaftliche Wachstum regte – wieder auf eine ganz neue Art, aber auch wieder wie schon mal da gewesen.

~

Um diese Zeit saßen an einem späten Augusttag zwei fein gekleidete Herren nebeneinander auf der hölzernen Bank, die rund um den meterdicken Stamm des großen Kastanienbaumes herum gezimmert war, der auf der Seeseite des Seewirtshauses seine gekrümmten, mit saftigem Laub bebuschten Arme ausbreitete, und schauten mit harten Gesichtern hinaus auf den im milden Spätsommerlicht gräulich blau schimmernden See. Der eine war Fachmann, ein Laie der andere. Sie sprachen über Politik und meinten sich selbst.

SPEZIALIST: Ich finde solche Stimmungen abscheulich. Sie machen sentimental. Kommt daher vielleicht diese lauwarme Heimatseligkeit der Bewohner? Von dieser föhnigen Luft- und Wassermelancholie?

LAIE: Was fragen Sie mich? Ich finde das eher beruhigend. Sentimental macht mich das nicht. Wenn Sie sich dieses Licht anschauen, dann finden Sie das in beinahe allen Landschaftsbildern von van Gogh. Da ist aber von lähmender Traurigkeit nicht viel zu spüren. Denn das Grundmotiv dieser Bilder ist Heiterkeit, in die Trauer oder Bedrohung vielleicht hineinscheinen, sie aber niemals beherrschen. Dafür ist der Blick, den diese Bilder spiegeln, viel zu intelligent.

SPEZIALIST: Ich rede ja auch nicht von Frankreich. Ich rede von hier.

LAIE: Gut. Dann rede ich von Corinth. Da finden Sie ähnliche Stimmungen vom Walchensee. Oder bei den *Blauen Reitern* ist es der Staffelsee. Immer wieder taucht in den Versuchen der Wiedergabe dieses eigenartigen Lichts diese Voralpenatmosphäre auf. Und die hat, wie Sie ganz richtig sagen, tatsächlich mit dem Föhn zu tun, der den einen Kopfschmerzen macht, während er gleichzeitig andere beruhigt. Vielleicht haben Sie einfach nur Kopfweh und sind nicht sentimental, sondern aggressiv. Entspannen sollten Sie sich. Nicht dass Sie einen Schlagfluss kriegen.

SPEZIALIST: Da irren Sie! Mich lässt das Wetter völlig kalt. Leider scheint das bei den hiesigen Bewohnern nicht der Fall zu sein. Ich bin hier, um die Bereitschaft für den Verkauf von

Seegrundstücken an die öffentliche Hand auszukundschaften. Man will Land, das direkt an den See grenzt, sicherstellen, um öffentliche Badeplätze anlegen zu können. Der Druck von Seiten der sozialen Demokraten und einiger Bürgerinitiativen auf die Regierung ist mittlerweile so groß, dass Handlungsbedarf besteht. Aber wer immer auch mit diesen dumpfen Kuhhirten, denen hier ja alles gehört, ins Gespräch kommen will, dem sagen die alle das Gleiche: Wir verkaufen nix! Und schlagen einem die Tür vor der Nase zu. Diese Uferstreifen, die in Frage kämen, sind aber alle mit Schilf zugewachsenes Ödland oder Sumpfwiesen. Völlig wertlos. Wenn ihnen da fünf Mark für den Quadratmeter geboten werden – Sie müssen sich das mal ausrechnen: fünf Mark! In der Summe sind das für jeden Bauern, der ein solches Stück Land hat, schnell 30- bis 50 000 D-Mark, so viel Geld hat von denen noch nie einer gesehen! –, wenn ihnen ein solches Angebot gemacht wird, dann geben sie zur Antwort: Wir brauchen das Heu der Seewiesen als Einstreu für den Stall! Oder: Wo sollen unsere Kühe ausruhen? Sie schlafen doch auch im Bett. – So Zeug kriegt man zu hören. Da verkümmert Heiterkeit. Ich bin eigentlich gut gelaunt hier angekommen.

LAIE: Sie meinen, Sie können ein paar einfältige Bauern leicht über den Tisch ziehen mit ein paar Geldscheinen für ein Stück Land, das hinterher einen vielfachen Wert besitzt, als Badeplatz, selbst wenn der für einen öffentlichen Zweck gedacht ist? Ja? Aber mit Geld können Sie da noch gar nichts machen! Die wissen noch nicht, was Geld überhaupt ist, weil sie noch nie mehr als ein paar Mark in der Hand hatten: Sie waren immer arm. Deshalb sind sie noch unempfindlich. Geld hat für sie nur einen Nennwert. Wenn Sie ihnen sagen, Sie zahlen 50 000 für eine Sumpfwiese, damit andere drauf baden können, dann halten die Sie für einen betrügerischen Lumpen. Mehr nicht. Baden ist für Bauern kein Kriterium.

Wohl aber die Streu, die auf diesen Wiesen wächst. Da haben alle ganz persönliche Erfahrungen mit diesen Streuwiesen. Jeder. Schon von Kind auf. Auf diesen Wiesen verbringen diese Leute im Herbst ihre schönsten Tage im Jahr. Und zwar allein. Ohne die Fremden, weil die da längst schon wieder weg sind. Zur Streuernte fährt die ganze Familie und ist den ganzen Tag gemeinsam unterwegs, weil diese Wiesen so weit abgelegen sind vom Dorf, dass sie zwischen den einzelnen Arbeitsgängen nicht dauernd hin- und herfahren können mit ihren Fuhrwerken. Sie haben Speisen und Getränke dabei und nehmen ihre Mahlzeiten an Holztischen und Bänken ein, die sie sich selbst an den Waldrand hingezimmert haben, der oberhalb des Sees die Sumpfwiesen begrenzt. Da sitzen sie dann in diesem rätselhaft harten Mittagslicht des Altweibersommers und später im betörend klaren Abendlicht der untergehenden Herbstsonne – den ganzen Tag über ist die sie umgebende Landschaft hart und klar –, ohne dass es ihnen rätselhaft vorkommt oder betörend. Und warum? Ganz einfach: Weil sie es kennen und schön finden! Ohne Begriff. Und weil es sie wärmt. Und sie spüren eine Gemeinsamkeit, die sich sonst nur noch an langen Winterabenden einstellt, oder an Weihnachten. Aber auch da nicht so wie an diesen Herbsttagen. Denn diese Herbsttage sind die goldenen Tage in ihrem Leben, die sie ohne Schweiß im Freien verbringen. An diesen Tagen, wenn sie gemeinsam arbeiten, gemeinsam essen und gemeinsam der untergehenden Sonne zusehen, kehrt für sie ein Urzustand zurück, den sie gespeichert haben, ohne es zu wissen: das gemeinsame Sitzen am Feuer vor der steinzeitlichen Höhle. Diese paar Tage auf den Streuwiesen sind für sie das, was sie sonst nie haben und von anderen nur vorgeführt bekommen, ohne es je wirklich zu begreifen: Urlaub. Das sind ihre paar freien Tage im Jahr, wo sie rasten können, ohne das Gefühl zu haben, sie würden faulenzen.

Verstehen Sie? Es sind die einzigen Tage im Jahr, in denen die Bauern die Sonne genießen können, ohne Hetze und ohne Existenzangst: Die Ernte ist eingefahren, und das Wetter spielt keine Rolle mehr. Denn es ist egal, wie lange die Streu im Regen liegt. Sie muss nur trocken sein, wenn sie eingefahren wird. Sie besitzt keine höhere Qualität. Verstehen Sie? Natürlich verstehen Sie es nicht. Denn Sie kommen daher und beleidigen die Leute mit abgegriffenen Geldscheinen und sind ratlos, wenn man Sie weiterschickt. Sie haben sich für Ihren Auftrag nicht gut vorbereitet, weil Sie gedacht haben, Sie können hier Geschäfte machen ohne Geschäftspartner. Das ist arrogant. Mehr nicht.

SPEZIALIST: Was schlagen Sie vor?

LAIE: Sie müssen sich Zeit lassen! Zeit! Dann arbeitet die für Sie. Sie hat die meiste Überredungskraft. Die Bedürfnisse der Leute müssen sich erst einmal ändern! Dann ändern die Leute sich auch. Ob zum Besseren? Das bleibt dahingestellt. Aber zuerst einmal müssen Sie ihnen, allmählich, aber stetig, immer mehr Geld in die Finger geben. Das besorgt der Tourismus, da müssen Sie sich gar nicht drum kümmern. Da lernen sie dann Mark für Mark den Wert des Geldes kennen und alles, was damit verbunden ist und was sich damit machen lässt. Wenn Sie ihnen gleich einen ganzen Haufen Geld in die Hände drücken, dann kriegen sie nur Angst und glauben, das geht nicht mit rechten Dingen zu! Wenn sie aber nach und nach immer etwas reicher werden – das darf nie zu viel sein, aber immer wieder ein wenig mehr –, dann werden sie auch gieriger nach und nach, und sie verlieren den ideellen Blick auf ihre Wiesen, den jahrhundertealten, der ihnen bisher die Existenz gesichert hat und sie über die Zeiten hat kommen lassen, und sie beginnen zu kapieren, dass so eine Wiese ja mehr ist als nur Gras und Heu, die ihnen ein paar Milchpfennige sichern, und dass Sonne und

Wärme auch woanders zu haben sind. Und wenn dann die nächste Generation das alte Erbe übernimmt, dann ist die überlieferte Treue zu Grund und Boden schon gebrochen wie die Ehe nach dem ersten Betrug, und es wird kein Halten mehr geben. Dann werden sie Ihnen die Wiesen nachschmeißen, die nur Arbeit machen und den Schweiß treiben.

SPEZIALIST: So lange kann ich nicht warten. Der Druck aus der Stadt wird immer größer. Die einfachen Leute sehen nicht mehr ein, dass einige wenige Zugang zum See haben, die meisten aber nicht. Im Hauptort und den reichen Nachbarorten führen sozialistische Gruppierungen bereits Seeuferbesetzungen durch. Auf diesen Grundstücken und in den dazugehörigen Häusern leben einflussreiche Leute, die ihre Ruhe haben wollen vor dem Mob. Die machen einen anhaltenden und unerhört lästigen Druck auf die Regierung und fordern, dass brachliegendes oder auch bewirtschaftetes Bauernland bereitgestellt werde für Badeplätze, damit in ihren Parklandschaften wieder Ruhe einkehrt. Die haben keine Lust, auf eine nächste Generation zu warten. Die fordern Enteignung der noch freien und brachliegenden unbebauten Seegrundstücke, und zwar jetzt gleich, bevor sie selber vom Pöbel enteignet werden.

LAIE: Wer soll diese Enteignung denn durchführen? Die sozialen Christen von der Union etwa, die fast allein die Regierung bilden? Die werden doch nicht so blöd sein, ihre sicherste Klientel, die Bauern, mit so was zu verstören.

SPEZIALIST: Natürlich nicht. Dafür sind die sozialen Demokraten zuständig. Die kriegen von den Bauern sowieso keine Stimmen, weil sie als Partei der Arbeiter gelten, auch wenn sie es schon lang nicht mehr sind und die Bauern nichts mehr fürchten, als den Neid der Besitzlosen auf ihr Bauernland. Die Sozis erhoffen sich aber von dieser populären Maßnahme der Enteignung einen beträchtlichen Stimmenzuwachs unter all den Kleinbürgern, die einmal im Jahr nach Jesolo fahren, um da das Baden zu lernen und Bekannte zu treffen, die auch immer dorthin fahren, und die dann die übrige Zeit des Sommers ihre Wochenenden an einem bayrischen See verbringen wollen, um das Baden zu üben für den nächsten Jesolosommer, wieder unter lauter Bekannten. Die sozialen Christen in der Union haben unter der Hand bereits signalisiert, dass sie einer entsprechenden Initiative der sozialen Demokraten nichts in den Weg stellen werden. Einzige Bedingung: Das stille Einverständnis unter der Hand muss gewahrt bleiben.

LAIE: Das ist doch mal eine schöne Zusammenarbeit. Aber wie wollen Sie erreichen, dass es unter den Bauern hier keinen Aufstand gibt?

SPEZIALIST: Man wird einen sogenannten überörtlichen Erholungsflächenverein gründen, der sich aus Gemeinde, Landkreis, Land und der Bezirksregierung zusammensetzen wird, so dass keine Partei in Erscheinung treten muss. Nur die sozialen Demokraten werden mit großem Getue die Gründung dieses Vereins fordern und fördern. Nach der Gründung wird dieser Verein dann die Enteignungen durchführen und gering entschädigen. Ein Teil der Gelder kommt von den Trägern des Vereins und der Großteil – selbstverständlich unter strikter Geheimhaltung – von der Staatsregierung. Was wollen Sie mehr?

LAIE: Respekt! Raffiniert austarockt. Auf der Höhe der Zeit. Gratuliere! Krieg dem Bauernland und Friede den gepflegten Parkanlagen. Es lebe die Reformation! Dann ist also bald wieder alles trockengelegt, von den Sumpfwiesen bis zu den Unruheherden. Nur der Korruptionssumpf gedeiht.

SPEZIALIST: So wird die Erde wieder um ein Menschenbildnis hässlicher: den Freizeitmenschen. Der unbefreite Mensch ist für das Nichtstun nicht geeignet. Würde zeigt er nur im Joch der Unterdrückung. Der Wohlstand, der für den vertierten Menschen gerade so dosiert ist, dass er stillhält, doch ein höherwertig angelegtes Leben dahinter nicht zu erkennen vermag, richtet ihn so zu, dass ein Unterschied zum gut genährten Herdentier nicht mehr besteht. Das Schlimmste, was ihm angetan werden kann, ist, ihn in eine Freizeit zu entlassen, mit der er absolut nichts anzufangen weiß. Eigentlich, so glaubt er, sollte er ja glücklich sein darin. Doch der Druck, was tun zu müssen, um das Glück nicht zu versäumen, ist so groß, dass er in Wirklichkeit verzweifelt. Man sieht es diesen Freizeitmenschen an, dass Reformismus eins der schlimmeren Verbrechen ist, die den Menschen durch Menschen angedeihen.

Das Aussehen beider Herren hatte mittlerweile beträchtlich gelitten, sie wirkten gebückter, die Gesichter verschrumpelt und spitz, ihre Anzüge eher wie eine schützende Panzerhaut, und seltsam krumm kreisten ihre Arme und Beine ziellos vor dem Körper in der Luft. Ihre Worte wurden langsamer und dehnten sich mehr und mehr, und dumpf und hohl kamen die Töne wie aus einer Tiefgarage: Eine Langspielplatte, konnte man meinen, wäre man dabeigesessen, verliere an Geschwindigkeit.

LAIE: Seien wir froh, dass wir keine Menschen sind.

SPEZIALIST: Ja ja, seien wir froh. Und wenn man bedenkt: Bald werden sie sich auch noch selber zu Schmelze verflüssigt haben.

LAIE: Ja ja. Bald bald. In Bälde. Zu Schmelze. Verflüssigt. Ha ha!

Schweigend saßen sie noch eine Weile nebeneinander, bis sie Maikäfer geworden waren. Doch dann rafften sie sich auf.

SPEZIALIST: Ist Ihnen gar nicht aufgefallen, dass wir schon überständig sind?

LAIE: Wie überständig?

SPEZIALIST: Na ja: Es wird Herbst, und wir sitzen immer noch hier. Meinen Sie nicht, dass es Zeit wird, endlich, für einen Abflug?

LAIE: Gottogott! Herbst sagen Sie, Herbst! Sehen Sie, das kommt vom vielen Reden. Wir haben uns verredet, bis in den Herbst hinein. Ja dann: Kommen Sie!

Kommen Sie!

Und dann pumpten sie und pumpten, bis sie aufgepumpt waren, und dann stellten sie sich auf ihre Käferhinterbeine und breiteten die Flügel aus ... die begannen zu rotieren ... und mit einem Mal hoben sie ab und flogen mit Gesurre davon, weit hinaus über den See, bis sie abstürzten und ertranken.

Von diesem Zeitpunkt an gab es keine Maikäfer mehr in Seedorf.

~

In ihrer Küche, aufgelöst in Tränen, sitzt um Beistand heischend Kirsten, die ohne eigne Schuld geschiedene Frau des Rotenbuchner, und findet aus ihrer Verzweiflung kein Hinaus. So scheint es. Vom aufgehäuften fremden Seelenmüll noch gemeiner zugerichtet wirkt der Seewirt, der ihr voll Unbehagen gegenübersitzt und hilflos schweigt. Sie, mit 45, hat sich verliebt in einen dominanten Mann, der eigentlich ihr Angestellter ist. Nun ist er ihr Lieb- und Leibhaber geworden, rücksichtslos und kalkuliert, und sie kann ihm nicht mehr widerstehen. Sie ahnt, dass ihre Schwäche noch mehr Unrat zwischen sie und ihre Kinder häufen wird, als es ohne ihr direktes Zutun bisher schon geschehen ist. So beichtet sie, zerknirscht und immer wieder unterbrochen von hysterischem Geschluchze, aus dem nicht nur ein fader, sentimentaler Schuldbedarf herauszuhören ist, sondern ebenso das gierig von ihr eingesaugte neue Glück und der Drang, darüber zu berichten, anderen Teilhabe daran aufzuzwingen, um nicht ganz allein im eignen Sud zu schmoren. So häufelt sie, mit Jubeljammerstimme, auf den Seewirt ihr Malheur und überfordert ihn damit so würdelos, wie jede selbstgemachte Katastrophe vor allem andere überfordert und entwürdigt.

Hans, ihr geschiedener Mann, war des Seewirts bester Freund, bis der Krieg zu Ende war und ihn als schwer erkrankten Trinker über ließ – unverwundet am Leib, zerfetzt im Inneren. Niemand hat es je erfahren, was genau geschah an seinen Einsatzorten, auch nicht der alte Freund. Auch der Seewirt konnte nur erahnen, was passiert war, um sich das Ausmaß dieser völligen Verwandlung in ein anderes Wesen zu erklären. Und so musste auch der Seewirt davon ausgehen, dass der Rotenbuchner ihm nur Halbwahrheiten überließ, zu seiner Meinungsbildung, den Rest jedoch tief in sich drin vergraben hielt.

Demnach war der Rotenbuchner als Soldat zuerst in Serbien gewesen und danach in Griechenland. Der Aufenthalt da unten hätte ihm die Seele reingewaschen, erzählte er dem Seewirt, so schön sei alles dort gewesen: das Meer, die Landschaft und die Menschen. Gerade deshalb sei er schutzlos dagestanden, den Schrecken ausgeliefert, weil alles offen war bei ihm, den Bewohnern dieser Länder zugewandt, vereinnahmt von dem Zauber dieser ihm bis dahin unbekannten Landschaften und Menschen. Doch dann musste er das Kriegshandwerk verrichten, und das hätte ihn vielleicht ein wenig überlastet, ein wenig durchgeschüttelt und verwirrt. Deshalb trinke er nun hin und wieder einen Schnaps.

Das war des Rotenbuchners Antwort an den Freund. Mehr

Auskunft gab er nicht mehr, seit seinem Rückzug aus der Welt. Welcher Art sein Handwerk seinerzeit gewesen war, berichtete er nicht. Mehr gibt es dazu nicht zu sagen, war seine hingerotzte Antwort auf des Seewirts wiederholtes Fragen. Lass uns lieber noch ein Zwetschgenwasser gurgeln, weil das hilft. Aber nicht das ewige Geschwafel und Gerede! Da kommt nichts Brauchbares heraus!

Um ein normales Einmarschieren und eine geordnete Besetzung scheint es sich nicht gehandelt zu haben, erzählte der Seewirt dem Vormundschaftsrichter. So viel hätte er noch aus ihm herausbringen können. Danach sei er immer sofort hinausgeworfen worden aus der Küche, in der der Rotenbuchner seit Mitte des Jahres 47 Tag für Tag gesessen und getrunken habe. Am Anfang trank der Rotenbuchner noch die eigenen Bestände auf, denn er hatte Brennrecht auf dem Stankerhof. Ein schöner, gut geführter Hof, der viele Gäste aufnahm während der Saison.

Bis von Flensburg kamen sie. Von daher kam als Kind die Kirsten mit den Eltern und verbrachte seitdem jeden Sommer auf dem Stanker. Sie hat den Rotenbuchner nie kennenlernen müssen, sie kannte ihn von Kind an. Erzogen und gebildet aber wurde sie im Norden. Die Eltern waren Ärzte, sehr vermögend, unterm Jahr verkehrte sie ausschließlich in einer höheren Gesellschaft aus Akademikern und Geschäftsleuten. Trotzdem hat sie sich in den jungen Rotenbuchner verliebt, schon vor dem Krieg. Sie haben ihre Liebe versteckt vor den anderen. Sie haben gelebt in den umliegenden Wäldern und Scheunen. Sie richteten sich Lager in Getreidefeldern und schliefen und liebten sich nächtelang zwischen halbreifen Ähren. Sie stahlen fremde Boote von den Bojen und lagen beieinander bis zum Morgengrauen. Dann schlichen sie ungesehen in ihre Zimmer. Ein Rausch, der drei Jahre lang dauerte. Furchtbar war das lange Jahr zwischen den

Sommern. Sie fühlten sich wie Zugvögel im Käfig. Die Konvention hatte Hürden aufgerichtet: Für das Unerlaubte konnte keine Erlaubnis eingeholt werden; für das Ungeplante gab es keinen Plan; planlos waren sie aufeinander zugetrieben, und keinen Plan hatten sie, aus dem Käfig wieder zu entkommen. Die Arbeit auf dem Hof und später auf dem Schlachtfeld verlangte den ganzen Rotenbuchner, das Studium der Medizin alles von der jungen Frau.

Im dritten, endlich frei von jeder falschen Scham durchlebten Sommer, wurde Kirsten schwanger und die Liebe zum Malheur. Sie ging in ihrer Not zum Wehrbereichskommando Hamburg. Ihr Anliegen war erwünscht, jede Geburt ein Kind für den Führer und das Land. Der Vater wurde ausfindig gemacht, und ein außerordentlicher Fronturlaub wurde gewährt. Rassisch wertvolles Leben war zu erwarten: der Vater, kraftvoll gewachsen auf südlichem Feld, von harter Arbeit auf Heimaterde gestählt – und reinstes nordisches Blut in den Adern der Mutter. Kirsten reiste nach Weihnachten, zum ersten Mal außerhalb des Sommers, an den See – zum Heiraten. Nicht heimlich, aber gegen den Widerstand aus beiden Familien, geduldet schließlich und zurechtgeredet zum patriotischen Dienst am Vaterland.

Im Mai hat Kirsten ihren ersten Sohn geboren und zog danach ganz auf den Stankerhof. Sie gab sich alle Mühe, Bäuerin zu sein und Dienstmagd, Frau und Mutter. Sie vertrat den abwesenden Mann gegenüber Knechten und Mägden, vor den Nachbarn und den Behörden. Der Seewirt war immer wieder ein guter Ratgeber, wenn er Urlaub machte vom Schlachten in fremden Ländern. Er half ihr dabei, ihren Mann besser zu verstehen, von dem sie nicht viel mehr begriff als die Wucht seiner frühen Liebe. Alles andere an ihm war ihr furchtbar fremd, war ganz anders als das, was sie war und kannte. Und gerade das war es, was ihr die Liebe angestachelt hatte. Und das war es auch, was immer öfter fragte nach den möglichen Gründen und Ursachen der Liebe und nach den Ursachen der Zweifel, die den Fragen zugrunde lagen.

Aber ihre Liebe war noch nicht verbraucht. Sie war nur offiziell geworden durch die Heirat und das Kind. Und anders deshalb, nicht mehr ganz so frei von Anstrengung und Gründlichkeit. Sie kostete jetzt Mühe. Sie fand nicht öfter statt als vorher auch. Auch jetzt sah sie den Rotenbuchner nicht häufiger als früher. Einmal im Jahr kam er nach Haus vom Krieg, vielleicht auch zweimal. Aber die Heimlichkeit war weg. Die Zeit dazwischen war nicht mehr gefüllt mit Bildern von der Sehnsucht. Die Zeit dazwischen war jetzt die Alltäglichkeit. Das veränderte die Lage und damit die Liebe. Die Liebe war jetzt nur mehr auf gut Glück zu haben. Ein Kind hat Kirsten kurz nach dem Krieg noch auf die Welt gebracht. Dann war Schluss. Heim und zu ihr ins Bett kam nicht mehr der Liebhaber, sondern der Trinker, der sie nahezu täglich schlug.

Er ertrug nichts mehr an ihr: ihre Sprache nicht, nicht ihren Geruch, ihre talgweiße Haut ertrug er nicht mehr und ihr blondes Haar, ihre unaufdringliche Klugheit nicht und nicht ihre gehobene Bildung. Davon fühlte er sich überfordert und bedroht, weil er ihre Sprache, die hohe und der Schrift entliehene, als von ihr ausgeübte Macht auf ihn und über ihn empfand. Er fühlte sich minderwertig ihr gegenüber und prügelte sie hinunter ins Kreatürliche, um sich gleichwertig fühlen zu können. Er richtete sich auf an ihrer zu geringen Kraft fürs bäuerliche Element. Er führte ihr ihre Unfähigkeit vor, indem er sie von Unfähigkeit zu Unfähigkeit führte. Brüllend und schlagend trieb er sie in den Stall hinaus und unter die Kühe hinein. Melk!, schrie er, melk! Grob setzte er auf ihren Kopf den leer gebliebnen Eimer, dass sie da stand wie mit Helm und ohne Rüstung. Dann molk er selbst den Eimer voll in kurzer Zeit und drückte ihr Gesicht hinein und brüllte hemmungslos: Sauf! Sauf! Du sollst saufen, damit du es lernst! …, und sie wusste sich gar nicht mehr zu helfen. Er trieb sie in den kalten Wald hinaus und drückte eine rohe Axt in ihre weichen Hände, damit sie von den gefällten Bäumen alle Äste schlage, die dicker noch als seine starken Arme waren. Sie konnte es nicht, und er schlug ihr ausgedörrte Fichtenzweige ins Gesicht, die wie Peitschen brannten auf der Haut. Schlag! Schlag ab die Äste! Schlag zu! Schlag! Sonst schlag ich dich ab!, brüllte er. Sie weinte. Er packte sie an ihren Haaren und schleifte sie durch den Stall an den Kühen vorbei bis auf die Tenne hinauf, gefüllt bis unters Dach mit Heu und Weizen. Er zerrte sie hinauf über die Leiter, warf sie hinein zwischen Staub und Ähren und nahm sie in voller Kleidung – ganz wie früher, als es noch Begehren beider war, doch jetzt das ganze Gegenteil. Danach drückte er ihr grob die Gabel vor die Brust und schrie: Stich! Stich! Stich die Gabel hinein ins Futter! Soll das Vieh verhungern? Stich! Sonst steche ich dich ab! Doch sie zupfte nur an losen Halmen, die die Oberfläche deckten. Sonst bewegte sich fast nichts. Da riss er ihr brutal die Gabel aus den Händen voller aufgeplatzter Blasen und stach hinein ins Heu und warf mit einem Hub den Haufen, groß wie eine Kuh, hinunter auf den Scheunenboden. Dann stieß er sie mit einem groben Renner hinterher, fast drei Meter tief. Nur der gedämpfte Aufprall auf der Kuh aus Heu verschonte ihre Knochen.

Es wurde leichter für sie, als er immer seltener die Küche verließ, um schließlich ganz darin zu enden und zu vertieren. Die Kinder hielt sie von ihm fern und versorgte sie im Wohnzimmer, das er nie betrat. Als er schließlich endgültig an nichts mehr teilnahm und kein Interesse mehr bei ihm für irgendetwas noch vorhanden war, beantragte sie Vormundschaft, da sie selber keine Rechte hatte. Der Seewirt wurde zum Vormund für den Rotenbuchner einbestellt.

Im Frühjahr desselben Jahres ging der Rotenbuchner auf die Kreissäge los, die nahe der Scheune abgestellt war. Der Taglöhner hatte sie nicht aufgeräumt. Der Rotenbuchner bekämpfte die Säge wie ein wildes Tier, von dem er, seinen wirr hingebrabbelten Aussagen nach, angefallen worden sei, als man ihn schwerverletzt neben der demolierten Kreissäge liegend fand. Er lag mehrere Wochen im Krankenhaus und wurde genäht und mehrmals operiert. Als man ihn entließ, sahen Frau und Vormund keinen andern Ausweg mehr, als ihn ins Irrenhaus zu überweisen. Dort blieb er noch zehn Jahre lang, unangetastet von der äußern Welt, bis er an einem Heiligabend vom Anstaltsdach hinunter in den Tod gesprungen war.

Jetzt greift die Kirsten nach der Hand des Seewirts, zart, schon zärtlich fast, und schaut ihn glasig an. So ein unnatürliches Geschau, denkt er, das habe ich bei ihr noch nie gesehen. Dabei ist sie doch, das riecht er, völlig nüchtern. Ich bin so glücklich, sagt sie, so verzweifelt glücklich. Der Wiesengrab, der ist was ganz Besonderes, glaub es mir. Wiesengrab, so heißt der Hofverwalter, den sie vor einem Jahr bestellt hat, damit er alles regelt im Betrieb, dem sie nicht gewachsen ist. Sie hat ihn angestellt, obwohl ihr erster Eindruck sie beinahe davon abgehalten hätte. Der erste Blick, mit dem er sie beschaute, hat ein Gefühl der Abscheu bei ihr ausgelöst: als ob er ein Besitztum anvisiere. Die unverschämte Klarheit dieses Blickes hat sie schwer gekränkt – und gleichzeitig gezähmt: Der Zorn stieg auf in ihr, um zu verrauchen. Er änderte abrupt den Gestus und nahm unterwürfig Haltung an. Seine vorgelegten Zeugnisse empfahlen ihn. Und weil der Winter schon zu Ende ging und die Felder hergerichtet werden mussten, ließ sie sich von den Papieren überzeugen und drängte ihre Abneigung zurück. So brachte der Wiesengrab eine leichte Verwirrung in die Rotenbuchnerin und ein Bein in die Tür zum Stankerhof. Kein Jahr verging, und er schob seinen Leib hinterher.

Ich möchte ihn heiraten, sagte sie zum Seewirt, er hat mich gefragt, ich habe ja gesagt. Und ich möchte, dass du den Trauzeugen machst. Ich hab sonst niemand hier, dem ich vertrauen kann. Versuche aber nicht, mich davon abzuhalten. Ich habe mich bereits entschieden.

Ja dann, murmelte der Seewirt. Dann gibt es ja auch weiter nichts zu reden.

Nein, sagte sie, weil ich gut entschieden hab. Aber wenn du mir den Zeugen machst, hab ich das Gefühl, einen starken Beistand neben mir zu haben.

Und ihr Geschau blieb glasig.

Das muss das Glück sein, denkt der Seewirt, denn sie hat ganz sicher nichts getrunken, das würde ich doch riechen. Ich rieche aber nichts.

Weil der natürlich was im Schilde führt, der Wiesengrab, denkt er. Der gräbt die doch nicht an aus Liebe. Der gräbt, weil ihr die Hangwiesen gehören. Und er schmeckt das Geld, das auf ihnen wächst. Herrgottnochmal! Dass die das nicht begreift!

Die Tür geht auf in dem Moment, und etwas Weiches rollt herein. Der Wiesengrab hat ein noch junges, aber auch sehr teigiges Gesicht, das großflächig glänzt unter dem blonden, von einem Scheitel scheitelgrad von hinten her bis vorn zur Stirn durchfurchten vollen Haar.

Ziemlich bleich und ungesund sieht das alles aus, über den rosaroten Hemden, die er meistens trägt, manchmal auch schwarz. Stahlblau stechen seine Augen, wenn er einen ansieht. Fast nicht auszuhalten für die einen, aufgeweckt und interessiert, meinen die anderen.

Er ist schon über fünfzig. Kein Mensch weiß, wie er sein viel jünger wirkendes Gesicht durch den Krieg gebracht hat.

Aber Theorien dazu gibt es genug. Lagerkommandant in einem KZ im Osten sei er gewesen und dort habe er sich, zweimal die Woche, serviert von nackten Jüdinnen, die nur mit einer weißen Schürze bekleidet waren, das Fleisch frisch geschlachteter Judenbabys auftischen lassen. Roh sei das Fleisch serviert worden, geschnitten in kleine Würfel. Zuerst in heißes Fett getaucht, das in einem Silbertopf ein Gasgerät am Kochen hielt, habe er das Fleisch verzehrt wie ein Fondue. Das Babyfleisch, so das Gerücht, habe ihm sein Junggesicht erhalten und dazu so teigig werden lassen.

So geht eine der kruden Theorien über den Wiesengrab. Eine andere sagt, er heiße eigentlich Wiesengrund und sei Jude. Früher sei er Viehhändler gewesen, weit drin im Gebirg. Dort hätte ihn ein Erbhofbauer, dem er vor der Nazizeit viel Geld geliehen hatte, damit der wieder seinen abgebrauchten Hof sanieren konnte, zwölf Jahre lang auf einer hochgelegenen Alm versteckt gehalten. Die Hütte lag der Schneegrenze sehr nah, und weil er keiner Arbeit nachging, um nicht von Nachbarn oder Wanderern entdeckt zu werden, sei er durch Kälte und durch Müßiggang so jung geblieben. Warum der Bauer sich nicht seiner Schulden durch Verrat entledigt hat, wird so von dieser Theorie erklärt: Der Jude war Zeuge geworden, wie der Bauer seinen älteren Bruder, den ursprünglichen Hoferben, bei einem gemeinsamen Almabtrieb eine steile Felswand hinunterstieß. Dem Bauern war aus diesem Grund nach dem Krieg tatsächlich der Prozess gemacht worden. Aber nicht der Jude hatte ihn verraten, sondern einer seiner Nachbarn, ein früherer Nazifreund des Bauern, vor dem er sich im Suff einmal mit der Wahrheit gebrüstet hatte und der so an des Brudermörders Grundstücke zu kommen hoffte.

Krude Theorien, gegensätzlicher nicht ausdenkbar, doch hielten sie sich lang genug und das Rätsel um den Wiesengrab so lang am Leben, bis seine Ziele Wirklichkeit geworden waren.

Auch im Seewirtshaus gab es verschiedne Meinungen zu ihm. Dass er ein Jude sei, der Wiesengrab, davon war die Philomena überzeugt. Schau dir nur seine Augen an, sagte sie zum Seewirt, so stechend, wie die schaun, schaut nur ein Jud. – Ach so ein Schmarrn, gar keine Spur!, eiferte der Seewirt gegen sie. Gerade an den blauen Augen kannst du sehen, dass er wahrscheinlich Arier, auf keinen Fall ein Jude ist. Und wo hätte der denn seine blonden Haare her, wenn er ein Jude wär. Nein, nein! Das ist der klassische SSler, das sag ich dir. Solchene wie den haben sie bei der SS gebraucht, jetzt glaub es nur, gerade diese schmierigen Pedanten warn im Lebensborn die Samariter – auf Deutsch: Die Samenritter.

– Red doch nicht immer so Abscheuliches daher, empörte sich die Philomena und blieb erst recht bei ihrer Meinung. Gerade weil er so was Schmieriges, so eine Hinterlist in seinen Augen hat, so einen Judenblick, sagte sie, hätte der bei der SS nie seinen Fuß auf einen Tritt gebracht. Die hatten eine Haltung. Aber der doch nicht.

So ging es hin und her. Erst ein späterer Prozess, den einer von den Stanker-Söhnen gegen den Verwalter führte, um sein Erbteil einzuklagen, brachte an den Tag, dass es sich beim Wiesengrab um einen Kleinhochstapler handelte, einen ganz gewöhnlichen, einer Häuslerbrut im Oberpfälzischen entstammend, der im Krieg Soldat gewesen war, wie die meisten anderen auch. Sein jung gebliebenes Gesicht, so ein ärztlicher Befund, erkläre sich aus einem seltnen Gen – wie beim jung gebliebnen Körper des verstorbenen von Zwittau Fräuleins auch.

Der Wiesengrab grüßt den Seewirt reserviert. Er kann ihn nicht leiden. Er kennt seine Gegner, er weiß, dass die Bauern ihn durchschauen. Aber er weiß auch, dass der Mann in ihm seine Wirkung auf die Frau in Kirsten schon getan hat. Jetzt muss er sie sich noch gefügig machen. Sie hat gelernt, ihn zu lieben. Bald wird sie lernen, ihn zu fürchten.

Er tritt vor sie hin, ganz ohne Scheu vor ihr und vor dem Gast, und küsst sie lang und fest und direkt auf den Mund, dass sie vor Scham und Glück errötet wie ertappt. Auch dem Seewirt nimmt die Scham vor so viel Würdelosigkeit den Atem. Mit gesenktem Kopf geht er hinaus. Nur die Fliesen des Küchenbodens bleiben ihm im Gedächtnis haften, noch tagelang: rötlich grau, mit ungleich gebogenen weißen Ritzen, wie Kreidegekritzel. Früher ist ihm das nie aufgefallen.

Und so war es dann: Die Kirsten hat den Wiesengrab genommen, der Seewirt hat den Trauzeugen gegeben, und schon ein viertel Jahr später wurde das erste Hanggrundstück bebaut. Der Seewirt war unter den drei Gemeinderäten, die bei der Sitzung dagegen gestimmt haben. Der Bürgermeister und vier andere waren dafür. Bald haben weitere, am Wirtschaftswunder gesundete Fremde sich ihr neues Haus auf altem Stankergrund gebaut. Der Wiesengrab hat sich einen gebrauchten Mercedes gekauft, in Dunkelblau; die Kirsten war einsilbig, wenn ihr der Seewirt mal aus Versehen über den Weg lief; ihr Gesicht sah nicht mehr dümmlich aus, dafür begann es immer verhärmter zu werden, als ob ihm langsam ein Vorhang vorgezogen würde. Bald beantragte der Wiesengrab weitere Bauplätze, die dann der Bürgermeister im Gemeinderat durchsetzte. Der Wiesengrab kaufte wieder einen Mercedes, diesmal einen fabrikneuen, das größte Modell, das bis dahin gebaut worden war. Auch der Bürgermeister fuhr nun nicht mehr mit seinem Bulldog zur Kirche und in die Gemeinderatssitzung, sondern mit dem alten Mercedes vom Wiesengrab. Nicht einmal umgespritzt hatte er ihn. Es war noch nicht üblich, von Korruption zu sprechen. Das Wort gab es noch nicht. Es war immer noch Aufbruchstimmung, man sprach von Nachbarschaftshilfe.

~

Ich bin jetzt 17 Jahre alt geworden und habe gerade die 6. Klasse Gymnasium wiederholt. Ich fühle mich seitdem gefestigt. Der Druck, dem ich das ganze Jahr über ausgesetzt war, der Druck, nicht noch einmal durchfallen zu dürfen, um nicht von der Schule zu fliegen, dieser Druck ist jetzt weg. Und wie ein Wunder kommt es mir vor, dass auch meine Ängste weg sind. Ich habe keine Albträume mehr. Am Tag schaue ich nicht mehr alle paar Minuten grundlos hinter mich. Das Gefühl, dass hinter mir andauernd jemand steht und mich anstarrt, ist verschwunden. Es kommt mir vor, als hätte ich es nie gehabt. Ich kaue auch nicht mehr ständig meine Fingernägel. Die Schnitte, die ich mir mit dem Taschenmesser in die Arme geritzt habe, um später den getrockneten Schorf kauen zu können, die sind alle verheilt. Ich denke viel konzentrierter, ich lasse mich nicht mehr ständig ablenken von grüblerischen Gedanken, die mir die Seele aufgerissen und sich im Kopf quer gestellt haben wie Fischgräten im Hals, so dass ich nie denkend lernen konnte, sondern immer alles auswendig lernen musste, um nicht völlig zu versagen.

Ich glaube, dass ich anfange, erwachsen zu werden. Ich habe so ein Gefühl, als könnte ich seit einiger Zeit über mich selbst verfügen. Oder soll ich sagen: Über mich selbst bestimmen?

Mit dem Geräteturnen habe ich aufgehört. Selbst auf dem Barren turne ich nur noch selten. Dafür spiele ich jetzt schon seit zwei Jahren in der Schultheatergruppe mit. Wir spielen abstrakte Stücke von Maximilian Vitus und Ludwig Thoma. Das sind Autoren, die eigentlich niemand kennt. Aber der überschwängliche Ausdruck ihrer knappen Fantasie erhält in seiner buntscheckigen Aneinanderreihung von Verkürzungen eine seltsame Klarheit durch Dichte. Man kriegt als Zuschauer, aber auch als Spieler, einen Eindruck vom Leben an sich, durch all die Verdrehungen und Missdeutungen, die aber als Behauptungen daherkommen und wie tiefe Einblicke und Einsichten gemeint sind. Lebensweisheiten der oberflächlichen Art herausplappernd, vermeiden diese Stücke, allein durch ihren Mangel an Erkenntnis, eine tierisch ernste Weltbetrachtung. So geben sie dem Theater eine Wendung. Sie richten das Augenmerk auf das Allgemeine und banalisieren dabei das Besondere. Aber unfreiwillig. Hier habe ich mich seit zwei Jahren eingerichtet, von einem Klosterbruder entdeckt, ohne dass er mehr will von mir als nur dieses eine Talent: die Begabung, dem reinen Spiel einen Schein zu geben, als wäre er die Wirklichkeit.

Die Schulferien verbringe ich daheim. Das ist nicht gerade gewinnbringend, aber es stört mich auch nicht weiter. Mir ist es egal, ob ich daheim bin oder nicht. Die Ferien betrachte ich als unvermeidliche Überbrückungszeit. Es spielt keine Rolle, ob es mir da gefällt oder nicht. Viel lieber bin ich natürlich im Internat. Denn da weiß ich, was ich zu tun habe. Zu Hause weiß ich das nicht. Was soll man da tun? Im Winter fährt man Schlittschuh, wenn der See zugefroren ist. Im Sommer badet man. Immer trifft man dieselben Leute von früher, und man erinnert sich auch daran, dass das mal Freunde waren. Aber mit denen habe ich eigentlich nichts mehr zu tun. Die sind mir alle sehr fremd geworden. Sie kommen mir vor wie eine alte Zeit. Sie reden immer noch das Gleiche wie früher, machen immer noch die gleichen abgedroschenen Witze über die Sexualität. Gleichzeitig merke ich, dass sie aber keine Ahnung davon haben. Nicht die geringste.

Mit meinen Eltern komme ich gut aus. Sie sind zuvorkommend mir gegenüber, weil ich ja nur selten da bin, und ich ertrage ihre Zuwendungen ohne entsprechende Gegenleistung. Ich habe wenig über für sie, außer dass es sie gibt und man sich schon lange kennt. Das hat einen gewissen Gewöhnungseffekt, dem man wehrlos ausgeliefert ist. Wenn mir ihre Nähe zu unangenehm wird, was schon immer wieder mal vorkommt, dann reiße ich mich einfach zusammen und halte das aus. Meine Schwestern sind mir gleichgültig. Ich rede mit ihnen das Nötigste. Aber auch bei ihnen sehe ich keine Entwicklung, woran sich mein Interesse aufrichten könnte. Mit den Tanten führe ich immer wieder mal Gespräche. Irgendwie komme ich mit denen am besten aus. Das heißt, sie langweilen mich am wenigsten. Sie wirken irgendwie intelligenter als meine Eltern, und was an ihnen altmodisch und verschroben scheint, das bildet für mich die Angriffsfläche, wo ich mit meinen Fragen ansetzen kann. Damit ziehe ich sie zu mir herüber. Und ich sehe, wie sie mir willig folgen. Das ist eine Art Heimatgefühl, was ich beim Gespräch mit den Tanten fühle. Ich spüre eine Art machtvoller Geborgenheit. Denn die geht von mir aus. Ich kann diesen Zustand selbst herstellen, wenn ich will, indem ich die Führung im Gespräch mit ihnen an mich reiße. Und sie folgen mir, wohin ich will. Dann fühle ich mich wohl und stark. Das Einzige, was mir von zu Hause tatsächlich fehlt, wenn ich wieder zurück bin im Kloster,

im Knabeninternat,

im katholischen Institut,

im Gebetstempel,

im schwingenden schwengelnden Weihrauchfass,

in der Mönchsfalle,

im Bockstall der Hochgeistlichkeit in ihrer stinkenden Fleischlichkeit …,

das ist diese machtvolle Geborgenheit beim Gespräch mit den Tanten. Die vermisse ich.

Aber insgesamt, wenn die Ferien aus sind und ich wieder

zurück bin, dann bin ich vollständig vereinnahmt vom Lernen, das ich konzentriert betreibe, so dass ich ganz bestimmt nicht mehr durchfalle, sondern in drei Jahren meinen Abschluss gemacht haben werde. Ich bin errettend vereinnahmt vom Lernen und vom Theaterspiel, das mich sanft macht, wenn ich oft auf unerklärliche Art erregt und aufgebracht und aggressiv bin. Das Spiel mit der Sprache und mit den Figuren, die ich bin, schützt mich davor, zu morden.

Mehr braucht es nicht. Weil mehr nicht mehr nötig ist. Aber in die Lebensspur zurück kommt man nie wieder. Das weiß ich jetzt.

~

Viktor war jetzt im einundzwanzigsten Jahr beim Seewirt und würde von hier nicht mehr wegkommen. Das wusste er. Ihm gelang da einfach kein Impuls mehr. Vor ein paar Tagen, als er beim Kartoffelzupfen in Gesellschaft des Katers über das Ende des Fräulein Zwittau nachgedacht hatte, war ihm zum ersten Mal bewusst geworden, dass auch seine Tage gezählt waren. Vielleicht wäre es da klug, dachte er, sich noch einmal aufzuraffen und woanders neu anzufangen, weil ein solcher Aufwand keine Zeit für aussichtslose Grübeleien ließe. Aber gleich hatte er diese Möglichkeit wieder verworfen. Nicht einmal in Gedanken wollte er sich noch auf irgendwelche Veränderungen einlassen.

Er saß träge in dem Ohrensessel, den ihm der Seewirt überlassen hatte, um in seinem Musikzimmer Platz für einen noch bequemeren Ledersessel zu schaffen, in dem er sich noch hingegebener an seine umfangreiche Plattensammlung verlieren konnte. Träge saß der Viktor da, und träge trieben seine Gedanken dahin. Er fühlte sich gerecht. Eine Unruhe oder gar eine Beschleunigung wollte er nicht mehr zulassen. Hier saß er, und hier wollte er bleiben.

Es gab kein Gesetz, das ihm seinen Aufenthalt im Seewirtshaus bis ans Lebensende gesichert hätte. Aber er wusste auch, und er hatte es immer wieder und sehr genau beobachtet, dass es offensichtlich Brauch beim Seewirt war, lang gediente Hausgehilfinnen und Knechte nicht einfach vor die Tür zu setzen, wenn im Alter ihre Arbeitskraft erlahmte. Bei der Alten Mare hatte er es gesehen, und beim Alten Sepp, die beide im Seewirtshaus gestorben waren und danach mit allen Ehren auf dem Friedhof von Kirchgrub und auf des Seewirts Kosten im Dienstbotengrab beigesetzt und mit ihren Namen in Stein und Eisen verewigt worden waren. Und auch beim Valentin, der im letzten Jahr das 75ste erklommen hatte, hätte alles den gewohnten Lauf genommen, wenn der sich seine letzten Lebenstage nicht unbedingt in seiner Heimat hätte ausverleiben wollen.

Nach langem Zögern und wiederholtem Hinausschieben war er eines Tages nach getaner Arbeit in der Küche vor den Seewirt hingetreten und hatte um Erlaubnis angefragt. Voller Schuldgefühle und mit Selbstvorwürfen unterfüttert, zieh er sich mangelhafter Dankbarkeit dem Brotherrn gegenüber, bevor er schlicht zur Sache kam: Ich will im Grab der Vorfahren liegen, wenn ich tot bin, hatte er gesagt, aber eine teure Überführung meines Leichnams in die Oberpfalz vermeiden. Drum hab ich mich nach langem Ringen mit mir selbst entschlossen, meine letzten Lebensjahre im Haus der toten Eltern abzuleben. Dort lebt auch noch die Schwester. Die wird sich um mich kümmern und mich mitversorgen.

Nichts konnte ihn mehr umstimmen. Und so packte er seine Sachen zusammen und stieg an einem Montagmorgen in den Bus zur Kreisstadt, um vom dortigen Bahnhof aus mit dem Zug den weiten Weg in die Oberpfalz anzutreten.

Auf der breiten Aufgangstreppe vor dem Seewirtshaus, die den Gast wie eine große Hand bis vor die Eingangstüre hebt und ihn beim Gehen sanft nach unten wieder auf die Straße setzt und den Bedarf nach Wiederkehr in ihm erweckt, auf dieser Treppe hatten sich alle versammelt und sahen zu, wie der Seewirt dem Valentin ein Kuvert zusteckte und dabei feucht schimmernde Augen kriegte. Dann reichten alle, eines nach dem anderen, dem Valentin zum letzten Male mit verschämter Scheu die Hand – denn körperliche Berührung war nur bei endgültigen Anlässen üblich und deshalb ungewohnt –, der Viktor trug ihm seine kleine Tasche aus sackrupfenem Leinen bis an die Bustüre heran und murmelte mit etwas wackeliger Stimme: Einen musste dir jeden Abend genehmigen, einen kleinen, das reicht, dann lebste noch 'n paar Jahre – und dann stieg der Valentin ein, ohne sich noch einmal umzuschauen. Die Zurückbleibenden winkten dem Bus noch eine ganze Weile hinterher – abschiedsschmerzlich die einen, fernwehmütig die anderen – und gingen dann stumm und ein jedes mit seinen eigenen Gedanken beschäftigt, wieder an die Arbeit. Da wusste Viktor, dass auch ihn niemand mehr fortjagen würde.

Einen Abgang wie das Fräulein Zwittau würde er bestimmt nicht zelebrieren, da war er sich gewiss. Und wenn doch was Unvorhergesehenes geschehen sollte? Dann bliebe auch für ihn ein Ausweg, wie ihn das falsche Fräulein nahm. Nur ins Wasser würde er nicht gehen. Das wäre ihm zuwider. Er würde nach der Kreisstadt fahren, mit dem Bus, und würde sich aufs Bahngleis stellen, gleich außerhalb des Ortes, wo von der Hauptstadt her der Zug mit hohem Tempo ein abschüssiges Stück Gleis befährt und an dieser Stelle immer noch ein wenig zulegt. Dort würde er sich aufrecht in den Schotter stellen und mannhaft auf das Ende warten. Diese schien ihm von den ausgedachten Möglichkeiten die berufenste.

Und auch die sauberste?

Da weigerte er sich drüber nachzudenken. Das hätte ihn

womöglich abgehalten. Doch war es müßig, sich mit solchen Hirngespinsten zu belasten. Er sah den Selbstmord nur als letzten, äußerst diffizilen Ausweg an. Und das Äußerste trifft selten ein und eher nie. Drum machte er sich darum weiter keinen Kopf.

Viktor hatte sich in diesen einundzwanzig Jahren alles angeeignet, was ihn jetzt im Dorf als integrierten Neger unter Weißen gelten ließ – alles, außer den Dialekt. Er war in Seedorf sichtlich angekommen, blieb aber hörbar fremd. Und um dieses Manko auszugleichen, hatte er mit Fleiß und Akribie begonnen, überlegenes Wissen anzuhäufen. Bald war er der bestinformierte Seedorfer. Postkarten kosteten in dieser Zeit um beinahe die Hälfte weniger als Briefe, und da die Leute noch über wenig Geld verfügten, schrieben sie sich Postkarten. Die Währungsreform hatte das alte Geld vernichtet, und das neue Geld hatte scheinbar alle gleichgemacht: Alle hatten 40 Deutsche Mark bekommen. Nicht mehr und nicht weniger. Die Summe war gut. Eine echte Aufbruchssumme. Aber trotzdem musste gespart werden. Da half alles nichts. Also schrieb man sich Postkarten statt Briefe. Und so kam Viktor an seine Informationen. Fremde Karten liest man nicht!, riefen ihm die Kinder zu, wenn er den Postkasten leerte und auf der Stelle zu lesen anfing. No, ein paar hinter die Löffel kannste haben, antwortete der Viktor dann und verschwand mit dem ganzen Sack voller Briefe und Karten in der Post, um in Ruhe gelassen zu werden beim informellen Lesen. Die Brieftaube stand oben im Hausgang und führte ein gebildetes Gespräch mit irgendeinem Sommergast mit Titel, wie Frau Geheimrat etwa oder so was wie Herr Doktor Ingenieur. Da blieb dem Viktor beinah unbegrenzte Zeit zum Sammeln von privaten Neuigkeiten. Als dann um sechs am Abend die Philomena wieder runterkam, vom Hausgang oben wieder in die Post herunter, weil um diese Zeit der gelbe Wagen vorfuhr, um die Ware abzuholen, da hatte Viktor nicht nur alles abgestempelt und in Postsäcke verpackt, nein, er hatte womöglich ganz brisante, aber dummerweise zugeklebte Briefe vielleicht sogar umadressiert an sich persönlich und alles, was nur irgendwie zu lesen war, sich einverleibt und eingespeichert, wo es, wenn es nötig wurde, abzurufen war: in sein Gedächtnis.

Fakten und Zahlen, die andere gut gebrauchen konnten, sich aber nicht die Mühe machten, sie sich selber zu beschaffen, weil sie mit einem materiellen Vorteil nicht unmittelbar verbunden waren, die konnten bei Viktor eingeholt und abgerufen werden. Es waren ausschließlich Informationen ideeller Art über private und öffentliche Verwicklungen, die der Befriedigung der niederen Instinkte dienten und die es bei ihm herauszukitzeln galt. Denn Viktor zierte sich, er war kein Lautsprecher, er war ein Leisetreter. Beziehungsgeschichten und Verwandtschaftsverhältnisse, Schwangerschaften und Kinderzahlen, Namen der Väter und ihrer unehelichen Kinder, das waren seine Spezialitäten. Aber auch im Leumund Zugereister kannte er sich aus. Bald waren ihm die Einkommen der Neubürger geläufig. Er wusste alles über deren Herkunft und Beruf. Über längst vergangene Vergehen dieser Leute war er informiert und ließ sich solches Wissen nicht auf einmal, sondern nach und nach und nur in kleinen Dosen aus der Nase ziehen.

Aber auch geheime Heldentaten unterschlug er nicht. Zum Beispiel, dass der Herr von Geist für den Geheimdienst spionierte, das wusste er genauso, wie er wusste, dass dessen Chef von jetzt und damals der berühmte Reinhard Gehlen war, General für die Abteilung *Fremde Heere Ost*, der fleißig Wühlarbeit fürs Reich geleistet und die roten Rotten Stalins unterwandert und verräterische Juden aufgespürt und an die SS geliefert hatte. Aber für solche Leite hat ja heitzutage keiner mehr was über, sagte er. Die müssen sich jetzt dummes Zeig anhören, von die Juden- und die Kommunistenfreunde. Doch der Herr von Gehlen wurde dann sogar noch Präsident für Spionage, und der Herr von Geist begann allmählich in den Ruhestand zu treten, mit Rasenschneiden und mit Heckenrosenpflanzen.

Nein, nein! Mit den Herren Geist und Gehlen fühlte Viktor sich verwandt – dank eigenem, geheim und still erworbenem Wissen.

Durch seine Hände lief der gesamte Briefverkehr der Seedorfer mit der Außenwelt. In seiner Phantasie enthüllten sich die interessantesten Zusammenhänge, Unwichtigkeiten wurden zu kleinen Geheimnissen verdichtet und dann zum gewichtigen Ereignis aufbereitet. Er hatte keinen Einblick in die Mysterien des Dorfes und seiner Bewohner, dafür war sein Blick nicht großzügig genug. Aber er hatte sich Einblick in die privaten Bereiche gesichert. Er hatte im richtigen Moment den Postmeisterposten übernommen. Und den beschwerte er seitdem mit sich und seinen Gelüsten wie eine große Wiege, in der er sich vom Alltag der anderen schaukeln ließ.

Ich werde müssen nun anfangen, mir allmählich Gedanken darüber zu machen, wem ich meine Ersparnisse werde können anvertrauen, wenn ich mal tot bin.

Am nächsten Tag nahm er sich frei und fuhr mit dem Zehn-Uhr-Bus nach Seestadt. Es war der Monat Mai im Jahre 1967, und die Bäume schlugen aus.

In der Raiffeisenbank von Seestadt hatte Viktor seine gesamten Ersparnisse eingelagert und auf seinem Konto für seine Verhältnisse ein kleines Vermögen angesammelt. Viktor ging es gut. Er fühlte sich wohl in dem weichen Sitz direkt hinter dem Busfahrer. In einem solchen Bus könnte man auch mal mit Komfort bis Polen reisen, dachte er. Da käme man nach einem Tag an und wäre gut ausgeruht.

Der alte, gelbfarbene Postbus, der vorne noch die lange Motorschnauze vor sich hergeschoben hatte und so hart gefedert war wie ein Pferdewagen, mit Holzbänken und starren, steif geformten Rückenlehnen, der war vor einem halben Jahr von einem neuen, hochmodernen Bus aufs Altenteil verschoben worden, durch dessen bläulich abgedunkelte Rundumverglasung von jedem Sitzplatz aus ein Panoramablick auf die vorbeifliegende Natur zu haben war – wie in einem Film! –, und ohne dass man von der Sonne zugeblendet wurde. Da könnte man sich fühlen wie in einem Traum, wenn man mit einem solchen Fahrzeug würde noch mal durch die alte Heimat reisen, dachte Viktor sich, wie er an diesem Tag zum ersten Mal in einem Polsterstuhl in Richtung Seestadt fuhr: eine mit Samt ausgelegte Schmuckkassette, weich gefedert und aus Glas und sanft geschaukelt – keine Bodenwelle und kein Schlagloch waren mehr zu spüren. Nur der König Ludwig, no, der möchte früher mal vielleicht in einem solchen weichen Stuhl gesessen haben, in der goldnen Kutsche drinne. Nur der König. Aber sonst!

Einmal würde er sich eine solche Reise schon noch leisten.

Er war sich seines Wertes für die Bank durchaus bewusst, als er kurz darauf das Institut betrat und nach dem Berater fragte, mit dem er sich vorher telefonisch abgesprochen und dabei einen festen Zeitpunkt ausgehandelt hatte. Man führte ihn einen langen Korridor entlang und bat ihn in ein kleines Zimmer, das mit zwei Stühlen und einem eichenholzfurnierten Tisch karg, aber sachlich eingerichtet war. Ob er einen Kaffee wünsche, fragte ihn die junge Dame. Nein, sagte er, er habe nicht viel Zeit, denn er sei auf den Bus angewiesen, der in einer Stunde zurückfahre. Und deshalb habe er mit dem Herrn Huber auch einen festen Zeitpunkt vereinbart. Der Herr Huber werde hoffentlich jeden Moment erscheinen. Da wäre ein Überbrückungsgetränk überflüssig.

Die Dame nickte und ging.

Nun saß der Viktor alleine in dieser Bankkundeneinzugszelle und spürte zum ersten Mal, in einer überlangen Zeit des Wartens und ohne den nach und nach in ihm aufsteigenden Zorn begrifflich korrekt zuordnen zu können, die ihm bis dahin völlig unbekannte, absolute Wirklichkeit moderner Bankenperfidie.

Er war vierzehn Jahre alt gewesen, als er seine Lehre bei der Bank begonnen hatte. Vierunddreißig war er, als er zum Kriegsdienst eingezogen wurde. Er hatte also fünfundzwanzig Jahre lang in der Dresdner Bank in Kattowitz Erfahrungen gesammelt, war mit fast allen Wassern des Geschäfts und des Berufs gewaschen und hatte selbst nicht wenig Kunden übervorteilt – aber immer zugunsten der Bank, nie zu seinen eigenen Gunsten und nie zum nachhaltigen Schaden der Kundschaft. Das durfte er ruhigen Gewissens von sich und seiner ihm über alles gehenden Berufsehre behaupten. Er war kein Betrüger. Betrug war sowieso nur eine moralische Kategorie für ihn. Das hatte im Geschäftlichen nichts zu suchen. Moral war etwas Privates. Und einen Kunden zu übervorteilen war kein Betrug, das war Geschäft. Es kam darauf an, bei der Kreditvergabe die Klippe zu erahnen, an der der Kreditnehmer abstürzen und rückzahlungsunfähig sein würde. So weit durfte man nicht gehen. Ein zahlungsunfähiger Kunde war immer ein Schaden für die Bank. Und Schaden hatte er als guter Angestellter von der Bank abzuwenden. Aber bis zu dieser Klippe musste man den Kunden beim Aushandeln der Zinsen auf jeden Fall heranlocken. Nur so war für die Bank der größte Gewinn zu erzielen. Das war die Kunst der Beratung und des Verhandelns. Um aber so viel Kredite wie möglich gewinnbringend vergeben zu können, musste er bei den Verhandlungen flexibel sein und das Profil des Kunden genau aufschlüsseln. So hatte er seinen Beruf zuerst gelernt und schließlich begriffen und umgesetzt. Ja. Er war ein guter Banker gewesen. Ein sehr guter sogar. Und was immer höchste Priorität besessen hatte für ihn – denn auch das hatte er gelernt, und so war es früher üblich gewesen, auch bei allen anderen Mitarbeitern –, das waren Zuvorkommenheit und Respekt gegenüber den Kunden der Bank, ob sie nun über ein Guthaben verfügten oder über Schulden. Nie hätte er einen seiner Kunden länger als dem gesamtgeschäftlichen Ablauf unbedingt geschuldet warten lassen. Nie hätte er riskiert, dieserart in die Kritik zu geraten. Eine solche Missachtung, wie sie ihm jetzt gerade widerfuhr – er wartete bereits seit über fünfzehn Minuten in diesem kahlen und leeren Zimmer, eine solche Unverschämtheit hätte es zu seiner Zeit nicht gegeben. Viktor schaute in diesem Moment, ohne es zu wissen, aufgebracht und zu neuer Einsicht nicht mehr willens, in die anbrechende Zeit des Neoliberalismus.

Gerade als er aufstehen und gehen wollte, weil er sich die Worte alle zurechtgelegt hatte, die er jetzt gleich in der Schalterhalle dem Geschäftsführer würde sagen müssen, betrat der Kundenberater das Zimmer.

Ein nichtssagender grauer Anzug mit einer nichtssagenden blauen Krawatte um den unerklärlicherweise von keinen Würgemalen gezeichneten Hals, reicht mir mit einer nichtssagenden Höflichkeit herablassend die Hand und fordert mich mit nachlässiger Freundlichkeit auf, mich wieder zu setzen. Als wäre ich sein Nichts! Alles an diesem anlageberaterischen Gespenst ist nur der Ausdruck einer im schlecht verwalteten Größenwahn fehllaufenden Selbsteinschätzung. O mein Gott! – Wie sollte er da noch mithalten?

Viktor fühlte sich minderwertig in seinem gebrauchten Trachtenanzug. Den hatte er vor ein paar Jahren von einem

Pfandleiher erhandelt und heute extra angezogen, um den abschätzigen Blicken zu entgehen, die er jetzt doch einfangen musste. Er spürte die naserümpfende Draufsicht des anderen auf seine pappigen Haare, die er sich zu Hause mit Wasser und Pomade noch schnell nach hinten gekämmt hatte, um die lichten Stellen auf dem Hinterkopf wenigstens zu besträhnen. Die Haare spannten auf der Kopfhaut fest und ungemütlich wie ein Stahlhelm.

Wie komm ich jetzt auf Stahlhelm?, fragte er sich. Wenn der Helm mal feste auf dem Kopfe saß, entkam man nicht mehr, gab er sich zur Antwort. Dem Einsatz nicht entkam man, und schon gar nicht mehr der eigenen Angst. Der Helm verhinderte die Fahnenflucht. Und auch die Unteroffiziere hatten diesen lauernd hohlen Blick, wenn sie sich die Leute für die Himmelfahrtskommandos suchten. Er blieb nach außen völlig ruhig, wenn sie ihn für todgeweihte Voraustrupps für zu wenig inspiriert und viel zu feige hielten. Da fühlte er sich bloßgestellt und nahm es fatalistisch hin. Er begehrte niemals auf. Er wusste nie, was er hätte sagen sollen. Unterm Helm drin blieb er stumm. Der Helm war das grundsätzliche Ja zum Befehl. Der Helm war über die Entscheidungsfreiheit gestülpt wie der Glaube über das Denken. Dem Russen musste man eins auf die Fresse geben, das war schon richtig. Aber das Militär! Das Militär war nichts für ihn. Da war nichts zu machen. Andere konnten das besser.

Stumm starrte er den arroganten Anzug an. Stumm und voller Hass. Trotzdem hab ich müssen mein Leben aufs Spiel setzen, auch für diesen gewichsten Bengel da, dachte er, auch wenn der damals ist erst ein paar Monate alt gewesen, damit er mich jetzt kann anschauen wie den letzten Dreck. Blähungen begannen ihn zu plagen. Ein Furz rollte durch die Eingeweide bis zum Ausgang hin und wieder zurück. Das wiederholte sich. Wie gerne hätte er ihn hinausgelassen! Aber diesen Trumpf wollte er dem anderen nicht geben. Ich werde ihm müssen meinen Gestank nicht mit einem Furz unter die Nase reiben, sondern mit klaren Worten in seine Ohren, dachte Viktor.

Und auf einmal konnte er reden.

Wir waren vor über zwanzig Jahren verabredet, sagte er. Warum lassen Sie mich so lang warten?

Vor über zwanzig Jahren war ich um diese Zeit als Spermie im Hodensack des Vaters, sagte der Anzug schlagfertig und eiskalt.

Prompt war Viktor wieder aus dem Konzept. Er hatte tatsächlich zwanzig Jahre gesagt und zwanzig Minuten sagen wollen. Seine Gedanken waren abgedriftet und hatten sich im Sprachgefühl verheddert.

Natürlich hab ich wollen sagen zwanzig Minuten. Das ändert doch nichts daran, dass Sie mich haben warten lassen.

Entschuldigung!, sagte der andere und spielte ein bisschen Überraschung. Dann kramte er nach vorgestanzten Worten: Das Interesse für die Dienstleistungen unserer Bank ist glücklicherweise so ausgeprägt, dass ich auch noch andere Kunden zu betreuen habe. Sie sind, wenn Sie mir die Bemerkung erlauben, Gott sei Dank nicht der einzige Kunde.

Und Ihre Bank ist Gott sei Dank nicht die einzige Bank, um mein Geld anzulegen. Sie haben wohl vergessen, dass das Geld, das Sie verwalten, das Geld Ihrer Kunden ist.

Nein, hab ich nicht vergessen. Das weiß ich.

Sie wissen also, dass wir über Geld reden, das nicht Ihres ist?

Wie meinen Sie das, Herr Hanusch.

Sie schauen mich so an, als ob ich Ihnen wäre etwas schuldig.

Pardon! Tu ich das? Dann wäre das ein Vorgriff. Entschuldigung.

Ich entschuldige Ihnen nichts und werde Ihnen nie was schulden. Aber Sie möchten mir jetzt gefälligst geben Rechenschaft über mein Geld, das ich bei Ihnen hab angelegt. Das nämlich schulden Sie mir. Und dafür bitte ich mir von Ihnen Respekt aus. Verstehen Sie? Sie verdienen nämlich mit meinem Geld. Aber Sie schauen mich an, so mit Hochnäsigkeit und Herablassung, als ob das Geld, das Sie verwalten, möchte das Ihre sein. Ich frag mich, ob Sie überhaupt der Aufgabe gewachsen sind, die Ihnen ist anvertraut, wenn Sie sich einbilden, mit so angeberischer Art Vertrauen schaffen zu können. Möchte ja sein, dass Sie in Geldangelegenheiten genauso irren. Was dann?

Der Viktor hatte jetzt einen ziemlich roten Kopf auf, und der andere war jetzt ein wenig käsig geworden. Damit hatte er nämlich nicht gerechnet, der andere, dass so ein ungepflegter Patron, wie es Viktor in seinen Augen war, ihn mit solchen Sätzen in Verlegenheit bringen könnte. Er hatte in der Ausbildung gelernt, dass Kleider Leute machen. Wer schäbig gekleidet ist und ungepflegt daherkommt, so die Bankenlehre, den sollte man möglichst zügig abfertigen. Dabei handle es sich in der Regel um Leute, die wenig kreditwürdig sind. Und gute Kunden der Bank sind die, die kreditwürdig sind. Die Betonung liegt auf Würde. Kredit wollen sie alle. Aber nur die Würdigen können die Zinsen stemmen und das Darlehen tilgen. Jetzt steht da aber ein sichtlich Unwürdiger und behauptet, das Geld auf der Bank gehöre ihm und nicht der Bank. Denn der Anzugträger, Herr Huber, Kundenberater bei der Raiffeisenbank in Seestadt, der hatte sich nicht vorbereitet, der war unvorbereitet in das Gespräch mit dem ehemaligen Prokuristen der Dresdner Bank in Kattowitz, Herrn Viktor Hanusch, gegangen. Und da zeigte sich jetzt, dass das ein Fehler war.

Wir versuchen unser Bestes, stocherte er im Nebel weiter,

wir bemühen uns, den Wünschen unserer Kunden voll gerecht zu werden. Bevor wir aber einen Kredit vergeben können, müssen wir zuerst ein paar Fragen stellen. Das werden Sie doch verstehen?

Ich verstehe das schon. Aber Sie verstehen mich nicht, antwortete ihm der Viktor. Sie verstehen immer noch nicht, dass ich keinen Kredit möchte aufnehmen. Ich brauche keinen. Ich will mein Geld, das ich schon habe, krisenfest machen. Verstehen Sie? Ich will mein Geld vor einer Entwertung oder vor noch Schlimmerem schützen. Lesen Sie keine Zeitung?

Doch. Jeden Tag lese ich in der Zeitung.

No! Dann haben Sie doch sicher mitgekriegt, dass überall wird demonstriert. Die Studenten machen Rabatz in den Städten. Die führen sich auf wie die Hottentotten, statt zu studieren. Die schmeißen mit Steinen und zünden Kaufhäuser an. Die hausen alle in Kommunen und machen da ihre Schweinereien. Jede geht da ins Bett mit jedem. Soll man da nicht kriegen Angst um sein Geld? Früher hätte man die gesteckt ins Arbeitslager, so arbeitsscheues Gesindel. Da hätten sie können ihre überschüssigen Kräfte im Steinbruch auslassen und beim Torfstechen. Aber heutzutage laufen die frei herum. Da muss man sich selber vor schützen. Auf den Staat ist da kein Verlass mehr.

Aber was hat das mit der Anlagesituation zu tun?

No, was hat das damit zu tun? Denken Sie doch mal nach! Das ist doch alles kommunistisch. Russisch! Verstehen Sie! Und die Chinesen stecken auch hinter. Woher sollen die denn sonst kriegen da diese Molotowcocktails, die Studenten? Woher?! Na! Die können die doch nicht beim Hertie kaufen! Ne, ne! Das ist ne fünfte Kolonne, die da anrückt. Und was macht der Staat? Der schickt ein paar Polizisten los, mit Gummiknüppel. Wie sollen die denn aufhalten den Russen? Können Sie mir das sagen?

Nein.

Na also! Und wenn es nun wieder wird geben eine Inflation, infolge der Unsicherheit, oder vielleicht sogar eine neue Währungsreform? Was dann? Was wird dann sein mit meinem Gelde? Dann ist es weg! Verstehen Sie? Wertlos. Nur noch Papier. Ich hab das schon erlebt. Drum werde ich da nicht mehr nur zuschauen und nichts tun! Ein zweites Mal werd ich das nicht noch einmal tun! Ich möchte das jetzt anlegen, mein Geld. Drum bin ich heute hier.

Da stand der Herr Huber auf.

Wenn ein Mann erst einmal beweisen muss, dass er kreditwürdig ist, denkt er, dann ist er nicht mehr kreditwürdig – so gut auch seine Argumente sein mögen. Diese Lehrsätze geschultert im geschulten Hirn, ging der Anzugträger Herr Huber zum Telefon, das ganz allein auf dem eichenholzfurnierten Tisch stand, und wählte eine Nummer …

Schicken Sie bitte Frau Fischer, damit sie den Herrn Hanusch möchte hinausbegleiten, weil der jetzt möchte gehen, sagte der Herr Huber in die Muschel und merkte gar nicht, dass er in seiner Blind- und Taubheit gegenüber Viktor und dessen Anliegen bereits dessen Diktion übernommen hatte. Aber er merkte ja auch nicht, dass die Sätze, die er ins Telefon sprach, der zweite große Fehler waren, den er an diesem Tag beging. Darum spielte es schon keine Rolle mehr, dass die Frau Fischer tatsächlich kam. Sie kam aber mit dem Herrn Scheitel und führte nicht den Viktor, sondern den Herrn Huber hinaus. Denn der Herr Huber wurde an diesem Tag abgelöst vom Filialleiter Scheitel, der den Viktor weiter zu Ende bediente und dessen klare Wünsche an die Raiffeisenbank Seestadt haarklein erfüllte. Er führte, auf dessen Wunsch, den Viktor unter Einhaltung aller Sicherheitsvorschriften in den gut gesicherten Tresorraum der Seestädter Raiffeisenbank. Dort zählte er vor des Viktors Augen auf den

Pfennig genau dessen gesamte Ersparnisse von einem Geldsack in den anderen. Er endete bei 128 524 Deutschen Mark. Diese wurden nun eingetauscht in mehrere unterschiedlich große Goldriegel und als solche wieder im Tresor in einem eigenen Fach verstaut. Reich war der Viktor dadurch nicht, das wusste er genau, aber ein Hungerleider war er auch nicht mehr. Er war jetzt mittelreich. Damit konnte er gut leben.

So wurde im Monat Mai des Jahres 1967 aus des Viktors fast 130 000 ersparten Deutschen Mark pures Gold, und aus des Anzugträgers Herr Huber alter Beschäftigung bei der Bank in Seestadt wurde eine neue bei der Baufirma Schmelzer in Senkendorf, wo er als Schreibergeselle anfing – aber erst nachdem er zuvor mehrere Monate auf dem Arbeitsamt in der Kreisstadt arbeitslos gemeldet und ein wenig umgeschult worden war.

Es gab wieder Arbeitsämter im Land, die florierten, denn auch die Wirtschaft florierte wieder – bei den in Lohnarbeit stehenden Menschen musste mit kleinen Dämpfern zu viel Mutwille ein wenig reguliert und zu viel aufkommende Euphorie wieder etwas heruntergedimmt werden. Nicht zu viel, aber ein bisschen eben.

Gute Dienste leisteten dabei ungewollt ein paar Studenten, die der beinahe aussichtslosen Hoffnung nachgegangen waren, an den Festen einer in ihren Augen disqualifizierten Gesellschaft rütteln zu dürfen.

~

Beim Holzwirt in Kirchgrub droben saß an einem helllichten Werktag, unangekränkelt von irgendwelchen Selbstzweifeln, mittendrin unter den Stammtischlern – die teilweise schon im Austrag waren, zum Teil aber auch arbeitslos, weil sie wegen ihres Alters oder wegen chronischer körperlicher Beschwerden oder auch aufgrund irreversibler Alkoholsucht die volle Leistungsfähigkeit nicht mehr erbringen konnten – der Gastwirt und Zugehmetzger Zuber Storch und führte da das große Wort. Das Mittagläuten vom Kirchgruber Kirchberg herüber war bereits wieder verklungen, und der Zuber Storch sollte eigentlich schon seit zehn Uhr beim Seewirt in Seedorf unten die mit 100 Kilogramm Lebendgewicht fertig gemästete und schon in die Steige zum Hinaustragen verfrachtete Sau schlachten – so war es jedenfalls mit dem Seewirt seit vierzehn Tagen ausgemacht –, hatte sich aber an diesem Tag beim Frühschoppen, mit dem er, wenn er zum Schlachten ausrückte, seinen Arbeitstag beginnen ließ, derart festgesessen, dass es noch lange nicht so aussah, als ob er bald aufbrechen würde. Zweimal schon war beim Holzwirt angerufen worden, und zweimal schon hatte der Holzwirt dem anrufenden Seewirt gegenüber den Zuber Storch verleugnet: Dass der hier bei ihm in der Gaststube heute noch nicht aufgetaucht sei und dass er ihn aber selbstverständlich, sollte er demnächst noch vorbeikommen, an die Verabredung erinnern und gleich losschicken werde nach Seedorf hinunter. Wenn der Seewirt noch ein drittes Mal anruft, hatte der Holzwirt nach dem zweiten Anruf zum Storch gesagt, und du immer noch da hockst, dann werde ich nicht mehr lang herumreden, dann hol ich dich ans Telefon, und wenn es sein muss mit dem Flaschenzug.

Ja, das ist gut, das machst, hatte der Zuber geantwortet, den nehm ich dann gleich mit, den Flaschenzug, dem Seewirt seiner taugt nichts mehr, weil der ist noch vom Ersten Weltkrieg; mit dem haben sie noch die Franzosen aus die Keller herausgezogen, wo die sich versteckt haben vor die Unsrigen vor lauter Hosenschiss. Aber eine hafergefutterte bayrische Sau kriegst du mit dem nicht mehr in die Höh.

Lautes, meckerndes Lachen der umsitzenden Bierdimpfel dankte ihm diesen formalpatriotischen Spruch.

Der Zuber war, wie immer, wenn ein paar zusammensaßen und ihm zuhörten, voll in seinem Element. Gerade war er dabei, breit vorzutragen, wie ungerecht doch seit einem halben Jahr sein Sohn, der ein Autogeschäft von seinem vorherigen, selbst kinderlos gebliebenen Chef geerbt hatte, vom zentralen VW-Konzern in Wolfsburg behandelt werde. Er, sein Sohn, müsse beim Verkauf eines Neuwagens diesen zuerst beim Generalverkäufer für Volkswagen, dem Autogroßhändler Brenner, einkaufen und könne ihn erst danach an seinen Kunden weiterverkaufen. Das heißt, sagte der Zuber bitter, der andere, der Brenner, der kassiert die Prämien für den Verkauf und meim Buben bleiben nur eine paar geschissenen Einnahmen aus dem Kundendienst und, wenn es hoch kommt, vielleicht nach Jahren mal, noch die eine oder andere Reparatur. Wisst ihr, was das ist?!, fragte er in die Runde und schaute aggressiv in die teils hämischen, teils verständnislos leeren Gesichter der anderen, das ist ein Monopol, was der Brenner da hat, und ein Monopol ist was Kommunistisches. Russisch. Breschnew. So, jetzt wisst ihr es, wie weit es schon gekommen ist, seit die Sozi bei uns mitregieren.

Ein Monopol ist also kommunistisch! Aha.

Das nahmen sie beim Holzwirt ohne Widerspruch zur Kenntnis.

Wird schon stimmen, was der Storch da sagt, dachten sie stillschweigend, der muss es wissen, denn der kommt herum. Unsereiner hat dafür keine Zeit. Und das Wort Monopol hatten einige auch schon mal gehört. Aber wie es auszudeuten sei, das wusste keiner. Dem Klang nach schien es hohl, dunkel und tief und tatsächlich eher lichtscheu, gesindelhaft zu sein, und da könnte es schon sein, dass es was Kommunistisches ist.

Dann muss er dir halt hin und wieder mal beim Schlachten helfen, dein Bub, damit er nicht verhungert, mitten unter seine neuen Auto drin, spottete mit seiner heiser leisen Stimme, in der vom Rauchen und vom Saufen schon der Rachenkrebs sein Recht auf Zukunft angemeldet hatte, der arbeitslose Zimmerergeselle Müller Heinz vom Nebentisch herüber. Wirt! Bring mir noch ein Weißbier, rief er hinter die Schänke, damit ich nicht verdurstet bin, bevor dem Zuber sein Bub verhungert ist.

Der Zuber nahm dem Müller seinen Spott nicht übel. Im Gegenteil! Er blühte auf, wenn andere ihn mit ausgefeilten Sprüchen reizten. Dann fühlte er sich eingeladen, mit hart geprägter Münze heimzuzahlen.

Brauchst keine Angst nicht haben, Heinze, sagte er vergnügt zum Müller, verhungern tut mein Bub noch lange nicht. Wenn es für den knapp wird, kann er den Betrieb verkaufen, weil der ihm ja gehört. Aber was machst du, wenn dir das Arbeitslosengeld zum Saufen ausgeht? Verkaufst dann deine Kinder, deine ledigen, damit du weiter saufen kannst? Oder schickst lieber deine Alte am Wochenend nach Seestadt hinunter, damit sie was dazuverdient?

Seestadt war noch sehr weit weg. Und was weit weg war, galt immer als verrufen. In Kirchgrub meinten viele, auch in Seestadt gäbe es schon Freudenhäuser, nicht nur in der Hauptstadt.

Lass meine Kinder draußen! Die gehn dich einen Scheißdreck an, schrie der Heinze ohne Witz rüber. Kümmer du dich um dein eigenes Gschwerl, ich kümmer mich um meins.

Damit sank er wieder zurück auf seinen Platz, von dem er sich kurz erhoben hatte, sank zurück und sank, versank immer tiefer und tiefer, versank in verständnislosem, leiser und heiserer werdendem, dumpf grollendem Lallen. Er hatte bereits den Grand ziemlich voll, und beleidigen konnte ihn nichts mehr. Nichts Konkretes. Trösten aber auch nicht. Er war mittlerweile so gesunken, im Leben und am Biertisch, dass ihm seine ganze Existenz und alles, was um sie herum geschah und Einfluss auf sie nahm, wie eine einzige, nie mehr zu entschuldigende Beleidigung vorkam.

Der Zuber aber hatte schnell erkannt, wie es schon wieder um den Heinze stand, und seine Lust aufs Weitermachen war dahin. Einen, der sich mit einer schon beinahe triebhaften Lebensuntüchtigkeit selber so sehr heruntergewirtschaftet hatte wie der Müller, so einen wollte er nicht noch demütigen. Er hatte es vorgehabt. Für ihn war eine verbale Auseinandersetzung dieser Art immer erst dann beendet, und er selbst zufrieden, wenn sein Gegner vor den anderen blamiert war. Aber das schien ihm jetzt zu unwürdig. Damit wäre er jetzt nicht zufrieden gewesen. Drum schraubte er sich herunter und verlangte beim Wirt nach einem doppelten Obstler.

Wie hast jetzt du das vorher gemeint, Storch, dass die Kommunisten vom VW mit ihrem Monopol deinem Buben das Geschäft ruinieren?

Diese Frage kam vom alten Zacher, der seinen Hof vor einem Jahr an seinen Sohn, den jungen Zacher, übergeben hatte und seitdem immer gerne mal am Tag auf eine Halbe oder zwei zum Holzwirt kam, auch wochentags.

Wie ich das gemeint hab? Ja wie denn schon! Wenn einer schon was hat, dann kriegt er immer noch mehr. Wo der Teufel einmal hingeschissen hat, da scheißt er immer wieder hin. So hab ich das gemeint. Der Brenner hat ja seinen Diridari schon. Jetzt pfuscht er aber bei meim Buben auch noch ins Geschäft hinein. Und das ist alles ganz legal. Da kriegt er keinen Strafbefehl dafür.

Aber es ist doch noch nicht so, bohrt der Zacher weiter in den Zuber, dass der ihm seine ganze Werkstatt nehmen kann, der Brenner deinem Buben seine, mein ich?

Nein, nein, natürlich nicht! Die Werkstatt muss er ihm schon lassen. Damit muss er ja die Prämien erwurschteln, die der Brenner nachher wieder abkassiert.

Ja dann is schon gut. Das wollte ich nur wissen, beruhigte sich der Zacher. Dann is ja nicht so schlimm. Ich hab jetzt grad schon fast gemeint, die könnten meinem Buben schon den ganzen Hof und Grund wegnehmen. Dann hätte ich ihm nämlich sagen müssen, dass er einen Zaun um alle Äcker und die Wiesen baut.

Ja, bau nur einen Zaun um alle Äcker und die Wiesen, äffte der Zuber da den Zacher nach, dass keiner deine Wiesenampfer klaut!, und hatte jetzt nicht die geringste Lust mehr darauf, mit diesem Thema weiter Stammtischpolitik zu treiben, bei so viel tauben Nüssen und verschrumpeltem Verstand um ihn herum. Hans, bring mir noch an Doppelten!, rief er dem Holzwirt in die Küche nach, einen Doppelten und noch ein kleines Bier. Und nachher zahl ich.

Die vorübergehende Aufregung am Stammtisch hatte sich wieder gelegt, die Ellenbogen der Umsitzenden stützten sich wieder mit vollem Gewicht auf den Tisch auf, und die aufgescheuchten Gedanken zogen sich langsam wieder in die verengten Blutwege der Hirnwindungen zurück, um gleich hinter der Stirn hängen zu bleiben. Dösend und ein wenig müde schon, wartete ein jeder auf eine neue brauchbare Eingebung oder den nächsten krachenden Witz eines anderen.

Und wenn dein … dein Bub da … wenn der mit die Ko… ko…Kommunisten da … ja … wenn er mit die allein nicht fertig … fertig … also … ja … wird, gell, dann kannst du … kannst du ihm ja einen Au…au…ahhh…au…Aufnahmeantrag … also Au…Aufnahmeantrag für unsere Pa…Pa…Partei mitnehmen … Ja … kannst du machen … Ob mir den dann aber dann aufnehmen … haha … gell … das ist noch lang nicht au au ausgemacht. Gell! Da…da…damit das klar ist. Gell. Weil Gr…Gr…Grrrr…Grrrr…Groß…Grrrroßkopferte … ja … die werden normalerweise ah … n…n n n nicht zugelassen … gell … bei uns … und von dene die Buben au au au auch nicht … gell … erst recht nicht … dass du es weißt … du…du…du Hau au aua au au hau Haubentaucher du, gell … ts…ts…ch…tsch.

Alle schauten jetzt den Müller Heinze an. Alle schauten sie mit Nachsicht. Keiner schaute feindlich. Sie wussten alle, was er meinte, auch wenn er sich grad schwergetan hatte, sein Angebot zu offerieren. Sie wussten alle, dass der Heinze erst vor kurzem aus der Christ-Partei herausgetreten war, als man ihm die Arbeit aufgekündigt hatte, aus der Partei, in der sie selber alle drinnen waren oder die sie, sagen wir, zumindest immer wählten, und in die neue National-Partei hineingetreten war. Das wussten alle. Aber das war weiter auch kein Drama. Die neue NPD-Partei war ja im Grunde auch nicht anders als die alte christliche Partei. Sie war nur kleiner. Und deshalb war man lieber bei der alten, weil man sich da zu den Mehreren gesellen konnte. Obwohl die NPD-Partei schon manchmal besser war für manche Sachen. Die redeten viel deutlicher daher in vielen Dingen. Und auch der Zacher hatte, als er von dem Zaun sprach vorher, den man gegen monopole Kommunisten würde bauen müssen, wenn sie einem den Besitz wegnehmen wollten, an die NPD-Partei gedacht. Als Stacheldrahtzaunpfosten hatte er die N-Partei sich vorgestellt. Der Stacheldraht hätt ruhig ein christlicher sein dürfen, der schaut ja eh wie eine Dornenkrone aus. Nur die Pfosten halt, die den Draht auf Spannung halten, die hätte er sich schon stabil gewünscht, wenn es so weit kommen sollte. Aber solange es so weit noch nicht gekommen war, langte ihm die Christ-Partei auch für die Pfosten. Hauptsache, die Kommunisten und die Fremden kommen nicht zu nah heran.

Denn jeder hatte mindestens schon einmal, wenn er auf dem Amt was unterschreiben musste oder neue Schuhe fällig waren oder wenn er sich beim Arzt den Blutdruck messen ließ oder in der Baywa ein Ersatzteil für den Bulldog kaufte, einen Itaker gesehen in der Kreisstadt unten. Es wurden neue Häuser hingebaut, fast überall, in und um die Kreisstadt rum, und da konnte man sie sehen, diese Italiener, mit den glatt zurückgekämmten schwarzen Haaren auf dem Kopf, wie Dachpapp auf dem Häusl, und den gekräuselten auf ihrer Brust, wie bei die Affen. Und in Seedorf hatte sich der Zehment Jackl als Hilfsarbeiter einen Griechen kommen lassen für sein Baugeschäft, weil der viel anspruchsloser und vor allem auch viel billiger als auf dem Arbeitsamt die deutschen Arbeitslosen war, denen er auch noch die Krankenkasse und Sozialversicherung hätte zahlen müssen.

Die Itaker und Katzelmacher, wie sie gern geheißen wurden, hatten ziemlich zugenommen in der letzten Zeit, auch auf dem Land heraußen. Und bisher war die N-Partei die einzige, die mit scharfen Worten gegen diesen Missstand aufgetreten war. Und nicht nur auf dem Arbeitsmarkt und in den Straßen wirkten sie bedrohlich, diese Gastarbeiter, auch in die Weiber, in die jüngeren zumindest, war so eine Veränderung hineingewachsen, wenn sie in den Biergärten an Sommerabenden hinüberschielten zu den Italienern an den Nachbartischen, die da in ihren rosarot und himmelblau gefärbten Kunststoffhemden saßen und aus den aufgeknöpften Hemdenkrägen ihre schwarzen Kräuselhaare quellen ließen – wie Gedärm aus einer frisch gestochnen Sau: Da quollen Unverstand und Widerwille bei den Vätern und den Burschen dieser Mädchen heftig mit. Denn sie, die Trachtler, die Kavaliere dieser jungen Frauen, im Würgegriff ihrer zugeknöpften Leinenhemdenkrägen, die sich so eng um ihre Hälse schlossen, dass es ihnen fast die Augen aus den Höhlen trieb und das Atmen beinah wie ein Röcheln klang, die sahen neben diesen Italienern wie die eingezwängten Ochsen unterm Pflugjoch aus. Dagegen wirkte so ein Blick ins aufgeknöpfte Hemd von einem schwarz gelockten Gastarbeiter auf manche junge Frau wie der unverhoffte Blick in eine weite, unbekannte Welt ... und eine ungeahnte Sehnsucht stieg herauf und schwoll wie ein Furunkel: Amore!

Wa wa wa wa wail ... weil ... du du du du du da da ... da da da da kei kei...ne kei kei...ne Pa pa Partei hast, gell ... wei ... wie wie wie die unsere, ... gell ... die die die wo ... wo ... wo ... wa ... wa ... wa ... wau ... ah ... wau wau ... wie wie wie da ... die die die ... Hau hau hau ... Hi hi hi hi hitler ... gell! Du nicht! Gell ... dudududu Hauhauhauhaubentaucher du! Gell. Du nicht! Hei hei Heil Hitler!

Jaja. Heil Hitler. Jetzt hör nur wieder auf, Heinze! Nicht dass er sich im Grab drin noch mal umdreht, und das Hakenkreuz tät sich verbiegen und schaut am Ende aus wie ein katholisches, ein echtes.

Der Zuber Storch hielt von den Ausländern auch nicht viel. Deren gekräuselte Haare auf der Brust ähnelten denen auf seinem Kopf, und seine Haut war auch nicht die hellste. Irgendwie kamen ihm die Ausländer verwandt vor, und das regte ihn am meisten auf. Aber dem Heinze sein Gelalle ging ihm allmählich auch ziemlich auf die Nerven. Diese ganze Heilhitlerscheiße ist vorbei, dachte er. Die bringt nichts mehr. Und wem soll man überhaupt noch trauen, wenn nicht nur sich selber.

Der Holzwirt hatte derweil noch ein Weißbier eingeschenkt und es vor den Heinze hingestellt. Das ist heut das zwölfte, Heinze, sagte er. Das dreizehnte spendier ich dir.

Möchst mich besoffen machen, ha?!, schrie da der Müller Heinze laut und sprang, als ob er völlig nüchtern wär, von seinem Sessel auf. Mit mir nicht! Das kannst mit dem da machen – und deutete mit seinem Kinn in Richtung Zuber –, aber mit mir nicht! Gell! Das sag ich dir. Zahlen!

Er ging zur Schänke, kramte ein paar kleine Scheine raus und legte sie gebündelt auf den Tresen. Nimm dir, was du brauchst, sagte er zum Wirt, und gib mir wieder, was zu viel ist. Dann verschwand er. Aufhalten konnte ihn keiner mehr. Der Müller Heinze ging direkt nach Hause und legte sich ins Bett. Am anderen Tag schon war Parteiversammlung. Und da wollte er gut ausgeschlafen sein und wieder nüchtern. So klar war er immerhin im Kopf, auch wenn der Rausch in ihm noch groß war.

Ich pack es jetzt auch, brummte der Zuber. Seine ganze Stimmung war beim Teufel. Der Müller Heinze war gegangen, der Einzige, mit dem man sich noch hakeln konnte. Die andern waren alle so etwas von langweilig und ordentlich, so katholisch, fast schon protestantisch, selbst wenn sie was gesoffen hatten, dass einem so gut aufgelegten Existenzbejaher wie dem Zuber alle Freude zu versiegen drohte. Da musste er verschwinden, um nicht mit nach unten gezogen zu werden.

Vor der Tür zum Ausgang drehte er sich noch mal um.

Aufpassen müsst ihr schon, gell, dass der Pfarrer nicht eines Tages auftaucht und seine Messe da herin liest, beim Holzwirt, wenn ihr so brav drin hockts im Wirtshaus wie die Fürbittweiber in der Karfreitagslitanei, ihr duckmausigen Flachbrunzer, ihr! Und damit ging er. Draußen wuchtete er sich auf sein Moped und fuhr davon.

Auf der Zündapp fühlte er sich wieder frei. Im Fahrtwind spürte er den schweren Körper leicht wie eine Offenbarung.

Sein Fleisch wölbte sich um sein Geschlecht, auf dem er saß. Gepresst, sowohl an seine Schenkel als auch an den Kunststoffledersitz der Zündapp, fühlte es sich an wie fremdes Fleisch und doch das eigene.

Wenn alles doch nur Fleisch wär, dachte er, und nicht immer wieder auch noch Fremd- und Eigenheit der andern, immer wieder, an die man sich anpassen muss, um nicht den Kürzeren zu ziehen, immer wieder, und dabei so anders ist und wird, als man sein will oder ist!

Er fuhr hinunter nach Seedorf. Dort hatte er eine Verabredung mit dem Seewirt. Dessen fertig gemästete Sau war zu schlachten. Und darauf freute er sich jetzt. Die Schlangenlinie, die er am Anfang noch gefahren war, wurde immer gerader.

Als der Zuber mit seiner Zündapp beim Seewirt die Hofeinfahrt hinauffuhr, war man dort gerade dabei, die Sausteige mitsamt der frustrierten und hungrigen Sau darin wieder in den Saustall zurückzutragen. Mit dem Zuber hatte niemand mehr gerechnet. Es war mittlerweile zwei Uhr am Nachmittag, und es war Anfang November. In drei Stunden würde es dunkel sein – und noch gab es kein elektrisches Licht im Schlachthaus beim Seewirt. Bei Kerzenlicht aber wäre es schon sehr riskant gewesen, die filigrane Arbeit des Wurstens zu verrichten: Die Messer waren scharf geschliffen. Das Reinigen der Därme, in die das Wurstbrat abzufüllen war, musste also mit scharfen Augen und unermüdlicher Akribie durchgeführt werden. Wenn noch Unausgeschiedenes in ihnen zurückbliebe, könnte das die Geschmacksaura der Würste so nachhaltig verderben, dass am Ende die ganze Arbeit umsonst getan worden wäre. Da war genügend Licht im Schlachthaus für den Tiertod so entscheidend wie im Pflanzenhaus fürs Wachstum.

Obendrein war dem Seewirt nicht entgangen, dass der Zuber schon schwer angeschlagen sein musste. In dessen Gesicht sah er Witz und Verschlagenheit und das leicht aggressiv anzügliche Wesen haltloser ausgedrückt als sonst. Auch hatte der Seewirt gesehen, wie der Zuber beim Abstellen seines Fahrzeugs gerade noch das Gleichgewicht wiederherstellen konnte, ehe er mitsamt dem Moped in den Holunderstrauch hineingefallen wäre, der an der Schlachthauswand emporwuchs und die Blüten lieferte, aus denen die Seewirtin jedes Frühjahr in der Fettwanne ihre begehrten Hollerküchерl herausbuk. Und erstaunt sah er, dass der Storch trotzdem seinen Rucksack vom Gepäckträger nahm und auf die Schlachthaustür zustakste. (Des Zubers Körper war rund, und sein Fleisch wog schwer, aber seine Beine waren so dünn wie die von Adebar, dem Sumpfgänger. Darum hieß er: der Storch.)

Willst jetzt du heut wirklich noch die Sau schlachten, Storch?, fragte der Seewirt zweiflerisch den Zuber, als der wortlos an ihm vorbeiwankte.

Ja logisch will ich sie schlachten! Gemästet hast du sie ja schon, oder? Wieso fragst jetzt du da so blöd? Warum wär ich denn sonst da?, gab der gereizt zurück. Holts die Steigen mit der Sau nur wieder raus! Ich muss heute noch eine umbringen!

Aber es ist doch schon Nachmittag, versuchte der Seewirt ihn noch einmal zu bremsen, geh in die Küche hinüber, lass dir von meiner Frau eine Brotzeit hinstellen und ein Bier oder meinetwegen auch zwei, und schlachten tun wir dann morgen. So pressiert es nicht.

Das half aber nichts. Der Zuber tat so, als hörte er den Seewirt nicht. Er packte sein Werkzeug aus und reihte es feierlich säuberlich auf dem Schlachttisch auf, so wie er es immer tat, wenn es zu tun war: ein Messer neben das andere, Beil an

Beil und Wetzstein zu Wetzstein. Und ganz an den Anfang, vorn hin in der Reihenfolge, legte er den noch ungespannten Bolzenschussapparat. Dann stelzte er zum glimmenden, fast schon ausgeglühten Ofen, auf dem eingemauert in Beton der große Wurstkessel wuchtete, bückte sich schwer und mühsam hinunter zum kleinen Ofentürl, öffnete es und füllte es mit den danebenliegenden Holzscheiten. Es waren gespaltene Fichtenstücke, die er einschürte, und schon nach kurzem fing es an, im Ofen drin zu knistern und zu knacken, und bald brannte es im Schürloch lodernd auf. Später würde er Buchenstücke nachlegen, um den Ofen auf hohem Hitzeniveau am Glühen zu halten.

Wortlos reichte er dann dem Sohn des Seewirts, der gerade mit dem Viktor zusammen die Steige mit der deprimierten Sau darin wieder hereingetragen hatte, einen Kübel und bedeutete ihm damit, dass noch Wasser in den Kessel nachzufüllen sei: Und nicht zu wenig und nicht zu langsam, sagte er bissig, gell, sonst kommen wir noch in die Nacht hinein. – Wasser wurde immer viel gebraucht beim Sauschlachten, heißes Wasser. Hitze ist das Grundelement bei der Transformation des Fleisches vom Lebewesen zum Nahrungsmittel.

An der Entschiedenheit des Zuber, der wortlos und stoisch seine Vorbereitungen traf, sahen alle, dass der schon abgeschriebene Schlachttag doch noch begonnen hatte. Keiner aber traute sich im Moment darüber nachzudenken, wie er enden würde.

Wenn du meinst, dann schlachtest du sie eben noch, sagte matt der Seewirt von der Türe aus zum Zuber, auf mich kannst du sowieso nicht zählen, weil ich nichts mehr heben kann. Der Herr Hanusch und der Semi helfen dir, die haben schon oft zugeschaut beim Schlachten, die können das auch.

Wann ist denn jetzt deine Operation endlich? Man sieht es dir ja an, dass dir was fehlt. Du hast nämlich schon mal besser ausgeschaut. Mitleidig schaute der Zuber den Seewirt an, ließ sich aber von seinen Vorbereitungen nicht abhalten.

Ja wann! Nächste Woche halt endlich einmal.

Der Seewirt sah grau aus und zusammengefallen, abgemagert und unfroh. Er konnte keine Nacht mehr durchschlafen, weil ihn die Schmerzen in den Hüften stündlich aus dem Bett hinaustrieben. Tagsüber schlich er herum und stöhnte vor sich hin. Der Tod wäre ihm gelegener gekommen, so weit war er schon, gelegener als jede noch so kurze Wartezeit. Aber für die kommende Woche hatte er endlich einen Operationstermin im Rotkreuzkrankenhaus in der Hauptstadt gekriegt, und so lang wollte er jetzt doch noch durchhalten. Die Seewirtin hatte es ihm als Versprechen abgerungen. Aber nur dieses Versprechen hielt ihn noch zurück. Sonst, so hatte er schon mehrmals zu ihr gesagt, täte er für nichts mehr garantieren.

Aha, tat der Zuber interessiert und wetzte dabei das erste Messer, und was wird jetzt da genau gemacht? Schneiden die dich oberhalb der Schenkel in der Mitten durch, schmieren deine alten Knochen ein mit Staufferfettn und dübeln dich danach mit Schrauben wieder z'sam, oder wie?

Ja ja, du kannst leicht lachen, antwortete der Seewirt milde. Aber solang du solche Schmerzen selber nicht ertragen musst, kannst du sie dir auch nicht vorstellen. Durchgeschnitten wird da nichts. Aufgeschnitten schon. Dann wird ein künstliches Gelenk verlegt, und das war's. Hernach ist noch Reha. Und wenn die vorbei ist, dann helf ich dir wieder beim Schlachten. Nur haben die das auch noch nie gemacht. Das machen die bei mir zum ersten Mal. Und das ist schon ein Risiko. Aber mir ist das jetzt wurscht. Wenn es schiefgeht, bin ich gelähmt. Aber dann hab ich wenigstens keine Schmerzen mehr danach.

Dann bist ja du glatt ein Versuchskarnickel von denen!

Sauber! Abschätzig schaute der Zuber den Seewirt an. Nie würde er seinen eigenen Körper zu einem Laboratorium fremder Wissbegierde degradieren lassen. Das schien ihm unvorstellbar. Ärzte waren für ihn Menschen, an denen man sein Mütchen kühlen konnte. Angriffsfläche des kleinen Mannes, um zu zeigen, dass man den sehr wohl erkennt, der was Besseres ist, aber keineswegs gewillt, deshalb vor Respekt und Ehrfurcht zu vergehen. Ärzte, Anwälte, Beamte: Man zeigte ihnen auf Zuber'sche Art, die weit verbreitet war, dass zumindest Spott vor keiner Standesgrenze anhält. Danach fühlte man sich besser.

Pass auf, sagte er zum Seewirt, wenn es schlecht hinausgeht, dann zieh ich dir das Fell ab, und wir verkaufen dich als Karnickelfleisch. Das kriegt dann deine Alte als Witwenrente. So. Und jetzt halt mich nicht länger auf. Sonst kommen wir tatsächlich noch in die Nacht hinein.

Der Seewirt ging mit verzerrtem Gesicht davon, und der Zuber wetzte mit gebleckten Zähnen seine Messer.

Niemand hatte während dieses Geplänkels die Sau beachtet, die die Steige verlassen hatte und an allem herumschnüffelte, was sie über den glatten, feuchten Betonboden erreichen konnte, bis sie ausrutschte und quiekend und strampelnd nicht mehr aufkam. Leicht zitternd blieb sie endlich auf ihren angewinkelten Vorderläufen liegen, während sie die hinteren weit gespreizt von sich streckte. Nicht, weil diese Haltung ihr mehr Bequemlichkeit verschaffte, sondern weil ihr keine andere Haltung mehr gelang, da dem Horn ihrer kleinen Hufe auf dem harten, glatten Boden kein Halt gegeben war. Das betonierte Pflaster diente auf ausgeklügelte Weise dazu, das Tier nach der Ankunft im Schlachtraum seinen Schlächtern hilflos auszuliefern.

Breitbeinig und herrisch steht der Zuber über der Sau. Mit leicht angewinkelten Armen hält er das Beil in den Händen, das stumpfe Ende mit dem Steckstift nah am Kopf des Tiers. Er ist ruhig und konzentriert und atmet gleichmäßig. So sieht unser Abt aus, wenn er in der Messe die Wandlung zelebriert, denkt Semi, des Seewirts Sohn.

Willst du nicht lieber den Schussapparat nehmen, fragt er schüchtern den Zuber.

Nix Schussapparat, antwortet der Storch leise und gedehnt. Ich möchte endlich mal wieder eine erschlagen. Und jetzt halt das Maul, damit sie sich nicht noch mal aufhebt.

Im kahlen Raum, der bis in Brusthöhe mit abwaschbarer blauer Ölfarbe gestrichen und darüber bis zur Decke hinauf weiß gekalkt ist, während die Decke überm Ofenrauchloch rußgeschwärzt wie ein drohendes Gewitter über den Köpfen der Sau und ihrer Schlächter hängt, herrscht eine bewegte Stille. Nur das leise, stoßweiße Grunzen der Sau, die nichts weiß und alles ahnt, ist zu hören und dringt wie ängstliches Fragen an die Ohren der Männer. Im Ofen prasselt das Holz aus den umliegenden Wäldern. In der Fassung des Betonrings vibriert der gusseiserne Deckel des Wurstkessels – wiederverwerteter Abfall eines misslungenen Glockengusses –, und darunter brodelt und kocht das Wasser aus dem hauseigenen Brunnen. Vorsichtig saugen die Männer die frische Atemluft durch die halb geöffneten Mäuler, vorsichtig lassen sie die verbrauchte wieder hinaus. In der Eingangstüre taucht das neugierige Gesicht vom Kater Mandi auf und wird allein vom Blick des Zuber wieder verscheucht.

Und wieder atmen sie durch: hinein … und hinaus … vorsichtig … vorsichtig …

Dann hält der Zuber den Atem an. – Stille.

Und nach einem langen Moment konzentrierter Atemlosigkeit zieht er mit gewaltigem Röcheln die Luft durch den weit geöffneten Mund in sich hinein, und wie ein Ballon bläht und richtet der mächtige Zuberkörper sich auf und hebt Arme und Hände mit dem rostfarbenen Beil darin hinterher, bis hoch hinauf in die Luft …

Im selben Moment, als unten im See ein kapitaler Hecht nach vorne schnellt und sich den Weißfisch schnappt, den er gerade noch, steif wie ein vollgesogenes Stück Holz im Wasser liegend, angespannt belauert hat, stößt der Zuber mit einem pfeifenden Keuchen die Luft wieder hinaus und schlägt mit grimmiger Wucht zu.

Fressen und gefressen werden! Wer wagt es, darüber zu richten?

Leben und leben lassen! Wer ist dumm genug, daran zu glauben?

Wer leben will, muss töten. Wer es nicht tut, geht ein. Dem Zuber waren die klaren Gesetze des Lebens nie fremd. Wie hätten sie auch? Er war quasi im Schlachthaus aufgewachsen. Messer und Beil waren sein Spielzeug gewesen, der Bolzenschussapparat kam noch vor Pfeil und Bogen; wurde später seine fantasierte Armbrust; erlangte endlich den Kultstatus des ersten Schießgewehrs. Mit ihm vollzog er die Initiationsrituale des ehrbaren Kriegers und des freien Jägers, die beide heute nur noch Metzger sind. Tieren begegnete er immer erst kurz vor deren Tod. Wenn Liebe und Tod wirklich symbiotisch zueinandergehören, wie es die Dichter behaupten, dann waren Schweine Kühe Kälber seine wahren Geliebten. Er spürte jedes Mal, bevor er sie tötete, eine zärtliche Nähe zu ihnen. Er hatte einen demütigen Respekt vor ihrer Kreatürlichkeit, die ihm der seinen verwandt schien. Nur eine Beziehung zu ihnen hatte er nicht. Kaum waren sie tot, waren sie für ihn nur noch Material. Dieses aber zu bearbeiten, das war seine Kunst. Und seine Kunst war sein Stolz. Der Geschmack, den die Leber- und die Blutwürste, der schwarze und der weiße Presssack, die geräucherten Wammerl und Schinken hatten, war der Geschmack des Zuber. Man konnte diesen Geschmack mögen oder verabscheuen, aber er war immer der des Zuber, und der konnte klar unterschieden werden vom Geschmack jedes anderen Metzgermeisters. So entstand im Lauf der Jahre eine Zubergemeinde, die auf ihn und die Ergebnisse seiner Arbeit schwor und andere Fleischkreationen nur noch zur Not gelten ließ. Zur Not, das hieß: Wenn der Zuber grad nirgends geschlachtet hatte. Wo aber der Zuber geschlachtet hatte, da waren am anderen Tag die Gaststuben gefüllt mit Schlachtplattenessern.

Und er mittendrin. Denn der Zuber selber war nach Schlachttagen sein bester Gast. Und während er genießerisch die selbst gemachten Speisen kaute, dozierte er den Umsitzenden, was noch besser hätte gewürzt sein können.

Jetzt aber stand er, halb gebückt und reglos über der betäubten Sau, die sich hoch aufgerichtet hatte, als der Schlag sie traf, und dann schwer nach unten geplumpst war – stand da und rührte sich nicht mehr. Das Schlachtbeil in den Händen sank herunter, mit zwei kleinen Trippelschritten verbreiterte er noch mal seinen breiten Stand und starrte, ohne jede Regung den Blick der fast schon toten Sau, der an die Decke stierte, kreuzend, mit dem seinen schräg nach unten auf den Schlachthausboden.

Es wird ihm doch nichts passiert sein!

Besorgt und stumm sahen der Viktor und der Semi ihn an. Er stand da wie eine auf der Kippe stehende Tonne, die jeden Moment umfallen konnte. Was würde sich aus ihr ergießen, dachte verschreckt der Semi. Wie um ihn festzuhalten, griff er nach des Zubers Arm und fragte: Storch, Storch, was ist denn los. Ist dir nicht ganz gut? Hast du was mit deinem Herz, oder ist was mit dem Kopf? Jetzt sag doch was!

Da aber kommt Bewegung in den Zuber. Breitbeinig, wie er dagestanden ist, watschelt er zum Wassergrand und stützt sich auf. Und steht so wieder eine Weile still. Und wieder schauen sie besorgt auf ihn und unentschlossen.

Mechte wohl am besten sein, wir rufen einen Doktor, flüstert Viktor, womöglich hat er gar bekommen einen Herzinfarkt.

Da aber richtet sich der Zuber endlich wieder auf, macht eine halbe Drehung zu den beiden hin, und sagt beinahe stolz: Kruzifix! Jetzt habe ich die Hose vollgeschissen.

Und mit dieser klaren Botschaft belebte sich auch das Wahrnehmungsvermögen der beiden Helfer wieder, und sie rochen mit Entsetzen, was des Zubers Worte ihnen verhießen. Den störte das Grauen in den Gesichtern der anderen nicht. Er setzte sich, immer noch breitbeinigen Schritts, in Bewegung.

Lasst alles liegen und stehen, wie es ist. Ich muss schnell hinüber aufs Häusl. Das dauert nicht lang. So schnell stockt in der Sau das Blut schon nicht. Bin gleich wieder da.

Damit ging er.

Der Viktor machte die Tür weit auf, der Semi öffnete das Fenster. Danach standen sie stumm einander gegenüber. Der Viktor sagte: No, er ist halt besoffen. Der Semi legte noch ein Scheit in den Ofen und stellte den Blechkübel näher zur Sau hin, in dem das Blut aufgefangen werden sollte nach dem Stechen – wenn es dann noch flüssig war.

Abwechselnd schauten sie aufs Haupthaus hinüber, wo im Parterre das geschlossene Fenster der Herrentoilette neben dem geöffneten Damentoilettenfenster zu sehen war. Sie hofften, das Geschäft des Zuber durch beschwörende Blicke beschleunigen zu können. Bald ging auch das Fenster der Herrentoilette auf, und einen kurzen Moment lang war das breite Gesicht des Zuber zu sehen. Etwas nicht ganz Weißes flog heraus, dann wurde das Fenster wieder geschlossen. Guck mal, was es ist, sagte Viktor zu Semi.

Der ging hinaus und über den Hof, bückte sich nach unten und kam wieder zurück. No, und? fragte der Viktor. Seine Unterhose ist es, sagte der Semi. Er hat seine Unterhose aus dem Fenster geschmissen, die vollgeschissene.

Über den Hof stakte normalen Schritts der Storch, unten herum gekleidet in seine verbeulte, speckige Lederhose. Schnurstracks ging er auf den Schlachttisch zu, griff nach dem einen Messer, wetzte es mechanisch noch einmal mit zwei, drei Strichen durch, bückte sich dann zur betäubten Sau hinunter, die mit einem Aug schon wieder blinzelte, und öffnete mit zwei gekonnten Schnitten ihre Gurgel. Das tiefrote Blut schoss heraus und hinein in den Blechkübel, den der Zuber so tief hielt, dass nichts vom wertvollen Saft verloren ging. Zum Händewaschen hat der keine Zeit gehabt, so schnell wie der wieder da war, dachte Semi, und nahm sich vor, diesmal auf die begehrten Leber-, Blut- und Zwiebelwürste zu verzichten. Dann begann auch er die Arbeit, und rieb die tote Sau mit gelbem Pulver ein, das dem Borstenvieh die Borsten nehmen sollte. Viktor legte zwei daumendicke Ketten über den Sautrog, in dem die Sau gleich mit heißem Wasser übergossen und dann mit den Ketten von vorne nach hinten und von hinten nach vorne abgerieben und einmal auf den Rücken und dann wieder auf den Bauch gedreht werden würde und so weiter, und so weiter …

Und der Schlachttag nahm seinen Lauf, verspätet zwar und nicht wie geplant, aber letztlich wie immer. Nur der Storch war diesmal unter seiner Lederhose drinnen nackt. Mehr nicht.

Diese Vorstellung löste ein Gefühl ungeheurer Bedrohung bei Semi aus. Eine panikartige Hektik ergriff ihn. Er schüttete fast den ganzen Beutel des schwefelgelben Pechs über die Sau, die nun bereits im Trog lag, und begann es mit den Händen einzumassieren, bis der Zuber ihn wegstieß und anschrie, was er da mache, ob er übergeschnappt sei, man dürfe das Pech nur in kleinen Mengen auftragen, sonst ätze es die Haut des Tieres und mache das Selchfleisch unbrauchbar. In die Küche hinüber solle er sich schleichen und sich dort von seiner Mutter die Gewürze geben lassen, Pfeffer, Majoran und Salz und Muskatnuss, sie wisse schon, was gebraucht werde, das solle er bringen, denn da könne er nichts falsch machen, alles andere mache er, der Storch, lieber selber, wenn er, der junge Spund, nichts anderes könne, als zu pfuschen, und was denn überhaupt in ihn gefahren sei, dass er wie ein Wahnsinniger auf die Sau losgehe, die schon längst tot sei und empfindungslos in diesem Zustand. Wenn du eine alte Rechnung mit ihr hast, hättest du sie schinden müssen, als sie noch am Leben war. Jetzt spürt die nichts mehr. Was ist denn los mit dir?

Aber da war Semi schon weg, lief den Hof hinauf zur Scheune und verschwand darin. Dort kroch er hinter eine alte Dreschmaschine, die in tiefer Dunkelheit ganz hinten auf dem Tennenboden stand, zwischen hohen Heuhaufstöcken, wo kein Tageslicht mehr hinkam und die Augen erst nach langem Eingewöhnen sich fürs dunkle Sehen eingerichtet hatten. Ein Ort, der ungestörten Aufenthalt versprach, weil er nicht mehr oder nur sehr selten noch gebraucht und daher auch nur selten noch begangen wurde. Dort setzte er sich auf den Boden nieder und versuchte, wieder Ruhe zu bekommen. Er keuchte schwer und atmete so aufgebracht, als ob er ein Rennen mitgelaufen wäre. Bilder stiegen auf, die er schon längst vergessen glaubte. Mehr! Er hatte sie so weit von sich geschoben und mit ihnen die Erniedrigungen, dass sie schon verschwunden waren, fast wie nie gesehen und geschehen. Jetzt aber reihten sie sich neu, wie zum ersten Mal geschaute Bilder eines bösen Traums, vor seinem innern Auge wieder auf, bis sie nach und nach, und das begriff er jetzt mit einem Schaudern, doch Erinnern waren und ihr bockiges Verharren im Gedächtnis auf gelebter Wirklichkeit beruhte.

Er sah sich selber wieder auf den ausgetretenen und blank gescheuerten, Hunderte von Jahren alten Marmorplatten in der Mönchsfleischklause liegen, so nannten sie in diesen Jahren die klerikalen Wohn- und Folterzellen, gesehen mit dem Blick der auf den betonierten Schlachthausboden hingeworfnen Sau, statt des nackten Zuber in der Lederhose den nackten Mönch in seiner Kutte über sich, wie der, den einen Fuß auf seine Brust gesetzt, darunter mit der einen Hand den prallen, dunkelrot und blau gefärbten Seelenmörderschwanz massierte und mit der anderen die Kutte weit vom fett geweißten Fleisch des Körpers hielt. Wie das mörderische Schlachtbeil auf den Kopf der hingestreckten Sau, so klatschte dort das mönchlerische Sperma auf ihn nieder, auf Gesicht und Augen, auf den Mund, und machte ihn zum Abfall seines hilflos ausgesetzten Seins als Kind im klösterlichen Päderastenstall. Eine fürchterliche Wiederkehr!

Hat es so sich wirklich zugetragen? Er wollte es nicht glauben. Doch musste er.

Er schlug den Kopf ans Holzgehäuse des Maschinenkastens, seine Finger gruben sich in das gepresste Stroh und entrissen ihm den modrig, fauligen Gestank von schlecht geernteten Getreidegarben, der mischte sich mit dem Urin- und Schweißgeruch des ungewaschnen Mönchsgewandes aus der Moderkammer der Erinnerung – und alles fügte sich wie zugehörig ineinander und wie unausweichlich und erdrückte ihn wie Gegenwart, die ewig währt. Würgend und verloren rutschte er am rostig braunen Stahlgehäuse der ausgedienten Selektionsmaschine auf den schweren Blankenboden nieder und blieb geschunden und gekrümmt im jahrzehntealten, zentimeterdick gehäuften Staub der väterlichen Scheune liegen. Heustaub, Rotz und Tränen vermengten sich zum Abglanz seiner Seele und schwärzten sein Gesicht.

So kam er wieder an den Schlachtplatz.

Bist du mit dem Gesicht in den Pfeffer hineingefallen, oder warum warst du so lang weg und schaust so scharf aus?, pöbelte ihn der Zuber an.

Ich hab das Heu für die Abendfütterung herrichten müssen, belog er sich und ihn und wollte gleich wieder der Besorgung nachgehen, die ihm vom Zuber vorher aufgetragen war.

Viktor, feinsinniger im Wesen als der am rohen Fleisch verrohte Zuber, sah des Jungen Kummer, ohne ihn zu kennen, und ahnte einen neuen Ausfall des fremdem Seelenleid nur mit Befremden zugetanen Metzgers. Ich mach das schon, sagte er zu beiden und nahm im Laufschritt seinen Weg vom Schlachthaus durch den Kuhstall in die Küche, ließ dort sich von der Seewirtin die angeforderten Geschmacksverstärker geben, kam wortlos wieder, und wortlos zogen sie zusammen die nackt rasierte Sau an ihren Hinterläufen mit den alten Flaschenzügen an den zwei eingelassnen Haken auf, bis nah heran an die vom Ruß geschwärzte Decke. Mit feinen Schnitten öffnete der Zuber, Strich für Strich die Fettschicht ritzend, nach und nach den Schweinebauch, wie endlos lange Würste voller Scheiße quoll Gedärm hervor und hin an seine Brust, an die des Zuber, der seinen linken Arm darunter hielt, während er mit seinem anderen im offnen Hohlraum des

Kadavers wühlte und immer mehr und mehr von den warm dampfend prallen Scheißeschläuchen aus dem Innern grub, Bauch an Bauch mit der gehängten Sau …, und mit einer halben Drehung wuchtet er mit einem Mal das Därmgebirge von der Brust hinüber auf den Schlachthaustisch, wo es in sich zusammensackt und sich weich schmatzend und verfließend ausbreitet und dehnt, hin übern ganzen Schlachthaustisch. Warm riecht das Gemenge und vertraut, wie nach eigenen, allein genossenen, angenehm duftenden Fürzen. Appetit stellte sich ein.

Zügig schnitt der Zuber der Sau den Kopf ab und zerkleinerte ihn neben den Därmen in kleine mundgerechte Stücke. Eigenhändig warf er sie in den brodelnden Kessel. Den Viktor schickte er ums Buchenholz hinaus: Aber nur getrocknetes, rief er hinterher. Vor Semi legte er die Leber hin und zeigte mit zwei vorgeschlitzten Kerben je die Größe an, in die sie zu zerlegen war. Das Herz bearbeitete er selbst. Aus dem Halsgrat säbelte er ein halbes Dutzend großer Lappen pures Fett heraus, die Haxen hieb er mit dem Beil vom Rumpf, die Milz ritzte er mit fein geführten Schnitten von den andern Innereien ab, schlitzte noch den Magen und den Mastdarm auf, reinigte sie mit Salz und Essig vom Verdauten und warf dann alles in den dreckig braun brodelnden Sud des Kessels.

In einer Stunde gibt es Kesselfleisch, rief er und schickte endlich beide Helfer weg. Das Reinigen der Därme war alleine seine Sache. Hier wollte er auf keinen Fall etwas riskieren. Sein Ruf stand auf dem Spiel.

Und ein Maß Dunkles kannst du endlich bringen, dafür ist es jetzt nicht mehr zu früh, schrie er den beiden hinterher und schloss die Türe hinter sich.

Der Schlachttag war gelaufen. In einer Stunde würde es dunkel werden. Bis dahin aber waren die Därme gereinigt.

Der Rest der Arbeit konnte auch im Licht der petroleumgespeisten Stalllaterne abgeleistet werden.

Die Seewirtin knetete den Nudelteig, als Viktor und Semi sich an den Küchentisch zum Pausemachen setzten. Am Sonntag war Kirchweih. Ihre Kirchweihnudeln waren als Nachspeise nach dem traditionellen Gansessen immer sehr gefragt.

Sie wurden serviert auf kleinen Tellern, dick bestäubt mit Puderzucker, dazu eine Tasse frisch gebrühten Bohnenkaffees, in den die Gäste ihre Kirchweihnudeln tauchten und dann genussvoll daran zuzelten. Kleine weiße Schnurrbärte aus Puderzucker verjuxten danach für eine kurze Weile die strengen Gesichter der feinen Herrschaften und vertieften die Gewöhnlichkeit ihres vornehmen Gesichtsausdrucks: Das Gesicht der diszipliniert ausgelebten, der formvollendeten Gier kam zum Vorschein. Aufklärung war auch über eine Kirchweihnudel zu haben.

~

Semi war am nächsten Tag schon wieder abgereist ins Internat. Mit dem Bus fuhr er um acht Uhr in der Früh nach Seestadt und von da aus mit dem Regionalzug weiter in die Hauptstadt. Dort musste er zwei Stunden auf den Zug nach Obergrabenkirchen warten, mit dem er dann, drei Stunden noch und eine halbe, bis ins Hochlandtal von Untersteinsdorf fuhr. Von Untersteinsdorf schließlich quälte sich der Bus noch beinah eine Stunde lang die steile, serpentinenlose Bergschluchtstraße bis hinauf zum Felsenkessel, in den hinein im Schatten der Kartaiserberge sich das Knabeninstitut und Jesuitenkloster *Heilig Blut* wie eine mittelalterliche Zwingburg duckte und ihm seit gut neun Jahren Nahrung,

Unterkunft und Schulausbildung und auch sonst noch allerlei Erlebniswelten bot.

Es war schon dunkel, als er gegen acht Uhr abends dieses Ziel erreichte und dem Pfortenbruder seine Rückkunft aus den Ferien vermeldete. Nach ein paar Floskeln, mit denen er den zweiflerischen Mönch beruhigte, ging er zu seiner Unterkunft im ersten Stock des Ostteilflügels, mittlerweile nicht mehr Schlafsaal, sondern Vierbettzimmer, ordnete die mitgebrachten, frisch gewaschnen Kleidungsstücke in den Schrank und eilte dann, mit einem kleinen Umweg über den schon dunklen Speisesaal und die sauber aufgeräumte Küche, ein zweites Mal vorbei am Pfortenbruder, den er noch mal freundlich grüßte, und ging von da aus stracks hinüber in den Auerkeller auf der andern Straßenseite. Dort war schon ein harter Kern des Abiturjahrganges um den Schulstammtisch herum versammelt und trank Alkohol und rauchte filterlose Zigaretten. Dazu gesellte Semi sich und orderte ein Bier und einen Obstler.

Hat nicht ausnahmsweise und durch Zufall, eventuell, der eine oder andere von euch mein Abendessen mitgebracht, fragte er mit Brechreizcharme in die schon etwas angetrunkene Runde, ich stehe nämlich heftig unter Kohlendampf, und der Speisesaal hat ausnahmsweise mal natürlich wieder schon geschlossen, zumindest behauptet das der Pfortendödel.

Halb sieben! Halb sieben ist Schluss, belehrte ihn der Abraham mit pastoraler Strenge in Gesicht und Ton. Am Sonntag immer um halb sieben. Wir Kohlensäcke haben auch ein Recht auf Sonntagsruhe. Dafür beten wir für euch die ganze Woche und bespritzen euch mit dem geweihten Wasser – und faltete dabei die Hände, um sie im nächsten Augenblick schon wieder für den Segen aufzumachen. Ego te absolvo, sagte er mit Salbe in der Stimme, ego te absolvo samt unsern steifen Schwänzen und den prall gefüllten Säcken.

Dann griff er seinen Tonbierkrug am Henkel und schob ihn bis zur Mitte übern Tisch: zur Buße und auf ex! Alle Krüge stießen scheppernd an, und rülpsend spülten sie's hinunter.

Und bestellten auf der Stelle bei dem runden Bauernmädel aus dem Dorf, das sie bediente, so unschuldsvoll und tapsig wie ein junges Kalb, jeder noch einmal das Gleiche und mit strenger Miene: Nachfüllen bitte, sprachen sie im Chor, nachfüllen und dann enthüllen! Und dem Mädchen schießt die Röte unschuldigen Schämens in Gesicht und Backen, jäh und erwartet, und glücklich sammelt sie die leeren Krüge wieder ein, die sie an die Brust gedrückt zur Schänke trägt, zum Wiederfüllen – fast wie ein Bild vom Bauernbruegel.

Semi war hinaus aufs Klo gegangen und trank in tiefen Zügen aus dem Wasserhahn. Aufgestützt aufs Handwaschbecken schaute er mit bösen Blicken in den Spiegel, Aug um Auge mit sich selbst. Noch einmal sog er Leitungswasser ein in großen Schlucken, bis es ihn von Grund auf würgte. Dann kehrte er zurück zum Feierabendritual.

Dort war schon die neu bestellte Runde auf dem Stammtisch angelangt, mit Schnaps garniert und rauchumhüllt wie ein Tabu. Weit vornüber beugte sich die Wirtin beim Servieren übern Tisch, schon eine um die vierzig und nicht mehr das süße Bauernmädel, das von ihr zuvor zum Schutze seiner Unschuld in die elterliche Obhut heimbefohlen worden war. Mit der Schürze wischte sie den ausgelaufenen Bierschaum vom polierten Buchholztisch, malte Strich und Kreuz mit Bleistift auf die Untersetzer, tief hinunter senkten sich die Köpfe bis ans frisch gewichste Buchenholz heran, stier glotzte krampfiges Begehren aus jungmännlichen Gesichtern. Sehnsüchte und Hoffnungen versenkten sich verstört und aussichtslos ins schwer schaukelnde Brustfleisch der gereiften Frau.

Pass feil auf, dass deine Augen keine Füße wachsen, Bürscherl, sonst wirst hernach noch blind, warnte die Wirtin einen unter ihnen für die vielen. Auch die Frau genoss, wie zuvor das Mädchen, was ihr eher lästig, dem Mädchen eher peinlich war.

Hast noch eine Kleinigkeit zum Essen über, Auerin?, fragte laut der Semi, ich hab drüben nichts mehr abgekriegt, da war alles schon versperrt.

Depreziener kann ich dir noch machen, sagte die Frau, zwei Depreziener, die brauchen auch nicht lang, und Kartoffelbrei und Kraut dazu.

Ja, das bring mir, das ist gut.

Und wieder streckten sich die Arme aus bis hin zur Mitte übern Tisch, wo sie sich berührten und die Gläser klirrten. Und wieder soffen sie es aus auf ex und hinterher den Schnaps ... und wieder wieder und dann noch mal wieder ... und wie immer.

Und jedes Mal danach ging Semi wieder auf das Klo hinaus, achtete darauf, dass keiner folgte, und trank dort Wasser aus dem Hahn, bis es ihn würgte.

Beim vierten Exaustrinken blieb er länger weg. Aber auch nicht länger, wie ein normal Besoffner braucht, um seine Notdurft umstandshalber ein wenig umständlicher als nüchtern zu verrichten. So jedenfalls formulierte es später die Wirtin gegenüber der Polizei. Nach dem fünften Mal löste sich der Haufen auf. Die, die grad noch fast schon Männer und dabei doch auch noch wie die Kinder waren, waren nun so hoffnungslos besoffen wie die Alten.

Nur der Semi war klar, vollkommen klar wie das Wasser, das er in sich hineingeschüttet hatte, wankte aber mit den andern mit und mit ihnen zusammen hinaus in die Nacht.

Am nächsten Morgen, als man ihn zuerst vermisst und dann nach langem, unbeantwortet gebliebenem Klopfen an der Zellentür die Türe aufgebrochen hatte, fand man den Körper des Pater Ezechiel im ganzen Zimmer verteilt. Manche Stücke waren so klein gehackt wie Kesselfleisch. Andere waren als Ganzes vom Rumpf getrennt. Der Kopf stand, gestützt auf die Kinnbacken, augenlos auf dem Nachtkästchen, im Mund den abgeschnittenen Penis, zusammengeschrumpft zum knorpeligen Hautfetzen. Über das Haar, wie eine gewaltige Perücke, waren die Därme drapiert. Der Bauch des Paters war geöffnet und hohl wie ein Grab. Auf dem Boden des rücklings daliegenden Hohlkörpers, zwischen den Rippen, angelehnt an einen Klumpen Herz, fläzte wie eine auf Beute lauernde Kröte der Hodensack. In der rechten Schulter steckte das Messer. Es stank fürchterlich.

Das Messer stammte aus der Klosterküche. Es war das große Fleischmesser, das nur selten Verwendung fand. Fingerabdrücke waren keine drauf. Die Köchin war sich absolut sicher, dass das Messer, als sie die Küche um halb sieben am Abend, nachdem alles ab- und aufgeräumt war, verlassen hatte, noch im Messerregal an der Wand gesteckt hatte.

Der Täter hatte mit einem gewissen Fachkönnen präzise und schnell gearbeitet. Er schien die Tat nicht ausschweifend genossen zu haben. Von einem eher sachlichen Zerkleinerungsprozess des Opferkörpers muss ausgegangen werden. So stand es später im Obduktionsbericht.

Die Befragung durch die Polizei dauerte Wochen. Immer wieder gab es Verdachtsmomente gegen den einen oder anderen Schüler, auch Mönche gerieten in den engeren Verdächtigenkreis. Aber nach kurzer Zeit lösten sich sicher scheinende Beweise wieder auf ins unverwertbar Diffuse. Am unverdächtigsten waren bis zum Ende der Untersuchungen die Schüler, die am Abend der Tat im Auerkeller gezecht hatten. Die genaue Untersuchung des Todeszeitpunktes hatte ergeben, dass der Tod zwischen 23 Uhr und 23.30 Uhr eingetreten war. Also genau um die Zeit, als die Schüler gerade die letzte Runde bestellt hatten. Die Alkoholtests, die von der Polizei an den Schülern am anderen Tag vorgenommen wurden, hatten ergeben, dass aus der Menge des Restalkohols, den die Schüler noch im Blut hatten, geschlossen werden durfte, dass, rein motorisch gesehen, keiner von ihnen zu dieser Tat imstande gewesen wäre.

Im Laufe der Nachforschungen kam übrigens nach und nach ans Licht, dass der Pater sich an zahllosen Schülern vergangen hatte. Die Effizienz, mit der der Leichnam des Paters zerstört worden war, hatte die Kriminalisten in diese Richtung forschen lassen. Dabei kam auch heraus, dass unter den wenigen, die den missbräuchlichen Zugriffen des Paters entgangen waren, auch Semi war. Er wäre vom Pater nie belästigt worden, war seine glaubwürdige Aussage.

~

In dem langen, bunkerartigen Nordgang des Seewirtshauses, durch den man an der gasthäuslichen Herrentoilette und an den Knechte- und Mägdekammern vorbei in den landwirtschaftlichen Gebäudekomplex gelangte, hing in der Ecke, in der dieser Gang mit einem Neunziggradwinkel nach Norden hin abbog, wo er im Freien endete – deshalb hieß er der Nordgang –, viele Jahre lang, eingerahmt in ein kleines, holzgeschnitztes Viereck und handgeschrieben in deutscher Schrift, ein bäuerlicher Sinnspruch:

Alles, was da ist
Ist wert
Geachtet zu werden

Dieses Täfelchen war so klein und hing so unauffällig in der Ecke, dass es von den Vorbeigehenden kaum bemerkt wurde. Wer diesen Spruch verfasst und aufgehängt hatte und wann, war nur gerüchteweise überliefert. Eine sichere Quelle dafür gab es nicht. Dem Gerücht nach verdächtig aber war die Alte Mare. Verdächtig im besten Sinn! Denn obwohl sie ihre Urheberschaft ein jedes Mal abstritt, wenn darüber gesprochen wurde, hielt sich doch hartnäckig die folgende Version: Dass zwischen den Weltkriegen vorübergehend ein Knecht im Seewirtshaus Anstellung fand, der wegen seines groben, ja geradezu hasserfüllten Umgangs mit den Tieren sehr bald wieder entlassen wurde, und dass, um diesem Menschen Einhalt zu gebieten, so das Gerücht, die damals noch junge Mare diesen Spruch aufgehängt hatte, und zwar genau schräg gegenüber der Tür, hinter der dieser rabiate Knecht damals wohnte, so dass er beim Verlassen seiner Kammer immer und sofort als Erstes diese kleine Tafel im Blickfeld haben musste.

Dieses Zimmer war nun, seit schon fast wieder dreißig Jahren, die Unterkunft des Tieren gegenüber ausgesprochen freundlich eingestellten Viktor Hanusch geworden. Der Spruch jedoch blieb weiterhin die ganzen Jahre über an seinem Platz hängen, bis er eines Tages plötzlich, und zwar etwa in der Mitte der Siebzigerjahre, verschwunden und durch einen neuen ersetzt worden war. Und obwohl sichtlich mit Mühe in verstellter Schrift geschrieben, konnten seine Kinder sehr wohl die Handschrift des inzwischen fast siebzigjährigen Seewirts ausmachen:

Alles, was kommt
Wird schlimmer
Als alles, was war

Was war geschehen?

Der Seewirt hatte sich eine Woche nach jenem Schlachttag, der zugleich zum letzten seiner Art im Seewirtshaus geworden war, im Rotkreuzkrankenhaus in der Hauptstadt einer Hüftoperation unterzogen, die zugleich eine der ersten ihrer Art war. Ihm zur Seite bei dieser Operation – die eher ein mutiger Blindflug in eine medizinische Zukunft genannt werden durfte als eine ärztliche Hilfeleistung im Sinne des hippokratischen Eides – stand das Glück des braven Mannes, das ihm, wider Erwarten, zu einer gelungenen Operation verhalf.

Nach diesem Eingriff begann für den Seewirt noch einmal ein Aufbruch – es war der zweite unerwartete in seinem Leben – wenn man seine Geburt als naturgegebenen Einstieg in dieses Leben einmal außer Acht lässt.

Das schlagartige Ausbleiben der schier unerträglichen Schmerzen, die ihn fast drei Jahre lang gequält hatten, bewirkte bei ihm eine Euphorie, die er in seinem Alter nicht mehr für möglich gehalten hatte. Er stürzte sich noch einmal auf alles, was früher Arbeit für ihn gewesen war. Er suchte, wo es nur ging, das Gespräch mit den Gästen und berichtete ihnen, ob sie es hören wollten oder nicht, mit emphatischen Worten von seiner geglückten Operation. Er dirigierte den Kirchenchor zu bisher nie erreichtem harmonischen Klang. Er kaufte ein neues, größeres Auto mit der Beschleunigung beinahe eines Sportwagens – und er ließ das gesamte Seewirtshaus renovieren. Es wurden eine zentrale Heizung und fließendes Warm- und Kaltwasser installiert, die Gästezimmer bekamen neue Schränke und Betten, die Gasträume wurden mit neuer Bestuhlung und neuer Beleuchtung noch einladender, als sie zuvor schon waren (oder noch abstoßender – je nach persönlichem Geschmack und zeitüblichem, ästhetischem Allgemeinempfinden), und quasi als Prunkstück zwischen den beiden Gasträumen glänzte nach Abschluss der Arbeiten, dekoriert von polierten Gläsern hinter altmodernen Butzenscheiben, eine nagelneue Schänke, die in ihrem vorgefertigten, gastronomietauglichen Format von Fachleuten der Brauerei dem Seewirt als sehr beliebt bei Gästen und ausgesprochen praktisch für das Personal aufgeschwätzt worden war. Und mitten auf dem Schanktisch, als Krönung seiner umfassenden Funktionalität, protzte, wie das erigierte Glied eines neuen, furchtbar fruchtbaren gastronomischen Zeitalters, der chromummantelte Zapfhahn mit den Insignien der Brauerei: HACKER-PSCHORR.

Die Zeit der Holzfässer und der Flaschenwirtschaft war zu Ende. Der verchromte Zapfhahn begann seinen Siegeszug. Er hatte drei Hähne, aus denen drei verschiedene Biere schäumten: Hell, Dunkel – und das moderne Pils.

Mehr war nicht drin. Mehr konnte er seinen inzwischen erwachsenen Kindern nicht bieten, um sie weiterhin ans Elternhaus zu binden und ihnen den Eintritt in ein sorgenfreies Erwerbsleben zu ermöglichen. Dass trotzdem alles anders kam, konnte seine Schuld nicht gewesen sein. So redete er sich immer wieder zu in den Jahren des seelischen Leids, die die letzten seines Lebens wurden. In diesen Gedanken fand er, wenn auch nur geringen Trost in diesem Leid. In ihnen richtete er sich ein, wenn alles andere um ihn herum zu zerbrechen schien.

Man lebt dahin und macht unglaubliche Fehler, ohne es zu merken, dachte er grüblerisch, man tut sein Bestes und macht doch alles nur falsch. Ich habe ein Mieterverhältnis zu meinen Kindern. Ich halte ihnen alle meine Räume offen, sie aber leben nur nach draußen. Sie tun, als könnten sie mir jederzeit kündigen. Ich hätte strenger sein müssen mit ihnen. Dabei bräuchten wir einander doch schnörkellos. Denn jeder Schnörkel ist nur der Ausdruck des Misstrauens gegenüber dem Notwendigen. Ich bin durch und durch gradlinig. Ich verstecke mich hinter nichts. Und jetzt geht die Zukunft einfach aus.

Seit einiger Zeit war er ziemlich verzweifelt. Sein neues Aufleben hatte nur ein paar Jahre gedauert.

Gleich nach der Operation – der Zeitpunkt war zufällig und stand in keinerlei Zusammenhang mit dieser – wurden ihm die immer wertvoller gewordenen Seewiesen enteignet. Jene Sumpfwiesen, die im Süden von Seedorf als sogenannte Streuwiesen das ganze Jahr über unberührt und brach dalagen, direkt am Ufer des Sees, nur von einer Hauptverkehrsstraße von diesem getrennt, und auf denen, wie prall gefüllte Eiterbeulen, die fettesten Sumpfdotterblumen standen weit und breit. Jene Wiesen, die nur einmal im Jahr, im frühen Herbst, gemäht und deren Ernte als nahrungsarmes Heu zur Einstreu für die Kühe eingefahren wurde, die wurden staatlicherseits sozusagen konfisziert. Diese einst wertlosen Wiesen, die für die Familie einen hohen ideellen Wert besaßen, aber als landwirtschaftliche Nutzflächen eher unbrauchbar waren, hatten im Lauf der letzten zwanzig Jahre als Seegrundstücke immer mehr an Attraktivität gewonnen. Es gab wieder reiche Leute im Land, die solche Seegrundstücke suchten, um in sie ihr Geld zu investieren oder aber gleich ihren Wohn- oder Alterswohnsitz darauf zu zementieren. Für den Seewirt waren diese Wiesen so zu einem potentiellen Verkaufsobjekt geworden, auf das man zurückgreifen konnte, wenn die Zeiten wieder einmal schlechter werden sollten. Auch spielte er seit der gelungenen Operation mit dem Gedanken, das Seewirtshaus eventuell noch einmal zu vergrößern, um seinem Nachfolger ein noch attraktiveres Erbe zu übergeben. Die Seewiesen wären da sowohl Geldquell für einen Erweiterungsbau als auch eine stattliche Mitgift für die anderen Kinder gewesen.

Es kam jedoch anders.

Ein äußerst betriebsamer Genosse der sozialen Partei hatte unter dem Druck der an den Wochenenden aufs Land hinaus und an die Seen hindrängenden Städter einen Verein zur Sicherung freier Seezugänge gegründet – schließlich sei dies ein Grundrecht und in der Verfassung verankert, so seine aufwieglerisch populistische Begründung – und Gemeinde, Landkreis und Staatsregierung auf seine Seite gebracht. Und ausgerechnet die Seewiesen sollten zu einem großen Badegelände mit Liegewiese ausgebaut werden. Als der Seewirt sich weigerte, seine Wiesen herzugeben, wurde er kurzerhand enteignet. Dieser radikale behördliche Zugriff auf sein Eigentum hatte ihm einen Schock versetzt. Er hatte damit nicht gerechnet, als er sich auf die alleinige Verfügungsgewalt über sein Eigentum verließ. Schließlich sei in der Demokratie das Eigentum geschützt, wurde immer wieder behauptet, und Diktatur war gestern. Denn die exekutierenden Behörden waren alle fest in der Hand jener christlichen Partei, der auch der Seewirt bisher bei jeder Wahl seine Stimme gegeben hatte. Es war die Partei der Land- und Grundstücksbesitzer und des freien Unternehmertums. Und ausgerechnet deren Beamte attackierten mit einer solch arroganten Haltung und Rücksichtslosigkeit seine Eigentumsrechte, dass er sich sofort schon fast im Kommunismus wähnte. Er schickte mehrer Eingaben an die zuständigen Stellen. Aber es half nichts. Die Partei in Bayern sei nicht christlich demokratisch zugerichtet wie im übrigen Deutschland, wurde er belehrt, sondern christlich sozial ausgerichtet, wie es sich für Bayern gehörte. Und auf diesen Unterschied komme es an, und genau der würde im vorliegenden Fall am Seewirt vollzogen. Denn Eigentum verpflichtet, das stehe auch in der Verfassung und dieser Verpflichtung könne er jetzt nachkommen und stolz darauf sein.

Das war etwas zu viel Staatskunde auf einmal für den Seewirt. Er tat, was er sonst nie tat: Er setzte sich hinein in sein eigenes Gasthaus und trank eine ganze Maß auf einmal aus. Eigentum verpflichtet?, dachte er beim dritten Schluck. Aha! Auf einmal! Warum eigentlich gerade meins?

Die Seewiesen wurden öffentliches Eigentum und zu einem großen Erholungsgelände ausgebaut. Mit der Entschädigung, die er dafür erhielt, konnte der Seewirt zwar das Seewirtshaus vollständig renovieren. Das schon. Aber für eine Mitgift oder gar einen Erweiterungsbau blieb kein Geld mehr über. Und vor allen Dingen: Alles, was im Zusammenhang mit den Seewiesen geschah, wurde ihm aufgezwungen. Sogar die Renovierung. Denn hätte er das Geld auf die Bank getragen, was er ursprünglich vorgehabt hatte, hätte er es auch noch versteuern müssen, und es wäre nur noch die Hälfte wert gewesen. Davon war er am meisten gedemütigt: von der Entmündigung, die man an ihm vollzogen hatte. Die völlige Verweigerung seiner Rechte unter ausschließlichem Verweis auf seine Pflichten. Er machte plötzlich ein paar seltsame Gedanken in seinem Kopf aus, die in der Hirnrinde zum Leben erwacht waren. Er dachte an Bomben und Entführungen, an Molotowcocktails und an Brandbeschleuniger – schließlich standen derlei Begriffe in diesen Tagen öfter in den Zeitungen, auch in der, die er las.

Das ist mir ja noch nie passiert, dachte er, wo kommt denn das auf einmal her? An mir kann es nicht liegen. Das muss schon mit dem Staat was zu tun haben. Oder mit der Gesellschaftsordnung.

Noch am selben Tag ging er zum Pfarrer und beichtete ihm diese gefährlichen Ausschweifungen seiner Gedankenwelt. Der gab ihm zehn Vaterunser auf, die er zur Buße beten sollte. Und im Übrigen, so der Pfarrer, sei es ja wirklich eine Gnade, wenn man auf diese Weise die Bergpredigt befolgen und etwas für die weniger bemittelten Mitmenschen tun könne.

Schon, antwortete der Seewirt, aber die Menschen, die Jesus damals gespeist hat, die sehen auf den Bildern alle würdig aus, wie Heilige, mit ihren vollen Bärten und in ihren langen Wollmänteln, die ihnen, wie den Pferden im Winter die Rossdecken, umgehängt sind. Und schauen Sie sich dagegen das Pack an, das jetzt auf meinen Seewiesen herumtrampelt: lauter Nackerte! Nur weißes schwammiges Fleisch. Andere sehen aus wie räudige Herbstkatzen, so dürr und bleich. Die aus der Kreisstadt haben alle so lauernde Gesichtszüge, wie Asoziale, so energiearm und ausgelaugt wie sesshaft gewordene Landstreicher. Mir wird oft ganz übel, wenn ich da hinschauen und mir denken muss, dass es so etwas überhaupt gibt! Wenn ich die da auf meinen Wiesen herumlungern und sich angeblich erholen sehe, dann kommen mir die Wiesen wie gestohlen vor, gestohlen von Herumtreibern und Nichtstuern, von Arbeitslosen und Grattlern, und nicht wie ein Geschenk von mir an Heilige aus der Bibel!

Er meinte die aufstrebende Arbeiterschaft mit dieser Beschreibung, zu der er ein misstrauisches Verhältnis pflegte.

Versündige dich nicht, warnte ihn der Pfarrer mit erhobenem Zeigefinger, den der Seewirt durchs Beichtgitter hindurch weiß leuchten sah wie eine zu klein geratene Osterkerze, was du dem geringsten meiner Brüder getan hast, das hast du mir getan.

Das sah der Seewirt schließlich auch ein. Denn er war gläubig, und das Alte und das Neue Testament waren seine Bibel. Auch wenn ihm die geringsten unter seinen Brüdern weiterhin ausgesprochen hässlich und abstoßend vorkamen, war sein Groll nach dieser Beichte doch auf wunderbare Weise verflogen und einem sachlichen Misstrauen gegenüber den Behörden gewichen. Er hatte begriffen, dass er auf sich selbst gestellt war und Behörden nur mehrheitlichem Druck folgten und nicht, wie früher, vertraulichen Absprachen hinter geschlossenen Türen. Der Bürgermeister hatte nie ein Wort zu ihm gesagt. Die Demokratie hatte auch ihn zum reinen Stimmenfänger herabgewürdigt. Der Seewirt begegnete ihm nur noch mit einer reservierten Haltung – aber keineswegs verbohrt oder nachtragend, sondern lediglich freundlich distanziert.

Das endgültige Versiegen seiner vorübergehend noch einmal erstarkten Lebensfreude aber lösten ganz andere, familiäre Ereignisse aus.

Das Land war in eine innere Unruhe geraten. Bestehende Werte wurden in Zweifel gezogen. Die Jungen verlangten von den Alten Rechenschaft über längst vergangene Zeiten, in denen sie, die Jungen, noch gar nicht geboren oder höchstens Kleinkinder waren. Gleichzeitig wurden seit Generationen bestehende Gesetze vom Geben und Nehmen, von der althergebrachten Verteilung von Arbeit und Besitz infrage gestellt. An den Universitäten gründeten sich kommunistische Zirkel, die den Keim der Aufsässigkeit, des Aufbegehrens und des sich nicht mehr fügen Wollens in sich trugen, und Gedanken kamen zur Sprache, die wie eine Irrlehre durchs Land geisterten. Randalierer zündeten Kauf- und Zeitungshäuser an, Polizisten wurden mit Steinen beworfen, und was einmal Ehrfurcht und Unterwürfigkeit gegenüber der Obrigkeit und den Autoritäten im Land gewesen war, war nun zu Respektlosigkeit, Hohn und Spötterei verkommen. Langhaarige Teufel in Menschengestalt, die in schamlosen Verhältnissen miteinander lebten und Nachkommen zeugten, machten sich lustig über alles, was Ordnung und Gesetz und für deren Kontrolle zuständig war. Der Staat schien eine Lachnummer geworden zu sein.

So jedenfalls stellte es sich aus der Ferne dar. Und Seedorf lag immer noch in einer gewissen Ferne zu den Zentren dieser Ungehörigkeiten.

An seinen Kindern konnte der Seewirt noch keine Ansteckung ausmachen. Er beobachtete genau, aber nicht misstrauisch. Dafür war sein Vertrauen in die gut beleumdeten Schulen und die ordensgeführten Internate, in denen er die Kinder untergebracht hatte, zu groß. Die dicken Mauern der Klöster, hinter denen im christlichen Geist erzogen und die Grundlagen für das zukünftige Leben als gute Staatsbürger gelehrt wurden, die werde der studentische Ungeist aus den Städten, der seinen fauligen Ursprung ganz bestimmt im immer mehr um sich greifenden amerikanisierten Lebensstil hatte – so sah es jedenfalls der Seewirt –, nicht durchdringen. Da war er sich sicher. Umso unerklärlicher war es für ihn, dass er nach und nach bei seinen Kindern ein Erlahmen der Gottesfürchtigkeit feststellen musste. Wenn sie vom Internatsleben erzählten, waren Spöttereien und Respektlosigkeiten über Ordensbrüder und Klosterschwestern eingesprenkelt. Keines der Kinder beteiligte sich mehr am Tischgebet. Wenn er und seine Frau und die Schwestern dieses Ritual ausübten, griffen die Jugendlichen bereits nach Gabel und Messer und füllten ihre Teller. Überheblich und herablassend sahen sie auf die Betenden und würzten deren Frömmigkeit mit fast schon gotteslästerlichen Witzeleien. Dabei strahlten sie eine solche Sicherheit und Souveränität aus, dass den Seewirt Kälteschauer durchfuhren und ihm die mahnenden Worte, die er sich zurechtgelegt hatte, im Mund stecken blieben: Er traute sich nicht mehr, die eigenen Kinder zurechtzuweisen. Seine Schwestern waren von Semis Schmeicheleien bereits so vereinnahmt, dass auch sie durchgehen ließen, was sie bei anderen als mangelnde Gottesfurcht verdammt hätten. Der altehrwürdige Küchentisch, an dem Generationen ihr täglich Brot verzehrt und Gott dafür gedankt hatten, der hatte sich verkehrt und war zur gottvergessenen Fressstatt verkommen. Das Schlimmste für den Seewirt aber war: Seine Kinder gingen nicht mehr zur Kirche.

Das wöchentliche Kirchgangsritual, mit dem durch das Tragen der Festtagskleidung Gott und der Glaube geehrt und der intakte Zustand der eigenen Familie der Dorföffentlichkeit vorgeführt und damit die eigene gesellschaftliche Stellung im Dorf immer wieder aufs Neue gefestigt wurde, dieses stolze Ritual war für den Seewirt mit einem Mal zum demütigenden Spießrutenlauf geworden. Wenn er, nur noch begleitet von Frau und Schwestern, aber plötzlich ohne die Kinder, seinen Platz in der Kirchenbank oder auf der Empore einnehmen musste und die Köpfe der anderen Kirchenbesucher sich umwandten und mit ihren neugierig-anzüglichen Blicken den aufgelösten Zustand der Seewirtsfamilie registrierten und kommentierten, dann fühlte er sich wie Jesus auf dem Kreuzweg zum Kalvarienberg: Dessen Glaube wurde umso fester, je derber die grölende Menge ihn verspottete. Überall, wo einer fest in seinem Glauben ruht, ist Golgatha, dachte der Seewirt und fühlte sich wieder kräftig und fest.

Doch wenn er dann gegen elf Uhr vormittags von der Kirche nach Hause kam und sehen musste, wie seine eigenen Kinder gerade erst das Bett verließen, oft schon im Gefolge von Mitschläfern und Mitschläferinnen, obwohl sie noch gar nicht verheiratet waren, wenn sie sich am Küchentisch breitmachten und mit einem unfreundlich gemurmelten Guten-Morgen-Gruß ihren Kaffee schlürften und die ganze Küche nach verdunstetem Alkohol roch, wie eine ungelüftete Bierstube, dann erfuhr er das wie einen gezielten Schlag ins Gesicht und als gewollte, schmerzhafte Demütigung nicht nur seiner selbst, sondern ebenso seines Glaubens und der christlichen Werte, denen er verpflichtet war. Er spürte es so, als würden ihm seine tiefsten Überzeugungen streitig gemacht und sein ganzer Lebensraum enteignet werden, denn er konnte sich dagegen nicht mehr wehren. Er erlebte den überlegenen Behauptungswillen seiner Kinder und ihre Durchsetzungsstärke, unter der Zeugenschaft ihm vollkommen fremder junger Menschen, wie einen Besatzungsterror. Er kam sich vor wie kurz nach dem Krieg, als die Amerikaner alle Angelegenheiten in demonstrativer Selbstgerechtigkeit vorantrieben und regelten, sogar die privaten, und eine Gegenwehr unmöglich schien. Er fühlte sich als Störenfried im eigenen Haus durch pure Anwesenheit, weil die anderen – seine Kinder – mit unverschämter Selbstverständlichkeit alle ungeschriebenen Gesetze missachteten und umstießen und darauf herumtrampelten – so empfand er es –, ohne dass sie es selbst vermutlich richtig wahrnahmen. Das war das Schockierende: Sie zeigten nicht die geringste Unsicherheit und Verlegenheit ihm und der Seewirtin gegenüber, die alles viel leichter nahm, viel selbstverständlicher, und sich deshalb auch zu wehren wusste, wenn ihr etwas nicht gefiel, was ihr den Vorwurf von Seiten des Seewirts einbrachte, sie bilde mit ihrem Verhalten eine Art fünfte Kolonne und falle ihm bei seinem Versuch, seine Kinder zu ordentlichen deutschen und christlichen Menschen zu erziehen, in den Rücken. Die Kinder breiteten sich und ihre Bedürfnisse aus und legten ihre Jugend an den Tag, als sei dies alles festgeschrieben in einem ehernen Gesetz, dem sie nur zu folgen brauchten wie einem Naturrecht, ohne Irritation und Hemmung, so als würden sie es schon ihr Leben lang ungehindert tun und als wäre es schon zu allen Zeiten so getan worden. Die Selbstgerechtigkeit, mit der seine Kinder sein Haus zu dem ihren machten und sein eigenes gelebtes Leben samt aller gemachten Lebenserfahrung übergingen, trieb ihm die Tränen in die Augen. Er ging hinauf in die Scheune und fing an, mit einem Besen den Heustaub zusammenzukehren, den er nur aufwirbelte, völlig sinnlos und unergiebig, weil der sich hinter ihm wieder legte und Heustaub blieb. Er wollte in seinem Zustand von niemand gesehen und angesprochen werden. Am Abend eines solchen demütigungsreichen Tages legte er sich stumm zu seiner Frau ins Bett und fing zu weinen an, hemmungslos und ohne irgendwas zu sagen.

Was hast du denn schon wieder, fragte sie dann mechanisch und mit monotoner Stimme, du siehst das alles viel zu streng. Du solltest froh sein, dass die Kinder so selbständig und selbstbewusst geworden sind. Stell dir vor, sie würden zwar in die Kirche gehen, aber sonst nur beten und in Büchern lesen und nicht den Mädchen und Buben nachschauen! Woher sollen wir denn da unsere Enkel kriegen?

Sie hatte nicht viel Mitleid mit ihm und war eher genervt von seiner frömmelnden Weinerlichkeit. Aber weil sie ihn auch noch liebte, nahm sie seine Hände in die ihren und streichelte ihm so lange übers dünn gewordene Haar, bis er eingeschlafen war.

Aber es half nichts. Je mehr seine Kinder sich nach draußen orientierten und am gesellschaftliche Leben teilnahmen, je mehr Lern- und Wissbegierde sie entwickelten und ihre eigenen Gedanken mit denen anderer mischten und so zu neuen Erkenntnissen vordrangen und an bis dahin unbekannte Orte der Erscheinungswelt und der Wahrnehmung, desto frömmlerischer und verschlossener wurde der Seewirt. Er ging nun fast jeden zweiten Tag zur Messe und suchte, wann es nur ging, das Gespräch mit dem Ortspfarrer und anderen Gleichgesinnten, um Fragen des Glaubens und der Kirchenlehre zu diskutieren. Zu Hause suchte er sich Arbeiten, die er alleine erledigen konnte – oft sinnlos und überflüssig bis zur Lächerlichkeit und unergiebig wie die endlosen Grübeleien, denen er sich dabei hingab. (Er verlagerte zum Beispiel am Vormittag mit Hilfe einer Schaufel und einer Schubkarre einen Kieshaufen von einer Ecke des Hofes in eine andere, um ihn am Nachmittag des nächsten Tages wieder auf den alten Platz zurückzuverlagern.) Nach dem Mittagessen saß er stundenlang im Lehnstuhl und reinigte seine Fingernägel. Wenn seine Schwestern dazukamen, wurde erst lange gemeinsam geschwiegen, bis endlich eines das Gespräch über früher eröffnete, wo dann alles tausendmal Gesagte wiedergekäut wurde, Satz für Satz und Tag für Tag. Oft überlegte er, ob er den Kindern nicht die Türe weisen und sie aus dem Haus werfen sollte. Aber dafür war er zu schwach. Seit immer schon. Es hätte ihm auch keine Ruhe gebracht, sondern sein Leiden und Zweifeln nur noch verstärkt. Diese Erkenntnis immerhin gelang ihm noch und hielt ihn davon ab.

Eines Abends, er war mit der Seewirtin allein zu Hause, seine Schwestern waren von einem Neffen ins Theater abgeholt worden (in die entkernte Hofkirche der Residenz, denn dort wurde eine moderne Interpretation der *Salome* durch den berühmten polnischen Theaterregisseur Jerzy Grotowski gegeben, und der biblische Stoff in Verbindung mit der altehrwürdigen Kirche schien dem Neffen ein raffiniert hingeworfener Happen bei seinem Heranschleichen ans Erbe der Tanten zu sein. Doch war es überhaupt noch nicht ausgemacht, ob er bei der Auswahl dieses Theaterabends auch wirklich richtig gewählt oder, was seine Interessen anlangte, nicht doch eher gewaltig danebengegriffen hatte, denn direkt unter dem Altarkreuz räkelten sich im Laufe der Vorstellung und als Teil von dieser blutbeschmierte Nackte beiderlei Geschlechts beim Kopulieren), eben an diesem Abend wühlte der Seewirt lange in einem Pappkarton voll mit Fotos, bis er schließlich eines herausfischte und es vor die Seewirtin hinlegte und sagte: Da, schau an und lies!

Das Foto zeigte die Kinder im Alter von etwa neun bis vierzehn Jahren, wie sie eng zusammengedrängt beieinandersitzen und, an der Kamera vorbeischauend, interessiert und konzentriert an etwas teilhaben. Man sieht, dass sie einander vertrauen und in einem guten Verhältnis zueinander stehen.

Das war vor ungefähr zehn Jahren auf dem Oktoberfest, erläuterte der Seewirt, beim Schichtl wurde gerade geköpft. Wie ich das Foto vom Kranz, der es auch geschossen hat, geschickt bekommen habe, habe ich diese Sätze darunter geschrieben. Ich war damals so froh. Lies!

Die Seewirtin las.

Beim Anschauen dieses Bildes, das mir mein lieber Kriegskamerad Kranz heute geschickt hat, sind mir folgende Gedanken durch den Kopf gegangen: Ich habe alles richtig gemacht. Das Bild macht mich froh und gelassen. Mehr ist vom Leben nicht zu erwarten. Was jetzt noch kommt an Glück, ist Überfluss, den Gott mir schenkt und den ich vielleicht nicht einmal verdiene.

Als die Seewirtin aufschaute, hatte der Seewirt schon wieder Tränen tiefen Selbstmitleids in den Augen.

Aber das ist doch ein schönes Bild, und es sind schöne Worte. Da musst du doch nicht weinen deswegen, sagte sie.

Ja, schon, sagte er, aber ich habe mich getäuscht. Es ist alles ganz anders gekommen. Von Glück keine Spur mehr. Wenn ich damals nicht so hoffärtig gewesen wäre, könnte ich die Enttäuschungen jetzt vielleicht leichter ertragen. Ich hätte härter sein müssen gegen mich und gegen die Kinder. Man darf sich den schönen Gefühlen nicht einfach hingeben und ausliefern. Ich bin meiner Zeit und meinem Stand nicht voraus. Aber ich bin darin gefangen. Das hätte ich wissen müssen. Ich kann mich nicht mehr ändern. Die Änderung vollzieht sich an den Kindern. Und diesen Prozess halte ich nicht aus. Man erträgt nur, was man selber erlebt. Die eigene verlorene Jugend im Leben der eigenen Kinder zu erkennen ist unerträglich, obwohl es folgerichtig ist. Das Folgerecht aber ist eine einzige Demütigung für den, der zurückbleibt. Ich habe, als ich so alt war, meinem Vater gehorcht und meinen Willen nicht durchgesetzt. Danach gehorchte ich dem Staat und bin in den Krieg gezogen, ohne Murren. Ich habe meine Jugend meinen Eltern und der Gemeinschaft geweiht. Meine Kinder hauen mir ihre Jugend einfach um die Ohren. Damals, als ich dieses Foto beschriftet habe, war ich so, wie ich bin, wenn mich niemand beeinträchtigt. *Ich war perfekt, abgeschlossen und beendet.* Ich dachte, alles würde sich fügen. Aber danach habt ihr mir mein Ich-Sein genommen.

Die Seewirtin stand auf. Ich weiß gar nicht, was du da redest, sagte sie, ich kann dir nicht mehr folgen. Ich versteh dich nicht. Das ist mir zu hoch. Vielleicht bin ich auch zu müde. Ich geh jetzt ins Bett.

Nein, du bleibst!

Der Seewirt griff nach ihrem Handgelenk und hielt sie fest.

Bleib noch ein paar Minuten, bitte! Ich muss dir noch was sagen. Wirklich. Was Wichtiges!

Die Frau hielt inne und sah dem Mann mild ins Gesicht.

Was ist denn noch?, fragte sie, was willst du mir noch sagen? Ich muss morgen früh aufstehen. Wie immer. Das weißt du doch.

Aber sie sah, dass der Mann zitterte, dass seine Lippen und die Hand, mit der er sie festhielt, nicht von ihm beherrscht wurden, dass seine Augen nicht einen Willen, sondern einen Wahn ausdrückten.

Die Seewirtin war nur eine Bäuerin. Und heiratsbedingt war sie auch noch eine Wirtin geworden. Aber sie durchschaute Menschen instinktiv. So wie sie den Tag anschauen konnte und instinktiv wusste, was dem am nächsten Tag für ein Wetter folgen würde, so konnte sie einem Menschen ins

Gesicht schauen und sehen, ob man seinen momentanen Zustand ernst nehmen muss oder nicht. Den Seewirt aber musste sie jetzt ernst nehmen. Das sah sie. Dafür musste sie nicht studiert haben, um zu sehen und zu spüren, dass sie den Mann jetzt nicht allein lassen durfte. Aber sie musste es ja auch nicht beschreiben oder unterrichten. Aber rechtfertigen musste sie es vielleicht hernach, wenn sie ihn jetzt sich selbst überließe. Zumindest vor sich musste sie sich rechtfertigen. Also musste sie ihm jetzt gerecht werden. Sowohl in seinem Sinn als auch in ihrem.

Also, was willst du mir sagen?, fragte sie ihn.

Ich habe in der letzten Zeit viel nachgedacht, begann der Seewirt seine Rede, ich habe viele Enttäuschungen erlebt in dieser Zeit, vor allem menschliche, und da kommt man zum Nachdenken. Zuerst einmal muss ich dir sagen, dass du nicht die Frau bist, die ich mir eigentlich gewünscht habe. Das habe ich begriffen und muss es jetzt einfach loswerden. Sonst kann ich es gleich bleiben lassen. Ich habe immer gedacht, du wärst die Frau meines Lebens, die mich versteht und meinen Gedanken folgen und meine Bedürfnisse befriedigen kann … die sie mir erleichtern kann, all die Lasten, die dem Manne aufgetragen sind, verstehst du? Und lange hat es auch so ausgesehen, als ob du genau das alles in dir trügest und ausdrücktest und es könntest. Denn ich war dir blind ergeben. Aus Liebe. Und mit dieser Liebe habe ich auch unsere Kinder gezeugt und sie mit dieser Liebe bedacht, bei all der Verantwortung, die ich für sie übernommen habe – und auch für dich. Ich habe immer gedacht, wir wären diese eine Einheit, die im heiligen Sakrament der Ehe verheißen ist. Ich habe immer geglaubt, all die Jahre, die wir jetzt zusammen verheiratet sind, dass du diesem Versprechen der Ehe gerecht geworden wärst. Dass du dieses Versprechen erfüllt hättest.

Aber ich habe mich getäuscht. Furchtbar getäuscht. An den Kindern, deinen Kindern, sehe ich das. Sie sind nicht so geworden, also sie haben sich nicht so entwickelt, dass an ihnen dieses Versprechen mir gegenüber eingelöst worden wäre. Ich empfinde das als Ehebruch deinerseits und als Missachtung des vierten Gebots durch die Kinder: Du sollst Vater und Mutter ehren, auf dass es dir wohl ergehe und du lange lebest auf Erden! Und deshalb, weil du unsere heilige Ehe gebrochen hast und weil die Kinder die Gebote nicht mehr achten, fühle ich mich nicht mehr an euch gebunden und kündige Ehe und Vaterschaft auf. Ich kündige meine Ehe und meine väterliche Verantwortung gegenüber meinen Kindern auf. Ihr habt mein Vertrauen nicht mehr verdient. Glaube ja nicht, dass ich mir diese Entscheidung leichtgemacht habe. Ich habe viel nachgedacht, bevor ich dahin gekommen bin.

Ich habe darüber nachgedacht, warum ich über so viel Besitz verfüge. Ich bin jetzt fast siebzig, und ich bin seit fast dreißig Jahren mit dir verheiratet und hier der Herr im Haus, wie man so sagt. Und ich merke immer öfter, wie kurz diese Zeit war, die ich schon lebe. Ich selbst hätte in dieser kurzen Lebenszeit nie diesen Reichtum anhäufen können, über den ich verfüge. Also muss da doch etwas nicht gebührend beachtet und geachtet worden sein. Ich weiß, dass ich durch Erbschaft zu diesem Reichtum gekommen bin. Aber ist das denn gerecht, wenn andere arm sind, nur weil sie nichts geerbt haben, und ich reich bin, weil ich geerbt habe? Dafür kann ich doch nichts, dass ich rein zufällig Erbe bin. Ist das vielleicht ein Verdienst? Nein! Aber es ist ein Recht! Aber was ist daran ge-recht? Diese Fragen quälen mich, seit ich sehen muss, dass die eigenen Kinder nicht mehr interessiert sind an dem Erbe, das ich ihnen anvertrauen müsste. Müsste! Weil ich eigentlich muss. Denn ich habe es ja auch nur übernommen. Da ich es aber nicht behalten kann, weil ich sterblich bin, *muss* ich es weitergeben. Das will ich aber nicht mehr. Und deshalb sage ich: *müsste*. Weil ich vom *muss* jetzt einen Ausweg gefunden habe hin zum *müsste*. Und den will ich dir jetzt erklären.

Mir ist klar geworden, dass uns der ganze Besitz rechtmäßig nicht mehr zusteht. Zumindest nicht die Äcker und Wiesen. Die wurden unseren Vorfahren zur Verfügung gestellt, damit sie darauf frei wirtschaften konnten. Zur Verfügung gestellt von der Kirche und den Klöstern, denen bis dahin alles gehört hatte – bis zur Säkularisation. Wenn du nicht weißt, was das ist, dann musst du dich kundig machen. Ich habe jetzt nicht die Zeit und keine Lust, es dir zu erklären. Wenn aber nun keine Nachkommen mehr zu finden sind, die bereit sind, das Erbe seiner damaligen Bestimmung gemäß weiterzuführen, dann ist der Vertrag von damals hinfällig, und ein weiteres Beharren auf den Besitztitel wäre Diebstahl. Da unsere Kinder nicht mehr bereit sind, diese Tradition fortzuführen, die über Generationen den Lebensunterhalt unserer Familie gesichert hat, dank der Güte der Kirche und der ihr angeschlossenen Klöster, die ihre Besitztümer damals großzügig hergegeben haben, ist es keine Geste der Moral, sondern eine des Rechttuns, der Verantwortung, wenn ich mein Besitztum wieder zurückgebe an die, denen es rechtmäßig immer gehört hat. Denn dass es damals überhaupt so weit kommen konnte, zu dieser Säkularisation, war genauso ein Werk von Aufrührern und Traditionsverächtern, von Gottlosen und Kirchenfeinden, wie es jetzt die sind, die unsere Kinder verführt und der Familie entrissen haben. Und ich sage das alles nicht, weil nur ich alleine glaube! Nein. Ich sage das alles, *weil ich glaube, dass meine Vorfahren geglaubt haben*. Das ist mein Glaube.

Ich werde deshalb meinen Besitz an Grundstücken zu gleichen Teilen der Kirche und dem Kloster Heuberg wieder zurückgeben, von denen unsere Vorfahren sie einst erhalten haben. Die sollen darüber verfügen, wie sie es für richtig halten. Mir steht dieses Recht nicht mehr zu. Das Haus mit ein wenig Umland soll euch bleiben, wenn ich tot bin. Bis dahin werde ich darüber wachen, dass es ein christliches Haus bleibt, zu dem der Antichrist keinen Zugang erhält.

An dieser Stelle entstand jetzt erst mal eine Pause.

Die Seewirtin sah aus, als ob sie von einem Huhn beraubt worden wäre. Das war einer ihrer geflügelten Aussprüche, den sie gebrauchte, wenn sie jemand gedankenverloren ins Leere starren sah: Du schaust ja aus, als ob dir die Henne das Brot weggefressen hätte!, sagte sie dann gern. Jetzt sah sie selber so aus. Es war aber nicht Gedankenlosigkeit, was sie so schauen ließ, es war äußerste Fassungslosigkeit. Wie geschwollen der redet, dachte sie, als ob er eine Predigt halten würde, so salbungsvoll, so gedrechselt. Sie hatte dem Mann zwar wortlos zugehört, aber sie konnte ihm nicht folgen. Von Anfang an nicht. Was sie da zu hören bekam, schien ihr in einer unbekannten Sprache vorgetragen, an deren Tonfall man zwar Gefühlsregungen des Sprechenden erkennen konnte, aber noch lange keine gedanklichen Zusammenhänge. Sie hatte gemerkt, dass da jemand vollkommen außer sich war, dies aber mit Ruhe und Sachlichkeit auszudrücken, vermutlich aber eher zu tarnen hoffte, weil es in ihm chaotisch brodelte und dampfte. Wie im Wurstkessel am Schlachttag, dachte sie. Und dieser jemand war aber kein Wurstkessel, sondern ihr Mann. Schon als er sich der falschen Wahl zieh dafür, dass er sie damals zur Frau genommen hatte, war ihr zwar der Kiefer heruntergeklappt, aber nicht, weil sie beleidigt war, sondern weil sie ihrem Mann ein solches Potential an Komik nicht zugetraut hatte. Komisch war für sie nur, was aus großer Verzweiflung heraus lustig wird, weil Ideal und Wirklichkeit miteinander nicht mehr können. Und so stand ihr Mann jetzt vor ihr: verzweifelt im Kampf mit sich selbst und gegen die Zeit und dadurch in der Wahl seiner Worte komisch, urkomisch.

... als ob du genau das alles in dir trügest und ausdrücktest und es könntest ..., sprach sie nach, und musste sich zwingen, es nicht laut herauszuprusten. ... ich glaube, dass meine Vorfahren geglaubt haben ... Und weißt du, was ich glaube?, fragte sie ihn, ich glaube, dass du depperte Schwammerl gegessen hast. Du willst deinen eigenen Kindern ihr Erbe streitig machen! Das kann doch nicht dein Ernst sein.

O doch, das ist mein Ernst. Und wie das mein Ernst ist! Ich habe auch mit dem Herrn Pfarrer schon darüber geredet. Der hat mich gelobt und gesagt, dass mein Vorhaben sehr christlich sei.

Ja natürlich sagt der das. Der muss das ja sagen, weil er ein bezahltes Mitglied von dem Verein ist, dem du den ganzen Besitz vermachen willst. Aber von mir kriegst du dafür keinen Segen. Das sag ich dir gleich. Diesen herrlichen bäuerlichen Besitz der Kirche vermachen! Ja bist du jetzt übergeschnappt?

Weißt du eigentlich, sagte der Seewirt jetzt erregt, dass der Semi Freunde bei den Kommunisten hat und immer zu deren Veranstaltungen geht und dort auftritt und Reden hält. Weißt du das?

Nein, das weiß ich nicht. Und wenn ich es wüsste, wäre mir das auch egal. Der ist jetzt alt genug, um selber zu wissen, was für ihn richtig ist und was nicht.

Was für ihn richtig ist, bestimmt der nicht mehr selber, schrie der Seewirt, das bestimmen andere, weil bei denen alle hirngewaschen sind. Weißt du, was passiert, wenn der erben würde? Weißt du das? Der würde alles den Kommunisten vermachen, sozialisieren heißt das bei denen, in sogenanntes Gemeinschaftseigentum würde der unseren ganzen Besitz überführen, und dann würde hier eine Kommune hausen und eine Kolchose bewirtschaften, eine landwirtschaftliche Produktionsgenossenschaft oder wie das heißt. So steht es nämlich.

Red doch nicht so einen Schmarrn, schimpfte die Seewirtin zurück, so dumm ist der nicht. Der ist viel zu bodenständig für so soziale Sachen. Der will mehr Gerechtigkeit, deshalb geht er zu den Kommunisten. Das ist nichts Schlechtes. Du gehst ja auch andauernd in die Kirche und glaubst, das würde helfen.

Ja wie gottlos redest du denn daher! Das ist ja unerhört! Sind wir jetzt schon so weit, dass die eigene Frau im eigenen Haus in meinen Ohren Gott lästern darf?, schrie der Seewirt und war so dunkelrot im Gesicht, wie das ausgelaufene Blut einer frisch gestochenen Sau im Blutwurstkübel.

Ich habe Gott nicht gelästert, schrie jetzt auch die Seewirtin schon ziemlich unbeherrscht. Du verleumdest mich! Das würde ich nie tun. Ich habe nur gesagt, dass du andauernd in die Kirche rennst und vor lauter Bigotterie schon nicht mehr weißt, was du an den eigenen Kindern hast. Dann tu dich doch mit deinen Schwestern zusammen und gründe ein Kloster mit ihnen und spiel den Abt, wenn du schon glaubst, dass du nur so in den Himmel kommst. Aber lass mich und die Kinder doch damit in Frieden.

Das Zerwürfnis zwischen den Eheleuten war perfekt. Die Seewirtin schlug die Tür zu und ging nach oben ins Eheschlafzimmer. Dort zog sie die eine Hälfte des Ehebetts ab und ging mit der Zudecke und einem Kopfkissen unterm Arm in das nächste Gästezimmer, bezog das Bett, löschte das Licht und legte sich schlafen. Immer wenn sie zornig war, schlief sie sofort ein.

Der Seewirt blieb sitzen im hell erleuchteten Wohnzimmer, schob einen Fingernagel unter den anderen und kämpfte, wie immer wenn äußerste Gefühlserregung und vollständige Hirnleere bei ihm zusammenfanden, gegen das Schwarze unter seinen Nägeln an, begleitet von Grübeln und Seufzen bis zum Morgengrauen. Dann ging auch er ins Bett und wunderte sich nicht, dass die eine Hälfte leer war. Das ist die Zukunft, dachte er und schlief auch sofort ein.

~

Mitten im Lied brach der Sänger ab. Dann bröckelte die Band weg. Binnen Minuten verwandelte sich die vorher aufgeheizte Atmosphäre in eine bewegte Stille. Verlassenheit, Hilflosigkeit, Ungewissheit. Gereckte Köpfe, offene Münder, aus denen kein Laut mehr kam, malten sie. Das ratlose Schweigen kroch bis in die hinteren Reihen. Jetzt erst war die Spannung in der Menge intensiv. Die hinten sahen das Transparent, das an zwei hölzernen Stangen aus der Menge heraus in die Luft geschoben wurde, konnten aber den Text nicht lesen, der nach vorn hin zur Tribüne sprach. Die vorne spürten nichts in ihrem Nacken, spürten nur die ungenutzten Mikrofone in ihren ungenutzten Ohren und hielten ihre Augen immer noch gespannt nach vorn gerichtet, statt die Köpfe umzudrehen und das Ungeheuerliche anzuschauen.

Endlich griff der Sänger wieder nach dem Mikrofon, das verkniffene Gesicht verkniffener, hasenschartenartig, schüttelte das blonde Haar und ließ die hunderttausend auf zertretnem Gras mittendrin im Württemberger Ländle, darunter unsichtbar in ihren Silos hoch aufgerichtet die Raketen, wissen, dass er das Singen unter diesen Umständen beenden müsse. Das gehe zu weit.

Und mit einem Male zeigte sich die Vielfalt dieser hunderttausend, die nicht nur bestand aus Gleichgesinnten, wie es die Gleichgesinnten gerne hätten, sondern auch aus Ungleichgesinnten, die Vielfalt bildend und somit den Querschnitt, den Machtpool jeder Masse, gleichzeitig ihre Ohnmacht. Geleitet von des Sängers Empörung drehten alle Gleichgesinnten endlich ihre Köpfe und lasen, was die Ungleichgesinnten von hinten her ihnen hinter ihre Ohren schrieben: LIEBER PERSHING II ALS PETER MAFFAY.

Aus rotem Grund und schwarzer Schrift wächst wohl ein Gutes nicht.

Dem Semi machte der Spruch auf dem Transparent Freude. Er glaubte nicht an Rock und Pop. Der Blues war ihm zuwider. Er fand sich nicht zurecht in diesen Rhythmen. Sein Gefühl blieb unberührt vom dumpfen Schlag der Bässe. Sein Pulsschlag nährte sich am hohen Klang der Klassik, die er studierte. Er ließ sich ausbilden in ihrem Gesang.

Auf der Tribüne, die jetzt vom beleidigten Rockbarden geräumt und andern Friedenshelfern überlassen wurde, hatte er zuvor politische Lieder der Zwanzigerjahre gesungen und eine kurze Rede gehalten. Wir reichen weiter das Vermächtnis der Häftlinge von Buchenwald, hatte er ins Mikrofon gerufen: Nie wieder Faschismus, nie wieder Krieg. Weg mit den Raketen! Wir fordern eine friedliche Koexistenz mit den sozialistischen Staaten. Alle Menschen sind gleich, und alle Völker. Die Menschen wollen den Krieg nicht und keine Aufrüstung, das wollen nur die Rüstungskonzerne und ihre Handlanger in Zulieferindustrien und Politik. Wir von der Kommunistischen Partei fordern die Regierung auf, die Stationierung dieser Raketen rückgängig zu machen und kein Geld mehr für Rüstung zur Verfügung zu stellen. Stoppt endlich den Wahnsinn!, rief er so laut, dass die Mikrofone blubberten zum obligaten Klatschen der Genossen. Dann nahm er die Gitarre und sang: *Vorwärts und nicht vergessen … die Solidarität …*

Es sangen mit die Gleichgesinnten, dass es schien, als ob harmonisch Gleichklang in der Masse herrsche. Auch wenn es nur ein paar von hunderttausend waren, vielleicht nicht mehr als tausend, die wohlgesinnt und solidarisch mit ihm sangen, während andere schwiegen oder sprachen oder keine Lust zum Singen spürten oder dazu nicht befähigt waren, weil das unbekannte Lied befremdlich klang, seine Worte keine Nachricht zu enthalten schienen in der Einfachheit, die groß aus ihnen sprach: Für ein paar Minuten hüllte der Gesang der Gleichgesinnten die Masse ein, so dass die Sänger glauben mochten, sie sei aus einem Guss. Aber dieser Eindruck hielt sich nicht.

Bald wurde die Teilnahmslosigkeit der vielen am Gesang der wenigen zu Unruhe, die Gespräche wurden lauter, Rufe wechselten von einem Lager in das andere, Ungleichgesinnte spotteten laut, der harmonische Klang wurde durchdrungen von Disharmonie, wie Schmutz legte sich das Johlen und Kreischen auf den Gesang von Semi und den andern Sängern und mischte sich zu Missklang. Plakate, die schon lang herabgesunken waren, die erlahmten Muskeln aufzuladen, hoben sich ein zweites Mal heraus aus dicht gedrängten Leibern hoch über die gereckten Köpfe und bekräftigten mit waghalsigen Symbolen verschlungene Forderungen auf vielfarbigem Grund:

Undogmatische Linke fordert Verschrottung auch der sowjetischen SS-20-Raketen stand auf grünem Untergrund mit gelblich grünem Blümchenmuster.

Die imperialistischen Raketen der USA bedrohen den Frieden in der Welt, die sowjetischen erhalten ihn stand auf einem anderen Plakat, das rot grundiert, am Rande rosarot getönt war.

Christen für den Frieden und gegen Kommunismus – ohne Raketen war quer auf unzählige lilafarbene Halstücher gedruckt, geziert von kleinen weißen Vögeln, die mit ausgespannten Flügeln, Tauben ähnlich, um die Hälse ihrer TrägerInnen flatterten.

Die Bullen von heute sind das Gulasch von morgen behauptete ein anderes Plakat, tief rot im Inneren und schwarz durchfurcht vom Rande her mit spitzen Zacken und rotgelb stachelnden Furunkeln; freimütig gab es Auskunft über seine Herkunft: *Die Autonomen vom Schwarzen Block.*

Im Umkreis dieser jungen Leute entbrannte ein heftiger Tumult. Viel Gleichgesinnte mit den weißen Tauben auf den lila Tüchern, die um ihre Hälse wie die Würgeengel kreisten, beschuldigten die schwarz Vermummten der Störung und Beschmutzung einer friedlichen Versammlung reiner Herzen. Die andern, mit den roten Nelken in den ausgefransten Kragenlöchern, schimpften, dass solche Pöbeleien bei diesem ersten, eindrucksvollen Aufeinandertreffen von verschiednen Strömungen des Widerstandes, nicht nur gegen die Atomraketen, doch nur den Keim der Spaltung weiter nährten. Auch Polizisten würden schließlich Opfer eines atomaren Krieges werden, vor dem dann keine Grenze und auch keine soziale und gesellschaftliche Stellung mehr die Menschen schützen werde.

Wer redet denn von Polizei, maulte einer hinter dem Plakat, wir reden doch von Rindfleisch. Rindfleisch, rief er, Rindfleisch für die Welt! Gulasch, rief er. Gulasch von den Bullen und für alle! Für die ganze Welt, vor allem für die Dritte!

Eine Farbleinwand aus dünnem Leder, straff auf ein flaches Lattenviereck aufgetackert und faltenlos hineingespannt, war bemalt mit einem Priap, der statt eines Riesenpenis den Riesensprengkopf einer Pershing-II-Rakete in den ungeschützten Erdball stieß, wobei der kleine Gott, vom Sternenbanner eingehüllt, verzweifelt seine Last ins Zielloch zu bugsieren suchte.

Lasst uns Liebe machen, Liebe statt Krieg! Liebe!, sangen in orangefarbne Tücher eingehüllte Frauen, eingehakt bei orangefarben gekleideten Männern mit urfriedlichen Gesichtern, die dem Himmel näher schienen als dem Boden, der sie trug.

Kaffee von der Kooperative Farabundo Marti rief eine blasse Frau im Poncho, Kaffee aus kollektivem Anbau, von indigenen Menschen geerntet, ohne Ausbeutung durch den Handel, direkt von den Bauern, rief sie, die hinter einem dürren Klapptisch ihre Ware anbot.

Rund um das Transparent, das den blonden Sänger schmähte, war bald ein großes Zerren und Palavern ausgebrochen. Solche abgeschmackten Stänkereien gefährden ohne Not die Einheit dieser machtvollen Erregung, belehrte schon zum wiederholten Mal ein Funktionär der Knopflochnelkengleichgesinnten die stachelköpfigen Protestler. Nur gemeinsam gibt es gegen Macht und Machenschaft der Rüstungslobby eine Chance. Wenn jeder immer nur das tut, was er gerade gern tut, bleibt jeder immer wieder nur sich selber überlassen. Das aber ist gerade das, was die Geschäftemacher wollen. In diese Falle dürfen wir nicht tappen. Wir müssen uns zusammentun, mit einer Stimme sprechen. Wir brauchen solche Prominenten wie den Sänger, die verschaffen sich und uns Gehör bei all den jungen Menschen, die den Ernst der Lage noch immer nicht erkennen können. Die fühlen sich verhöhnt und ausgegrenzt aus unsrer Sache, wenn ihr sie mit solchen Späßen provoziert.

Jetzt mach ma halblang, Opa, krähte wie ein junger Hahn der junge Punk am Transparent mit pubertärer Stimmbruchstimme, wie kann ick denn mit dir mit eener Stimme quasseln, wenn de so gedrechselt textest, dass de dich schon selber gar nich mea vastehst. Det kann ick nich, vastehste, det is mia zu hoch. Ick will ne Sause haben mit die Bullen, weeste, detwegen bin ick da, nich wegen diese Fuck Atomraketen. Wenn de platt bist, biste platt. Dann spürste aber ooch nix mehr von dem scheiß abgefuckten Leben. Wat soll jetzt daran Scheiße sein?

Gerade davon red ich doch, antwortete ihm, neu munitioniert, der Opa von den roten Gleichgesinnten, dass wir uns zusammenfinden müssen, damit auch du so was wie eine Perspektive siehst. Du musst das Leben lieben lernen! Du darfst dich doch nicht selber – du musst deine Feinde hassen! Es reicht nicht, wenn du nur dagegen bist. Du musst vor allem auch *für* etwas sein. Dann kriegst du einen Sinn fürs Leben und ziehst dir nicht andauernd deine lebensmüden Junkiedepressionen ein.

Der Punk drückt jetzt, ganz ungeheuer lässig, die Tansparentenstange seinem Kumpel in die Hand, geht dann gefährlich langsam auf den Gleichgesinnten zu, hält, sehr nah an dessen Körper erst, sein Gehen an und spricht dann leise, ganz furchtbar leise, Bauch an Bauch dem andern nah: Weeste, Alter, sagt er, weeste och *für* wat ick bin? Dass de deine Fresse hältst, und zwar jetzt uff der Stelle! Du aufgeblasner Pfaffe. Wenn de Predigt halten willst, verpiss dich in de Kirche. Müll aber uns nich zu mit deinem klerikalen Kommunistenscheiß. Und ging dann, gefährlich langsam wieder, zum Maffaybashingtransparent zurück und hielt sich, ganz ungeheuer lässig, wieder daran fest.

Semi war während dieses Geplänkels ganz in der Nähe des Kommunistenführers gestanden, und konnte sehen, wie dieser innerlich kochte vor Wut, sich aber eisern diszipliniert beherrschte.

Alles braucht eben seine Zeit, sagte der Mann nach einer kurzen Pause leise. Auch das renkt sich ein. Spätestens im Umerziehungslager. Aber wer weiß? Vielleicht ist das ja der Ausdruck einer kreativen Energie. Auch wir müssen immer wieder alles neu bedenken, um die Ideen der Klassiker in ihrem Sinne umzusetzen. Wir haben keine andre Wahl. Es gab noch nie so eine Vielfalt im Widerstand gegen die Zumutungen des Kapitals. Diese Vielfalt mit Gewalt zu bündeln hieße ganz bestimmt, ihre Eingebungskraft und Kreativität zu schwächen. Wenn wir so was aber tun, schwächen wir den Geist des Widerstands. Ohne Geist irren die Körper willenlos herum und verkommen zu reiner Kreatürlichkeit. Das kann Sinn unserer Sache doch nicht sein. Wir brauchen jetzt ein neues Denken. Die kommunistische Doktrin muss auch die Bürgervielfalt einbeziehen. Wir brauchen jetzt mehr Marx als Lenin, doch ohne Lenin aufzugeben.

Dieses halb gemurmelte, halb vorgetragene Selbstgespräch des Kommunistenchefs hatte bei Semi einen verwirrend schiefen Eindruck hinterlassen. Woran sollte er sich jetzt noch halten? Den Begriff der *Diktatur des Proletariats*, der in Zirkeln, die er schon seit Längerem besuchte, vorgestellt und bis ins Detail hinein behandelt worden war, den hatte er verstanden, den konnte er auch selber denken und in seiner Logik, wenn es nottat, auch mal konjugieren. Und gerade die Distanz zum bürgerlichen Wertemaß, die der Begriff umschrieb, und die Unvermeidbarkeit von Zwangsmaßnahmen, die vonnöten seien, um den genauso zwangscharakterhaften bürgerlichen Klassendünkel mit seiner ganzen Überheblichkeit und Ausgrenzungsphobie aus der Gesellschaft zu verdammen, waren für ihn in dem Begriff der »Diktatur des Proletariats« so klar vorhanden wie der Grund von einem Gletschersee. So formulierte es zumindest der Dozent des Zirkels pfeilgenau – was wiederum ein Sprachbild Semis war. Und jetzt behauptet ausgerechnet einer von den besten Köpfen unter den Genossen, dass diese klar gezogne Grenze zwischen Proletarier und Bürger aufzuweichen sei.

Das war zumindest ungewöhnlich. Womöglich aber war das

ohne Selbstbetrug auch gar nicht mehr zu leisten. Man solle sich, so kam es Semi vor, mit dem zurzeit noch nicht lösbaren *Kräfteungleichverhältnis* – vermutlich war es so von oben her gewünscht – gewissermaßen arrangieren. Von jetzt an würde er sich stumm vertragen müssen, denn nur so ließ sich das Gemurmel des Parteivorsitzers deuten, mit, was gerade noch zu meistern wäre, Chaoten samt ihren disziplinlos unvorhersehbaren Macken auf der einen Seite, aber auch – das konnte er nicht ohne Grausen denken – mit den lila Tücherträgern auf der andern, die ihn, mit ihren sanften und verlogenen Gesängen von Frieden und Gerechtigkeit und ihrem verklemmten Händchenhalter-Lichterkettenkram an die gerade so sanft autoritären Pfaffenrituale im Klosterknast erinnerten: Reichen wir uns die Hände! Dann ist es bis zum Körper nicht mehr weit.

Allein schon das dran Denken tastete wie eine fette, schweißig nasse Hand seinen ganzen Körper ab, verdünnte seine Atemluft, drang wie rußig schwarzer Rauch hinein in die Verzweigungen und Ästelungen seiner Bronchien, bis er würgend, kotzend, röchelnd und nach Luft in diesem Weihrauch ringend durch die Menge hetzte, auf und davon, flüchtend vor dem Jetzt genauso wie vorm Früher.

~

Sieben Tage nach der Flucht des Semi aus der großen Friedensversammlung gegen die geplante Aufstellung neuer amerikanischer Atomraketen im Land, die gleichzeitig auch zu seiner endgültigen Flucht aus der kommunistischen Partei wurde, weil die, wie er sich aggressiv und polemisch ausdrückte, aus Angst vor einer weiteren Marginalisierung in der Gesellschaft nun allmählich, aber unaufhaltsam ihre Kampffarbe vom einst radikalrevolutionären Rot in ein anpasslerisches klerikalfaschistisches Kardinalsrot umfärben würde, fand die Zugehpflegerin Veronika vom Orden der Barmherzigen Schwestern bei ihrem täglichen Pflegebesuch die Seewirtin tot in ihrem Bett liegend auf. Der sofort herbeigerufene Arzt stellte fest, dass sie etwa zehn bis zwölf Stunden zuvor, also zwischen acht und zehn Uhr abends, friedlich entschlafen sei. Fremdeinwirkung oder eine andere Unregelmäßigkeit beim Hinscheiden der Seewirtin seien ausgeschlossen. Aufgrund ihrer einjährigen, schweren Krankheit sei ihr Tod logisch und ein gnädiges Ende ihres Leids.

Ein knappes halbes Jahr zuvor war die Seewirtin bei dem Bemühen, die im Frühjahr geborenen Kälber noch rechtzeitig vor einem aufziehenden Gewitter von der Weide zu holen, von einem Blitzschlag getroffen worden und seitdem teilweise gelähmt und pflegebedürftig und, auf eine entsetzliche oder aber auch interessante Weise – das sei dem jeweiligen Urteil jener überlassen, die der Seewirtin in diesem halben Jahr bis zu ihrem Tod noch als Besucher am Krankenbett nahe waren – wesensverändert oder verhaltensgestört.

Die Seewirtin hatte, erkennbar erst nachdem sie aus dem Krankenhaus entlassen und der häuslichen Pflege übergeben worden war, mit dem Einschlag ihr Kurzzeitgedächtnis – dazu da, den Mensch durch die Monotonie der alltäglichen Überlebensrituale zu führen – fast vollständig verloren, hatte sich dafür aber eine höchst interessante Vervollkommnung ihres Langzeitgedächtnisses eingehandelt – wenn man so will. Jeden Besucher und jede Besucherin studierte sie anfangs wortlos mit einem langen, oft Minuten anhaltenden, forschenden Blick voller Misstrauen, so als wollte sie sichergehen, den von ihr beim Eintritt ins Zimmer sofort durch Augenschein und Erinnerungsarbeit sorgfältig decodierten Menschen auch tatsächlich vor sich zu haben, um dann, ganz allmählich, mit langen, höchst unterhaltsamen und aufschlussreichen Erzählungen von früher zu beginnen, die sie mit monotoner Stimme langsam sprechend vortrug, fast nicht endend und immer gestützt von einem starren, ernsten Blick, dem sich nie ein Lächeln, geschweige denn gar ein Lachen entrang, selbst dann nicht, wenn die Erzählung, was durchaus vorkam, von komischen Reminiszenzen eingefärbt war, die ihr nicht nur unfreiwillig passierten, sondern, wie es ihren Zuhörern immer wieder schien, oft höchst raffiniert von ihr gesetzt waren. Und auch da, wo das Komische einer Erzählung eindeutig der vom Einschlag beeinträchtigten Wahrnehmungs- und Mitteilungsfähigkeit geschuldet sein musste, blieb beim Zuhörer immer wieder eine gewisse Unsicherheit im Schwange, ob die Kranke sich nicht doch der Dimension des von ihr Gesagten bewusst war. Oft war es nur eine fast unmerkliche körperliche Bewegung oder ein kurzer Nachsatz, der die Zuhörer in ihrem schon getroffenen Urteil wieder wanken machte und darüber rätseln ließ, ob die Erzählerin damit womöglich doch die Anerkennung eines klaren Bewusstseinszustands für sich reklamieren wollte.

Diese fast schon provokante Unverbindlichkeit im Ausdrucksgebaren der Kranken führte dazu, dass die einen sich für den verschrobenen Witz und die seltsame Erhabenheit ihres Vortrags begeisterten und darin ein Zeichen für eine baldige Genesung sehen wollten, während die anderen, zutiefst betroffen und voller Mitgefühl für sie angesichts des schrecklichen Zustands, in den die Seewirtin vom Blitzschlag versetzt worden war, kaum dass sie das Krankenzimmer verlassen hatten, resigniert alle Hoffnung fahrenließen. Und nur Semi, der im zerstörten Zustand der Mutter seinen eigenen gespiegelt und mit einer gewissen Genugtuung eine übergeordnete Gerechtigkeit am Walten sah – denn er hatte seiner Mutter nie verziehen, dass sie ihn nicht vor der Unterbringung im Internat bewahrt hatte –, nur Semi eignete die Überlegenheit, die seltsame Persönlichkeitsveränderung der kranken Mutter kalt zu studieren, ohne dabei in irgendein Gefühl der Freude oder gar des Mitleids zu verfallen.

Fast jeden Tag, wenn er vom Gesangsunterricht nach Hause kam, ging er nach oben an ihr Krankenbett, das in besseren Jahren Ehebett und zwischendurch Entbindungs- und Wochenbett gewesen war, nahm sich einen Stuhl, setzte sich davor und besah sie wortlos. Das hielt er oft bis zu einer Stunde durch. Ohne jede Regung. Und auch die Seewirtin schien dieser Besichtigung empfindungslos standzuhalten und wirkte weder angetan noch abgestoßen davon. Sie besahen sich gegenseitig und sagten nichts.

Oft schlug die Seewirtin dann, nach einer lange Zeit des Anstarrens und Anschweigens, mit einer unerwarteten und fast heftigen Bewegung ihre Zudecke beiseite, so dass ihr ausgemergelter Leib mit den nur mehr knöchern wirkenden Gliedmaßen zum Vorschein kam, eingehüllt von einem weißen Nachthemd, das immer schon bis über die Hüften nach oben gerutscht war, und präsentierte sich dieserart in schamloser Nacktheit ihrem Sohn – sie, der körperliches Schamgefühl zu ihren gesunden Lebzeiten auf fast schon manische Art eigen war, die laut aufschrie, wenn außer ihrem Mann ein anderes Mitglied der Familie jenes Zimmer betrat, in dem sie ihre Arbeitskleidung mit den Hauskleidern wechselte. Auf Semi aber, nachdem sie die Decke zurückgeschlagen hatte, starrte sie mit geradezu herausfordernd unbekümmertem Blick und sagte dann mit monotoner Stimme und reglosem Gesicht den Satz: Setz mich aufs Töpfchen, du Tröpfchen. – Sie war wieder Kind geworden und spielte damit, wissend, dass ihr Kind unfähig war, dieses Spiel mitzuspielen.

Semi jedoch, der die lustvolle Gratwanderung seiner Mutter zwischen gelegentlicher Realitätswahrnehmung und anschließender schamloser Hingabe an den Wahnsinn nach kurzer Zeit durchschaut hatte und nur mehr darauf wartete, dass dieses Spiel begann, der dafür den Besuch bei der Mutter und die lange Zeit des Anstarrens kalkuliert hatte, Semi, gefühllos gemacht und geworden gegen alles, was gutmenschlich von außen her an ihn herantrat, geformt dazu in der Menschenum- und -unformschmiede des Klosters, geschmiedet auf hartem Amboss von klerikalen Schmieden des Fleisches und der Begierde – Semi stand dann jedes Mal auf und sagte: Vielleicht beim nächsten Mal, verabscheuungswürdige Mutter, vielleicht beim nächsten Mal. Und ging. Und die Mutter, zum Abschluss des Spiels, erbrach und ergoss auf der Stelle ihre menschlichen Ausscheidungen ins frisch bezogene Bett, zog wieder die Zudecke über ihr markiges Knochengestell und wälzte und kuschelte sich mit Hingabe darin.

Am andern Tag kam die Pflegeschwester wieder, tat stoisch ihren Dienst, ausreichend abgebrüht vom abgebrühten Tun.

Auch am frühen Abend ihres Todes trat Semi leise in das Zimmer seiner kranken Mutter ein und fand sie konzentriert im Rollstuhl vor dem Fenster sitzend und, wie er glaubte, dumpf dem Untergang der Sonne huldigend. Als er aber näher kam, sah er, dass sie eine Tageszeitung aufgeschlagen in Händen hielt und offensichtlich auch mit Interesse darin las.

Sie ist wieder gesund, dachte er – und diesen Gedanken erfuhr er wie einen harten Schlag auf den Kopf. Er tat ein paar ungleichgewichtige Schritte weg vom Rollstuhl, in dem drin die Mutter seinen Eintritt ins Zimmer noch nicht bemerkt hatte, und presste heftig beide Handballen gegen seine Schläfen. Währenddessen überlegte er fieberhaft, was geschehen musste.

Den Gedanken, dass die Mutter wieder gesund würde, während er seiner irreversiblen seelischen Zerstörung ein unabsehbares Leben lang ausgesetzt bleiben würde, ertrug er nicht.

Welch eine Überheblichkeit der Natur, dachte er, welch eine grelle Arroganz der Vorsehung und des Schicksals, dass ihm zuteilwürde, was ihr erspart bliebe! Ihr, die ihn zuerst sinnlos geboren und danach nicht verteidigt hatte und widerstandslos ziehen ließ, als Standesdünkel und Traditionalismus des Elternhauses ihn den Seelenhenkern auslieferten, und der gerade deshalb ums Verrecken überleben musste. Nur wenn er am Leben blieb, den vielfältigen Verlockungen, sich selbst töten zu können, nicht nachgab, würde seine Existenz eine fürchterliche Anklage gegen das menschliche Leben überhaupt sein. Diesen Auftrag musste er erfüllen, ob er wollte oder nicht. Es ging nicht mehr nur um ihn. Es ging jetzt um die Lesart des Menschen.

Die Mutter hatte ihn geboren. Seine Einwilligung wurde nicht erfragt. Die Mutter konnte ihn nicht schützen vor seiner Zerstörung durch andere. Also war sein Selbstzerwürfnis auch nicht sein Problem. Es war das Problem seiner Gebärerin. Es musste ihres sein! Anders konnte er sich nicht mehr denken, und auch sie nicht. An sie musste er es zurückgeben, um weiter existieren zu können.

Wofür?

Das wusste er nicht. Und das spielte in dieser Überlegung, der er sich wohl nie mehr würde entziehen können, auch keine Rolle mehr. Diese Überlegung aber war überlebenswichtig für ihn und sein zukünftiges Leben: dass er darüber verfügen konnte – und nur er –, wann es zu beenden sei und warum keineswegs vorher.

Als sie ein unterdrücktes Stöhnen hinter sich wahrnahm und sich langsam nach ihm umdrehte, mit diesem starren, aus weit aufgerissenen Augen stechenden Blick, dem er schon von

Beginn ihrer Krankheit an, weil er ihn nicht ertrug, mit flackerndem eigenem Blick ausweichend zu begegnen versuchte, trat er sofort an sie heran und entflocht mit gespielter Zärtlichkeit ihren Fingern die Zeitung, ohne in seiner Panik zu merken, dass sie diese die ganze Zeit über falsch herum gehalten hatte, nämlich auf den Kopf gedreht, und daher nicht gelesen haben konnte und also seine ihn plagenden Gedanken von ihrer möglichen Gesundung bodenlos und überflüssig gedacht waren. Stattdessen beugte er sich, mit selbstgerechtem Rechtsempfinden voller unerkannten Unrechts ausgestattet, nah an ihr linkes Ohr heran und flüsterte: Mutter! Mutter! Das Spiel beginnt! Das Spiel!, und schob den Rollstuhl hin ans Bett und hob sie hoch und dann hinein mit ihrem blütenweißen Kleid über ihrer kalkweißen knöchernen Nacktheit – und es begann wieder, was immer begonnen hatte bei seinen Besuchen seit dem Tag des Unglücks.

Als sie nach einer Stunde des gegenseitigen Anstarrens wie gehabt die Decke zurückschlug mit den Worten: Setz mich aufs Töpfchen, du Tröpfchen, zog er sich aus bis auf seine komplette Nacktheit und legte sich zu ihr ins Bett. Sie, irritiert von dieser Abweichung vom geübten Ritual, streckte Arme und Beine von sich und schaute angstvoll auf ihn, was käme.

Vorsichtig ergriff er ihren Kopf mit beiden Händen, streichelte Haar und Schultern mit großer Zärtlichkeit, küsste ihre Hände, die sich immer noch gegen ihn reckten und immer wieder, und brachte nach und nach Widerstand und Ängstlichkeit bei ihr zum Erlahmen. Als seine Hände allmählich von Kopf und Schultern nach unten wanderten, tastend wie suchend, Brust, Warzen und Nabel fanden und endlich das Geschlecht, Ausgang des Mörders ins Leben, deren ihres zu beenden er geboren war, und er sagte: Heut, Mutter, heut komm ich zurück! – da, schließlich, gab sie nach.

Er lag auf ihr, eindringlich, nicht eingedrungen – das ödipale Geheimnis hatte ihn immer abgestoßen, seit er im Griechischen darauf gestoßen war, denn das Griechische war humanistisch, und humanistisch war das Kloster, also verweigerte er sich und ihr das Naheliegende –, und küsste ihren Mund so lang, bis ihr Atem versiegt war. Danach gab er sie frei. Das griechischtragische Wort ist tödlichfaktisch, murmelte er, als er von der Toten stieg, und: Ach Hölderlin!, als er den Raum verließ.

Als Semi anderntags vor die Haustür trat, um die Frische des neuen Tags zu atmen, aber die Nachricht von der Entdeckung der Toten durch Schwester Veronika noch nicht bis zu den Hausbewohnern durchgedrungen war, saß Viktor auf dem Betonsockel vor dem Schlachthaus neben der Remise und lauschte in sich hinein. Semi, der auf kein Gespräch aus war, versuchte vorbeizugehen, ohne von ihm Notiz zu nehmen. Er erkannte eine aufdringliche Problembereitschaft im Gesicht des alten Mannes und spürte nicht die geringste Lust, sich jetzt in irgendeine fremde Komplikation hineinziehen zu lassen. Als Viktor ihn aber ansprach und sofort Semis Mutter ins Spiel brachte, blieb er doch zögerlich stehen und hörte in Lauerstellung und mit gesenktem Kopf zu.

Weißte, sagte Viktor zu Semi, ich hab immer gedacht, deine Mutter, die überleb ich nie. Ich werd wohl müssen vor ihr sterben. So rüstig wie die immer noch war und so energisch! Die wird bestimmt viel älter werden als ich. Nu sieht's aber nich mehr so aus.

Was willst du mir jetzt eigentlich sagen, fragte Semi, übertrieben aggressiv.

No, sie ist gelähmt! Ein Krüppel! Was will sie da noch? Da kann sie nicht mehr so, wie sie vielleicht noch gerne würde mögen. Das war laut gesagt. Fast schon geschimpft. Aber Viktors Erregung galt nicht Semis Mutter. Sie galt dem ungewissen Schicksal, das alle bedroht.

Semi murmelte etwas vor sich hin. Was sollte er sagen? Offensichtlich hatte noch niemand den Alten vom Tod der Seewirtin informiert. Und er betrachtete es nicht als seine Aufgabe, das zu übernehmen.

Wünschen tu ich ihr das nicht, redete Viktor weiter. Sie hat mich immer gut behandelt, deine Mutter. Ne ne. Wünschen tu ich ihr das nicht! Aber es wird wohl so kommen. Sieht nicht gut aus für sie.

Semi stand unschlüssig da. Ich weiß immer noch nicht, auf was du hinauswillst, sagte er.

Auf gar nischt will ich hinaus. Ich möchte nur sagen, dass ich so ein Pflegefall nicht werden möchte. Deine Mutter ist ja nun versorgt von ihrer Familie. Aber ich wär unter fremden Leuten. Da zeigt man sich nicht gerne so intim. Man hätte da doch Hemmungen. Das möcht man nicht erleben.

Semi sah prüfend aus Augenwinkeln auf ihn. Es schien doch alles eher harmlos zu sein.

Weißte, redete Viktor weiter, manchmal graust es einem ja schon vor den eigenen Körperausscheidungen. Aber die Vorstellung, dass ich da die Berührung von einem anderen, einem fremden Menschen würde aushalten müssen, der sich vor mir könnte ekeln, die ist unerträglich. Wenn du mal begonnen hast, an so was zu denken, kannste nicht mehr arglos alt werden.

Semi sah, wie Viktors Finger zitterten, als er ein Stück Brot zerkleinerte und es den Spatzen hinwarf. Er sah Tränen in den Augen des alten Mannes. Er sah eine große innere Erregung, der er ausgesetzt zu sein schien. Semi schätzte genussvoll ab, ob hier Mitleid mit einem anderen Menschen am Werk war oder ob es sich bloß um blankes Selbstmitleid handelte. Er kam zu dem Schluss, dass es beides war: Das

Mitgefühl mit der von einem Blitz zerstörten Seewirtin mischte sich mit dem Vorstellungsvermögen von einem eigenen Siechtum. Viktor schien Semis Mutter nicht nur geschätzt, sondern sogar gemocht zu haben. Das brachte Semi von einer Sekunde zur anderen heftig auf gegen den zittrigen Alten. Er spürte eine unbändige Wut aufsteigen und fürchtete sehr, ihr nachgeben zu müssen. Deshalb ging er unvermittelt wortlos weg.

No, wer weiß, rief Viktor, der diese Reaktion von Semi falsch bewertete, ihm nach, vielleicht schafft sie es ja doch.

~

Semi findet einen von ihm selbst geschriebenen Brief.

Mein lieber Bruder!
Zuallererst will ich Dich bitten, nicht zu erschrecken darüber, dass ich Dir heute einen Brief schreibe. Es ist nichts passiert und keine Katastrophe steht ins Haus. Es ist vielmehr so, dass ich, da mir die Courage fehlt, mit Dir darüber zu sprechen, hiermit den Versuch unternehme, etwas auszudrücken, was mir auf der Seele brennt, was ich Dir jedoch in einem Gespräch nicht so umfassend würde mitteilen können, da wir zum einen in der Familie nie gelernt haben, positive Gefühle auch verbal auszudrücken, und zum anderen fürchte ich, mich im Gespräch in den Fallstricken von Vorwürfen, Schuldzuweisungen und Rechtfertigungen zu verfangen, was in unseren Gesprächen ja häufig geschieht. Und eben das will ich vermeiden. Ich schreibe Dir, weil mir eine scheinbar unbedeutende Begebenheit nicht aus dem Kopf gehen will.
In der Silvesternacht war ich mit einer ganzen Menge von Leuten auf der großen Brücke. Ich war übrigens der einzige alteingesessene Einheimische, zu denen ich mich immer noch

zähle, wenngleich die nicht ganz so Alteingesessenen zum Teil auch schon zeit ihres Lebens – und das sind bei einigen von ihnen gut 50 Jahre – hier wohnen. Du weißt, was ich meine, und kennst sicher auch das Gefühl, zu denen nicht zu gehören, vielleicht gar nicht gehören zu wollen, wie ich aber auch das Gefühl habe, zu den wirklich Alteingesessenen auch nicht (mehr?) ganz zu gehören.
Jedenfalls bin ich, nachdem die Silvesterknallerei zu Ende war, durch den Garten zum Haus gegangen. Wenn ich mich recht erinnere, wollte ich einen Hammer zurücktragen, mit dem ich einige Feuerwerkssonnen am kleinen Steg angenagelt hatte. Während ich die Straße überquerte, sah ich einen dunkel gekleideten Mann am Straßenrand vor der Hecke des Seeufers zwischen der großen Brücke und dem danebenliegenden Ufergrundstück stehen, der sich, ganz offensichtlich, aus der Entfernung das muntere Treiben auf der Brücke ansehen wollte. Ich glaubte, in dieser Gestalt Dich zu erkennen, und mit dem Erkennen – oder besser: zu erkennen Glauben, denn ich bin ja nicht sicher, ob Du es gewesen bist – erschrak ich. Verzeih, es klingt so wenig liebevoll, aber ich will ehrlich sein und Dir meine Gefühle offenlegen, und ebendeshalb darf ich das Erschrecken nicht unter den Tisch fallen lassen. Ich erschrak deshalb, weil ich, in dem Moment und eben in diesem Bild, der großen Einsamkeit und der tiefen Sehnsucht gewahr wurde, mit der, so empfand ich es, dieser Mann, Du?, zum fröhlich feiernden Völkchen hinübersah, als wäre er gerne dabei, fände aber alleine nicht den Mut und die Kraft, deren es bedurft hätte, um sich, als offensichtlich Außenstehender, unter die als Gemeinschaft erscheinende Menge zu mischen, um im Erlebnis des Dazugehörens das schmerzliche Gefühl des Ausgeschlossenseins überwinden zu können. Dies empfindend und begreifend, regte sich in mir das Bedürfnis, Hilfe zu leisten und Dich, da ich ja glaubte, Dich in diesem

einsam Außenstehenden erkannt zu haben, an der Hand zu nehmen und mit Dir zusammen in die Gemeinschaft der Feiernden zu gehen. Weil jedoch mit dem Wunsch, zu helfen, auch das Gefühl, helfen zu müssen – als Pflicht des Alter Ego dem Original gegenüber sozusagen –, aufkam und mir bewusst war, dass meine Hilfe unter dem Diktat des Pflichtbewusstseins keine von Herzen kommende freiwillige und somit wahrhaft ehrliche Hilfe sein würde, traute ich mich nicht, zu Dir hinzugehen. Zudem mutmaßte ich, Du, vorausgesetzt, Du seiest der an der Hecke stehende Mann gewesen, würdest auch mit mir zusammen nicht zu dem Brückenvolk gehen wollen. Und ich, gefangen im Wissen um mein gespaltenes Bewusstsein, würde mich dann verpflichtet fühlen, Dich nicht alleine lassen zu dürfen. Dazu kam auch noch mein Unvermögen, solche immer wiederkehrenden inneren Konflikte auszusprechen und damit aufzulösen oder wenigstens durch das Offenlegen des inneren zerrissenen Seins zu zeigen, dass es mir eben nicht gleichgültig ist, wie wir zueinander stehen, dass Du mir eben nicht gleichgültig bist und dass ich elendiglich darunter leide, mit ansehen zu müssen, wie Du alleine da stehst, während ich in einer Gemeinschaft stehe, zu der ich mich auch nicht wirklich zugehörig fühle.

Wenn Du dieser am Straßenrand vor der Hecke zwischen großem Steg und Nachbarufer stehende Mann, dessen einsames Dastehen in mir solch widerstreitende Gefühle ausgelöst hat, nicht gewesen bist, wirst Du vielleicht gar nicht recht verstehen können, was ich meine und was mich so bewegt. In ihm habe ich Dein langes, wahrscheinlich sogar von Anfang Deines Lebens an, Außenstehen wiedererkannt. Ich habe versucht, mir vorzustellen, wann es angefangen haben könnte, und habe mich erinnert an die Erzählungen der Mutter, in denen sie mir geschildert hat, wie sie, noch nicht lange verheiratet, von den beiden Schwestern des Vaters aus der Küche gewor-

fen worden ist mit den Worten: Du hast hier nichts verloren. Du bist von den Bauern und gehörst in den Stall hinaus! – Ich weiß nicht, ob sie Dich damals schon unter ihrem Herzen getragen hat, aber ich weiß, dass das keineswegs ein einmaliger Ausrutscher von Seiten der Schwestern, sondern eher an der Tagesordnung war.

Die Mutter wurde Anfang des Jahres 1946 schwanger, und ich bin sicher, sie hat sich sehr darüber gefreut. Vergällt allerdings muss ihr ihren Zustand der guten Hoffnung neben den verbalen Kränkungen und Demütigungen durch die Schwestern auch deren Anordnung haben, Mutter müsse den hässlichen blauen Schwangerschaftskittel tragen, der extra geschneidert wurde im Auftrag der Schwestern. Das war eine weitere Demütigung und ein Übergriff auf Mutters Persönlichkeitsrechte. So sehe ich das jedenfalls. Als Du dann geboren wurdest, war es eine schwere Geburt. Die Welterin war gekommen, um der Mutter beizustehen. Abends fuhr sie nach Kirchgrub heim und trug ihren Kindern auf: Betet's für die Tante Theres, dass sie nicht stirbt. Sie ist wohl davon ausgegangen, dass Du und die Mutter die schwere Geburt nicht überleben würdet. Schließlich hat der Doktor Dich mit der Zange geholt. Der reine Horror, diese Vorstellung. Manchmal denke ich, die Mutter hätte Dich, ob der sie umgebenden widrigen Umstände, am liebsten bei sich im Bauch behalten.

Hier bricht der Brief ab. Vier handgeschriebene Seiten, nicht abgeschickt, eingelegt in eines von mehreren tagebuchartig geführten Notizbüchern, von Semi längst vergessen, und nun, unter dem Eindruck der vergangenen Nacht, wieder erinnert und nach Jahren aus einem Wäscheschrank hervorgekramt, kurz durchgesehen und dann auch gleich, völlig teilnahmslos, vernichtet: Ofentürl auf, Ofentürl zu.

Warum hat er den Brief geschrieben und wann?

Warum hat er ihn nicht an sich abgeschickt?

Ahnte er bereits, dass der Brief, der wohl als letzter und vielleicht sogar verzweifelter Versuch verstanden werden muss, sich selbst noch einmal zu *rühren*, sich eine Reaktion auf Geschichte, auf die eigene Geschichte abzuringen, die unmittelbarste Geschichte, die es gibt: die der eigenen Geburt und des kindlichen Aufwachsens, bevor Gesellschaft den alles bestimmenden Zugriff erhält – ahnte er, dass dieser Brief ihn eben doch nicht mehr erreichen würde, selbst wenn er ihn, wie nachträglich geschehen, erreichte, weil er einer Eingebung folgend den Wäscheschrank durchwühlte, in dem dieser von ihm längst vergessene Brief Jahre vorher von ihm abgelegt worden war?

~

Obwohl er der Welt, der er nach dem Tod seiner Frau nun endgültig feindlich gegenüberstand, nur noch reflexartig Tribut zollte, indem er beispielsweise um eine rein ästhetische Ordnung in und um sein Haus herum bemüht war, ärgerte den Seewirt die obsessiv zur Schau getragene Aggressivität seines Sohnes gegen diese Welt außerordentlich. Ein solch ablehnender und undankbarer Umgang mit dem Dasein stehe ihm in seinem Alter nicht zu, sagte er, laut vor sich hin murmelnd, zu sich selbst, das Leben habe keiner selbst erworben, es wurde einem nur geborgt von Gott und geschenkt von den Eltern. Dieser unumstößliche Umstand fordere Respekt und Demut gegenüber sich selbst und den Mitmenschen. Erst wenn im Alter Enttäuschungen zu ertragen seien, so wie es ihm selbst widerfuhr, dürfe der Mensch an der Welt zu zweifeln beginnen, um sich dadurch umso intensiver auf Gott und das ewige Leben mit ihm vorzubereiten. Denn in dem Maß, wie er sich von der Welt mit ihren Verlockungen und Enttäuschungen abwende, begehre er Ewigkeit und fordere Einlass in sie. So etwa lauteten die Glaubenssätze des Seewirts, die er sich in langen Gesprächen mit dem Pfarrer und anderen Glaubensbrüdern und -schwestern angeeignet hatte. Aber dieser gesegnete Zustand, sozusagen das Verharren vor der Himmelspforte, bis der göttliche Wille sie öffnet und Zutritt gewährt, der ist nicht durch Geburt gegeben, auf den muss erst hingelebt, dieses am Ende ewig dauernde Privileg muss erst erworben und verdient werden: durch Bejahung des Lebens und einer ihm freudigen Zugewandtheit. So der Seewirt in seinen Selbstgesprächen.

Das Leben in jungen Jahren mit offenen Armen in Empfang zu nehmen und sich seiner Gemeinschaftlichkeit, die durch die Existenz anderer gegeben ist, lustvoll hinzugeben, dieser Verpflichtung schien sein Sohn geradezu mit Infamie zu spotten.

Der hatte seine Ausbildung zum Sänger schon nach wenigen Jahren wieder aufgegeben und half nun im Seewirtshaus mit, um dem altmodischen Betrieb einen frischen, zeitgemäßen Anstrich zu geben, wie er sagte. Immer häufiger aber saß er alleine an einem lichtfernen Tisch im Eingangsbereich des Wirtshauses und schüttete langsam, aber stetig Bier und Schnaps in sich hinein.

Der Seewirt hatte sich an einem Samstagabend um die Jahresmitte, als die letzten Gäste gegangen waren, zu ihm gesetzt und ihn gefragt, ob er nicht am nächsten Tag wieder einmal zur Sonntagsmesse in die Kirche mitkommen wolle, wo er ihn schon seit Jahren nicht mehr gesehen habe. Nach der Messe könne er mit dem Pfarrer reden. Er, der Seewirt, würde gerne ein Gespräch vermitteln, und der Herr Pfarrer würde ihm vielleicht einen Ausweg aus seinem momentanen Seelenleid zeigen können. Denn dass ihn etwas beschwere, das könne er gut und schon seit Längerem erkennen, sagte der Seewirt zu seinem Sohn. Er möge doch wieder zurückkommen in den Schoß der Kirche, die ihren Trost für ihn bereithalte, wie für alle anderen auch.

Semi war aufgestanden und hatte seinen Vater angeschaut, mit einem langen und durchbohrenden Blick voll Verachtung und Geringschätzung, so dass dem Seewirt für einen Augenblick schier das Blut in den Adern gefror, und hatte dann, als des Seewirts Augen flüchtig wurden und diesem Blick auszuweichen versuchten, gesagt: In den Schoß der Kirche? Zurück? In die Kirche? Die Kirche hat keinen Schoß, alter Mann! Die hat da nur Erektionen von stinkendem Fleisch! Wenn ich in einen Schoß zurückkehren würde, dann in den der Mutter, auf dass ich von ihr im Nachhinein abgetrieben würde, um nicht geboren worden zu sein. Verstehst du das? Das könnte ich mir unter Zurück-in-einen-Schoß vorstellen. Aber das geht nicht mehr, denn sie ist tot. Aber ich würde eine solche Nähe zu ihr auch gar nicht mehr ertragen. Denn meine Mutter hat mir nicht geholfen, als ich Hilfe gebraucht habe. Erinnerst du dich? Genauso wenig wie du! Erinnerst du dich?! Und dafür sollt ihr verflucht sein! Beide! Geh du nur hinein in diesen Kirchenschoß, denn der ist was für alte Leute, die bald sterben. Also für dich. Für junge Leute ist der nichts. Jungen Leuten predigt der Pfaffe: Die Kirche bin ich. Steckt euch die Kirche ruhig in den Arsch, dann hab ich was davon. Erinnere dich! Oder warst du schon immer taub und blind?

Damit ließ er den Seewirt stehen und ging zur Schänke, mit grauem Gesicht, finster und tot wie ein vergessenes Kellerloch. Aus einer Steinhägerflasche füllte er bis an den Rand Schnaps in ein Wasserglas und trank es aus.

Den Seewirt trafen diese Worte in seinem Innern wie Peitschenhiebe ins Gesicht. Ihren Sinn verstand er nicht, er fühlte nur ihre Eindeutigkeit. Aber er fühlte eine andere Eindeutigkeit als die, die Semi ihnen gab. Vater und Sohn waren zu unterschiedlichen Zeiten unter unterschiedlichen Lebensumständen unterschiedlichen Erfahrungen ausgesetzt gewesen. Jeder nahm die eigenen zum Maßstab. So waren die Worte vom Sohn zum Vater, sowohl in ihrem Ausdruck wie auch in ihrer Empfänglichkeit, der Mehrdeutigkeit beraubt, die auch ihnen eigen gewesen wäre, wie jedem Wort. Drum hörte der Seewirt nur schlimmsten Hass und Verachtung aus ihnen, mit denen sein Sohn sich aufs Verwerflichste gegen die heilige Kirche und das vierte Gebot versündigte. Er entnahm ihnen nur die Infamie des gestürzten Engels gegen die göttliche Ordnung. Er hörte nicht die unheilbare Verletzung heraus, die aus ihnen sprach und die ihnen zwar noch eine prätentiöse Form zu geben vermochte, aber keinen brauchbaren Inhalt mehr. Die Lebenswürde war seinem Sohn genommen. Das konnte er zweifellos erkennen. Was von ihm über geblieben war, war eine Art Vegetationsorgan. Aber was meinte er mit: Erinnere dich!

Erinnere dich?

Allmählich kam Bewegung in des Seewirts Hirn. Sein Denken ordnete sich. Im Kopf wurde es langsam hell. Aus jahrelangem dumpfem Grübeln über Gedanken, die kamen und wieder entglitten, kaum dass er sich ihrer angenommen hatte, schien jetzt plötzlich ein Entkommen möglich. Wenn er beim alljährlichen Abfischen seines großen Fischweihers in Senkendorf am Ende mit den langen Stiefeln, die ihm hinauf bis an die Hüften reichten, durch den Schlamm watete, um die restlichen, auf ihm liegen gebliebenen Fische einzusammeln, dann war dieses Waten im Schlamm vergleichbar dem Nachgrübeln seiner das Denken fliehenden Gedanken. Manchmal blieb er stecken im Schlamm und konnte sich nur mit Mühe wieder herausarbeiten. Und jedes Mal war er froh, wenn er den Rand des Weihers wieder erreicht hatte. Dann merkte er, dass Angst von ihm abfiel, die Angst, möglicherweise nicht mehr herauszukommen, eine Angst, die er im Schlamm gar nicht wahrgenommen hatte, die ihn danach erst befallen haben musste, als die Gefahr vorbei war, die er ignoriert hatte, um diesem Tagwerk überhaupt nachgehen zu können.

Das fiel ihm jetzt ein, als auf einmal Licht drang in das modrige Gewölb, das sein Hirn war, vergessen schon vor Jahren und wo Geschehnisse verborgen lagen, die wieder griffig wurden durch den Streit. Als er in Semis Gesicht geschaut und ihm der Begriff *vergessenes Kellerloch* durch den Kopf gegangen war, als sein Sohn dieses *Erinnere dich!* wie einen militärischen Marschbefehl an die Front an ihn hingebellt hatte, da war dieses Gesicht ihm bekannt vorgekommen, dieses tote Kellerlochgesicht, irgendwo hatte er es schon einmal gesehen, ganz sicher, nur anders, nicht so hasserfüllt, eher bittend oder verzweifelt und weniger bedrohlich. Gerade hatte er für einen Augenblick lang Todesangst gespürt, als ihm unter Semis Blick das Blut in den Adern zu gefrieren schien. Dieser tote Kellerlochblick aus der Erinnerung aber war hilflos gewesen, nicht bedrohlich, in dem war Angst, aber keine Panik mehr, die diffuse Angst schien schon geläutert und Wissen geworden zu sein. Sie hatte sich schon ergeben.

Dem Seewirt fiel der Kranz ein, der alte Kriegskamerad, den er schon vergessen hatte. Nicht nur weil der seit Jahren tot war, sondern weil sich in den Jahren davor schon aufgelöst hatte, was ihnen mal als unauflöslich erschienen war: die kriegsgeformte Kameradschaft untereinander. Lang hatte sie beide das gemeinsam Erlebte wie ein Geheimnis zusammengehalten, hatte ihnen Schutz gegeben und Vertrautheit. Dann aber kam ihnen die Familie dazwischen: Frau und Kinder. Die Prioritäten der Freundschaft weichten auf und verschoben sich, auf Geringeres hin vielleicht, dachte der Seewirt, mag sein, aber unaufhaltsam, ohne Zweifel. Und so war der Kranz allmählich verschwunden aus der allabendlichen Recherche des Seewirts, welche Gedanken des Tages es wert waren, noch einmal bedacht zu werden, und welche nicht. Nach und nach verlor der Kriegskamerad seine frühere Nachhaltigkeit beim Ordnen dieser Gedanken. Umgekehrt, so hoffte der Seewirt, wirkte das Gleiche in einer organischen, vom Panier der Freundschaft ausgehenden Parallelität auch beim Kranz. So plagte ihn kein schlechtes Gewissen wegen seiner erkaltenden Gefühle für den ehemaligen Kriegskameraden.

Jetzt aber tauchte das Gesicht des Kranz auf einmal wieder auf, vielmehr: dessen Augen; im Rückspiegel eines Militärlastwagens von der Rückbank aus gesehen. Der Seewirt schaute stier in den sich spiegelnden Blick des Kranz, weil er seinen Blick von der Windschutzscheibe weghalten wollte, hinter der ihn die kurvenreiche, dicht von Alleebäumen gesäumte Straße schwindlig machte, die der Kranz mit durchgetretenem Gaspedal durchfuhr wie ein vom Wahnsinn Befallener. Der Seewirt würgte an einer Übelkeit, wollte sich aber keine Blöße geben vor dem Kranz und dem Offizier der SS, der neben dem Kranz vor dem Seewirt auf dem Beifahrersitz saß und das Fahren mit Vollgas befohlen hatte. Wie damals stieg auch jetzt Übelkeit in ihm auf, virtuell sozusagen, ausgelöst diesmal von der Erinnerung, die wie Sonnenlicht durch den sich auflösenden Morgennebel hindurch in sein Gedächtnis drang. Denn mit der Übelkeit schob sich wieder dieser Blick voll Dringlichkeit und tödlichem Ernst vor den konzentrierten Autofahrerblick des Kranz im Rückspiegel und bekam ein Gesicht: das Kindergesicht einer ganzen Schulklasse, die sich als ablebende Fracht im luftdicht verschlossenen Laderaum des Lastwagens befand. Und da fiel dem Seewirt alles wieder ein.

Sie befanden sich bereits auf dem Rückzug. Der Krieg in den Weiten Russlands war verloren. Noch wurde das offiziell nicht zugegeben. Die Propaganda arbeitete weiter mit den bekannten Parolen vom baldigen Sieg über den Bolschewismus und das Weltjudentum. Es sei nur noch eine Frage der Zeit. Die Heeresleitung aber zog insgeheim bereits Teile der deutschen Truppen ab, deren Einsatz wider den russischen Gegenangriff nach der Kapitulation der Wehrmacht im Kessel von Stalingrad nicht mehr sinnvoll schien. Man suchte die noch einigermaßen unverbrauchten und kampffähigen Einheiten gegen die drohende Invasion der Alliierten an der Atlantikküste in Stellung zu bringen. Der Seewirt und der Kranz, die zu einem Verpflegungstross gehörten, waren mit ihrem Küchenwagen auf dem Weg in die Normandie, als sie an einem schon frühlingshaften Tag im April des Jahres 1944 durch eine zerschossene und zum großen Teil niedergebrannte Kleinstadt irgendwo im Osten kamen und von einer Gruppe SS-Männer angehalten wurden. Die ranghöheren Soldaten der Schutzstaffel forderten sie auf, den containerähnlichen Küchenwagen aller inneren Einrichtungsgegenstände zu entledigen und sich für einen Sondereinsatz bereitzuhalten. Sie taten, wie ihnen befohlen. Nach einiger Zeit kamen zwei Mechaniker der Wehrmacht, kuppelten einen langen Schlauch an den Auspuff des Küchenwagens und führten diesen durch eine Oberlichte ins Wageninnere. Anschließend dichteten sie Fenster und Tür mit äußerster Sorgfalt ab. Danach verging noch etwa eine Stunde, bis aus einer Seitenstraße heraus, flankiert von vier SS-Männern, eine Schar Kinder auftauchte, die, in eine Zweierreihe geordnet, stumm auf sie zu kam. Man hörte nur, vom feuchten Straßenstaub gedämpft, die dumpf aufsetzenden Stiefeltritte der vier Bewacher. Sonst war es, bis auf einen leisen Windhauch, der von Osten her durch die breite Straße strich und die ersten grünen Blätter an den wenigen, noch stehen gebliebenen Alleebäumen zum Flirren brachte, still, und nichts war zu hören und zu spüren. Die Kinder waren barfuß, ihre Köpfe unbedeckt, die Gesichter klar. So ein stilles abgeklärtes unverbraucht unbrauchbares Wissen in Gesichtern habe ich noch nicht gesehen, dachte sich der Seewirt damals und erinnerte sich jetzt wieder seiner damaligen Gedanken. Unverbraucht und doch unbrauchbar. Dass es so was gibt, dachte er sich.

Ein SS-Mann öffnete die zweiflügelige Hecktür des Küchenwagens, und die Kinder – es werden etwa dreißig gewesen sein, dachte, um eine korrekte Erinnerung bemüht, der Seewirt, bestimmt waren es nur dreißig, mehr hätten im engen Küchenwagen gar nicht Platz gehabt – bestiegen, sorgsam und vorsichtig ihre nackten Fußsohlen auf die spitz gezackten Gitterroststufen setzend, die dreistufige Eisentreppe und traten dann, stumm, wie sie den Weg gekommen waren, ins Eisengrab hinein. Ohne Laut. Nur Blicke.

Das sah der Seewirt nicht zum ersten Mal. Nur bei Kindern – es ist anders als bei Kälbern, dachte er – hatte er so was noch nicht gesehen. Da hab ich dann doch immer wieder Glück gehabt, dachte er, der junge Seewirt, damals, und fühlte weiter nichts. Er war Soldat.

Er war neben der dreistufigen Eisentreppe gestanden, die in den Kübelwagen hineinführte, auf der anderen Seite stand der Kranz, und sie hatten aufpassen müssen, dass nicht im letzten Moment noch ein Kind die Flucht wagen würde. Der Offizier der SS hatte es so befohlen. Sie schauten beide konzentriert in die Gesichter der Kinder, als diese vorsichtig die Treppe hinauftasteten, um einen Willen zur Flucht schon in deren Augen lesen zu können. Auch das hatte der Offizier so befohlen.

Dieser befohlene Argusblick war ihnen in den Kinderaugen zum Spiegelblick und dieser zum inneren Zustand geworden, beiden, dem Seewirt und dem Kranz, denn beide fühlten sie sich seitdem von diesem Blick beobachtet – von ihrem eigenen Argusblick von damals. Er war der Klammergriff um ihre Kameradschaft geworden, die nie aufgelöst, lediglich mit den Jahren etwas vernachlässigt worden war; er war ihnen Geheimnis und Bedrohung zugleich geworden, Zaumzeug an ihrer Lebensfreude; hundertfach schaute dieser Blick und immer gleich: *unverbraucht-unbrauchbar* – und wissend.

Dem Seewirt war es im neu gewonnenen Ehe-, Familien- und Wirtschaftsglück der Nachkriegsjahre gelungen, diesen Blick zu verdrängen. Er hatte sich ihm mit Hilfe der Gatten- und Kinderliebe und der Freude am materiellen Gedeih entziehen können. Auch nachts im Schlaf und jahrelang. Jetzt aber war er zurück. Und er wusste im selben Moment, er würde sich dieses Blickes nun nicht mehr entledigen können. Sein über dreißig Jahre alter Sohn, zwei Jahre nach diesem Ereignis geboren, hatte ihm diesen Blick zurückgebracht.

Im toten Kellerlochblick tat sich auch ein früherer Blick Semis auf, den der Seewirt genau gesehen und, sich selbst beruhigend und beschützend, wieder verdrängt hatte.

Nach dem Ende der ersten großen Ferien hatte er den Kranz gebeten, mit seinem Auto und mit ihm zusammen Semi zurück ins Internat zu bringen, um dem Bub die umständliche und beschwerliche Zugfahrt zu ersparen. Der Kranz hatte sofort zugesagt, und so fuhren sie ein zweites Mal zu dritt den Weg ins Klosterinternat, den sie ein Jahr zuvor schon einmal gefahren waren.

Nach dem Anhalten vor der Klosterpforte war Semi, der die ganze eineinhalbstündige Fahrt kein Wort gesprochen hatte, noch einen Moment lang sitzen geblieben und hatte dann gefragt, ob es keine andere Möglichkeit gäbe, eine Schule zu besuchen, als die in einem Kloster. Er wolle da nicht mehr hinein. Bitte! Vater!, hatte er gefleht, nimm mich wieder mit! Ich werde auch zu Hause fromm.

Dieser lapidare Satz war begleitet vom toten Blick, der damals noch unverbraucht war, aber von einem dringlichen Ernst wie der Blick, den er Jahre zuvor in den Augen der im Küchenwagen gemordeten Kinder geerntet hatte. Alles Licht und Dunkel der Jahrhunderte liegen in so einem Blick. Ja!

Dieser Satz drang damals förmlich ein in seinen Kopf. Aber nur für einen kurzen Moment. Er wusste nicht, woher er kam, er konnte ihn mit nichts in Verbindung bringen, und deshalb hatte er ihn gleich wieder verdrängt. Nie hätte er über einen so unsinnigen Satz auch nur eine Sekunde länger nachgedacht, dass in einem einzigen Blick Zuversicht und Verzweiflung der ganzen Menschheit ausgedrückt seien. Nie! So was kann in einem Opernlibretto auftauchen. Oder in einem Kunstlied. Gerade in Verbindung mit Rückert und Mahler konnte er es sich gut vorstellen. Erst recht bei Wagner. Aber für die Wirklichkeit waren solche Sprachbilder nicht zu gebrauchen. Dafür war der junge Seewirt damals zu sehr Realist. Also weg damit!

Nun aber war alles wieder da. Alles.

Und der Seewirt begriff, dass Kunst Leben ist.

Und Leben Geschichte.

Und Geschichte Menschheitsgeschichte.

Was aber ist dann Glaube und Religion?, fragte er sich.

Da überflutete ihn eine Welle grellen Lichts, heller als alles, was ihn bisher geblendet hatte, und drang in seine Augen ein wie durch ein Brennglas, in seine Brust wie Röntgenstrahlen, drang in sein Denken und sein Fühlen ein wie nie zuvor in sein Leben …, und es überkam ihn eine Gewissheit, was

Glaube ist und Religion und für ihn nie wieder sein wird: Verdrängung und Feigheit.

Was für ein Unsinn, geboren zu sein, dachte er, nur ein ewiges Leben könnte dem Leben Sinn gegeben. Das meinten die Stifter mit dem *Ewigen Leben*. Die Verwalter von Glaube und Religion haben daraus einen sentimentalen Kitsch vom Überirdischen gebraut. Was für eine Gnade, das noch erkennen zu dürfen. WAS FÜR EIN UNENDLICHES GLÜCK!

Langsam sackte sein Körper in sich zusammen, die Muskeln folgten reflexhaft den letzten Befehlen des gerade noch dominierenden Gehirns und leisteten nachlassenden Widerstand, bis der Körper des Seewirts weich gelandet war auf dem harten Pflaster des Hausgangs direkt vor der Schänke.

Und doch war mir dieser Irrtum Wegzehrung. Was, wenn ich das noch lebend erkannt hätte? Ich wäre vermutlich auf der Stelle gestorben …

… wie Zerberus hockt der da hinten am dunklen Tisch. Im Licht erst ist das Dunkel dunkel …

Sein Kopf blieb so lange hoch über seinen Körper gereckt, bis der in sich zusammengesunken war.

In der Früh des nächsten Tages, es war ein Sonntag und eine gleißende Morgensonne sog den letzten Frühtau von den Wiesen, fand ihn die alte Kellnerin Loni. Am aufgehellten Ecktisch hockte immer noch Semi und hielt teilnahmslos Totenwache.

Auch nur, weil der Zufall es so gewollt hatte.

~

Die Beerdigung wurde zur Großen Leich. Die Trauergäste füllten die Kirche von Kirchgrub bis auf den letzten Platz. Die keinen mehr in ihr gefunden hatten, standen traubenförmig um den Haupteingang herum oder drängelten sich wie zu einem langgezogenen Presssack geformt die gesamte Terrassentreppe hinunter bis ans Friedhofstor. Der Pfarrer pries in langer Rede den festen Glauben des Verstorbenen, die Unverbrüchlichkeit dieses Glaubens und das Festhalten daran bis zum letzten Atemzug. Den hatte er zwar nicht mitgekriegt, aber er hätte den Seelenfrieden in des toten Seewirts Gesicht, das in den letzten Jahren gehetzt wirkte, flackernd und unruhig, wie auf der Suche nach einem Ausweg, und jetzt die Entspanntheit darin und den pfiffigen Zug um Mund und Augen, der der Feierlichkeit des Todes noch eine letzte Aufsässigkeit entgegengehalten hatte, ganz sicher auch gedeutet als zugehörig zum Glauben bis zum letzten Atemzug.

Der Bürgermeister lobte das uneingeschränkte Bekenntnis zu Gemeinde und Gemeinschaft, das in den acht Jahren selbstloser Amtsausübung als Gemeinderat seinen Höhepunkt gefunden hatte, wie er sagte. Der sozialchristliche Gewerkschaftler und Vorsteher des Veteranen- und Kriegervereins, Ansgar Stichel, pries die kritische Haltung des Verstorbenen gegenüber dem Pflichtwehrdienst für die bäuerliche Nachkommenschaft: Ein Militarist warst du nie, lieber Pankraz, aber dem blinden, modernen, linksliberalistischen Antimilitarismus unserer städtischen Jugend und ihrer Einsager und Vorturner aus der sowjetisch gegängelten Zone im Osten, dem bist du nie, aber schon wirklich *nie* aufgesessen. Das Wort modern sprach er mit spöttischem Pathos, und die Worte Einsager und Vorturner betonte er breit und nachhaltig und schaute dabei vom Spickzettel auf, als ob er sie gerade erfunden hätte, aus dem Stegreif sozusagen, was ihnen eine besondere Bedeutung gab und einen alten Veteran in die

Erkenntnis hineinmanövrierte: Reden kann er, der Stichel, das muss man ihm lassen.

Ein Vertreter des Kirchenrates kam zum Zug, genauso wie der Leiter des Kirchenchors, der Vorstand des Hotel- und Gaststättenverbands und der Vorstand des Zweckverbandes der Milchviehhalter. Und alle, die dem Seewirt mit warmen Worten ihr letztes Geleit gaben, beendeten ihre Rede mit einem festen: Ruhe in Frieden!

Nach zwei Stunden, als alle gemeinsamen und persönlichen Rituale beendet waren und auch die Letzten in der Schlange der Anstehenden eine kleine Schaufel voll Erde samt einem gemurmelten RUHEINFRIEDEN auf den Sarg in zwei Metern Tiefe hatten hinunterrieseln lassen, löste sich die Trauergemeinde langsam auf und machte sich auf den Weg zum Leichenschmaus hinunter nach Seedorf.

Für die Totenmesse – die vom Kirchenchor mit dem langen Brahmsrequiem ausgestaltet und auf eine Länge von mehr als einer Stunde gedehnt worden war – hatte der Viktor nur mehr einen Stehplatz im kleinen Vorhäuschen vor dem Haupteingang gefunden. Er war während der Grablegung des Seewirts im Geschiebe und Gedränge zwischen den eng stehenden Gräbern nach und nach an der Dienstbotengrabstätte des Seewirtshauses mit der Alten Mare und dem Alten Sepp drin gelandet, die gut zwanzig Meter vom Seewirtsfamiliengrab entfernt in ein kleines Steinviereck eingelassen war. Dort blieb er, weil er sich im Gedränge wie zufällig an den halbhohen Grabstein neben dem eisernen Kreuz hatte hinlehnen können, schließlich auch die ganze restliche Beerdigung über, denn nur so – angelehnt an den Grabstein und halb auf ihm sitzend – war es ihm möglich, die für ihn enorme Anstrengung der nochmals eine Stunde dauernden Grablegungszeremonie ohne Schwächeanfall zu überstehen. Dort hatte ihn der nicht mehr junge, aber immer noch ungehemmt vorlaute Neffe der verstorbenen Seewirtin sitzen sehen und gesagt: Viktor, du hängst ja schon mit einer Arschbacke im Grab! Worauf der Viktor mit steinernem Gesicht geantwortet haben soll: Das tue ich, seit ich auf der Welt bin.

Viktor wurde bei dieser Antwort mit einem Mal bewusst, dass mit dem Seewirt sein letzter Mentor die gemeinsame Lebenswallstatt verlassen hatte. Um ihn herum würden in Zukunft nur mehr alte Frauen und junge Leute sein: Die noch lebenden Schwestern des Seewirts und der immer seltsamer werdende Sohn mit seinem fragwürdigen Freundeskreis aus überständigen Kommunisten und arbeitslosen Wurzendarstellern. Was geschieht, wenn ihm ein Missgeschick passiert und er zum Pflegefall verkommt? Konnte und durfte er in einem solchen Fall Zeitaufwand und Zuwendung verlangen von Leuten, die nicht seine Familie waren?

Der Gedanke schon versetzte ihn in Panik. Ein nicht mehr von ihm selbst verwaltetes Siechtum würde ihn in den Selbstmord treiben. Das wäre zwar eine Option, dachte er, und keine schlechte. Damit hätte er kein moralisches Problem. Religiös war er nicht, so dass ihn auch kein Glaube davon abhielte, wie das vielleicht bei der Seewirtin der Fall gewesen war. Doch was wäre, wenn eine Lähmung oder ein geschwächtes Hirn ihn daran hindern würden, seinem freien Willen nachzugehen? Dann wäre er gezwungen, ungewollt Pflege zu ertragen – wie eine Folter. Schlimmer könnte ihn das Schicksal nicht schlagen. Es hätte ihm das Ende seiner Intimsphäre gebracht, die ihm heilig war und bis ins Detail hinein sein Eigen.

Am andern Tag, dem Tag nach der Beerdigung des Seewirts, beginnt er sein Tagwerk wie immer. Es ist ein heißer Sommertag, und Viktor bezieht seinen Platz auf dem Betonsockel vor der Remise. Dort zupft er den Kartoffeln vom letzten Herbst die Triebe aus. Spatzen umlagern ihn, bis Mandi, der einäugige Kater, auftaucht und seinen Stammplatz auf des Viktors Schoß einfordert. Die Spatzen ziehen sich ins Laubwerk des Holunderstrauchs zurück. Auf dem Dachboden über der alten Remise erkunden drei Buben ihre knospende Sexualität. Bald durchschlagen zwei Kampfflugzeuge der heimischen Kriegsmacht im Tiefflug den heiteren, von Hitze flirrenden Mittag mit ihrem tödlichen Lärm und verscheuchen die friedliche Versammlung. Schließlich rufen die Mittagsglocken der Dorfkirche den alten Mann zum Stegdienst. Doch er kommt zu spät. Das große Schiff ist längst schon abgefahren. Die Nonnen haben zu spät geläutet. Der Sohn des toten Seewirts, Semi, tritt zu Viktor auf die Aufgangsveranda des Seewirtshauses und bespöttelt ihn wegen seines Versäumnisses. Viktor, den eine seltsame Pseudotaubheit befallen hat, die alle Lebensgeräusche verfälscht und eine große Mattheit auf seine Seele legt, geht in seine Kammer und besieht sich im Spiegel. Er erkennt pure Angst in seinen Augen und fürchtet sich vor tiefgreifenden Veränderungen in seinem Leben. Er legt sich auf sein Bett und fängt an zu reden, redet und redet.

Von heute aus besehen möchte ich fast sagen, ich habe Glück gehabt. Reich? Reich bin ich nicht geworden. Nee nee. Obwohl ich auch hab ein bisschen was auf die Seite legen können. Nur möchte ich da nicht von Reichtum sprechen. Vermögen ist das keines. Aber zum Wohlfahrtsamt! Nee nee. Das war nichts für mich. Da kriegten die mich nicht hin. Stempeln gehen! Gab kein Grund für. Und weißte, da hat deine Familie auch zu beigetragen, dass ich konnte wieder unabhängig werden. Die ham mich immer so behandelt, dass ich das Gefühl hatte haben können, dass sie auch einen

Respekt haben vor mir. Dass ich nicht nur bin ihr Angestellter. Nie hat mich jemand geduzt. Und immer haben alle Herr zu mir gesagt. Herr Hanusch! Nicht einfach: Du! Oder Hanusch! Oder Viktus! Wie die andern, die Knechte. Alle haben noch nach zwanzig Jahren mich beim Namen genannt: Herr Hanusch. Und da hab ich auch Respekt haben können vor ihnen. Das war nicht nur Höflichkeit. Da war ein gewisser Anstand da, der ein Gefühl gemacht hat, ein gutes. Die waren gut erzogen, deine Leute, und das hat man gespürt. Da habe ich, wie da ist deine Mutter gestorben, da hat mich, weil ich da hab hinten gestanden, bei der Beerdigung, weiter hinten, nicht vorn am Grab, hat mich da dein Vater nach vorn geholt, in die Familie, vor allen Leuten, weil ich ja nun hab ihr in der Küche immer sehr unter die Arme gegriffen, seiner Frau, über zwanzig Jahre. Und da hat der mich nach vorn geholt! Und die haben das alle gesehen, die Leute. Und da waren viele da! Nicht nur ein paar. Das war eine große Beerdigung! Ich möchte sagen, das war ein historischer Tag für deine Mutter, so viel Leute wie da waren. Nun war die ja auch bekannt bei den Leuten, wegen der guten Kuchen, die sie hat gebacken. Aber nicht nur. Und da wurde ich nach vorne geholt. Von deinem Vater. Das ist was, das vergisst man nicht. Da musste ich immer wieder daran denken, wie der mich da hat nach vorn geholt. Weißte, ich glaube, so richtig angenommen bei der Bevölkerung waren die meisten von uns Flüchtlingen erst, als die Gastarbeiter sind gekommen, die Türken. Anfangs die Italiener und ein paar Griechen, danach ein paar Jugoslawen. Aber dann kamen da schon die Türken. Da waren dann die Flüchtlinge nicht mehr so schlecht angesehen, die wurden dann unauffälliger, möchte ich mal sagen. Die waren dann bereits drinne in der Gemeinschaft von die Deutschen, als die Gastarbeiter sind gekommen. Da waren die dann die Fremden. Da hat man als Flüchtling größere

Probleme dann nicht mehr gehabt. Ich möchte mal so sagen: Gern gesehen waren wir nicht, die Flüchtlinge. Ein Minister, der hat damals gesagt: *Engerling und Flüchtling sind Bayerns größte Schädling.* Das war kein gutes Gefühl, als man den Spruch in der Zeitung hat gelesen. Da dachte man auf einmal wieder an die Zeit davor mit den Juden. Wie man sich da als Schädling hat müssen anreden lassen. Das war nicht gerade freundlich. Da hatten viele Angst, dass da was womöglich möchte auf sie zukommen. Wie schon mal zuvor. Und viele waren da noch immer einquartiert bei fremden Leuten, die ja das auch nicht haben gern hergegeben und freiwillig, wenn sie da haben müssen ein Zimmer zur Verfügung stellen. Die haben das auch gelesen von dem Minister. Da war ein paar Monate lang eine eisige Stimmung in den Häusern, wo Flüchtlinge waren untergebracht. Hier bei ihnen, mit den Wetzels, da ist oft scharf geredet worden damals zwischen ihnen und dem alten Wetzel, wenn der Junge von dem, der Günther, der verfluchte Krüppel, hat mal wieder was ausgefressen. Und der hat beinah jeden Tag was ausgefressen. Aber als dann die Ausländer sind gekommen, nach und nach, da hatten dann die meisten auch schon wieder eine eigene Wohnung und zum ersten mal Fernsehen, später kam dann das Auto zu, da war dann das Verhältnis von die Einheimischen zu die Sudetendeutschen und zu die Schlesier, wie soll ich sagen? … da war das entschärft. So Ende der Fünfzigerjahre war das dann, Anfang der Sechziger, als es aufwärtsging und die ersten Ausländer sind gekommen. Da war das nicht mehr so aufgeladen wie zuvor. Da ist, ich möchte mal so sagen: was abgeleitet worden. Da merkten sie dann, dass sie doch alle gewesen sind Deutsche. Weißte, ich möchte mal so sagen: Ich halt von die Ausländer nich viel. Wozu brauchen wir die? Wenn alle arbeiten würden hier, die wo können, dann bräuchten wir keine Ausländer. Ich nicht. Aber für uns waren sie gut damals, für die Schlesier und die Sudetendeitschen. Da haben die uns geholfen, ohne dass sie das wussten, die Ausländer. No, und wie dann die Siedlungen sind gebaut worden für die Flüchtlinge, da hat sich dann alles wieder aufgelöst. Da warn die dann schließlich doch alle wieder unter sich, die Schlesier und die Sudetendeitschen, da sind die gelandet beinahe wieder in so eine Art Getto, möchte ich fast sagen. Wie die Juden. No! Da wollte ich nicht mehr hin.

Wenn man nur immer wüsste, was für eine Partei man nicht wählen soll. Hätten wir das damals gewusst, vielleicht wär ich gar nich da. – Ja ja, dein Vater. Der war gewesen ein feiner Mensch.

Hier machte er Schluss. Er saß zusammengesunken in seiner Bettstatt und hatte die Augen weit aufgerissen. Ich glaube nicht, dass er mich bemerkt hat, obwohl er auch mit mir zu reden schien. Es wäre mir sowieso egal gewesen. Viel hatte ich nicht verstanden, weil ich nicht hinhörte, nicht zugehörig war seinem Gerede, seinem sentimentalen Geseire von früher. Das ging mir am Arsch vorbei. Ich wollte ihn gar nicht verstehen. Ich bin mit der Mutter belegt in meinen Zuhör- und Auswertungsmechaniken. Da dringt kein anderes mehr ein. Ihr Leichnam liegt oben in meinem Hirn. Den kann ich nicht alleine lassen drin im Grab. Das meiste von Viktors Gerede habe ich nachempfunden, nachher erfunden heißt das. Aber das langt ja auch. Fürs Vergangene reicht Erfinden. Echt ist nur jetzt.

Ich ging die Treppe hinauf zum alten Taubenschlag über dem Getreidespeicher. Da legte ich mich auf den Bauch und sah ihm durchs Taubenflugloch zu. Von da aus konnte ich ihm direkt ins Fenster schauen. Ich sah ihm zu beim Sterben und konnte so am besten denken. Soweit ich mich erinnere, hat er nach der Rede aufgehört zu essen und war am fünften

Tage tot. Wie der Suppenkaspar. Oder wie ein Hund, der nichts mehr frisst, weil sein Herrchen tot ist.

Die Erde ist keine Heimat.

Im Taubenschlag lässt sich's gut warten …

Peter Bichsel
- Cherubin Hammer und Cherubin Hammer. st 3165. 110 Seiten
- Kindergeschichten. st 2642. 86 Seiten

Ketil Bjørnstad
- Villa Europa. Roman. Übersetzt von Ina Kronenberger. st 3730. 535 Seiten
- Vindings Spiel. Roman. Übersetzt von Lothar Schneider. st 3891. 346 Seiten

Lily Brett
- Einfach so. Roman. Übersetzt von Anne Lösch. st 3033. 446 Seiten.
- Chuzpe. Übersetzt von Melanie Walz. st 3922. 334 Seiten

Truman Capote. Die Grasharfe. Roman. Übersetzt von Annemarie Seidel und Friedrich Podszus. st 1796. 208 Seiten.

Paul Celan. Die Gedichte. Kommentierte Gesamtausgabe in einem Band. Herausgegeben und kommentiert von Barbara Wiedemann. st 3665. 1000 Seiten

Lizzie Doron. Warum bist du nicht vor dem Krieg gekommen? Übersetzt von Mirjam Pressler. st 3769. 130 Seiten

Marguerite Duras. Der Liebhaber. Übersetzt von Ilma Rakusa. st 1629. 194 Seiten

Hans Magnus Enzensberger
- Der Fliegende Robert. Gedichte, Szenen, Essays. st 1962. 346 Seiten
- Gedichte 1950 – 2010. st 4201. 253 Seiten
- Josefine und ich. Eine Erzählung. st 3924. 147 Seiten

NF 266b/2/08.11

Louise Erdrich
- Der Club der singenden Metzger. Roman. Übersetzt von Renate Orth-Guttmann. st 3750. 503 Seiten
- Die Rübenkönigin. Roman. Übersetzt von Helga Pfetsch. st 3937. 440 Seiten

Laura Esquivel. Bittersüße Schokolade. Roman. Übersetzt von Petra Strien. st 2391. 278 Seiten

Max Frisch
- Homo faber. Ein Bericht. st 354. 208 Seiten
- Mein Name sei Gantenbein. Roman. st 286. 304 Seiten
- Stiller. Roman. st 105. 448 Seiten

Carole L. Glickfeld. Herzweh. Roman. Übersetzt von Charlotte Breuer. st 3541. 448 Seiten

Philippe Grimbert. Ein Geheimnis. Roman. Übersetzt von Holger Fock und Sabine Müller. st 3920. 154 Seiten

Peter Handke
- Kali. Eine Vorwintergeschichte. st 3980. 160 Seiten
- Mein Jahr in der Niemandsbucht. st 3887. 632 Seiten

Marie Hermanson
- Der Mann unter der Treppe. Übersetzt von Regine Elsässer. st 3875. 269 Seiten.
- Muschelstrand. Roman. Übersetzt von Regine Elsässer. st 3390. 304 Seiten.
- Das unbeschriebene Blatt. Roman. Übersetzt von Regine Elsässer. st 3626. 236 Seiten

NF 266b/3/08.11

Hermann Hesse
- Das Glasperlenspiel. Versuch einer Lebensbeschreibung des Magister Ludi Josef Knecht samt Knechts hinterlassenen Schriften. st 2572. 608 Seiten
- Der Steppenwolf. Roman. st 175. 288 Seiten
- Siddhartha. Eine indische Dichtung. st 182. 128 Seiten
- Unterm Rad. Entstehungsgeschichte in Selbstzeugnissen des Autors. st 3883. 325 Seiten

Yasushi Inoue. Das Jagdgewehr. Übersetzt von Oskar Benl. st 2909. 112 Seiten

Uwe Johnson
- Mutmassungen über Jakob. Roman. st 3355. 298 Seiten
- Eine Reise nach Klagenfurt. st 235. 109 Seiten

James Joyce. Ulysses. Roman. Übersetzt von Hans Wollschläger. st 2551. 1008 Seiten

Franz Kafka
- Amerika. Roman. Mit einem Anhang (Fragmente und Nachworte des Herausgebers Max Brod). st 3893. 310 Seiten
- Das Schloß. Roman. st 3825. 423 Seiten. st 2565. 432 Seiten
- Der Prozeß. Roman. st 2837. 288 Seiten

Daniel Kehlmann. Ich und Kaminski. Roman. st 3653. 174 Seiten.

Andreas Maier. Wäldchestag. Roman. st 3381. 315 Seiten

Magnus Mills
- Die Herren der Zäune. Roman. Übersetzt von Katharina Böhmer. st 3383. 216 Seiten
- Indien kann warten. Roman. Übersetzt von Katharina Böhmer. st 3565. 229 Seiten

NF 266b/4/08.11

- Zum König! Roman. Übersetzt von Katharina Böhmer. st 3865. 187 Seiten

Cees Nooteboom
- Allerseelen. Roman. Übersetzt von Helga van Beuningen. st 3163. 440 Seiten
- Rituale. Roman. Übersetzt von Hans Herrfurth. st 2446. 231 Seiten.

Elsa Osorio. Mein Name ist Luz. Roman. Übersetzt von Christiane Barckhausen-Canale. st 3918. 424 Seiten

Amos Oz. Eine Geschichte von Liebe und Finsternis. Roman Übersetzt von Ruth Achlama. st 3788 und st 3968. 828 Seiten

Marcel Proust. In Swanns Welt. Auf der Suche nach der verlorenen Zeit. Übersetzt von Eva Rechel-Mertens. st 2671. 576 Seiten

Ralf Rothmann
- Junges Licht. Roman. st 3754. 236 Seiten
- Stier. Roman. st 2255. 384 Seiten

Hans-Ulrich Treichel
- Menschenflug. Roman. st 3837. 233 Seiten
- Der Verlorene. Erzählung. st 3061. 176 Seiten

Mario Vargas Llosa. Das böse Mädchen. Roman. Übersetzt von Elke Wehr. st 3932. 395 Seiten

Martin Walser. Ein fliehendes Pferd. Novelle. st 600. 160 Seiten

Carlos Ruiz Zafón. Der Schatten des Windes. Übersetzt von Peter Schwaar. st 3800. 562 Seiten

NF 266b/5/08.11